Aniela Ley

#London Whisper

Als Zofe tanzt man selten (aus der Reihe)

Aniela Ley war von Kindesbeinen an ein Bücherwurm, getrieben von der Hoffnung, dass sich zwischen den Buchdeckeln ein Tor in eine fantastische Welt öffnet. Nachdem sie als Autorin viele solcher Buchwelten selbst schöpfen durfte, weiß sie, dass dieses Tor immer dort ist, wo gelesen wird.

Aniela Ley

#London Whisper

Als Zofe tanzt man selten (aus der Reihe)

Roman

dtv

MIX
Papier aus verantwortungsvollen Quellen
FSC® C014496

Originalausgabe

Dieses Werk wurde vermittelt durch die Literarische Agentur Thomas Schlück GmbH, 30161 Hannover
Umschlaggestaltung: Carolin Liepins unter Verwendung von Motiven von shutterstock.com
Innenillustrationen: ZERO Werbeagentur GmbH
Lektorat: Katja Korintenberg
Gesetzt aus der Adobe Garamond
Satz: Fotosatz Amann, Memmingen
Druck und Bindung: GGP Media GmbH, Pößneck
Printed in Germany · ISBN 978-3-423-76408-7

1

Higher Castle

Die Megacity London hat schon lange vergessen, was Dunkelheit bedeutet. Sie braucht weder Mond noch Sterne, um der Nacht ein Schnippchen zu schlagen. Ganz im Gegenteil, die City ist berühmt für ihre immerzu leuchtenden Wahrzeichen wie das London Eye, das sich hoch über die Themse erhebt. Das London, das wir kennen, ist eine Stadt, in der die Nacht so lebendig ist wie der Tag, voller vielversprechender Möglichkeiten, sodass man rund um die Uhr etwas Prickelndes erleben kann.

Jedenfalls sah so das London aus, das ich vor einigen Monaten als Austauschschülerin aus dem schönen Potsdam kennengelernt hatte. Mein Traum war endlich wahr geworden: ein Schuljahr in der hippsten Stadt der Welt! Das war zumindest der Plan gewesen bis zu einer folgenschweren Mitternachtsparty … Seitdem befand ich mich zwar immer noch an Ort und Stelle, aber über zweihundert Jahre früher. Ich kann daher nur raten, auf Partys nicht nur vorsichtig mit den Drinks zu sein, sondern sich auch vor Standspiegeln zu hüten, deren Rahmen mit mythischen Symbolen geschmückt sind. Bevor man sich nämlich versieht, fällt das Mondlicht drauf und anstelle einer Internatsschülerin ist frau plötzlich Zofe in einer der angesehensten Familien des British Empire.

Das London von 1816, in dem ich mich dank des ungeplanten Vorfalls mit einem Mondscheinspiegel befand, bot auch einiges an Abenteuern. Allerdings nicht von der Sorte, mit der man in Werbebroschüren lockt. Es sei denn, irgendwann kommen halsbrecherische Verfolgungsjagden zu Pferd durch viel zu enge Gassen in Mode. Und das in einer finsteren Herbstnacht, in der die Sterne sich hinter den Wolken verstecken.

In der Gegend, durch die Hayden und ich gerade preschten, gab niemand Geld für Kerzen aus. In keinem Fenster brannte Licht, weshalb wir auf den diesigen Schein der Gaslaternen angewiesen waren, der nicht mal zum Schuhebinden reichte. Dass unser Pferd bei der bescheidenen Sicht noch nicht gegen einen Karren gelaufen war, war reiner Zufall.

Darauf hatte ich Hayden, der vor mir auf Eclipse saß und seinen Hengst zu diesem wilden Ritt anspornte, auch hingewiesen. Nur leider gingen meine Bedenken unter in dem Echo des Hufgeklappers, das von den Hauswänden zurückgeworfen wurde. Okay, es ist auch möglich, dass ich nuschelte. Oder bestenfalls krächzte. Es ist nur so, dass mich die Stunden, die ich in Reithallen verbracht hatte, kein Stück auf einen Ritt über regennasses Kopfsteinpflaster vorbereitet hatten. Eclipse war ein temperamentvolles Reitpferd, dessen Ehrgeiz bei diesem halsbrecherischen Galopp noch mehr herausgefordert wurde als der seines Herrn. Und im Gegensatz zu mir schien Hayden jede Sekunde zu genießen.

»Dort vorn auf dem Dach hat etwas gefunkelt, das muss der gestohlene Spiegel sein«, rief er mir über seine Schulter zu. »Wir sind auf der richtigen Spur. Nicht mehr lang, dann stellen wir die verdammten Diebe!«

Statt begeistert zu johlen, weil es uns gelungen war, die Fährte der Langfinger aufzunehmen, die in das Herrenhaus der Arlingtons eingebrochen waren, krallte ich mich an Hayden fest.

»Schau nicht nach oben, sondern nach vorn. Das ist eine Sackgasse!«, schrie ich.

Das »Merde«, das Hayden angesichts des Hindernisses rausrutschte, traf es ganz genau.

Während sich die Räuber über die Dächer absetzten, hieß es für uns Vollbremsung. Denn das Tor, an dem unsere Straße endete, war verschlossen. Gleich würden wir herausfinden, wer aus einem Zusammenstoß als Gewinner hervorgehen würde. Sogar als chronische Optimistin tippte ich auf das Tor aus Holzbohlen. Stöhnend presste ich mein Gesicht in Haydens Rücken. Ich würde ihn hemmungslos als Airbag benutzen.

So weit kam es jedoch nicht. Im letzten Moment riss Hayden an den Zügeln und Eclipse warf sich wiehernd herum.

Die Hufe des Pferdes schlitterten über das nasse Pflaster, was nicht unbedingt besser war, als gegen das Tor zu donnern. Wenn Eclipse fiel, würde er uns unter seinem schweren Leib begraben. Oder ich würde von seinem Rücken purzeln und mir den Hals brechen.

Verzweifelt klammerte ich mich noch mehr an Hayden fest. Ich spürte, wie er jeden Muskel in seinem Körper anspannte, um nicht aus dem Sattel zu fliegen. Meine Finger brannten und das Adrenalin jagte durch meinen ganzen Körper. Und doch wusste ich, dass ich genau da war, wo ich hingehörte: auf der Spur des rätselhaften Mondscheinspiegels, der die Gesetze der Zeit aufhob und mein Rückreiseticket in die Gegenwart bedeutete. Und ich war bei Hayden, mit dem ich nicht nur das Schicksal eines Zeitreisenden teilte, sondern der meinetwegen das England der Regency-Ära kennenlernen durfte. Weil ich ihn – völlig ungeplant und mir immer noch ein Rätsel – mit einem Splitter des Mondscheinspiegels ins 19. Jahrhundert geholt hatte.

Eben mit genau dem Splitter, der in einen Spiegel eingelassen war, mit dem die Diebe gerade flohen.

Während ich der festen Überzeugung war, gleich Bekanntschaft mit dem Londoner Pflaster zu machen, fand Eclipse wie durch ein Wunder Halt und vollendete das Ausweichmanöver haarscharf vor dem Tor. Tänzelnd wich er vor dem Hindernis zurück, das hoch vor uns aufragte. Unser Schutzengel meinte es offenbar gut mit uns, aber hui, das war knapp gewesen.

Ich lockerte gerade meinen Klammergriff, damit Hayden wieder atmen konnte, als sich der vermaledeite Hengst vor lauter Übermut aufbäumte. Für eine Sekunde fühlte ich nichts als die kalte Nachtluft an meinem Allerwertesten.

Vor Schreck brachte ich keinen Pieps heraus.

Und was machte Hayden? Der Mistkerl lachte.

Dann bekam ich zum Glück auch schon wieder einen Pferderücken unter mich und presste meine Schenkel in Eclipses Seiten, dass es sich für ihn wie ein Schraubstock anfühlen musste.

Doch was daraufhin passierte, war nun wirklich verrückt: Eigentlich hätte ich Stein auf Bein schwören müssen, nie wieder auch nur in die Nähe eines Englischen Vollbluts zu kommen, das noch tollkühner war als sein Reiter. Stattdessen breitete sich ein Prickeln in meiner

Brust aus, feiner als aufsteigende Champagnerbläschen, und ich war wie beschwipst vor guter Laune. Als Hayden sich im Sattel zu mir umdrehte, erwiderte ich sein breites Grinsen.

»Fühlt sich Mylady gut unterhalten?«

»Ganz großartig, mein Bester«, flötete ich. »Aber bevor wir das nächste Hindernisrennen antreten, sollte ich dringend mal für kleine Zofen, sonst garantiere ich für nichts.«

Hayden lachte, unterdrückte den Laut jedoch sofort, als sich auf der anderen Seite des Tors den Geräuschen nach eine Kutsche näherte und dort zum Stillstand kam.

Unwillkürlich hielten wir – inklusive Eclipse – die Luft an.

»Heda, Kutscher«, erklang eine Männerstimme. »Fahr deinen Wagen näher an die Hauswand, damit wir dran runterklettern können. Nicht, dass uns zu guter Letzt noch unsere wertvolle Fracht in tausend Stücke zersplittert.«

»Teufel noch eins, was macht ihr Galgenstricke denn da oben?«, erwiderte eine Stimme, die so hohl wie ein leeres Rumfass klang.

»Heb dir deine Fragen für später auf, Morton. Wir wurden von einer Meute geifernder Hunde verfolgt. Wenn wir abkassieren wollen, müssen wir die Fracht auf der Burg abliefern, bevor der Mond untergeht. Sonst halbiert sich der Preis und damit auch dein Lohn. Dann wird es nichts mit dem nächsten Pubbesuch, obwohl du klingst, als wärst du ohnehin schon voll.«

»Schon gut, schon gut, ich komm ja schon. Der alte Morton findet seinen Weg auch nach ein paar Gläschen Rum, darauf könnt ihr euch verlassen.«

Als Nächstes war nur noch undeutliches Gemurre, Hufgeklapper und Räderquietschen zu hören.

Ich streckte mich, um Hayden ins Ohr flüstern zu können. »Damit steht das Ziel der Gauner fest, sie wollen den gestohlenen Spiegel nach Higher Castle bringen. Dann hat Honoré Bauchau tatsächlich die Diebe beauftragt, genau so, wie wir es vermutet haben.« Dass der Mann mit der Spiegelglasbrille hinter dem Einbruch stand, überraschte mich kein bisschen. Es waren seine grauen Augen gewesen, die ich im Spiegel in Lady Arlingtons Boudoir gesehen hatte. Dadurch hatten Bauchau und die Verborgene Gesellschaft das Versteck entdeckt und die beiden Diebe darauf angesetzt, es zu plündern.

»Scheinbar steht heute Nacht ein wichtiges Ereignis an, für das Bauchau den Spiegel unbedingt braucht«, flüsterte Hayden. »Mit etwas Glück holen wir uns nicht nur den Spiegel zurück, sondern erfahren vielleicht auch endlich mehr über die Mondscheinmagie.«

Ich nickte und schlang die Arme um ihn als Zeichen, dass wir losreiten konnten. Trotzdem verharrte Hayden.

»Du kennst doch den Weg nach Higher Castle, du bist dort gewesen, richtig?«, versicherte ich mich. »Ich will ja nicht drängeln, aber so, wie das da auf der anderen Seite des Tors klingt, besteigen die Diebe in diesem Augenblick die Kutsche. Wir dürfen keine Zeit verlieren.«

Zu meiner Verwunderung löste Hayden meine behandschuhte Hand von seinem Oberkörper und umfasste sie vorsichtig. »Keine Sorge, ich kenne den Weg«, sagte er. »Aber bevor wir losreiten, hätte ich noch eine Bitte: Falls Eclipse wieder zu Kunststücken aufgelegt ist, könntest du deine Fingernägel an einer anderen Stelle in meine Haut graben? Ich will ja nicht jammern, aber mein Rippenbogen fühlt sich an, als sei er mit einem Morgenstern malträtiert worden.«

Oha, da hatte ich es wohl etwas übertrieben. Andererseits war es nicht meine Schuld, dass ich fast einen Abgang von Eclipses Rücken gemacht hätte. »Nimm die Blutergüsse als dezenten Hinweis, deinen Reitstil etwas weniger draufgängerisch zu gestalten«, sagte ich.

Hayden schnaubte. »Beschwerst du dich ernsthaft darüber, dass ich die Diebe gefunden habe, während Lord Arlington und sein Trupp abgehängt wurden?«

»Falls du Lob dafür erwartest, dass wir fast als Schmierflecken am Tor geendet wären, muss ich dich leider enttäuschen«, hielt ich dagegen.

»Mit mir und Eclipse kannst du ganz entspannt sein, wir sind den Herausforderungen durchaus gewachsen.« Hayden stockte. »Zoe, hast du, als ich eben auf meine Reitkünste hingewiesen habe, ein undamenhaftes Geräusch mit den Lippen gemacht?«

»Ja, das habe ich«, gab ich zu. »Und wenn ich nicht gezwungen wäre, mich an dir festzuhalten, weil mein Leben davon abhängt, hätte ich mir noch zusätzlich an die Stirn geklopft.« Diese männliche Selbstüberschätzung war echt nicht auszuhalten. »Du siehst im Sattel nur so gut aus, weil Eclipse ein Top-Pferd ist, auf dem sogar Milchgesicht Ethelbert eine *bella figura* machen würde.«

Der Blick, den Hayden mir über die Schulter zuwarf, funkelte selbst in der Dunkelheit. »Deiner Meinung nach muss ich auf Eclipse also nicht mehr tun, als mich irgendwie im Sattel halten?«

»Was dir ganz großartig gelungen ist. Sitzen kannst du.«

Ich hätte noch viel mehr zu sagen gehabt, aber Eclipse wieherte, und es klang eindeutig genervt. Außerdem hatte sich die Kutsche längst entfernt, von ihren klackernden Rädern war jedenfalls nichts mehr zu hören.

Hayden räusperte sich. »Wenn du einverstanden bist, streiten wir uns später weiter. Jetzt sollten wir dringend aufbrechen.« Damit gab er Eclipse das Zeichen loszulaufen.

Dieses Mal stachelte Hayden sein Pferd nicht zu Höchstleistungen an, sondern ließ es traben, was mir deutlich lieber war. Dann brauchte ich nur meine Arme um seine Taille legen und nicht meine Fingernägel in ihn schlagen vor lauter Sorge, abgeworfen zu werden. Auch so zogen wir schon genug Aufmerksamkeit auf uns. Nachdem Miss Lucie mir Kleid und Kapuzenmantel geliehen hatte, stand ich Hayden in seiner edlen Aufmachung in nichts nach. Unserer Kleidung nach gehörten wir zu den besseren Kreisen. Das hatte den Vorteil, weniger Fragen aufzuwerfen, als wenn ein junger Adeliger in Begleitung einer Bediensteten zur unsittlichen Stunde unterwegs war. Trotzdem war es besser, niemandem Rede und Antwort stehen zu müssen über unseren Ausflug zu zweit auf einem Pferd. Wobei ich keineswegs im eleganten Damensitz auf Eclipses Rücken hockte, wie es sich eigentlich gehörte. Entweder erwartete man von Damen, dass sie höchstens im Schritttempo ausritten oder liebend gern das Risiko eingingen, sich das Genick zu brechen. Den Sinn mancher Benimmregeln dieser Ära würde ich niemals begreifen.

Je weiter wir uns vom eleganten Knightsbrigde entfernten, desto dicht gedrängter standen die einfachen Häuser, die Straßen wurden enger und die Gasbeleuchtung wurde zuerst spärlicher, bis sie ganz verschwand. Dafür hingen an den Straßenecken Herrschaften ab, die sich ihrem wankenden Gang nach in den Pubs vergnügt hatten, um es mal vornehm auszudrücken. Die Schnapsnasen johlten uns ein paar Dinge zu, die ich lieber nicht wiederholen möchte.

»Möglicherweise wäre es doch schlauer, die größeren Straßen zu nehmen«, schlug ich vor, nachdem uns auch noch eine Horde Kids als »piekfeines Dreckspack« beschimpft hatte. Eine Flasche war haarscharf an meinem Kopf vorbeigeflogen, glücklicherweise leer getrunken, sonst hätte ich jetzt auch noch wie eine Brauerei gestunken.

Hayden schüttelte den Kopf. »Keine gute Idee. Auf den beleuchteten Straßen tummeln sich die Gendarmen, weil sie sich sonst hier in den Nebenstraßen mit den Betrunkenen und Raufbolden rumplagen müssten. Aber wenn du es mir gestattest, könnte ich Eclipse ein wenig Leine lassen. Wir sind für seinen Geschmack ohnehin zu langsam unterwegs.«

»Toll, die Wahl zwischen Pest und Cholera. Ist es denn noch weit?«

»Keine Sorge, wir sind schon an der alten Stadtgrenze, die Dichte der Häuser wird bald abnehmen.«

Nachdenklich ging ich die Optionen durch, war allerdings einen Tick abgelenkt. Unter einer Laterne verhandelte ein Gentleman mit einer auffällig aufgerüschten Lady, die sich nicht zierte, ihre Fußknöchel unter dem Rocksaum aufblitzen zu lassen. Nicht nur das, sogar ihr Knie schaute neckisch hervor – der komplette Skandal in dieser Zeit! Auch das war London anno 1816. Es gab ein Nightlife, von dem eine behütete Miss Lucie aus bestem

Hause nicht das Geringste ahnte. Und ich wollte, ehrlich gesagt, auch nicht allzu viel darüber wissen.

Ich seufzte ergeben. »Dann soll Eclipse mal zeigen, was in ihm steckt. Aber keine weiteren Beschwerden, wenn ich mich an dir festhalte.«

»Du meinst wohl, wie festgeschweißt an meinem Rücken klebst.«

»Was alles über deinen Reitstil sagt. Wenn ich auch nur eine Sekunde locker lasse, liege ich im Rinnstein, während du abzischst wie eine Rakete.«

Hayden unterdrückte ein Lachen. »Versteh mich nicht falsch. Ich mag es durchaus, wenn du die Arme um mich schlingst, als ginge es um dein Leben. Dann fühle ich mich wie ein echter Held.«

Der Mann hatte vielleicht Nerven. »Auf dem Rückweg sitze ich vorn im Sattel und spiele mich auf, dann schauen wir mal, wie du das findest«, knurrte ich. »Und jetzt gib Stoff, du Held. Da drüben haben ein paar düstere Gestalten eben das Schaufenster eines Spirituosengeschäfts eingeschlagen. Ich will lieber der Verborgenen Gesellschaft entgegentreten, als hier zu sein, wenn die Gendarmerie eintrifft.«

Eine Tatsache, die Haydens guter Laune keinen Abbruch tat. »Wie Mylady wünschen«, sagte er. Dann schnalzte er mit der Zunge und sofort preschte Eclipse los, als habe er nur auf dieses Zeichen gewartet.

Zu meiner Erleichterung hatte Hayden richtiggelegen und schon bald wurde die Gegend deutlich ländlicher. London war zwar schon eine Weltstadt, aber eben noch nicht bis auf das letzte Fleckchen verbaut wie heutzutage. Als wir schließlich auf einen Wald zuritten, schien es, als wären wir viele Meilen von der City entfernt auf dem Land. Während ich mit einem flauen Gefühl im Magen auf das schwarze Gewirr aus Stämmen und nacktem Geäst blickte, riss die Wolkendecke auf und der Mond kam zum Vorschein.

»Es ist eine Vollmondnacht«, murmelte ich mit meinen vor Kälte ganz tauben Lippen. »Damit wäre auch die Frage geklärt, warum Honoré Bauchau den Spiegel unbedingt heute haben will: Nur das Licht des Vollmonds kann den Spiegel in ein Zeitportal verwandeln.«

»Dann ist es doppelt gut, wenn wir ebenfalls mit von der Partie sind.«

Dieser begeisterte Tonfall ging mir langsam auf die Nerven. »Hayden, kannst du mir einen Gefallen tun?«

Er warf mir einen fragenden Blick zu, während Eclipse zielstrebig in den Wald lief, der dank des kühlen Mondlichts und der Schatten, die er warf, jetzt noch unheimlicher wirkte. »Das ist jetzt nicht der richtige Zeitpunkt, um die Plätze auf dem Pferd zu tauschen«, sagte er. »Der Wald führt zum Hügel, auf dem Higher Castle liegt.«

Ich schüttelte den Kopf. »Darum geht es jetzt nicht. Kannst du bitte zugeben, dass du dir ebenfalls Sorgen darüber machst, was uns erwartet? Weil … in meinem Kopfkino ist gerade die Hölle los. Ich sehe traditionelle Opferungsriten, mit denen die Gunst des Mondgottes Thot errungen werden soll, vermummte Gestalten, die unheimliche Beschwörungsformeln singen, damit der Spiegel zum Leben erwacht, und einen Sir Henry, der im Adamskostüm den Mond anheult.«

»Das geht dir alles durch den Kopf – und zwar gleichzeitig?«, versicherte sich Hayden.

Himmel, ich wünschte, es wäre nicht so. »All das, und noch weitere gruselige Sachen, wie mein Zähneklappern beweist. Wer kann schon sagen, was die Verborgene Gesellschaft in dieser Ruine treibt? Das sind doch keine Pfadfinder.« Wirklich, ich war kurz davor zu hyperventilieren. »Also sag schon, dass ich nicht alleine damit bin und du ebenfalls einen Hauch beunruhigt bist!«

Hayden dachte nach. »Ist es okay, wenn ich lüge, nur, um dich zu beruhigen? Weil ich mir nämlich keine Sorgen mache.«

Das hatte ich nun davon, dass ich mich diesem Adrenalinsuchti gegenüber öffnete. »Hayden, das ist doch kein Ausflug«, regte ich mich auf. »Wenn du dich unbedingt amüsieren willst, dann mach das in deinem Club. Oder besuch illegale Faustkämpfe, falls du mehr Aufregung in deinem Leben brauchst.«

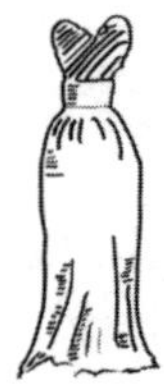

»Zoe, beruhig dich«, unterbrach Hayden meinen Redeschwall. »Ich mach mir nur aus einem einzigen Grund keine Sorgen: Ich habe dich an meiner Seite, die weltbeste Zofe, besser bekannt als die geheime Verfasserin der WhisperWhisper-Briefe, die schlicht auf alles eine Antwort hat. Deshalb bin ich ganz entspannt unterwegs, schließlich habe ich dich ja in meinem Rücken.«

Oh. Das war süß. Wie gut, dass man im Mondlicht nicht sehen konnte, wie ich meine Gesichtsfarbe von einem verschreckten Weiß zu einem verlegenen Knallrot wechselte – um dann wieder weiß zu werden. Denn mal ehrlich, wenn Hayden seinen französischen Charme spielen ließ, dann doch nur, um mich um den Finger zu wickeln. Mach der kleinen Zoe ein Kompliment und schon vergisst sie alles andere. Oder meinte er es doch ernst? Bevor ich noch mal zu Rot wechselte, verpasste ich ihm lieber einen Schlag gegen die Schulter. »Hör auf, mit mir zu flirten, das ist nämlich ein ganz hinterhältiges Ablenkungsmanöver.«

»Aber eins, das funktioniert«, sagte Hayden eindeutig mit einem Lachen in der Stimme. »Wir sind nämlich fast am Ziel. Um die nächste Biegung liegt auf einem Hügel die Ruine Higher Castle. Auf diesem Wegstück hat mich das letzte Mal der Wachposten erwischt. Am besten verstecken wir Eclipse hinter den Büschen und schleichen uns zu Fuß durchs Dickicht an. Dann sind unsere Chancen größer, unentdeckt zu bleiben.«

»Zu blöd, dass der Mond gerade jetzt so hell am Himmel stehen muss.« Und dass die Nacht so still ist, fügte ich in Gedanken hinzu. Dadurch stieg das Risiko, uns durch mein wild pochendes Herz zu verraten.

Nachdem wir Eclipse sicher untergebracht hatten – was den Hengst übrigens gar nicht zu freuen schien, offenbar hatte er Geschmack am Abenteuer gefunden – , liefen wir los. Beziehungsweise ich tippelte los, weil ich im Gegensatz zu Hayden keine Reitstiefel trug, sondern Miss Lucies Pantoletten. Wenigstens war der Kapuzenmantel aus dunklem Stoff, sodass ich nicht gegen die winterlich kahle Landschaft abstach.

Wir schlugen uns durchs Unterholz abseits des Weges, der zur Burg führte. Als wir den Waldrand erreichten, fragte ich mich, ob die Aufregung überhaupt angebracht war. Denn die im Mondschein liegende Ruine, eine gewaltige Trutzburg aus grobem Stein, sah verlassen aus. Es gab keine Fackeln, die den Weg zum Tor beleuchteten, und in den Fensterscharten zeigte sich nicht der kleinste Lichtschein. Auch von der Kutsche, die die zwei Diebe aufgelesen hatte, war weit und breit keine Spur zu entdecken. Ich wies Hayden darauf hin, während ich hopsend den Pfützen auswich.

»Wahrscheinlich steht die Kutsche im Innenhof«, sagte er.

»Oder mit der Burg war ein anderer Treffpunkt gemeint und wir verschwenden in dieser Einöde nur unsere Zeit.«

»Das sollten wir möglichst schnell herausfinden. So weit alles okay bei dir, Zoe?« Hayden beobachtete mit gerunzelter Stirn, wie ich schimpfend meinen Mantel von einem Dornenzweig befreite und dann in letzter Sekunde einem Schlammloch auswich. »Soll ich dich vielleicht huckepack nehmen? Dein Fortbewegungsstil hat was von einem Frosch mit Wasserallergie.«

Wirklich, was bleibt einem bei so einem Vergleich anderes übrig, als mit erhobenem Kinn voranzuschreiten und den unverschämten Kerl keines Blickes zu würdigen? Andererseits hatte ich die Wahl zwischen ramponierten Schuhen und einem willigen Lastenesel. »Meinst du das Angebot ernst?«, fragte ich also doch, denn bei Hayden und seinem Humor konnte man nie wissen. »Schließlich bist du vorhin schon fast zusammengebrochen, weil ich mich etwas heftiger an dir festgehalten habe.«

»Festgekrallt«, korrigierte Hayden, während er mir galant die Hand reichte, als würde er mich zum Tanz auffordern.

Ich deutete einen Knicks an und hielt ihm meine Hand hin – die er sich plötzlich wenig vornehm schnappte, um mich an sich zu ziehen.

»Hey, jetzt bin ich in den Schlamm getreten«, beschwerte ich mich.

Doch Hayden zog mich bereits hinter ein Gebüsch. »Ich höre Pferdehufe, da kommt eine Kutsche.«

Jetzt hörte ich es auch: Jemand bretterte mit Karacho den Weg entlang. In Deckung warteten wir, bis tatsächlich ein geschlossener Zweispänner in Sicht kam, das Tempo nun gedrosselt. Der Kutscher warf häufiger einen Blick zurück, als dass er sich auf die Burg konzentrierte. Der Wagen rollte an unserem Versteck vorbei und blieb dann stehen.

»Wir wurden entdeckt«, flüsterte ich. »Ich hab ein paar fiese Selbstverteidigungskniffe drauf, mit denen niemand bei einer feinen Dame rechnet. Wie sieht es bei dir aus?«

Hayden krauste die Stirn. »Ich boxe seit meinem vierzehnten Lebensjahr.«

Das erklärte, warum Honoré Bauchau im Hyde Park direkt zu Boden gegangen war, als er Haydens Bekanntschaft machen durfte. Nun ja, und es erklärte auch seine breiten Schultern, die so gar nicht nach englischem Adelsspross aussahen.

In diesem Moment öffnete sich die Wagentür und ein Kerl mit finsterer Miene blickte hinaus. »Jetzt lass es gut sein, Morton«, rief der Mann. »Da war kein Pferdeschnauben im Wald zu hören, das hast du dir in deinem versoffenen Kopf bloß eingebildet. Es sind längst alle in der Burg versammelt und warten auf uns. Also treib endlich deine Gäule an.«

Murrend ließ der Kutscher die Zügel knallen und die Pferde setzten sich wieder in Bewegung.

Blitzschnell traf ich eine Entscheidung. »Komm mit«, flüsterte ich Hayden zu. Dann folgte ich geduckt der Kutsche und sprang hinten auf. Ich suchte noch nach Halt auf dem schmalen Tritt, als Hayden neben mir auftauchte und die Kutsche unter seinem Gewicht wegsackte. Im Inneren des Wagens ertönte Geschimpfe über den holprigen Weg. Doch das ging im Lärm der Kutsche unter, die auf der letzten Wegstrecke noch einmal ordentlich Tempo zulegte.

Hayden strich sich das Haar aus der Stirn, obwohl der Wind es ihm sofort wieder durcheinanderwirbelte. Bildete ich mir das ein, oder musterte er mich durchaus beeindruckt?

»Spontan, aber genial«, sagte er. »Das nächste Mal würde ich mich trotzdem über eine rechtzeitige Ansage freuen. Es hätte nicht viel gefehlt und ich hätte dir hinterhergewunken.«

Eigentlich wäre es klüger gewesen, den Mund zu halten, auch wenn der Kutscher wegen des Fahrtwinds kaum etwas aufschnappen konnte. Nur hatte Hayden etwas an sich, das es mir unmöglich machte, mich nicht mit ihm zu kabbeln. »Normalerweise fahre ich nicht per Anhalter, aber ich dachte, das sei die perfekte Ausnahme. Hoffentlich bist du nicht zu enttäuscht über die verpasste Chance, mich durch die Gegend zu tragen. Dann könntest du dich noch etwas heldenhafter fühlen.«

Hayden zwinkerte mir zu. »Dazu wäre es gar nicht erst gekommen, weil du mir bestimmt die Sporen gegeben hättest.«

»Musst du eigentlich immer das letzte Wort haben?«

»Selbstverständlich nicht.«

Darauf hätte ich nur zu gern etwas erwidert, aber der Kutscher zügelte erneut die Pferde, als ein Knarren ertönte, das verdächtig nach einem sich öffnenden Tor klang.

Wir waren allem Anschein nach bei der Burg angekommen.

Ich zog meine Kapuze tief ins Gesicht und legte Hayden meinen weit schwingenden Mantel über, damit er sich darunter verbergen konnte. Nicht, dass man noch sein Gesicht aufblitzen sah. Dann holperte die Kutsche auch schon über das Kopfsteinpflaster eines Innenhofs, der von schwach flackerndem Feuerschein erleuchtet war. Als die Räder zum Stillstand kamen, wurden in mir doch Zweifel laut, ob meine Idee nicht eher eine riesige Dummheit war. Jedenfalls brauchte nur einer der Diebe einen Blick zurückzuwerfen, dann wären wir auch schon entdeckt. Da half es auch nichts, dass ich mich so klein wie möglich machte.

»Da seid ihr ja endlich! Wir erwarten euch bereits sehnlichst«, hallte eine Frauenstimme mit einem Akzent, den ich nicht zuordnen konnte, über den Hof. Aus England stammte die Dame jedenfalls nicht.

»Wir haben es geschafft – und der Mond steht voll und hell am Himmel. Wenn das kein Zeichen ist«, sagte einer der Diebe.

Bitte, bitte, flehte ich innerlich, verschwendet keine Zeit mit Rumstehen und Labern, sondern geht in die Burg. Ich konnte gern auf die Erfahrung verzichten, wie schwarz behandschuhte Finger meine Kapuze zurückschoben, während jemand zischte: »Schau mal an, wen wir da haben: eine kleine Lady, die sich verirrt hat.« Vermutlich würde es nicht reichen, schnell loszulaufen und wie beim Versteckenspielen »Sicher!« zu schreien. So etwas wie »Sicher« gab es auf Higher Castle nämlich nicht.

»Dann nehme ich an, dass ihr erfolgreich gewesen seid.« Die Frauenstimme erklang nun erschreckend nah. Sie stieß einen Freudenlaut aus, als die Diebe allem Anschein nach ihre Beute vorzeigten. »Großartig, allein wie sich das Mondlicht in seinem silbernen Grund spiegelt. Ich kann den eingearbeiteten Splitter sehen! Heute ist zweifelsohne die perfekte Nacht für seine Erweckung – und dann wird er uns verraten, wo sein passendes Gegenstück ist, nach dem ich schon so lange suche. Rasch, folgt mir – und nehmt euch welche von den Masken, die am Eingang bereitliegen. Wir wollen die Gesellschaft nicht länger warten lassen.«

»Momentchen«, krächzte der Kutscher. »Hier geht niemand nirgendwohin, bevor der alte Morton nicht seinen verdienten Lohn erhalten hat. Und dann mache ich mich aus dem Staub, diese Ruine ist mir zu unheimlich. Man erzählt sich schlimme Geschichten über das Gemäuer und seine Vergangenheit. Nein, um kein Geld bleibe ich an diesem verdammten Ort!«

»Das brauchst du auch nicht, nimm deine Münzen und geh, so schnell du nur kannst.« In die Frauenstimme hatte sich ein drohender Unterton eingeschlichen. »Und noch ein paar Münzen mehr für eine Extraflasche Rum, die dir vergessen hilft, dass du jemals hier gewesen bist. Fang!«

Etwas flog klimpernd durch die Luft.

Während ich noch die Ohren spitzte, glitt Hayden von der Kutsche und half dann mir hinunter.

»Jetzt oder nie«, raunte er.

Auf Zehenspitzen umrundeten wir die Kutsche, ohne jedoch ein Versteck zu finden. Da gab es nur Mauerwerk aus grob geschlagenen Steinquadern, gegen das wir uns pressen konnten. Anders ausgedrückt würden wir wie auf dem Präsentierteller sitzen, sobald sich die Kutsche von der Stelle rührte.

Der Kutscher jubilierte. Offenbar gefiel ihm, was ihm da an klirrender Münze entgegengeflogen war. Dann ließ er auch schon die Zügel knallen, damit die Pferde sich in Bewegung setzten.

Hayden und ich standen schreckstarr an die Wand gepresst, und waren schlicht nicht zu übersehen.

Langsam rollte die Kutsche an.

Ich bewegte mich in ihrem Schlagschatten mit und zog Hayden hinter mir her. Dabei muss ich zu meiner Schande gestehen, dass ich absolut keinen Plan hatte. Aber jede Sekunde, die wir länger unentdeckt blieben, war eine wunderbare Sekunde. Und dann, als die Kutsche einen Bogen beschrieb, dem wir nicht folgen konnten, weil wir sonst mitten im Innenhof gestanden hätten, ertasteten meine Hände eine Bruchstelle im Mauerwerk. Diese Ruine stand kurz vorm Einsturz, so viel war klar. Der Spalt war gerade groß genug, dass wir uns hineinquetschen konnten, auch wenn wir uns dafür ziemlich verrenken mussten. Nie hätte ich gedacht, dass ich mich darüber freuen könnte, dass Haydens Knie gegen meine Brust drückte und ich mir nicht sicher war, in welches seiner Körperteile ich meine Schulter bohrte.

Vor uns lag nun der spärlich beleuchtete Innenhof – und in ihm standen nicht nur die dunkel gekleideten Einbrecher mit dem Spiegel der Arlingtons, sondern auch eine Frauengestalt in einem bestickten, bodenlangen Umhang, die Kapuze bis in die Stirn gezogen. In der Hand hielt sie eine Laterne, die ihr Gesicht beleuchtete. Es war schneeweiß, ebenmäßig und reglos. Diese Frau musste eine Zeitreisende sein, deren Gesicht bereits vollständig seine Farbe verloren hatte. Sie sieht aus wie die Zwillingsschwester der Marquise de Minuit, dachte ich voller Schreck. Aber als sie etwas sagte, ohne dass sich ihre Lippen bewegten, ging mir ein Licht auf: Das Gesicht der Gestalt war hinter einer venezianischen Maske verborgen, die nur zwei Schlitze für die Augen freiließ.

Glücklicherweise waren Lady Bianco, wie ich die Maskenträgerin kurzerhand taufte, und ihre Schergen damit beschäftigt, der davonfahrenden Kutsche nachzuschauen, während sich das Tor wie von Zauberhand zu schließen begann. Als sie sich abwendeten, um zum Haupteingang der Ruine zu laufen, berührten Haydens Lippen mein Ohr.

»Das ist unsere letzte Chance, bevor das Tor ganz zu ist«, raunte er. »Wenn du dich gleich rausschleichst, kommst du unbemerkt zu Eclipse. Sitz auf und reite einfach los, der Hengst findet den Weg schon allein zurück nach Knightsbrigde. Falls ich bis morgen nichts von mir hören lasse, gib meinem Vater mit einem anonymen Brief Bescheid, wo ich bin. Falls die Aktion hier schiefläuft, bringt es ja nichts, wenn wir beide in der Burg festsitzen.«

Das war mal wieder typisch Hayden, tat großspurig so, als wäre das allein seine Angelegenheit. Und ich war nur sein süßer Sidekick, den er wegschicken konnte, sobald die Sache ernst wird.

»Das mit der Vorsichtsmaßnahme sehe ich ganz genauso, nur mit einem winzigen Unterschied«, sagte ich. »Ich bleibe – und du gehst. Falls man mich entdeckt, wird mir schon nichts passieren. Schließlich weiß Bauchau, dass ich eine Zeitreisende bin, die schon einmal den Spiegel erweckt hat. In seinen Augen wärst du nur ein nutzloses Anhängsel, das er mir nichts, dir nichts entsorgen könnte. Er hat ja keine Ahnung, dass du ebenfalls ein Zeitreisender bist.«

Hayden versteifte sich, was ich dank unseres notgedrungenen Zusammenklebens hautnah mitbekam. »Erinnere mich bitte nicht daran, dass ich die Reise ins 19. Jahrhundert deinen Künsten als Spiegelflüsterin zu verdanken habe.«

Ups, ein Eigentor. Obwohl Hayden behauptete, dass er mir die Sache mit seiner unfreiwilligen Zeitreise nicht übel nahm, hätte ich keinen Penny drauf gewettet, dass das stimmte. Hätte mich jemand, ohne zu fragen, in die Vergangenheit verfrachtet, würde ich jedenfalls nicht bloß mit der Schulter zucken und »C'est la vie« denken.

Bevor wir unsere Diskussion fortsetzen konnten, nahm uns das Tor die Entscheidung ab. Es verschloss sich nämlich mit einem letzten Knarren.

Punktgenau stöhnte Hayden neben mir auf.

Ich verkniff mir einen Kommentar, schließlich hatte ich immer noch ein schlechtes Gewissen, dass er überhaupt hier feststeckte. Anstatt in unserer Zeit herauszufinden, wie viele dreckige Kaffeetassen sich in einer WG-Spüle stapeln lassen, oder mit märchenhaft schönen Studentinnen Party zu machen, spielte er für mich das Kindermädchen. So fühlte es sich jedenfalls an, wenn er mich loswerden wollte, sobald es etwas turbulenter wurde. Wie jetzt, da es galt, die Höhle des Löwen zu betreten.

Darauf bedacht, nicht in den Lichtkreis der Fackeln zu treten, pirschten wir uns zum Eingang der Ruine, durch den Lady Bianco in Gesellschaft der beiden Diebe verschwunden war. Der gemauerte Bogen war bereits vor langer Zeit eingebrochen, sodass die Tür schief in den Angeln hing. Ein Anticken mit meinen vor Kälte steifen Fingern genügte und sie schwang erfreulich leise auf. Dafür lag hinter ihr alles in tiefster Dunkelheit. Es kam mir so vor, als würden wir in einen weit aufgerissenen schwarzen Schlund spazieren.

Wortlos nahmen Hayden und ich uns bei den Händen.

»Keine Wachen«, stellte ich fest.

»Sie gehen wohl davon aus, dass sowieso keiner in die Burg kommt, der hier nichts verloren hat. Deshalb auch die spärliche Beleuchtung im Hof: Es soll niemand angelockt werden.«

Hayden wollte schon einen Fuß in die Finsternis setzen, doch ich hielt ihn zurück. »Und wenn sie Fallen ausgelegt haben?«

Es war zu dunkel, um Haydens Gesicht lesen zu können, aber ich halte jede Wette, dass er die Augen verdrehte. »Deine Fantasie möchte ich haben. Aber gut, gehen wir das Risiko ein und machen etwas Licht.« Er griff in seine Manteltasche und einige Sekunden später leuchtete die Flamme eines Zündholzes auf.

Neugierig sah ich mich um.

Die große Diele war verlassen, dafür standen auf einer Anrichte zwei Kerzenleuchter. Bevor Hayden sich die Finger verbrannte, hatten wir eine Kerze entzündet. Aus dem Augenwinkel sah ich zu meinen Füßen gerade noch etwas davonhuschen.

»Schau mal, Mäuschen«, sagte ich. »Oder sind die Nager für Mäuschen etwas zu groß?«

Hayden inspizierte lieber eine große Kiste, die ebenfalls auf der Anrichte stand. »Hier drin sind jede Menge venezianische Masken. Offenbar bevorzugen die Mitglieder der Verborgenen Gesellschaft ihre Anonymität. Wir sollten unbedingt auch welche tragen für den Fall, dass man uns entdeckt.«

Wenn es ums Verkleiden ging, war ich sofort dabei. »Die sind ja richtig schön! Ich nehme die schwarze Halbmaske, ganz Dame von Welt, und du … du nimmst den Raben.«

»Das Teil mit der Riesennase? Wohl kaum, die hat auch sonst niemand genommen, so viele, wie es davon noch gibt. Ich nehme die gleiche Maske wie du. Das ist sicher unauffälliger, falls wir uns unter die Gesellschaft mischen müssen, um an den Spiegel zu kommen.«

Allein bei der Vorstellung wurde mir mulmig. Mein Bauchgefühl empfahl mir eindeutig einen gut versteckten Beobachtungsposten, auf dem man schön auf Abstand bleiben und jede Konfrontation vermeiden konnte. Wer auch immer hinter der Verborgenen Gesellschaft steckte, mit ihm war nicht zu spaßen. Schließlich hatten diese Leute nicht einmal davor zurückgeschreckt, zweimal hintereinander in das gut bewachte Herrenhaus der Arlingtons einzubrechen.

Nachdem wir unsere Masken aufgesetzt hatten, musste ich ein Grinsen unterdrücken. Hayden sah schon ziemlich heftig nach »50 Shades of Regency« aus in seinem schicken Mantel, mit dem zurückgestrichenen Haar und der Kerze in der Hand, die flackernde Schatten auf sein maskiertes Gesicht warf. Aber für solche Albernheiten war jetzt keine Zeit. Die Ohren gespitzt schlichen wir durch die Diele, an

deren Ende sich eine Treppe befand – und uns vor eine Entscheidung stellte: Sollten wir hinaufsteigen oder runter ins Kellergeschoss gehen?

»Lass uns nach oben gehen«, schlug ich vor. »Bestimmt gibt es dort einen Festsaal. So was hat doch jede anständige Burg im Angebot.«

Mit einem unterdrückten Fluch sprang Hayden auf die Treppe. »Hauptsache, wir setzen uns in Bewegung. Deine verdächtig nach Ratten aussehenden Mäuschen werden langsam zutraulich. Eben ist eine graue Pelzkugel über meinen Stiefel geflitzt.«

Die Treppe führte auf eine Galerie, auf der zwischen verstaubten Ritterrüstungen jede Menge Gesteinsbrocken herumlagen. Die marode Bogendecke war durchbrochen von Ritzen und Löchern, durch die das Mondlicht fiel, als wollte es uns necken. Beklommen blickte ich alle paar Schritte hinauf, ob dort auch wirklich alles an Ort und Stelle blieb. Ich hatte keine Lust, diesen Ausflug mit einer Gehirnerschütterung abbrechen zu müssen, bevor der Spaß überhaupt losging.

Als wir am Ende der Galerie vor einer prunkvollen Tür anhielten, presste ich mein Ohr gegen das Holz. »Nichts zu hören«, wisperte ich. »Falls dahinter die Verborgene Gesellschaft versammelt sein sollte, ist sie gerade mit Meditieren beschäftigt.«

»Finden wir es heraus.« Hayden griff nach der Klinke – und fuhr im nächsten Moment zurück, als habe sie ihm einen Schlag verpasst. Erschrocken sah er mich an, dann begriff ich, dass sich die Klinke von allein bewegte.

Jemand öffnete die Tür von der anderen Seite!

Panisch blickte ich mich nach einem Versteck um, aber

Hayden hatte bereits eine Idee: Er blies die Kerze aus, dann drückte er mich gegen die Wand und baute sich vor mir auf. Für einen Atemzug dachte ich, dass er uns so verbergen wollte, wie ein Kind, das sich die Augen zuhält und glaubt, dass man es nicht mehr sehen kann. Doch als sich die Tür neben uns öffnete, legte Hayden eine Hand um meinen Nacken, und während ich noch überrascht nach Luft schnappte, versiegelte er meinen Mund mit seinen Lippen.

Es war ein Kuss.

Nein, es war kein Kuss.

Nur seine Lippen auf meinen.

Aber genau da waren sie. Ich konnte ihre Wärme spüren und auch eine leichte Rauheit, die Ahnung eines Geschmacks, der von ihnen ausging … lauter Dinge, die ich so genau eigentlich nicht wissen wollte. Und trotzdem bekam ich sie hautnah mit, und ein Teil von mir machte ein Geräusch, das verdächtig nach einem dahinschmelzenden »Mmhhh« klang. Das war, bevor jemand neben uns verblüfft grunzte.

Statt zurückzuzucken, drängte Hayden sich dichter an mich und neigte sanft den Kopf, sodass seine Lippen sich noch mehr an meine schmiegten. Ich schlang die Arme um ihn, halb schauspielernd, halb, weil ich nicht anders konnte. Die Zeit schien sich auszudehnen, als würde dieser Kuss, der keiner war, sie aus ihren Angeln heben.

Licht fiel auf uns, dann räusperte sich jemand und sagte: »Entschuldigen die Herrschaften bitte vielmals die Störung.«

Als würde man ihn aus einem süßen Traum reißen, löste Hayden sich von mir und funkelte den Störenfried an, der hastig einen Schritt zurücksetze. Seiner Bekleidung und seinem verschreckten Gesichtsausdruck nach handelte es sich um einen Lakaien. »Was schleichst du dich so an, verdammt noch mal?«, blaffte Hayden ihn in bester Adelsmanier an. »Siehst du nicht, dass dich hier keiner braucht?«

Die Laterne in der Hand des Lakaien zitterte. »Es tut mir unendlich leid, Mylord. Es ist nur … Ihr solltet lieber im Gewölbe unter dem Ostflügel bleiben. Dieser Teil der Ruine ist nicht sicher, hier kann jederzeit Mauerwerk herabstürzten.«

»Willst du uns etwa Angst machen, du unverschämter Kerl?«, knurrte Hayden. »Ich finde es hier nämlich durchaus romantisch – und meine Liebste auch. Zumindest fand sie es bis eben.« Er sah mich erwartungsvoll an, jetzt war es an mir.

Okay, was wurde von einer feinen englischen Lady in einer solchen Situation erwartet? »Oh, Darling, eine solche Aufregung ist nichts für meine Nerven«, hauchte ich und lehnte mich an Haydens Schulter, als schwänden mir bereits die Sinne.

Grimmig schlang Hayden einen Arm um mich. »Du solltest besser zusehen, dass du Land gewinnst, solange ich mich um meine Dame kümmern muss.«

Vorsorglich brachte sich der Lakai hinter der Tür in Sicherheit. »Vielleicht wird es Euch freuen zu erfahren, dass das Artefakt soeben gebracht worden ist und die Warterei damit ein Ende hat, Euer Hochwohlgeboren. Bestimmt werdet Ihr schon sehnlichst im Gewölbe erwartet.«

»Wir haben das Artefakt endlich in unseren Händen? Das ist wahrhaftig eine gute Nachricht!« Voller Überschwang gab Hayden mir einen Kuss auf die Wange. Echter ging es wirklich nicht. Bei dieser launischen Darbietung kam dem Lakaien nicht der leiseste Hauch eines Zweifels, dass er es nicht mit einem Vertreter der höheren Kreise zu tun hatte. Für ihn waren wir zwei gelangweilte Mitglieder der Verborgenen Gesellschaft, die sich heimlich für ein Tête-à-Tête davongeschlichen hatten, solange die Zusammenkunft nichts als Warterei zu bieten hatte.

»Das Zeremoniell wird gleich beginnen. Ich habe auf Wunsch der ehrenwerten Hohepriesterin soeben die Lichtschleusen im Westturm geöffnet und der Himmel klart zunehmend auf.« Der Lakai war offenbar so froh, Hayden in gute Laune versetzt zu haben, dass er beim Reden kaum Luft holte. »Die Wachen sind bereits vor sämtlichen Ausgängen postiert, damit nichts und niemand das heilige Unterfangen stören kann.«

Wachen? Na, klasse. Das bedeutete, dass wir uns auch nicht mehr heimlich davonschleichen konnten. Aber das habe ich ja ohnehin nicht vor, beschloss ich kurzerhand und hob mein Kinn so hoch, dass man mir sicherlich in die Nasenlöcher blicken konnte. »Dann sollten wir keine Sekunde mehr verschwenden und uns umgehend dem Rest der Gesellschaft anschließen.«

»Wollen wir zwei Hübschen denn nicht noch ein Weilchen unter uns bleiben und später nachkommen?«, murmelte Hayden, der noch nicht bereit zu sein schien, sich seinem Schicksal zu fügen.

»Wir wollen doch die Wachen in ihrer Pflicht nicht durcheinanderbringen, wenn sie uns hier entdecken«, sagte ich tadelnd. »Am Ende verwechseln sie uns noch mit zwei Eindringlingen.«

Hayden zupfte das Samtband meiner Kapuze zurecht. »Das wollen wir natürlich um jeden Preis vermeiden. Geh voran, Bursche, und leuchte uns den Weg.«

Der Lakai verbeugte sich, dann marschierte er los – allerdings nicht in den Saal, aus dem er gekommen war. Er führte uns wieder über die Galerie zur Treppe, was dann wohl bedeutete, dass kein Besuch eines prunkvollen Festsaals anstand. Stattdessen stiegen wir in den Keller hinunter, der einen muffigen Geruch verströmte. Kaum hatten wir die letzten Stufen erreicht, nahmen wir ein Stimmengewirr wahr. Es klang ganz danach, als sei die Verborgene Gesellschaft mehr als ein intimes Kaffeekränzchen.

An den unverputzten Wänden brannten Fackeln in eisernen Halterungen und leuchteten uns den Weg, während wir immer tiefer in ein unterirdisches Gängelabyrinth vordrangen. Nie hätte ich damit gerechnet, dass sich unter der halb zerfallenen Burg ein solch weitverzweigtes Reich auftun könnte.

Auch Hayden blickte sich staunend um. »Dieses Gewölbe ist unglaublich, als würde ein Großteil der Burg unter der Erde liegen.«

Der Lakai blickte über seine Schulter. »Sehr beeindruckend, fürwahr. Ihr seid sicherlich entzückt, dass Eure großzügige Unterstützung, Higher Castle für dieses besondere Ereignis herzurichten, zu solch einem vortrefflichen Ergebnis geführt hat.« Offenbar zählte er uns zu einer Gruppe wohlhabender Zeitreisebegeisterter, die Honoré Bauchaus Suche nach den Mondscheinspiegeln finanzierte. »Die neueren Gewölbe, durch die wir eben gegangen sind, dienten früher als Lager und Arbeitsräume. Die Krypta, die mein Herr bei seiner Erforschung der Burg entdeckt hat, ist sehr viel älter, in ihrem Kern vielleicht sogar heidnisch. Ein uralter Kultort, verborgen im Schoß von Mutter Erde, versteckt vor den Augen Ungläubiger. Darauf deutet zumindest der Altar hin, auf den der Vollmond sein sagenumwobenes Licht wie durch Zauber richtet. Man könnte sagen, es war eine wundersame Fügung, dass mein Herr sie gefunden hat. Als habe die Krypta nur darauf gewartet, die Verborgene Gesellschaft standesgemäß zu beherbergen und zum Schauplatz der Wiedererweckung des Zeitenspiegels zu werden. Meiner bescheidenen Meinung nach ein Zeichen, dass Thot uns wohlgesinnt ist.«

»Den Eindruck habe ich auch. Nicht wahr, mein Herz?« Hayden plinkerte mich so verknallt an, dass ich ein Grinsen unterdrücken musste. Man konnte es auch übertreiben mit der Performance. Aber gut, das Spiel hatte ich ebenfalls drauf, und die Masken machten es sogar leichter.

»Jeder Moment mit dir im Mondlicht ist eine göttliche Fügung«, schnurrte ich und schaute Hayden tief in die Augen. Offenbar zu tief, denn auf einmal war jede Spur von Albernheit wie weggewischt. Ohne es zu merken, waren Hayden und ich stehen geblieben und schauten einander an, als würden wir uns zum ersten Mal sehen. Und irgendwie war es auch so, als habe jemand an einem Rädchen gedreht und uns beide auf Anfang gesetzt.

Der Lakai räusperte sich verlegen. »Nur noch diesen Stollen entlang, dann sind wir da. Wenn die Herrschaften belieben würden?«

Sichtlich widerwillig löste Hayden den Blick. »Gut, wir sollten wirklich keine Zeit verlieren.«

Der Stollen war nicht mehr als ein von Schutt befreiter schmuckloser Gang, der sich jedoch schon nach einigen

Metern in einen kunstvoll gemauerten Vorraum weitete. Hinter einem schweren Vorhang waren jetzt deutlich Stimmen zu hören. Allem Anschein nach tagte dort die Verborgene Gesellschaft.

In der ganzen Aufregung war ich überhaupt nicht dazu gekommen, mir Gedanken zu machen, dass wir gleich mitten unter unseren Feinden stehen würden, lediglich mit einer Maske ausgestattet, die das halbe Gesicht verbarg. Was, wenn die Gesellschaft an einer Tafel saß, an der kein einziger Platz frei war, sodass wir uns gleich verraten würden? Oder sie aus einem Kreis von zwölf ausgewählten Vertretern bestand, die sich bei den Händen hielten und keineswegs auf Nachzügler warteten? Oder man hatte den Altar, den der Lakai eben erwähnt hatte, für eine Opferdarbringung vorbereitet und eben noch mal sorgfältig die Messer geschliffen … Hayden hatte recht, meine Fantasie war echt ein Handicap in solchen Situationen. Allerdings war es nun zu spät, die Röcke zu raffen und schreiend davonzurennen.

Der Lakai zog den Vorhang beiseite, Hayden bot mir seinen Arm an, den ich ganz ladylike nahm, und dann betraten wir die Krypta.

2
In der Krypta

Niemand zeigte mit dem Finger auf uns und schrie: »Spione!«

Es hielt uns auch kein Wächter einen Dolch an die Kehle und forderte das Losungswort. Genauso wenig wollte irgendjemand geheime Tattoos sehen oder begrüßte uns mit einer komplizierten Abfolge von Abklatschern, bei der Hayden und ich nur dumm aus der Wäsche geguckt hätten. Vom Spiegel und der angekündigten Hohepriesterin war allerdings auch nichts zu entdecken, worüber ich, ehrlich gesagt, gar nicht so traurig war. Nach der ganzen Aufregung musste ich mich erst mal akklimatisieren.

Möglichst unauffällig ließ ich meinen Blick schweifen. Was in der Krypta stattfand, war zumindest nach meinem ganzen Kopfkino eine Enttäuschung. Es sah nämlich alles eher nach einem Stehempfang aus, bei dem maskierte Herrschaften in gewisperte Gespräche vertieft waren, während zwischen ihnen Lakaien mit Getränketabletts umherliefen. Wir wurden kurz beäugt, dann wendete sich die Gesellschaft wieder interessanteren Dingen zu. Vermutlich fachsimpelten sie über mögliche Zeitreiseziele oder die Frage, ob man den Mondspiegel reproduzieren und damit ein Riesengeschäft machen könnte. Warum auch nicht? Wer es bis in die Burg geschafft hatte und die Kleidung der namhaften Schneider aus der Bond Street trug, war sicher ein vollwertiges Mitglied dieses exklusiven Clubs. Ich schwor mir, Miss Lucie künftig noch treuer zur Seite zu stehen, weil sie mir so lieb Kleid und Mantel geliehen hatte. In meinem Rüschennachthemd wäre ich schon längst aufgeflogen.

Der Lakai, der uns zur Krypta geführt hatte, verbeugte sich nach allen Regeln der Kunst. »Wünsche den Herrschaften noch einen spektakulären Abend. Ich darf mich nun empfehlen«, säuselte er. Im nächsten Moment war er auch schon im Gedränge verschwunden.

»Und weg ist er. Mist«, schimpfte Hayden. »Ich dachte, er könnte uns zu seinem Herrn, dem Kopf der Verborgenen Gesellschaft führen.« Er machte Anstalten, dem Lakaien zu folgen. Was ja so überhaupt nicht auffällig gewesen wäre.

»Lass uns erst mal die Lage sondieren«, schlug ich deshalb vor.

Hayden zuckte mit den Achseln. »Wir sind in einem Kellerraum voller maskierter Leute. Was gibt es da groß auszukundschaften?«

Ich musste nicht lange nachdenken, schließlich hatte ich massenweise historische Abenteuerromane gelesen. »Potenzielle Fluchtwege natürlich. Außerdem sollten wir so viele Informationen wie möglich sammeln, damit wir später gezielt vorgehen können. Vertrau mir, auf dem Internat, das ich normalerweise besuche, organisiere ich einen Mitternachtsclub, von dem die Schulleitung nicht mal ahnt, dass er überhaupt existiert. Und so sollte es auch hier laufen: Wenn wir uns aus dem Staub machen, darf die Verborgene Gesellschaft keinen Schimmer haben, dass wir überhaupt da gewesen sind.«

Trotz der Maske war zu erkennen, dass Hayden die

Stirn in Falten legte. »Hast du etwa einen Ersatzspiegel unter deinen Röcken, den wir ihnen unterjubeln können? Sonst wird es nämlich schwierig mit deinem favorisierten Ninja-Abgang.«

Mit Hayden zu diskutieren war ungefähr genauso sinnvoll wie ein Gespräch mit Spitz-Primadonna Prickelton über sein dünkelhaftes Benehmen. Also schenkte ich mir das und schaute mich stattdessen um.

Die Krypta war ein von Säulen gehaltenes Gewölbe, dessen Boden glücklicherweise tipptopp sauber war. Von ausgeblichenen Schädeln, mit Leichentüchern bedeckten Bahren oder gar aufgehäuften Knochenresten in der Ecke war keine Spur zu entdecken, wie ich zu meiner Erleichterung feststellte. Dafür spannten sich zwischen den Säulen Bögen, die den sich wandelnden Mond zeigten. Das konnte doch kein Zufall sein … Vom Mondlicht selbst war hier unten allerdings nichts zu sehen, die Hauptkuppel versank in Schwärze. Was ich viel interessanter fand, waren die Durchbrüche an den Seitenwänden der Krypta. Soweit es im Licht der Fackeln zu erkennen war, gingen vom Hauptraum weitere Räume ab. Allem Anschein nach war das Erdreich unter Higher Castle durchlöchert wie ein Schweizer Käse. Möglicherweise gab es sogar einen Tunnel, der in die Stadt zurückführte, oder zumindest einen Fluchtweg nach draußen. Das würde auch erklären, warum der Innenhof nicht voller Kutschen stand. Denn dass diese vornehmen Herrschaften zu Fuß nach Higher Castle gekommen waren, bezweifelte ich doch sehr. Die meisten Adeligen waren ja schon aus der Puste, wenn sie sich nach ihrer runtergefallenen Serviette bückten.

Während ich Hayden über meine Beobachtungen informierte, checkte er die Gäste genauer ab. Jedenfalls versuchte er es.

»Das bringt nichts, in ihren dunklen Mänteln gleichen die Herrschaften einander wie ein Ei dem anderen«, murrte er. »Kannst du Bauchau in diesem Gewühl entdecken?«

Leider war es nicht drin, dass ich mich auf die Zehenspitzen stellte. Eine Dame von Rang hopste nicht auf der Stelle, um sich eine bessere Übersicht zu verschaffen. Also scannte ich ohne allzu große Hoffnung die Menge ab nach der vertrauten Silhouette von Gastgeber Honoré Bauchau, aber auch nach Sir Henry Beowulf Satinville, besser bekannt als Duke of Richmond und vermeintlicher Förderer der Verborgenen Gesellschaft. Doch es waren einfach zu viele Gestalten, die sich darum bemühten, keinen Hinweis auf ihre Identität zu geben. Wer sich in diesen Kreisen tummelte – einer Organisation, die nicht einmal vor Einbrüchen zurückschreckte –, legte wahrscheinlich keinen Wert darauf, erkannt zu werden. Damit lag die Macht und das Geschick der hoffnungsfrohen Zeitreisenden in den Händen derjenigen, die alle Namen kannten. Wer auch immer hier die Fäden zog, er oder sie spielte ein raffiniertes Spiel.

Mit größter Selbstverständlichkeit nahm Hayden zwei Gläser vom Tablett eines vorbeigehenden Lakaien. Dem Sohn einer alleinerziehenden Mutter, der in den Vororten von Paris aufgewachsen war, hatten ein paar Wochen als junger Lord ausgereicht, dass ihm Empfänge genauso alltäglich waren wie ein Schwatz mit den Nachbarn. Meine Nerven hingegen lagen blank. Zofen trieben sich hinter den Kulissen herum und nicht auf roten Teppichen. Deshalb lehnte ich auch nicht ab, als Hayden mir ein Glas mit unbekanntem Inhalt in die Hand drückte. Hastig nahm ich einen Schluck.

Ein großer Fehler, wie sich eine Sekunde später herausstellte, als meine Zunge in Flammen aufging. Entgegen jeder Etikette spuckte ich das Teufelszeug zurück ins Glas. »Schenken die hier Gift aus?«, krächzte ich.

Als müsse er das erst mal genau überprüfen, trank Hayden aus seinem Glas, bevor ich ihn davon abhalten konnte. Im Gegensatz zu mir schien er es jedoch zu genießen, dass sein Mund verätzt wurde.

»Das ist Punsch, ein absoluter In-Drink und Mitbringsel der Seefahrer der Ostindien-Kompanie«, erklärte er weltmännisch. »Wenn du die hochprozentige Mischung runterbekommst, verursacht sie dir nicht nur einen satten Rausch, sondern hilft auch gegen die Kälte. Da sind neben jeder Menge Brandwein nämlich auch richtig gesunde Gewürze drin.«

Ich widerstand dem Bedürfnis, meine Zunge nach Brandblasen abzutasten. »Hochprozentiges, verstehe. Wenn ich jetzt in die Nähe einer Kerze komme, kann ich mich als Feuerschluckerin betätigen.«

Kaum hatte ich das ausgesprochen, loderten neben uns Flammen auf.

»Das war ich nicht!« Sicherheitshalber schlug ich mir die Hand vor den Mund.

Dann erst bemerkte ich, dass in der Krypta verteilte Feuerschalen entzündet wurden. Gleichzeitig setzte das Schlagen von Trommeln ein, wie aus weiter Ferne und doch so eindringlich, dass ich ihre Vibration bis in die

Zehenspitzen spürte. Die Gespräche verstummten und wie auf ein geheimes Zeichen hin begannen die Versammelten die Raummitte freizugeben. Dort wurde jetzt ein schlichter, mit einem schwarzen Tuch bedeckter Altar sichtbar, zu dessen Seiten Kerzenlüster aufragten. Dahinter stand eine fast vollständig verhüllte Gestalt. Allein die mit Ringen geschmückten Hände verrieten, dass es sich um eine Frau handelte. Das musste die Hohepriesterin sein, von der der Lakai gesprochen hatte. Allmählich begann die Sache interessant zu werden.

Hayden fasste mich am Ellbogen und führte mich unauffällig in den Schatten einer Säule. So standen wir am Rand und konnten doch alles sehen und hören. Der Rhythmus der Trommeln steigerte sich immer wilder werdend einem Höhepunkt entgegen, als plötzlich etwas Unheimliches geschah: Hinter der Gestalt erhob sich ein im Licht der Feuer flackernder Schatten. Er wuchs in die Höhe und überragte sie schließlich. War das eine Illusion oder Magie?

Mit einem Ruck hob die Frauengestalt die Arme und das Trommelschlagen brach abrupt ab.

Ehrlich, ich stand so heftig unter Strom, dass ich mich nicht zu blinzeln traute. Erst als der Schatten zu reden begann, begriff ich, dass es ein Mann mit einer schwarzen Maske war, der hinter die Frauengestalt getreten war. Es war auch nicht irgendein Mann, sondern Sir Henry Beowulf Satinville, wie seine unverwechselbare Stimme verriet, die von den Wänden widerhallte. Wir hatten also mit unserer Vermutung richtiggelegen, dass dieses angesehene Mitglied der Londoner High Society einer der führenden Köpfe der Verborgenen Gesellschaft war.

»Meine lieben Freunde, heute Nacht entreißen wir der Zeit ihr Geheimnis«, setzte Cedrics Vater mit großer Geste an. »Schon viel zu lang floss sie träge und stur immerzu in nur eine Richtung und zwang uns, ihrer Strömung zu folgen. Für gewöhnliche Menschen mag dies der Gang des Lebens sein, doch wir, die wir uns hier versammelt haben, erwarten mehr. Ein jeder von uns spürt tief in seinem Innersten, dass der Sklaverei von Chronos, der uns Stunde um Stunde weiter vorantreiben will, ein Ende gesetzt werden muss.«

Ein Raunen ging durch die Krypta. In dem Punkt waren sich offenbar alle einig. Sir Henry legte mit seiner Ansprache ein Heimspiel hin.

Unauffällig schaute ich mich um, ob sein Sohn Cedric ebenfalls anwesend war. Doch neben Sir Henry entdeckte ich nur Bauchau, der als Einziger auf eine Maske verzichtet hatte und stattdessen seine Spiegelglasbrille trug. Neben ihm hatten sich zwei Kolosse aufgebaut, die definitiv nicht als Servicekräfte eingestellt worden waren. Bei dieser Veranstaltung ging die Verborgene Gesellschaft auf Nummer sicher. Es würde kein Spaziergang für Hayden und mich werden, falls wir es wirklich wagen sollten, uns den Spiegel zurückzuholen.

Sir Henry trat neben die Frauengestalt, die weiterhin reglos mit ausgebreiteten Armen dastand. »Wir, eine Gemeinschaft von herausragenden Persönlichkeiten, kämpfen schon lange um das Recht, die Zeit nach eigenem Belieben durchreisen zu dürfen. Wir bestehen auf das Geschenk, das der sagenumwobene Gott Thot der Menschheit einst machte, als er das Licht des Mondes in einen See aus Silber goss. Wer diese sich spiegelnde Oberfläche zu durchschreiten weiß, kann durch die Zeit wandeln, wie es ihm beliebt. Um dieses Vorrecht ringen wir – Sie, meine ehrenwerten Mitglieder, meine Wenigkeit und die Generationen von Suchenden vor uns unter dem Banner der Verborgenen Gesellschaft. Seit Jahrhunderten jagen wir den Splittern dieses mächtigen Instruments hinterher, das uns auf eine bislang unvorstellbare Weise dazu befähigen wird, das Weltgeschehen neu und nach unseren Vorstellungen zu gestalten. Stellen Sie sich nur vor, meine geschätzten Freunde, welche Möglichkeiten sich uns offenbaren werden! Sie bekommen Gelegenheit, Julius Caesar in seiner Schicksalsnacht vor seinen Mördern zu warnen und sich anschließend zu seinem Vertrauten aufzuschwingen, um gemeinsam mit ihm ein Weltreich zu regieren. Oder, falls das mehr nach Ihrem Geschmack sein sollte, Sie übernehmen das Erbe von Dschingis Khan. Wir sind dabei, wenn die Tempelritter entscheiden, wo der Heilige Gral versteckt werden soll. Sitzen zu Tisch in Florenz bei den mächtigen Medici und lassen uns von Künstlern wie Michelangelo ihre neusten Werke präsentieren. Von diesen Möglichkeiten haben wir alle geträumt – und dafür gegen alle Widerstände gekämpft. Aus genau diesem Grund haben wir ein weltweites Netz an Verbündeten aufgebaut und weder Mühen noch Kosten gescheut. Jetzt endlich, endlich zahlen sich unsere Anstrengungen aus. So ist es mir nun eine unsagbar große Ehre und Freude, Sie, meine lieben Verbündeten, heute begrüßen zu dürfen an diesem besonderen Ort, der sich uns durch eine Schicksalsfügung offenbart hat.«

Applaus brandete durch die Krypta. Während sich die Gesellschaft selbst beklatschte, machte ich Hayden ein

Zeichen. So unauffällig, wie es nur ging, pirschten wir uns zur nächsten Säule vor. Ich streckte mich und flüsterte zu Hayden, der dicht hinter mir stand: »Siehst du den altertümlichen Schmuck an den Fingern der Frau? Wenn ich mich nicht täusche, sitzt auf einem ihrer Ringe ein Skarabäus. Den Käfer hielten sie am alten Nil doch für einen Glücksbringer.«

Hayden nickte. »Bauchau handelt angeblich mit altägyptischen Stücken. Warten wir mal ab, was er noch so alles von seinen Handelsreisen mitgebracht hat. Hohepriesterinnen hat er auf jeden Fall im Angebot.«

»Spüren Sie es nicht auch?«, rief Sir Henry der aufgepeitschten Gesellschaft zu. »Unser Treffen heute Nacht steht unter besonderem Schutz, als würden sich, von einem höheren Willen gelenkt, alle Teile wie von selbst zusammenfügen. Dieser Tempel, den unsere fernen Ahnen zu Ehren des Mondes erschaffen haben, ist der perfekte Ort für unser Ansinnen. Dazu kommt die Anwesenheit der ehrenwerten Hohepriesterin und endlich, nach langem Suchen, nennen wir auch ein ausreichend großes Stück des Mondscheinspiegels unser Eigen.«

»Von wegen Eigen«, murmelte Hayden.

Bäng!

Für einen einzigen Schlag ertönten die Trommeln und sorgten für ein kollektives Zusammenzucken der Anwesenden.

Es dauerte einen Moment, bis ich mit Sicherheit sagen konnte, dass ich vor Schreck nicht aus meinen Pantoletten gekippt war. Dann vergaß ich meinen kurzzeitigen Herzstillstand, denn der Altar war nicht länger von dem schwarzen Tuch bedeckt. Stattdessen lag dort ein großer

Spiegel, wodurch der Altar wie ein mit Wasser gefülltes Becken aussah. Davor stand die Hohepriesterin und hielt in ihren Händen einen weiteren Spiegel. Es war der ovale Spiegel im silbernen Rahmen, der bis vor Kurzem noch Lady Arlingtons Boudoir geziert hatte. Jener von der Marquise versteckte Splitter aus Mondscheinmagie, dank dem ich Hayden einen Ausflug in die Vergangenheit beschert hatte. Und zugleich unser Rückreiseticket in unsere Zeit.

»Mithilfe dieses Splitters werden wir, sobald er freigelegt ist, auch sein Gegenstück entdecken«, jubilierte Sir Henry.

Ein Gegenstück? Das war neu. Wofür brauchte man denn bitte schön ein Gegenstück? Vermutlich war das ein Geheimnis um die Mondscheinmagie, das die Hohepriesterin enthüllt hatte. Allein dafür hatte sich der Ausflug schon gelohnt!

Die Hohepriesterin hob den Kopf und zum Vorschein kam die leblos weiße Maske, die mir im Hof einen Schreck eingejagt hatte. Das war Lady Bianco, die Frau mit der geheimnisvollen Stimme.

In der Krypta herrschte Stille, als sie zu sprechen begann: »Herr über Mond und Zeit, hier stehe ich, als treue Dienerin der alten Götter. In den Händen halte ich dein Geschenk an deine irdischen Kinder. Lass uns nach so langer Zeit des Ausharrens endlich wieder das Rad der Zeit nach unserem Willen drehen.«

Offenbar nahm Thot die Bitte wörtlich, denn es ertönte ein Knarren und Knacken. In der Kuppeldecke tat sich an ihrer höchsten Stelle eine Öffnung auf und silbernes Licht flutete auf den Altar, so hell und klar, dass ich die Augen zu Schlitzen verengen musste.

»Das meinte der Lakai also mit Lichtschleuse«, sagte Hayden, der seine Hände auf meine Schultern gelegt hatte. Wofür ich echt dankbar war in dieser immer unheimlicher werdenden Krypta. »In die Kuppeldecke ist ein Schacht eingelassen, in dem exakt ausgerichtete Spiegel das Mondlicht bis in diese unterirdischen Kammern leiten. Das ist mehr als Handwerkskunst, das ist ein echtes Meisterwerk.«

Mich beschäftigte etwas ganz anderes. »In dem hellen Licht kann man ihre Augen hinter der Maske sehen. Sie sind genauso grau und leblos wie die von Bauchau. Wie unheimlich. Was bedeuten diese grauen Augen nur?«

Während die Hohepriesterin Beschwörungsformeln in einer fremden Sprache zu singen begann, bei der ich auf Altägyptisch tippte, richtete sie den ovalen Spiegel der Arlingtons so aus, dass er vom Mondlicht des Altarspiegels getroffen wurde. Je genauer sie ihn ausrichtete, desto kraftvoller wurde das Licht, bis die ersten Silbertropfen hinabfielen.

»Der Spiegel schmilzt«, hauchte ich.

Doch schon im nächsten Moment krachte der Rahmen auf den Boden und in der Hand der Hohepriesterin war lediglich etwas zurückgeblieben, das wie ein eingefrorener Silberblitz aussah.

Ein Raunen ging durch die Menge. »Es ist wahr, Thot hat uns ein Stück Mondschein geschenkt«, flüsterte jemand ehrfürchtig in unserer Nähe.

Hayden hingegen war mit seinen Gedanken schon weiter. »Wenn wir etwas unternehmen wollen, dann jetzt, wo alle völlig von den Socken sind. Du schmeißt zur Ablenkung eine der Feuerschalen um und schreist: ›Die Krypta brennt! Wir müssen sofort raus hier!‹ Meinst du, dass du das hinbekommst?«

Was für eine Frage. »Zu deiner Information: Ich bin Mitglied im Schultheater, außerdem täusche ich seit Wochen erfolgreich vor, eine Zofe zu sein«, sagte ich. »Nur mein Mantel darf kein Feuer fangen, der ist schließlich eine Leihgabe von Miss Lucie. Und wie geht es dann weiter?«

Auch darauf hatte Hayden bereits eine Antwort. »Du machst dich aus dem Staub, bevor die große Panik ausbricht. Ich pirsche mich unterdessen an die Hohepriesterin ran, schnappe mir den Splitter und verzieh mich in das unterirdische Tunnelsystem. Drück mir die Daumen, dass du mit deiner Fluchtweg-Theorie richtigliegst.«

Das konnte doch wohl kaum sein Ernst sein. »Und wenn dich diese gruselig aussehenden Kerle hinter Bauchau schnappen?«

»Dann spiele ich die Karte des verwöhnten Sprösslings eines einflussreichen Lords, der mal was erleben wollte. Viel wichtiger ist, dass du dich rechtzeitig nach draußen absetzt.«

»Wir sind zusammen gekommen und wir gehen zusammen«, beharrte ich, obwohl ich leider keinen besseren Plan im Ärmel hatte.

Haydens Augen funkelten. »Geht es auch mal ohne Diskussion? Wir müssen loslegen, der Splitter in der Hand der Hohepriesterin verwandelt sich langsam in gleißendes Licht. Und soweit ich mich erinnere, habe ich ein blendendes Licht gesehen, kurz bevor ich auf Zeitreise geschickt wurde. Mein Wunsch, gemeinsam mit der Verborgenen Gesellschaft im Alten Ägypten zu landen, ist äußerst gering.«

Das war meiner auch. Widerwillig raffte ich meine Röcke in der Absicht, mich zur nächsten Feuerschale zu schleichen. Sobald sie umkippte, würde ich mich allerdings an Haydens Fersen hängen, ob ihm das passte oder nicht.

Doch ich hatte noch keinen Fuß vor den anderen gesetzt, als ein lautstarkes »Schluss damit, ich fordere Euch auf, Eurer Treiben sofort einzustellen!« gerufen wurde. Dann ertönte ein Knacken und die Lichtschleuse schloss sich, woraufhin das Mondlicht versiegte.

»Diese unwürdige Versammlung hat kein Recht auf die Mondscheinmagie«, ertönte die Stimme erneut.

Sämtliche Köpfe fuhren herum und blickten auf eine elegant gekleidete Frau, die nicht nur eine Spitzenmaske trug, sondern auch eine Perücke mit schneeweißen Locken. Stopp, das war keine Perücke, sondern das schlohweiße Haar der Marquise de Minuit. Allem Anschein nach waren Hayden und ich nicht die einzigen Eindringlinge.

»Du«, zischte die Hohepriesterin, die die Marquise wohl ebenfalls erkannte und nicht gerade begeistert war. »Du elendes durchsichtiges Etwas traust dich, dich mir entgegenzustellen, während ich kurz davorstehe, meine Bestimmung zu erfüllen und endlich die Zeit meinem Willen zu unterwerfen? Hat dir die an dir zehrende Zeit bereits den Verstand geraubt?«

Die Marquise trat mit stolz gestrafften Schultern vor, während die Mitglieder der Gesellschaft vorsichtshalber zurückwichen. Man war gekommen, um etwas Außergewöhnliches zu erleben, aber nicht, um in eine Unannehmlichkeit hineingezogen zu werden. Nur Bauchaus Handlanger hatten sich sofort in Bewegung gesetzt, waren aber von ihrem Chef zurückgehalten worden.

»Wie könnt Ihr es wagen, diesen Splitter für Eure Zwecke missbrauchen zu wollen«, empörte sich die Marquise. »Nicht nur, weil er soeben aus einem ehrenwerten Haus gestohlen wurde und somit Diebesgut ist. Sondern auch, weil Ihr ein Geschenk an die Menschheit für Eure persönlichen und zutiefst egoistischen Interessen missbrauchen wollt. Ihr seid keine Dienerin Thots, das seid Ihr nie gewesen. Ich fordere Euch auf, mir den Splitter sofort zurückzugeben, oder Ihr werdet es bereuen.«

»Du wirst es bereuen, mir jemals entgegengetreten zu sein, nachdem ich dich zerbrochen habe wie eine Glasscherbe«, fauchte die Hohepriesterin. Damit drückte sie das silbrig leuchtende Spiegelstück einem verblüfften Sir Henry in die Hand, holte einen Dolch aus ihrem Gewand und stürzte der Marquise entgegen. Bevor sie die Zeitreisende mit den gläsernen Händen erreichte, traten mehrere Männer vor die Marquise und wehrten den Angriff geschickt ab. Nachdem feststand, dass die Marquise nicht allein gekommen war, ließ Bauchau auch seine Männer von der Leine. Die brauchten jedoch einen Moment, um der Hohepriesterin im Kampfmodus zu Hilfe zu eilen. In der Krypta brach nun nämlich ganz ohne mein Zutun das Chaos aus. Einige Mitglieder der Verborgenen Gesellschaft befanden, dass es nun Zeit zum Aufbruch war, während andere sich in die Schlacht werfen wollten. Es gab nur ein kleines Problem, denn der Gegner war in diesem Durcheinander aus dunklen Mänteln und Masken nicht ohne Weiteres auszumachen. Und in dem Tumult verlor der ein oder andere, der gerade noch davon geträumt hatte, im Harem des Sultans einen spontanen Auftritt hinzulegen, die Nerven. Dann kippten die ersten Feuerschalen um und tauchten die Krypta in Rauch.

»Das läuft ja noch viel besser, als ich mir das vorgestellt habe«, sagte Hayden.

»Damit sind die Karten neu gemischt. Wer zuerst bei Sir Henry ist, holt sich den Splitter«, rief ich. Bevor Hayden Einwände erheben konnte, bahnte ich mir bereits einen Weg um den Altar herum.

Es war fast zu leicht. Sir Henry war sichtlich schockiert, weil der Abend so eine unerwartete Wendung genommen hatte. Mit weit aufgerissenen Augen wich er vor dem sich ausbreitenden Rauch und den taumelnden Gestalten zurück, den Splitter vergessen in seiner Hand. Als ich vor ihm auftauchte, schenkte ich ihm mein breitestes Lächeln.

»Was zur …«, murmelte Sir Henry. Ich konnte in seinen Augen ablesen, dass er mich wegen meiner Röcke sofort als ungefährlich einschätzte. Ein böser Fehler, den ich mir zunutze machte.

»Mein lieber Sir Henry, Sie tragen an einer viel zu schweren Last. Lassen Sie mich Ihnen doch bitte helfen«, säuselte ich. Und schwups, hatte ich mir den Splitter gegriffen, ohne eine Gegenwehr zu erfahren. Während Sir Henry noch verdaute, dass er soeben von einer Frau übertölpelt worden war, verschwand ich bereits in Richtung Ganglabyrinth.

Mitten im Lauf warf ich noch einen Blick über die Schulter, ob Hayden mir folgte. Es war nur leider nicht Hayden, in dessen Gesicht ich blickte. Stattdessen erhaschte ich mein Abbild in einer Brille aus Spiegelglas.

»Wollen Sie uns etwa schon verlassen, meine liebe Zoe?«, fragte Honoré Bauchau. Dann packte er mich hart an der Schulter.

Ein brennender Schmerz durchfuhr mich so heftig, dass ich fast den Splitter fallen gelassen hätte. Daran, diesem Mistkerl einen Tritt zu verpassen, war in diesem Moment gar nicht zu denken.

Bauchau hingegen schien sich ausgesprochen wohlzufühlen. »Wirklich, ich bestehe darauf, dass Sie bleiben und uns mit Ihrer Gesellschaft beehren. Sie stellen eine echte Bereicherung dar, allein wie wohl sich der Mondscheinspiegel in Ihren Händen fühlt. Er leuchtet wie flüssiges Silber. Ihm eine solche Reaktion zu entlocken, war nicht einmal der Hohepriesterin gegeben.« Damit verstärkte er den Griff um meine Schulter.

Anstelle einer gewaschenen Antwort ging ich stöhnend ein Stück in die Knie, während die Kanten des Splitters in meine Handinnenflächen schnitten. Tatsächlich ging von ihm ein pulsierendes Licht aus, das die Realität vor meinen Augen flackern ließ, als begänne sie, in tausend Stücke zu zerbrechen. Aber vielleicht war das auch nur der Schmerz, gegen den ich ankämpfte. Kurz bevor ich das Bewusstsein verlor, tauchte ein Schatten hinter Bauchau auf.

»Finger weg von der Lady«, knurrte Hayden.

Bauchau fuhr herum – und bekam auch schon einen mächtigen Kinnhaken verpasst. Die Spiegelglasbrille flog im hohen Bogen davon und Bauchau kippte nach hinten über, sodass ich seine unheimlichen grauen Augen gar nicht erst zu sehen bekam. Wichtig war ohnehin nur, dass der Schmerz nachließ. Erleichtert blinzelte ich die Tränen weg, aber meine Sicht wurde nicht wirklich besser. Ich sah noch Hayden, der sich vergewisserte, dass Bauchau nicht so schnell wieder aufstehen würde. Dann war da für einen Moment nur noch ein gleißendes Licht, in dem sich eine Art Muster abzeichnete. Kurz darauf erkannte ich wieder Hayden, der sich mit bekümmerter Miene zu mir beugte.

»Hayden …«

»Tut mir leid, dass ich erst so spät bei dir war. Hat dieser Dreckskerl dir wehgetan?«

»Vergiss Bauchau. Der Splitter …«, brachte ich gerade noch hervor, dann breitete sich das Licht des Mondscheinspiegels explosionsartig aus. Symbole und geometrische Formen rasten mit einem blendend weißen Blitz auf mich zu und ließen mich vergessen, wo oben und unten war. Mir gelang es gerade noch, nach Hayden zu greifen, dann verlor ich mich endgültig im silbrig pulsierenden Licht.

Wie kann es in einem Moment heller als superhell sein – und im nächsten sieht man nicht die Hand vor Augen? Als ob das nicht reichte, war mir extrem schwindelig, fast so, als hätte ich im Schnelldurchlauf sämtliche Punsch-Gläser in der Krypta leer getrunken. Und, auf die Gefahr hin, als Jammerlappen dazustehen, kalt war mir auch. Ich klapperte mit den Zähnen, was vermutlich damit zusammenhing, dass ich auf dem Rücken im nassen Gras lag.

Allerdings war ich offensichtlich nicht allein in Katerstimmung. Neben mir stöhnte jemand und dann folgten eine Menge Verwünschungen, die auffällig oft das Wort »Merde« enthielten.

Ich räusperte mich. »Hayden? Warum liegen wir im nassen Gras?«

Es dauerte eine Weile, als müsste Mister Oberschlau erst mal seine Gedanken sortieren. »Keine Ahnung. Ich könnte mich aufsetzen und ein Streichholz anzünden.«

»Und warum machst du das nicht?«

»Weil mir speiübel ist. Was mich auf einen Gedanken bringt: So habe ich mich das letzte Mal gefühlt, als ich in einem museumsreifen Zug nach London zu mir gekommen bin. In einem völlig falschen Jahrhundert.«

An die Geschichte erinnerte ich mich. Sofort saß ich aufrecht. »Wir sind durch die Zeit gereist! Der Splitter ist nicht nur erwacht, sondern hat uns aus der Krypta gebeamt.«

»Herrgott, geht das auch leiser?«, murrte Hayden.

Ich verdrehte die Augen. »Nun sei nicht so empfindlich, das bisschen Hangover wirst du doch wohl verkraften.«

»Herzchen, du sollst doch bloß leiser sein, weil wir keine Ahnung haben, wo genau wir auf dem Zeitstrang gelandet sind. Vielleicht tragen wir Leinengewänder, Felle und Ledersandalen und dürfen als Leibeigene gleich zur Frühschicht beim Kryptabau antreten.«

Das war keine besonders prickelnde Aussicht.

Hastig überprüfte ich meine Kleidung und stellte entsetzt fest, dass ich nicht länger in den ausgeliehenen Kleidern von Miss Lucie steckte. Wenn ich eins nicht wollte, dann war es noch weiter auf der Zeitleiste nach hinten zu rutschen. »Das kann doch nicht wahr sein, ich will mein Handy und meinen Bubble Tea zurück und nicht mit Hammer und Meißel Verzierungen in Steinplatten klopfen.«

Dann leuchtete endlich die Flamme eines Streichholzes auf.

Ich sah Haydens Gesicht, das zwar von keiner venezianischen Maske mehr geschmückt wurde, aber zumindest trug er seine typischen Gentleman-Klamotten. So weit, so gut. Dann erkannte ich gepflegten englischen Rasen und kunstvoll gestutzte Eichen ... Okay, jetzt wusste ich, wo wir waren. Der Mondscheinspiegel hatte uns nur ein paar Stunden in der Zeit zurückbefördert, sodass wir uns wieder im nächtlichen Garten der Arlingtons befanden.

»Könnte es sein, dass unsere Doppelgänger hier irgendwo rumschleichen?«, wisperte ich.

Hayden schnipste das runtergebrannte Streichholz weg. »Das glaube ich nicht, sonst würdest du wohl kaum in deiner Ausbrecher-Montur stecken. Hast du den Spiegelsplitter noch?«

Schnell suchte ich meine Taschen ab, aber ich fand bloß das Kuchenmesser. Eine Information, die bei Hayden ein genervtes Brummen hervorrief. »Dann geht der ganze Aufstand von vorn los. Verdammt.«

»Aber dieses Mal sind wir im Vorteil«, hielt ich dagegen. »Wir wissen, was die Einbrecher planen, und können uns den Spiegel vor ihnen holen.«

»Dann mal los.«

Hayden war bereits auf den Beinen und zog mich an der Hand hoch. Mir war noch etwas schwummrig, aber das Adrenalin, das durch meine Adern rauschte, war stärker. Durch den Schatten der Bäume huschten wir zur Rückseite des Herrenhauses, schlüpften durch das angelehnte Fenster und stiegen auf Zehenspitzen die Treppe hinauf in den Dienstbotentrakt.

»Hinter welcher Tür wohnt euer Butler?«, fragte Hayden.

Gute Frage. Es war ja nicht so, dass mich der oberste Bedienstete der Arlingtons normalerweise auf einen Tee in seine Privatgemächer einlud. »Es muss die dort drüben sein. Hier sind die männlichen Angestellten untergebracht, und hinter dieser Tür scheinen größere Räumlichkeiten zu liegen.«

Als Hayden die Türklinke runterdrückte, wurde mir ganz heiß vor Aufregung. Was, wenn ich falsch lag und hinter der Tür die Haushälterin Mrs Hibbert mit strenger Miene über ihrer schwarzen Liste saß, auf der ich nach diesem Ausritt endgültig ganz oben landen würde, bevor man mich im hohen Bogen rausschmiss?

Als die Tür aufging, wehte mir allerdings sofort das schwere Aftershave von Culpepper entgegen. Hayden drehte die Flamme einer Öllampe hoch, die er von einer Anrichte genommen hatte. Culpepper verfügte über einen kleinen Salon, dahinter befand sich sein Schlafzimmer. Alles war genauso akkurat aufgeräumt, wie ich es mir gedacht hatte. Es würde so viel leichter sein, hier den Spiegel zu finden, als in meiner sehr viel kleineren, dafür aber höchst chaotischen Kammer.

»Dann mal los, ich übernehme den Salon, du das Schlafzimmer.« Hayden hob bereits die unzähligen Zierkissen auf einer Sitzbank an, während ich nachdenklich stehen blieb.

Auch wenn die Räumlichkeiten übersichtlich waren, blieb uns nicht genug Zeit, um sie gründlich zu durchsuchen. Nicht mehr lange und die Einbrecher würden im Haus unterwegs sein. Wie versteckt man einen Spiegel? Doch wohl kaum unterm Bett oder unter der Bügelwäsche, wo ein Langfinger sicher als Erstes nachschauen würde. Ich sah mich um und entdeckte einen Waschtisch, auf dem eine Porzellanschale stand. Darüber hing ein schlicht in einen Metallrahmen gefasster Spiegel. Sein Glas war gesprungen und stand an eine Seite etwas vor.

Ich grinste.

Wo versteckte man einen Spiegel besser als hinter einem Spiegel? Culpepper war wirklich ein schlauer Fuchs. Mit ein paar Schritten war ich beim Waschtisch und blickte hinter den Spiegel. Doch da war leider nichts.

»Geht es auch etwas schneller?«, fragte Hayden, der auf den Knien hockte und unter einer Kommode rumtastete.

Ich legte meine Stirn in Falten. Dann zog ich an der abstehenden Ecke des gebrochenen Spiegelglases und löste es aus seiner Fassung. Tataa! Dahinter wurde tatsächlich der ovale Spiegel sichtbar. Er ließ sich mühelos herausnehmen. Etwas angeberisch wackelte ich mit meinem Fund vor Hayden rum.

»Köpfchen vor Schnelligkeit«, trällerte ich.

Hayden wirkte nicht sonderlich beeindruckt. »Dann denk dir schon mal eine Ausrede aus, wenn wir beide gleich erwischt werden. Wir haben zu lange gebraucht, draußen auf dem Flur sind Fußtritte zu hören. Gleich dürfte Miss Lucie ihr Zimmer verlassen. Du erinnerst dich daran, wie sie uns erwischt hat und dachte, ich käme frisch aus deinem Schlafzimmer? Ich sag es ja nur ungern, aber wir zwei müssen uns jetzt sofort ausziehen.«

Das war doch wohl ein Scherz.

»Wir machen jetzt nicht schon wieder einen auf Liebespaar, oder?«, erkundigte ich mich.

»Führ mich nicht in Versuchung«, murrte Hayden, der bereits seinen Mantel auszog. »Soweit ich mich erinnere, trägst du unter dieser Jungenverkleidung ein Nachthemd. Wenn man uns erwischt, kannst du wenigstens behaupten, ein Geräusch habe dich geweckt.«

Da war was dran. Im Rekordtempo schlüpfte ich aus den Sachen und stopfte sie unter die Kommode. Sollte sich später Culpepper den Kopf darüber zerbrechen. Inzwischen hatte Hayden sich seines Halstuchs und der Weste entledigt, nun zerrte er noch sein Hemd aus der Hose und verwuschelte sein Haar. Bevor ich mir einen Reim darauf machen konnte, nahm er bereits einen schweren Kerzenständer aus Gusseisen in die Hand und öffnete die Zimmertür.

»Heda, was soll der Lärm?«, murmelte Hayden verschlafen, um dann plötzlich vorzuschnellen. Ich hörte ein Ächzen und Stöhnen, doch noch ehe ich durch den Türspalt blicken konnte, kehrte Hayden auch schon zurück und griff nach seinen Sachen.

»Was war da eben los?«, fragte ich verdattert.

»Das war der Beweis für den Vorteil eines Überraschungsangriffs unter Zuhilfenahme eines Kerzenständers. Der dabei bedauerlicherweise zu Schaden gekommen ist.« Hayden verzichtete darauf, seine Weste zuzuknöpfen, und steckte das Halstuch in die Manteltasche. Für einen Moment sah er wie ein lässiger junger Mann aus dem heutigen London aus, wäre da nicht die Kniehose mit den hohen Stiefeln gewesen. »Und jetzt komm, bevor die beiden Gauner kapieren, was ihnen da gerade zugestoßen ist.«

Hayden führte mich auf den Flur, wo ich im diesigen Licht der Öllampe nur zwei am Boden liegende Schatten entdeckte. Der Kerzenständer hatte offenbar ganze Arbeit geleistet. Wobei einer der Gauner schon wieder dabei war, sich zu berappeln – was auch Hayden nicht entging.

»Du gehst jetzt schnurstracks mit dem Spiegel auf dein Zimmer und schließt dich ein«, flüsterte Hayden. Er legte seine Hand kurz auf meinen Rücken, was ich deutlich durch den dünnen Nachthemdstoff spürte. Es ist schon verrückt, was man so wahrnimmt, wenn man unter Vollstress steht.

»Und was machst du?«

»Ich fange Miss Lucie unten im Flur ab und schlage Alarm, dann können sich Lord Arlington und seine Männer der Diebe annehmen. Wenn jemand wissen will, warum ich im Haus bin, behaupte ich einfach, dass ich den hackedichten Arthur ins Bett gebracht und dabei die Eindringlinge bemerkt habe.« So, wie Hayden das sagte, klang es, als wäre die Sache bereits erledigt. Ich wollte den Mund öffnen, doch er legte mir vorsorglich einen Finger auf meine Lippen. »Was auch immer dir durch den Kopf geht, lass es gut sein, Zoe. Wir beide hatten genug Abenteuer für eine Nacht. Bring den Spiegel in Sicherheit und lass mich den Rest erledigen. Das ist jetzt unsere Chance, einigermaßen glimpflich aus der Sache rauszukommen.«

So schwer es mir auch fiel, es zuzugeben, aber er hatte recht. Ergeben nickte ich.

Ein Lächeln schlich sich auf Haydens Lippen. »Danke für den Ausflug der Sonderklasse.« Dann beugte er sich vor und gab mir einen Abschiedskuss. Nicht auf die Wange, sondern auf den Mund. Auch wenn er nur flüchtig war, so war es doch ein Kuss. Und als ich auf mein

Zimmer ging und die Tür hinter mir verschloss, während auf den Fluren bereits der Tumult ausbrach, konnte ich an nichts anderes denken: Hayden hatte mich zum Abschied geküsst.

Whisper Whisper: Ungezähmtes Wachstum vs. Das muss weg!

Meine liebste Brieffreundin,

heute flüstern wir zwei ganz besonders leise, denn es geht um ein delikates Thema: Ich spreche von Haaren. Und zwar nicht von unserem Haupthaar, sondern von borstigen kleinen Nervensägen an Stellen, wo wir gern auf sie verzichten würden. Von Augenbrauen bis hin zu anderen Gebieten, über die wir hier den Mantel des Schweigens ausbreiten wollen. Der springende Punkt ist, warum der Wildwuchs entfernt werden soll. Darauf gibt es nur eine Antwort: Weil die junge Dame es so wünscht. Wer es gern zart und licht hat – bitte schön. Aber: Wer buschige Augenbrauen charakterstark findet, bei dem sind sie genau richtig! Die Dame allein entscheidet, was sprießen darf und was gestutzt wird.

Deine Dir ergebene Freundin

3
Eine mysteriöse Einladung

Miss Lucie lag bis zum Kinn im Badewasser der gemütlichen Kupferwanne und ließ nur einen Fuß rausschauen, damit ich ihn ordentlich durchmassieren konnte. Was eine echte Herausforderung war, denn sie konnte schlichtweg nicht stillhalten. Meine Herrin war nach den Ereignissen vor ein paar Nächten noch immer ganz aus dem Häuschen, weshalb mein kompletter Vorrat an getrockneten Kamillenblüten im Wasser schwamm. Regelmäßig schreckte sie hoch, woraufhin der Eisbeutel von ihrem Kopf rutschte und Prickelton sich kläffend im Kreis drehte. Der Spitz kompensierte immer noch, dass er sich beim Einbruch nicht als Wachhund hervorgetan, sondern selig schnorchelnd ins Kissen gesabbert hatte, während sein Frauchen auf Zehenspitzen in den Flur geschlichen war. Kein Wunder, dass ich Prickelton heute zum ersten Mal wiedersah. Vor lauter Scham hatte er sich irgendwo verkrochen, damit ich ihm das nur nicht unters Schnäuzchen reiben konnte.

Auch jetzt setzte Miss Lucie sich unerwartet auf, als habe ein unsichtbarer Blitz ihr Bad unter Strom gesetzt. »Meine liebste Zoe, du ahnst nicht, was für ein Schock es war, als Hayden plötzlich vor mir stand«, erzählte sie mir.

Und zwar zum gefühlt zwanzigsten Mal.

Trotzdem nickte ich ergeben und fischte den Eisbeutel,

mit dem ich ihre Kopfschmerzen zu lindern versuchte, aus dem Badewasser. Dank seiner wiederholten Tauchnummer war er jetzt hübsch durchgewärmt, sodass ich ihn weglegte. Dabei hätte ich nichts dagegen gehabt, ihn mir selbst auf die Stirn zu drücken.

Seit Hayden und ich auf Diebesjagd gewesen waren, schlief ich kaum eine Nacht durch. Sobald ich die Augen schloss, tauchte das weiße Maskengesicht der Hohepriesterin mit den toten Augen auf, die von einem Gegenstück des Splitters faselte. Was genau sie damit gemeint hatte, war ihr Geheimnis geblieben – und egal wie sehr ich mir auch den Kopf zerbrach, ich kam nicht weiter. Wenn es einen zweiten großen Splitter gab, hatte ich keine Ahnung, wo der stecken sollte. Außerdem befürchtete ich ständig, Fußtritte auf dem Flur zu hören. Nachdem die Diebe erneut mit leeren Händen abgezogen waren, würden sie es doch bestimmt ein weiteres Mal probieren … auch wenn das Haus der Arlingtons inzwischen einer Festung glich. Wenn sie den Splitter weder im Boudoir der Lady fanden, noch in Butler Culpeppers Refugium, dann würden sie sicherlich einen Blick in meine Kammer werfen. Wen überraschte es also, dass ich seitdem die Mäuse husten hörte?

Das war jedoch noch nicht alles.

Der Splitter, den ich notgedrungen in meinem Zimmer versteckte, machte mich hypernervös. Am späten Abend hatte ich das blöde Ding zu Forschungszwecken aus seinem Versteck geholt, und noch bevor ich es mir genau hatte anschauen können, waren darin ein paar graue leblose Augen aufgeblitzt. Mein Instinkt verriet mir, dass es die Augen der Hohepriesterin waren. Honoré Bauchau hatte mich erwischt, als ich den Spiegel in Lady Arlingtons Boudoir durch eine Berührung geweckt hatte. Wer konnte schon sagen, über welche Tricks und Kniffe eine Priesterin aus dem Alten Ägypten verfügte … Vielleicht konnte sie mich nicht nur sehen, sondern auch noch mit ihrem Blick hypnotisieren, sodass ich wie ferngesteuert in meinem Nachthemd loswandern und ihr den Splitter bringen würde.

Jedenfalls war klar, dass die Gegenseite den Splitter noch lange nicht aufgegeben hatte. Und mal ehrlich, wer schläft schon gut, wenn sich in seiner Nähe ein Spiegelstück befindet, das ihn an seine Feinde verraten könnte? Möglicherweise übertrieb ich es etwas mit meiner Panik, trotzdem hatte ich den Splitter seitdem nicht mehr angerührt. Und das würde ich auch erst dann wieder wagen, wenn ich mehr über die Hintergründe herausgefunden hatte.

Schlafentzug und die Adrenalin-Achterbahn der letzten Tage waren nicht spurlos an mir vorbeigegangen. Das musste ich jedoch verbergen, denn aus Miss Lucies Sicht hatte ich nichts ahnend in meiner Kammer geschlummert, während sie mitten in einen der erstaunlichsten Coups Londons hineingeraten war.

Mir schwirrte allein schon deshalb der Schädel, weil ich die Nacht völlig anders erlebt hatte als Miss Lucie, nachdem der Mondscheinsplitter die Zeit um ein paar Stunden zurückgedreht hatte. In meiner Erinnerung hatte Miss Lucie Hayden in meiner Begleitung auf der Treppe erwischt und gedacht, dass wir eine heiße Liebesaffäre miteinander hätten. Eine komplett schräge Vorstellung. Jedenfalls hatte Miss Lucie mich aus freien Stücken gedeckt, als ich mit Hayden die Diebe verfolgen wollte.

Weil sie mir vertraute. Das war so unfassbar süß von Miss Lucie gewesen, dass ich davon immer noch ganz gerührt war.

Dadurch war ich in unserer Freundschaft ein Stück weiter als Miss Lucie, was ziemlich verwirrend war. Ich wusste, wie weit sie bereit war, für mich zu gehen, während sie noch überhaupt nicht auf die Probe gestellt worden war.

Ich goss einen Eimer heißes Wasser in die Wanne nach, was Miss Lucie mit einem wohligen Seufzen belohnte. Was gab es auch Schöneres als ein Vollbad, wenn von draußen der Regen gegen die Fenster schlug und man ein paar Schritte vom Kaminfeuer entfernt schon fröstelte?

Miss Lucie malte nachdenklich Kreise in den Badeschaum. »Vielleicht lag ich mit meiner Meinung über Hayden nicht ganz richtig. Ich bin zwar nach wie vor der Überzeugung, dass er eine ausgemachte Schwäche für dich hegt. Aber jemand, der meinen Bruder in einem kritischen Moment nach Hause bringt, ohne Zögern das Haus eines anderen gegen Diebe verteidigt und dann noch eine … nun ja, sehr aufgebrachte junge Dame beschützt, die ihm ein Stelldichein mit der eigenen Zofe unterstellt … Also, das lässt durchaus auf einen feinen Charakter schließen.«

Es war die Hölle. Wie sollte ich damit klarkommen, dass Miss Lucie diese Geschichte glaubte und sich deshalb auch noch Vorwürfe machte? Wären wir nur nicht mit dem Mondscheinsplitter in der Zeit zurückgereist, sondern auf dem Rücken von Eclipse. Dann müsste ich Miss Lucie jetzt eine Erklärung für meinen nächtlichen Ausritt liefern und vielleicht würde ich ihr sogar erzählen, dass ich eine Zeitreisende war. Nach dem Vertrauensvorschuss, den sie mir gegeben hatte, wäre das nur fair gewesen. Jetzt lagen die Dinge jedoch anders: Miss Lucie hielt mich für eine gewöhnliche Zofe (wenn auch für eine ungewöhnlich gute), während im Geheimversteck meiner Kammer der Spiegelsplitter lag und nur darauf wartete, mich und Hayden zurück in unsere Zeit zu bringen – so wir denn jemals sein Geheimnis lüfteten.

So gesehen tat ich Miss Lucie keinen Gefallen, wenn ich sie in mein Geheimnis einweihte, kurz bevor ich wieder aus ihrem Leben verschwinden würde. Andererseits wäre sie bestimmt schrecklich enttäuscht von mir. Wie ich es auch drehte und wendete, ich fand keine Lösung, wie meine Freundschaft zu Miss Lucie ein Happy End nehmen konnte. So viel Schokolade konnte ich mir gar nicht leisten, wie meine zerrütteten Nerven forderten.

Während Miss Lucie in der Badewanne ihren Gedanken nachhing, gab ich die Fußmassage auf und widmete mich stattdessen Prickelton. Allerdings nicht ohne Hintergedanken. Offenbar hatte der Spitz so eine Ahnung, als er mich mit einer Bürste auf sich zukommen sah.

Schere es sich hinfort, das unheilbringende Frauenzimmer! An unserem eleganten Kuschelpelz wird es nicht herumfingern, kläffte er, wobei er auf der Stelle auf und ab hüpfte. Der reinste Fellflummi.

Mit solch einem Widerstand hatte ich bei unserer Spitz-Diva gerechnet. Also holte ich aus meiner Schürze etwas hervor, das sogar durch das Wachstuch, in das ich es geschlagen hatte, müffelte: ein Stück *Stinking Bishop*. Dieser Käse trug seinen Namen absolut zu Recht – und sorgte dafür, dass Miss Lucie bis unter die Augen im Schaum versank. Für Hundenasen bedeutete »widerlich stinkend« allerdings »appetitlich duftend«, weshalb Prickelton seinen Widerstand angesichts dieses Leckerbissens sofort aufgab und mit vor Aufregung aufgestellten Öhrchen angetippelt kam.

Irren wir uns oder handelt es sich bei dieser Köstlichkeit um ein Stück gut abgelagerten Stinking Bishop? Der Spitz sabberte wenig vornehm vor Begeisterung.

Ich musste mich zusammenreißen, um die Bürste nicht wegzuschmeißen, damit ich mir die Nase zuhalten konnte. »Dieser Käse ist die reinste biologische Waffe. Er zerläuft mir fast in der Hand, so überreif ist der Stinker. Interesse, Pricky?«

Seine kleinen Knopfaugen funkelten vor Begeisterung. Doch nicht einmal ranziger Käse ließ Prickelton seine Pflicht vergessen. *Und was will die Zofen-Mamsell als Austausch für einen solchen Schmaus? Es heißt schließlich nicht umsonst: »Fürchte die Sonstwas, selbst wenn sie Geschenke bringen.« Unsere Wenigkeit ist im Bereich des Taktierens durchaus geschickt, wie wir bescheiden anbringen möchten.*

»Es heißt, fürchte die Griechen, du Ausbund an klassischer Bildung«, ergänzte ich. »Und das weiß ich nur, weil ich es mal bei einer Internats-Schnitzeljagd habe googeln müssen.« Zu spät biss ich mir auf die Zunge, allerdings eh umsonst. Miss Lucie war wegen des Gestanks auf Tauchstation und Prickelton ohnehin halb von Sinnen wegen des müffelnden Bishops.

»Wenn ich untertänigst die Gunst erbitten dürfte, Euch zu bürsten, mein bester Prickelton? Dann wäre ich bereit, diesen Käse herzugeben«, lockte ich.

Als Prickelton mit raushängender Zunge Männchen machte, nahm ich das als gemachten Deal und verfütterte den Käse, so schnell es nur ging. Dann hockte ich mich neben ihn, darauf achtend, nicht seinen Hundeatem abzubekommen, und bürstete sein Fell. Was, nebenbei bemerkt, das reinste Vergnügen war. Selbstredend, dass ich das niemals zugegeben hätte, diese Töle war eh schon kaum noch auszuhalten vor lauter Selbstverliebtheit.

»Hör zu, Prickelton. Du musst mir verraten, wie ich die Marquise erreichen kann«, flüsterte ich in sein Spitzohr und brachte gleichzeitig die apricotfarbenen Tupfen in seinem cremefarbenen Fell zum Glänzen. »Vor Kurzem hat unsere gemeinsame Freundin sich in große Gefahr gebracht und der Verborgenen Gesellschaft mitten in deren Refugium die Stirn geboten.«

Prickelton zuckte nicht mal mit der Lefze. *Und woher will unser Dornröschen das denn bitte schön wissen, wo sie doch schon seit Tagen nicht das Haus verlassen hat. Zofe müsste man sein.*

So ein fieses Früchtchen. »Das hättest du wohl gern, aber ich heiße ja nicht Pricky-Schnorchelfein-Prickelton und verpenne sogar einen Einbruch, während mein Frauchen ganz allein durchs Haus streicht. Und im Gegensatz zu dir war meine Wenigkeit höchstpersönlich am Ort des Geschehens, einer entlegenen Burg auf einem Hügel im Mondlicht. Alles sehr mystisch und megagefährlich, auch dank des Überraschungsauftritts der Marquise.« Ach, es war eine solche Genugtuung, dem arroganten Spitz die Story unters Näschen zu reiben. »Jedenfalls bin ich mitten im größten Tumult mithilfe des gestohlenen Mondscheinspiegels rechtzeitig ins Herrenhaus zurückgekehrt, bevor die Diebe zuschlagen konnten. Den Spiegel habe ich vorerst sicher verwahrt, aber ich muss dringend mit der Marquise über seine Unterbringung sprechen – falls sie denn überhaupt unversehrt aus der Burg entkommen ist.«

Damit hatte ich definitiv die Aufmerksamkeit von Sir Zipfelohr.

Dann hat sich die Marquise tatsächlich in Schwierigkeiten gebracht trotz ihres ach so zerbrechlichen Zustands? Oh, dieses tollkühne Frauenzimmer. Ein Wimmern entfuhr dem Spitz, dann wälzte er sich auf den Rücken. *Unter diesen Umständen ist die Annäherung gestattet. Bücke sich die Zofenmaid herab, um unser Bäuchlein zu bürsten und erzähle uns dabei alles. Wenn sie auch nur ein Detail auslässt, wird sie in den Popo gebissen.*

Da ich keine Wahl hatte, fügte ich mich, machte aber ein extra finsteres Gesicht, während ich dieses himmlisch seidige Fellchen bearbeitete. Warum nur vergötterte der Spitz die Marquise, wäre für Miss Lucie durch einen brennenden Reifen gesprungen und hatte für mich nur Frechheiten über mein Hinterteil auf Lager? Ich schluckte meinen Stolz hinunter und berichtete Prickelton von Ereignissen, von denen außer mir und Hayden niemand wusste, weil wir die Vergangenheit verändert hatten, als wir den Diebstahl verhinderten.

Unweigerlich versagte meine Stimme. »Eigentlich kann ich gar nicht erzählen, was in der Burg passiert ist, denn so wie die Dinge stehen, habe ich die betreffende Nacht in meinem Bett verbracht.«

Prickelton verrenkte sich, um mich aus der Rückenlage heraus anschauen zu können. *Um solche Feinheiten küm-*

mert sich die Mondscheinmagie. Was glaubt die Mamsell denn, warum sie in diesem hochgestellten Haushalt mit einem Empfehlungsschreiben aufgetaucht ist, obwohl sie weder ihre Stellung kennt noch einen Pelz anständig ausbürsten kann?

»In meiner Zeit ist eben Kunstpelz angesagt«, fauchte ich, bürstete allerdings weiter, weil Miss Lucie aus dem Schaum aufgetaucht war und vor sich hin summend ihren Gedanken nachhing. Wenn ich mich rührte, holte ich sie bloß aus ihrer Selbstverlorenheit, und die tat ihr nach der ganzen Aufregung unbedingt gut. Außerdem hatte Prickelton einen interessanten Punkt angesprochen. »Du meinst, dass die Magie des Mondscheinspiegels einen nicht nur durch die Zeit reisen lässt, sondern auch noch alles so deichselt, dass sich die Reisenden perfekt in ihre Umgebung einbetten?«

Das sagten wir doch bereits, parbleu!

Wow, was für ein fantastischer Extrabonus. Dann brauchte ich mir ja auch nicht länger den Kopf zu zerbrechen, wie ich später meinen Abstecher in 1816 erklären konnte. Sollte ich nicht einfach wieder während des Mitternachtsclubs unterm Dachboden auftauchen, wo der Spiegel mich auf Reisen geschickt hatte, würde die Magie meine Abwesenheit schon irgendwie zurechtbiegen. Hoffentlich nicht mit einer Story, dass ich Hals über Kopf mit einem gewissen Pariser Studenten durchgebrannt war …

»Trotzdem muss ich die Marquise sprechen«, beharrte ich. »Wirst du den Kontakt herstellen, Prickelton?«

Sichtlich schlecht gelaunt setzte der Spitz sich auf, puscheliger als je zuvor. *Natürlemon. Allein schon, damit unser filigranes Nervenkostüm geschont wird und wir nicht länger diesem Geplapper ausgesetzt sind. Wir werden uns darum kümmern, auch wenn einem bei diesem Wetter so gar nicht nach einem Gassigang zumute ist.*

Nachdem ich Miss Lucie aus dem Bad geholt und in ein wunderschönes geblümtes Kleid gewandet hatte, steckte ich noch ihr Haar hoch, als es an der Tür klopfte.

Elsie, eines der Dienstmädchen, kam mit der Tagespost ins Zimmer. Bestimmt hätte sich Miss Lucie auf sie gestürzt, wenn ich nicht gerade mit dem Kamm in einer verknoteten Haarsträhne festgesteckte hätte. Was Prickelton übrigens mit einem versnobten *Keinerlei Ausbildung in Fellpflege genossen* kommentierte, ehe er sich durch den Türspalt aus dem Staub machte. Dem Frechdachs würde ich nach seinem Ausflug jedenfalls nicht mit einem Handtuch den nassen Pelz frottieren.

»Ein Brief von Cedric!«, jubilierte Miss Lucie.

In Rekordtempo holte sie das gefaltete Papier aus dem Umschlag und fing gerade noch rechtzeitig ein getrocknetes Windröschen auf, das dem Brief beigelegt war. In der Sprache der Blumen, die in der Gesellschaft so beliebt war, bedeutete diese kleine Schönheit: »Ich möchte bei dir sein.« Cedric war ein waschechter Romantiker, auch wenn das letzte Wort in der Frage noch nicht gesprochen war, ob er von den Plänen seines Vaters Sir Henry als Kopf der Verborgenen Gesellschaft wusste.

Ich widerstand der Versuchung, über Miss Lucies Schulter mitzulesen, und beobachtete stattdessen Elsie. Natürlich versuchte das Mädchen, kein Stück neugierig zu wirken, weil sich das für eine Bedienstete nicht ziemte. Doch es war klar, dass Miss Lucies Tiegel und Döschen auch auf sie eine magnetische Anziehungskraft ausübten.

»Das hier ist eine duftende Mischung aus Lindenblüten, Rosmarin und Salbei, die man für ein Gesichtsbad verwendet«, führte ich Elsie in die Geheimnisse des Schminktisches ein, während Miss Lucie sich in Cedrics Zeilen vertiefte. »In dem Flakon ist Rosenöl, nicht nur sehr kostbar, sondern auch ein wahres Geschenk für die Haut. Und in diesem Döschen hier befindet sich das Geheimnis für die so heiß begehrten roten Wangen – von dem Miss Lucie natürlich niemals Gebrauch macht.«

»Natürlich nicht.« Elsie nickte und inspizierte das Rougedöschen, das ich an Lady Arlington vorbeigeschmuggelt hatte. Die Natürlichkeit der Debütantinnen stand bei ihren Eltern hoch im Kurs. Doch mal ehrlich, man konnte von einer jungen Dame kaum erwarten, dass sie sich ständig in die Wangen kniff. Vor lauter Eifer war schon so manche Einladung wegen dicker blauer Flecken ausgeschlagen worden. Dann doch lieber zwei wohlplatzierte Farbtupfer, über deren Ursprung man sich ausschwieg.

»Zoe«, unterbrach Miss Lucie meine Einweisung in die Welt der Pülverchen und Wohlgerüche. »Ich bin irritiert. Cedric fragt an, ob ich heute ebenfalls im Reich der Farne und anderer floraler Raritäten anzutreffen sei. Ist das vielleicht ein versteckter Hinweis oder ein geflügeltes Wort, das mir unbekannt ist?«

Gute Frage, vom Reich der Farne hatte ich ebenfalls noch nie etwas gehört. So schnuckelig Cedrics leicht verschwurbelte Art auch war, sie konnte ganz schön umständlich sein. Ich wollte gerade in der Hoffnung auf weitere Informationen den Brief durchlesen, als Elsie an meinem Ärmel zupfte.

»Möglicherweise steht in einem der anderen Briefe ja was über diese Farne drin.«

Tatsächlich lag in Miss Lucies Schoß ein kleiner Briefstapel, den sie vor lauter Begeisterung über Cedrics Nachricht völlig vergessen hatte. Hastig schaute sie die Umschläge durch und holte einen hervor, der mit einem in Gold geprägten Palmenmuster verziert war.

»Das ist vermutlich keine Einladung zum berühmten Winterball«, mutmaßte ich. »Der Duke of Sandringham macht es auch wirklich spannend, wen er in diesem Jahr zu seinem Schneeglitzer-Spektakel bittet. Laut dem Milchjungen hat noch kein einziger Haushalt eine Einladung erhalten – und dabei steht der Winteranfang vor der Tür.«

Ganz ehrlich, ich würde durchdrehen, falls die Arlingtons nicht auf der Gästeliste standen. Schließlich hatte ich mir schon sieben großartige Outfits für Miss Lucie ausgedacht, von einer tüllumhüllten Schneeflocke bis hin zu engelhaftem Kristallblau mit Silberstickerei. Ich war sogar schon kurz davor gewesen, ihren Verehrer Cedric zwecks Abstimmung ihrer Looks anzugehen, weil es sicherlich dauern würde, einen Schneider zu finden, der einen Herren in Himmelblau einkleidete. Aber gut, der Startschuss für den Winterball war offiziell noch nicht ertönt. Dafür sah die Einladung in Miss Lucies Händen auch viel zu grün-gelb aus.

»Äußerst exotisch«, murmelte Miss Lucie, dann öffnete sie den Umschlag. »Es ist eine Einladung zu einer Matinee in Stuart House, um das neu angelegte Palmenhaus einzuweihen. Präsentiert werden florale Raritäten aus fernen Landen.«

»Dann meint unser Pflanzenfan Cedric auf jeden Fall

diese Matinee mit seiner Nachricht«, sagte ich. »Eine solche Veranstaltung ist für Sie beide wie gemacht für ein Treffen: Sie können durch ein Glashaus lustwandeln, während draußen ein Wolkenbruch den nächsten jagt, im Blütenrausch versinken und müssen sich keine Sorgen machen, dass Ihnen der Gesprächsstoff ausgeht. Wenn ein Moment angespannten Schweigens entsteht, zeigen Sie einfach auf das nächstbeste Blümchen und sagen ›Wie überaus hübsch. Meinen Sie nicht auch, mein lieber Cedric?‹ – und weiter geht's.« Im Geist ging ich bereits den Kleiderschrank nach der perfekten Garderobe für diesen Event durch. Ob ein Kleid mit Schleppe und extra farbenfrohem Schmuck wohl too much war für eine Matinee?

Anstatt vor Begeisterung zu jauchzen, drehte Miss Lucie die Einladung zwischen ihren Händen.

Elsie stand immer noch bei uns und fand unsere Unterhaltung ganz offensichtlich spannender, als sich von Mrs Hibbert in die Sortierung des Teegeschirrs einführen zu lassen. Nun suchte sie unauffällig meinen Blick.

»Das mit dem Einbruch war ja eine aufregende Sache, vielleicht ist Eurer Ladyschaft nicht nach Vergnügungen zumute?«

Wirklich clever, das Mädel. Bei der nächsten Gelegenheit würde ich Lady Arlington darauf hinweisen, dass mehr in Elsie steckte als ein staubwischendes Dienstmädchen. Ich könnte sie unter meine Fittiche nehmen, bei Mentoring lebte ich total auf. Mal davon abgesehen, dass es mir einen Heidenspaß machte, über prall gefüllte Kleiderschränke, Nagelpolitur ohne künstliche Zusätze und die Frage, warum man beim Kleckern immer den Busen erwischte, zu schnacken. Allerdings lag Elsie falsch mit ihrer Annahme, Miss Lucie sei zu erschüttert, um ihren angebeteten Cedric zu treffen. Zum einen war sie viel zu verschossen in den jungen Mann – selbst, wenn das gesamte Herrenhaus geklaut worden wäre, hätte sie die Matinee besucht, um ihn zu sehen. Zum anderen verriet mir als Miss-Lucie-Kennerin die steile Falte auf ihrer Stirn, dass sie nachdachte – und zwar nicht über etwas Romantisches.

»Stimmt etwas nicht mit der Einladung?«, erkundigte ich mich.

Miss Lucie reichte mir die Karte aus eindeutig edlem Papier, hier waren keine Kosten gescheut worden. »Ich nehme ja erst seit Kurzem am Londoner Gesellschaftsleben teil, sodass es nicht ungewöhnlich ist, zu größeren Veranstaltungen eingeladen zu werden, einfach, weil ich die Tochter von Lord Arlington bin. Aber Stuart House stand einige Jahre leer, nachdem sich der alte Earl kurz vor seinem Ableben angeblich wegen aufwendiger Umbauarbeiten finanziell übernommen hatte und sein Sohn deshalb das Erbe ausgeschlagen hat.«

»Allerdings gab es auch böse Zungen, die behaupteten, die Spielsucht des alten Earls habe einen wesentlichen Teil zu seinem Ruin beigetragen. Sein Sohn hat keinen Penny geerbt und war gezwungen, sich mittellos auf einen Landsitz zurückzuziehen, den seine Frau geerbt haben soll. Alles sehr dramatisch«, fügte die offenbar bestens informierte Elsie hinzu. Womit wieder mal bewiesen war, dass stille Wasser tief sind.

Miss Lucie schaute wegen der Neuigkeit verdattert drein – vermutlich hatte ihr noch nie jemand erzählt, dass Gentlemen sich nicht immer wie Gentlemen aufführten, sondern manchmal das Familienvermögen auf dem Roulettetisch verdaddelten. Dann beschloss sie, auf vertrauteres Terrain zurückzukehren.

»Soweit ich informiert bin, hat es immer wieder Interessenten für Stuart House gegeben, doch es kam kein Verkauf zustande.«

Elsie nickte. »Es heißt, das Haus sei verflucht. ›Willy‹, der alte William Stuart, mag es nicht freigeben und spukt durch das halb fertiggestellte Gemäuer.«

»Ich denke eher an eine vertrackte Klausel im Erbschaftsvertrag«, sagte Miss Lucie. »Sonst hätte sein Sohn es verkauft und wäre nicht der Schmach aufgesessen, ein Earl ohne Grundbesitz und eigenes Einkommen zu sein. Ein so überaus stattliches Anwesen in der Grafschaft Middlesex hätte so manchen Landsitz finanziert.«

Stopp! Wo bitte stand dieses Haus? Es brauchte einen Moment, bis ich mir zusammengereimt hatte, dass die Grafschaft später wahrscheinlich ein Stadtteil von London geworden war und einen anderen Namen verpasst bekommen hatte. Keine große Überraschung bei dem Namen Middlesex, oder?

Ich konzentrierte mich wieder aufs Wesentliche. »Dann umrankt das Stuart House ein Geheimnis, das heute endlich gelüftet wird. Es wird in ganz London das Topthema sein. Und Sie werden heute exklusiv vor Ort sein und das Palmenhaus samt seinem Besitzer aus nächster Nähe kennenlernen.« Das war so aufregend, dass mein vorhin noch quengelnder Körper glatt seine Erschöpfung vergaß. Ich musste mich zwingen, nicht wie ein Wirbelwind mit den Vorbereitungen loszulegen.

»Ich weiß nicht so recht …«, zögerte Miss Lucie. »Es

kommt mir doch etwas abenteuerlich vor, dass der Gastgeber in der Einladung nicht seinen Namen verrät. Wobei so ein Palmenhaus voller unbekannter Pflanzen natürlich durchaus reizvoll ist.«

Elsie hatte ganz rote Wangen – sogar ohne Rouge. »Man hört ja von den tollsten Dingen, die die Pflanzenjäger aus aller Welt mitbringen. Vielleicht bekommen Sie sogar eine echte Ananas zu sehen. Ach, Sie sind zu beneiden, Miss Lucie.«

»Meinst du?« Miss Lucie schien immer noch abzuwägen, was sie davon halten sollte. Aber dann schlich sich ein Lächeln auf ihre Lippen. »Vielleicht sollte ich einen Abstecher wagen. Es klingt nach einem weiteren Abenteuer, aber wenigstens nach einem von der ungefährlichen Sorte. Zumal Cedric keine Bedenken zu haben scheint. Du musst mich aber unbedingt als Anstandsdame begleiten, Zoe. Gewiss werden auch Emy und Charlotte dort sein. Niemand von Verstand würde ihre Familien übergehen.«

Na, wenn das mal keine genialen Aussichten waren. Vielleicht wusste Emy mehr über die Hintergründe von Stuart House. Ihre Familie, die superposhen Ashley-Coopers, war bestens vernetzt. Dadurch war Emy so etwas wie ein wandelndes High-Society-Tratschblatt.

Ich legte Elsie eine Hand auf die Schulter. »Sobald wir zurück sind, werde ich dir alles brühwarm berichten«, versprach ich ihr. Die Süße war so aufgeregt, als hätte sie persönlich eine Einladung erhalten.

Mit einem breiten Lächeln verabschiedete sich Elsie, auf die noch ein ganzes Tablett voller Kristallgläser zum Polieren wartete.

Miss Lucie tippte sich gegen die Nasenspitze. »Mir

kommt da noch so ein Gedanke. Wäre das nicht ein wunderbarer Aufhänger für einen neuen WhisperWhisper-Brief? Wie man sich auf Einladungen vorbereitet, bei denen man nicht weiß, was einen erwartet.«

»Oder was es bedeutet, ein Geheimnis zu verbergen, bis der geeignete Augenblick gekommen ist, sich zu offenbaren«, dachte ich laut nach. Das könnte ein richtig persönlicher Brief werden. Und vielleicht würde er mir helfen, mit meinem akut schlechten Gewissen zurechtzukommen, weil ich Miss Lucie versprochen hatte, ihr alles zu erklären, auch wenn sie, im Gegensatz zu mir, nichts mehr davon wusste.

Jetzt stand aber erst mal ein neuer Höhepunkt meines Zofendaseins an: Ich würde Miss Lucie nach allen Regeln der Kunst herausputzen und sie mental auf ein Wiedersehen mit Cedric einstimmen! Und ich selbst würde mit ein wenig Glück bereits heute Nachmittag Hayden wiedersehen. Es gab ja jede Menge zu bereden, nachdem wir uns so rasch hatten trennen müssen. Vor allem beschäftigte mich aber die Frage, wie wir zueinander standen. Waren wir weiterhin zwei auseinanderstrebende Pole, die durch eine verrückte Zeitreise aneinandergefesselt waren? Oder hatte sich nach dem Besuch von Higher Castle etwas zwischen uns verändert? Falls Hayden den Abschiedskuss nicht bloß freundschaftlich gemeint hatte. In Frankreich küsste man sich angeblich doch ständig.

Was ich jetzt wahnsinnig gut hätte gebrauchen können, war eine Freundin, der ich mich anvertrauen konnte und die mir mit Tipps zur Seite stand. Aber so etwas hatte die Magie des Mondscheinspiegels in meinem Fall leider nicht mit eingeplant.

Whisper Whisper: Deine innere Lady & Du

Meine liebste Vertraute,

eine wahre Lady weiß um ihre Position. Doch stimmen unsere Gefühle stets überein mit der Rolle, die uns die Gesellschaft vorschreibt? Vielleicht lehnt die anerzogene Lady in uns eine Freundin wegen ihres niederen gesellschaftlichen Stands ab. Unser Herz jedoch will die Freundin nicht missen. Und auch einige unserer Eigenarten – unser glucksendes Lachen etwa – möchte diese innere Lady nur zu gern abschalten. Ohne diese Eigenheiten wären wir jedoch nicht mehr wir selbst … Wer hat nun recht?

Vielleicht ist es nur wichtig, sich diese Frage immer wieder zu stellen. Eine wahre Dame ist eben kompliziert und genau das macht ihren Charme aus.

Deine Freundin, die Dich rundum zu schätzen weiß!

4

Erblühende Gefühle

Ich klebte mit meiner Nase an der Fensterscheibe fest, obwohl unsere Kutsche über Kopfsteinpflaster holperte. Aber der Anblick der vielen vorfahrenden Gespanne mit ihren anbetungswürdigen Rössern war es wert, mir ein paar Nasenstüber einzufangen. Soweit ich das überblicken konnte, rollte alles an, was Rang und Namen hatte. Neben mir saß Miss Lucie – übrigens in ein Ensemble in zarten Frühlingsfarben passend zum Thema Palmenhaus gekleidet. Allerdings trug sie ein wollenes Unterkleid darunter, falls es wider Erwarten schnatterkalt werden sollte. Die Empire-Mode kam zwar sehr zart und federleicht daher, es gab jedoch ausreichend Tricks, um sich einigermaßen warm zu halten.

Im Gegensatz zu mir interessierte sich Miss Lucie nicht für den Aufmarsch der Londoner Gesellschaft, sie hatte ganz andere Sorgen. »Wo kann Prickelton nur abgeblieben sein? Elsie hat das ganze Haus nach ihm abgesucht, konnte ihn aber nirgends entdecken. Ihm wird doch nichts passiert sein?«

»Der kleine Racker stromert immer wieder mal durch die Gegend, so sind Hunde eben«, beruhigte Lord Arlington seine Tochter.

Da Lady Arlington immer noch unpässlich war und Arthur nach seiner Zechtour nicht einmal imstande ge-

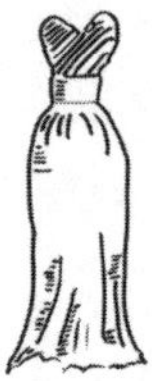

wesen war, sein Frühstücksei zu behalten, hatte sich der Lord bereit erklärt, seine Tochter zu begleiten. Allerdings hatte Lord Arlington sicherheitshalber sein Lieblingsbuch eingesteckt. Für den Fall, dass er sich langweilen sollte. So etwas fiel auch wirklich nur einem exzentrischen Adeligen ein.

Es war Miss Lucie anzusehen, dass sie der Hinweis ihres Vaters nicht überzeugte. Also nahm ich ihre Hand. »Sie brauchen sich wirklich keine Sorgen zu machen. Prickelton wird schon bald zurück sein, schließlich liebt er Sie heiß und innig.« Lauter wahre Worte, auch wenn ich nicht verriet, dass Prickelton auf einer Mission unterwegs war. Hoffentlich schnappte sich niemand den herrenlos herumlaufenden Spitz und erklärte ihn zu seinem neuen Kuscheltier … Nein, Prickelton war ein top ausgebildeter Spezial-Spitz, er würde es bis zur Marquise schaffen.

»Oh«, rutschte es mir raus. »Gleich ist es so weit und wir können aussteigen. Stuart House kommt in Sicht.«

Vor uns ragte ein Sandsteingebäude mit einem von weißen Säulen getragenen Vordach auf, das an Eleganz nicht zu übertreffen war. Zwangsläufig fragte ich mich, ob das Haus wohl auch in meiner Zeit noch stand. Wenn ja, dann war es jetzt bestimmt ein Museum. Niemand in London wohnte heute noch in Palästen, deren Gärten bis an das Ufer der Themse reichten. Sogar eine von Lord Arlingtons Augenbrauen rutschte in die Höhe. Dort blieb sie auch, als wir in den pompösen Empfangssalon geführt wurden. Hier waren die Ziersäulen vergoldete Palmen und der Kaminsims wurde von zwei Frauenskulpturen gehalten. Mehr Prunk ging nicht.

»Was sagt ihr dazu?« Emy hatte sich von hinten an uns rangepirscht und strahlte übers ganze Gesicht.

Normalerweise gab Emy sich viel Mühe, ihrem gesellschaftlichen Rang entsprechend als Lady aufzutreten. Aber sobald etwas spannend wurde – und das wurde es in ihren Augen ständig – vergaß sie ihre gute Erziehung. Sie war dann das quirlige Mädchen, das sie halt in Wirklichkeit war, voller Ideen und Lebenslust plus einer kreativen Ader. Doch aus Sicht ihrer Mutter, ihrer Gouvernante und drei sehr strenger Tanten war sie ein unzähmbarer Wildfang, und das war kein Kompliment. Vor Miss Lucie und mir konnte Emy allerdings ganz nach Lust und Laune rumhibbeln.

»Wer auch immer Stuart House erworben hat, hat noch mal ein beachtliches Vermögen hineingesteckt«, sagte Emy, nachdem sie uns und den zunehmend genervt wirkenden Lord Arlington begrüßt hatte. »Das Haus war ja schon unter dem Earl ein vielversprechendes Schmuckstück, aber jetzt ist es eine wahre Schatzkammer. Allein dieser Perserteppich, der den ganzen Empfangsraum ausfüllt. Mein Näschen sagt mir, dass er gerade erst aus dem Orient eingetroffen ist.«

»Nicht, dass er noch mit uns wegfliegt«, sagte ich und erntete prompt fragende Blicke. Etwas, dass ich seit meiner Zeitreise durchaus gewohnt war: Mit meiner Wortwahl und meinen Aussagen outete ich mich regelmäßig als andersartig, was man jedoch meist auf meine megamoderne Ausbildung in Dunwick House schob. In diesem Fall versuchte ich es mit einer Erklärung. »Na, ihr wisst schon, wie in den Märchen aus dem Morgenland, wenn die Braut mit einem fliegenden Teppich entführt wird.«

»Eine lesende Zofe, das ist ja mal interessant«, war der

einzige Kommentar zu meinem Witz – und leider stammte er von Lord Arlington. Seinem Unterton nach war er sich unsicher, was er davon halten sollte, schließlich gibt es bei »Tausendundeine Nacht« und Co. oft auch einen Hauch Erotik. Wahrscheinlich würde der Lord ab jetzt ein extra Auge auf seine Bibliothek haben und meine heimlichen Schmökerstunden waren damit wohl vorbei.

»Zoe, ich staune immer wieder über dein vielfältiges Wissen, aber nun zurück zu diesem Prachtbau.« Emy korrigierte den Sitz ihrer Tiara, die etwas schief in ihren dunklen Locken hing. Danach saß das gute Stück noch schiefer. »Seit die Einladung heute Morgen eingetroffen ist, versucht meine Mutter mit allen Mitteln herauszufinden, wer der Gastgeber ist. Aber niemand weiß etwas. Klar ist nur, dass die Person unverschämt reich sein muss und dem Adel entstammt, sonst hätte sie es nie gewagt, alles von Rang und Namen einzuladen. Zu schade, dass Charlottes Mutter auf einer Landpartie ist. Die Countess hätte gewiss etwas in Erfahrung gebracht. Sie ist so herrlich indiskret.«

Ich machte ein langes Gesicht. »Die Countess ist verreist? Dann ist Charlotte heute nicht da?«

»Aber nicht doch, Charlie hasst alles, was mit dem Landleben zu tun hat. Sie ist mit ihren jüngeren Schwestern, den beiden Nervensägen, in London geblieben.« Emy zog eine Grimasse, bei der sie von Glück sagen konnte, dass ihre Mutter sie nicht sah, sonst hätte es sofort einen Rüffel gesetzt.

Okay, dann musste Charlotte wirklich eine Abneigung gegen das Ländliche hegen, denn Leopoldina und Abigail waren zwar zuckersüß, aber auch superanstrengend und sie steckten voller dummer Ideen.

»Darf Charlotte denn ohne Begleitung erscheinen?«, erkundigte sich Miss Lucie mit einem Seitenblick zu ihrem Vater, der mit schlecht gelaunter Miene Löcher in die Luft starrte.

»Charlotte ist eine junge Lady, die allein auf sich aufpassen kann«, sagte Emy.

Das klang verdächtig nach Charlotte. Eigentlich hätte die Älteste von uns mit ihrem Wunsch nach Unabhängigkeit perfekt in meine Zeit gepasst. In Charlottes Brust schlug das Herz eines Freigeistes, der sich gern Wortgefechte lieferte und Wege abseits der ausgetretenen Pfade ging. Kein Wunder, dass die meisten Herren sie für ihre Schönheit bewunderten, ansonsten aber lieber einen Bogen um sie machten. Viele der jungen Gentlemen wünschten sich Applaus und Bewunderung, wo ihnen doch per Geburtsrecht die Welt zu gehören schien. Eine gute Gefährtin hatte das zu respektieren, anstatt auf Augenhöhe mitreden zu wollen.

Weil Miss Lucie und ich überrascht schwiegen, wurde Emy prompt unsicher. »Außerdem konnte Charlottes Mutter ihr nicht verbieten, die Einladung anzunehmen, weil sie ja verreist ist. Und sie muss nach ihrer Rückkehr auch nicht erfahren, dass ihre Zofe Eustace zu Hause bei den Kleinen geblieben ist, anstatt ihre junge Herrin zu begleiten.«

»Und im Zweifelsfall hat Charlotte immer noch uns. Wir sind ihre Begleitung und nehmen sie auch später in unserer Kutsche mit«, glättete Miss Lucie die Wogen. »Wenn man übrigens von der Lady spricht … Da drüben ist unsere liebe Freundin. Charlotte, hier sind wir!«

Ich schnappte nach Luft. »Was hat sie denn an?«

»Das ist doch ein altes Kleid ihrer Mutter, das sie mal bei einem großen Empfang getragen hat. Wegen seines aufsehenerregenden Rosas war es das Gespräch des Tages gewesen, daran können sich bestimmt noch viele erinnern«, sagte Emy verdutzt. »Charlotte traut sich vielleicht was.«

Das Kleid war der Hammer. War das vielleicht ein krasses Pink!

Miss Lucie und ich quiekten gleichzeitig vor Begeisterung, während Charlotte, so schnell es der Anstand zuließ, zu uns lief. Die Schneiderin hatte das Kleid ganz hervorragend umgearbeitet, auf den ersten Blick würde niemand erkennen, dass es Vintage war. Wobei ich immer noch nicht verstand, warum bei der Upperclass ständig alles nagelneu sein musste. Prestige sollte von Style und Originalität abhängen und nicht davon, wer am meisten mit dem Geldbeutel klimperte.

Als Charlotte endlich bei uns war, gab es ein großes Hallo mit Küsschen und hastigem Infoaustausch, damit wir alle auf dem gleichen Stand waren.

Für Lord Arlington war die Tatsache, plötzlich von vier im Höchsttempo redenden Damen umringt zu sein, das Signal zum Rückzug. Demonstrativ zückte er seinen Lesestoff. »Die Salonsessel neben dem Kamin sehen sehr einladend aus. Wenn die Damen mich entschuldigen würden?«

Wir knicksten brav und warteten, bis Lucies Vater außer Hörweite war, dann starteten wir mit einem detaillierten Austausch durch über alles, was beim Empfang unsere Aufmerksamkeit erregte. Nichts war vor uns sicher, vom wippenden Federkopfschmuck über Wer-gerade-mit-wemspricht bis hin zum Ranking der Kanapees, die zur Überbrückung der Wartezeit kredenzt wurden. Mein Favorit war Pumpernickel mit Wachtelei, wohingegen Miss Lucie den Räucherfisch rühmte. Ehrlich? Ich konnte Lord Arlington verstehen, dass er nicht bei uns stehen wollte, auch wenn ich jede Sekunde genoss. Man musste halt eine junge Dame sein, um alles und jeden feiern zu können.

Allerdings war ich nicht durchweg bei der Sache, immer wieder schaute ich mich unauffällig im Saal um. Es hätte ja sein können, dass ich den schneeweißen Schopf der Marquise entdeckte. Oder Cedric mit seinem Vater Sir Henry, auch bekannt als Oberhaupt der Verborgenen Gesellschaft. Oder jemanden, dessen Haare, ganz untypisch für den englischen Adel, von der Sonne ausgeblichen waren. Okay, machen wir uns nichts vor, ich hielt in erster Linie nach Hayden Ausschau. Das hier war der perfekte Ort, um unser weiteres Vorgehen zu besprechen. Außerdem wollte ich mir mein Fashion-Bashing abholen. Ich hatte mir nämlich anstelle der üblichen Haube ein schwarzes Seidenband um den Kopf drapiert, so richtig roaring-twenties-mäßig. Vor Mrs Hibbert hatte der Look nur bestanden, weil wegen meiner kurzen Haare eh keine Haube halten wollte und sie deshalb ständig im Haus rumflog. Und wer schenkte einer Zofe schon einen zweiten Blick? Nun ja, aktuell taten das jede Menge junger Damen. Einige zeigten sogar mit dem Finger auf mich, während sie miteinander tuschelten. Das war so auffällig, dass ich es nicht länger ignorieren konnte.

»Was gibt es an meiner Aufmachung denn auszusetzen?«, erkundigte ich mich bei meinen Freundinnen.

»Aber nicht doch, niemand zerreißt sich das Maul über dich«, winkte Charlotte ab. »Wenn hier über wen gelästert wird, dann über mich, weil ich ein altes Kleid von meiner Mutter trage. Dieser Farbton scheint einigen Damen nur zu gut in Erinnerung geblieben zu sein.«

Das war echt fies, nur war Charlotte nicht der Typ, den man tröstend umarmen konnte, dafür war sie viel zu stolz. Deshalb trug sie es ja auch mit einer solchen Größe, dass ihre Familie seit dem Tod ihres Vaters zwar immer noch hoch angesehen war, aber, sagen wir es mal so, kreativ mit ihren Kosten umgehen musste. Dass die Countess of Wessex es so gut hinbekam, sollte ihr eigentlich Respekt einbringen anstatt schiefer Blicke. Das Thema Snobismus würde ich definitiv im nächsten WhisperWhisper-Brief ansprechen.

Während ich mir eine geistige Notiz machte, stupste Charlotte mich mit dem Ellbogen an. »Aber du bist der heimliche Star auf dieser Matinee, meine liebe Zoe. Es verbreitet sich nämlich das Gerücht, dass die Zofe der jungen Lady Arlington unter der Schutzherrschaft ihrer Herrin die WhisperWhisper-Briefe verfasst. Die Damenwelt ist deshalb völlig aus dem Häuschen, schließlich ist der Kettenbrief *das* Thema der Saison. Und nicht nur in den hochherrschaftlichen Salons wird über die Frage diskutiert, ob man so ungeniert über die Form von Füßen oder Liebesangelegenheiten sprechen darf. Laut unserer Eustace wird auch in den Küchen, den wahren Herzen eines jeden Haushalts, eifrig diskutiert. Falls du dich mal in die Bedienstetenräume von Stuart House zurückziehen solltest, wirst du feststellen, dass du auch dort angestarrt werden wirst. Gerüchte über die Zofe Zoe, die so gekonnt aus dem Nähkästchen plaudert, werden auf sämtlichen Fluren gewispert und machen den mysteriösen Kettenbrief noch interessanter. Wenn jemand alle Geheimnisse einer Lady kennt, dann ja wohl die Zofe einer hochgestellten Dame.«

Arghhh! Was hätte ich in diesem Moment für eine schwarze Spitzenmaske gegeben, um mich dahinter zu verstecken. »Wie kommen die denn darauf, dass ich mich hinter der namenlosen Verfasserin verbergen könnte? Das Ganze läuft doch komplett anonym ab.«

Emy tätschelte mir beruhigend die Schulter. »Du bist halt nicht zu übersehen, allein wegen deiner ungewöhnlichen Outfits fällst du auf wie ein bunter Hund. So läuft sonst keine Zofe rum. Sie vermeiden normalerweise jede Aufmerksamkeit, die steht nämlich nur ihren Herrinnen zu.«

»Ich bin doch total zurückhaltend gekleidet«, protestierte ich. »Das ist ein schwarzes, hochanständiges Kleid.«

»Auf das du mit bunten Glasperlen lauter komische Symbole gestickt hast«, sagte Miss Lucie.

»Das sind Herzchen und ohne sie wäre das Kleid einfach zu langweilig«, hielt ich dagegen. Im Sticken war ich noch nicht so geübt, deshalb sahen mache Herzchen etwas geschmolzen aus. Ich fand sie trotzdem niedlich.

»Du möchtest noch ein Beispiel? Du duftest wie ein ganzer Frühlingsstrauß«, gab Emy zu bedenken.

Ich hob ratlos die Hände. »Davon haben doch alle was! Gut riechen ist kein Adelsrecht.«

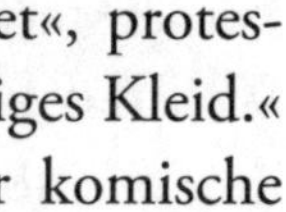

»Egal, wie sehr du dich anstrengst, du fällst auf«, fing nun auch noch Miss Lucie an, die sich bislang so vorbildlich zurückgehalten hatte. »Du denkst, es hört niemand, aber oftmals singst du ausgesprochen seltsame Lieder und tanzt dazu sehr merkwürdig. Ich habe bislang nichts gesagt, weil ich dich nicht beschämen wollte.« Sie machte den Eindruck, als würde sie für diese Offenbarung am liebsten zu Staub zerfallen.

»Über meine Tanzerei haben sich schon ganz andere lustig gemacht«, gab ich zu, während mir in meiner Erinnerung meine halbe Schulklasse vorführte, wie ich in der Pause gedankenverloren das gute alte »Let's twist again« in die Tat umsetzte. Allem Anschein nach hatte ich aus der Blamage nichts gelernt.

»Und last but not least«, setzte Charlotte noch einen drauf, »stehst du mit uns, drei Ladys aus bestem Hause, zusammen und unterhältst dich nach Herzenslust, als wärst du eine von uns. Siehst du hier irgendeine andere Bedienstete, die sich so verhält? Selbstverständlich nicht. Weil das keine wagen würde. Es gibt nur eine Zofe, die ihre eigenen Regeln macht und damit durchkommt, und das bist du, Zoe. Ach, erwähnte ich schon deinen Namen? Niemand sonst in einer Bedienstetenposition besteht auf einen Künstlerinnennamen. Die meisten wissen nicht einmal, dass es so etwas überhaupt gibt.«

War ja klar, dass das auch noch auf den Tisch kam. Allerdings konnte ich zu meiner Verteidigung schlecht anführen, dass ich beim Namen Traudelwald, der in meinen Arbeitspapieren gestanden hatte, Ohrensausen bekam.

»Was die Namens-Sache betrifft, bin ich meiner Zeit bloß voraus.« Sehr weit voraus, hätte ich ehrlicherweise sagen müssen. Mehr als zweihundert Jahre, um genau zu sein. Egal wie sehr ich mich angestrengte, mich in die Regency-Zeit einzufügen, es klappte eindeutig nicht. Glücklicherweise kam gerade Bewegung in den Saal: Nachdem die Bediensteten bislang emsig herumgelaufen waren, um den Wünschen der Gästeschar nachzukommen, sammelten sie sich nun an den Ausgängen zum Garten.

»Hier passiert gleich was«, verkündete ich meinen Freundinnen.

Auch die anderen Gäste spürten, dass die Warterei ein Ende hatte, ihre Gespräche verstummten und sie blickten sich suchend um. Würde sich endlich ihr geheimnisvoller Gastgeber zu erkennen geben?

Dann erklang ein silbernes Glöckchen und der Butler des Hauses deutete eine Verbeugung an. »Wenn die Herrschaften mir nun zum Palmengarten folgen würden, wo der Hausherr sie aufs Freundlichste zu begrüßen beliebt?«

»Wir sollen doch wohl nicht durch die eisige Nacht laufen?«, flüsterte Emy, deren Kleid nicht mehr als ein Hauch aus pistazienfarbenem Seidenchiffon war. »Die Dämmerung hat eingesetzt und der Wind ist eisig, wir werden alle mit einem Schnupfen nach Hause gehen.«

Doch schon wurden die Glastüren zum Garten geöffnet und im gleichen Moment erstrahlte der Park genauso hell wie der mit Kronleuchtern ausgestattete Empfangssaal. In der Ferne schimmerte das Palmenhaus wie ein geschliffener Kristall.

»Der Garten wird mit Gaslicht illuminiert, welch verschwenderischer Luxus«, hauchte Miss Lucie. Als sie sich bei mir einhakte, spürte ich, dass sie vor Aufregung bebte. Ich war nur froh, dass ich sie zu einem Spenzerjäckchen hatte überreden können, denn Miss Lucie gehörte zu jenen zarten Geschöpfen, die selbst neben dem lodernden Kamin fröstelten.

Als wir hinaus auf die Terrasse traten, wurde klar, dass wir auf dem Weg zum Palmenhaus nicht frieren mussten.

Es gab einen verglasten Laubengang und in dem war es so warm, dass die rankenden Passionsblumen neben Kletterrosen selbst zu dieser späten Jahreszeit noch blühten. Nach einem Spaziergang voller Ahs und Ohs versammelten wir uns auf einem überdachten Vorplatz, an dem der Eingang des Palmenhauses hinter einem grünen Samtvorhang verborgen lag. Davor stand ein junger Mann mit einem auffällig zufriedenen Gesichtsausdruck. Er trug sein braunrotes Haar deutlich kürzer, als es der gängigen Mode entsprach, und sein Gesicht zeigte nicht nur Sommersprossen, sondern auch eine für England untypische Bräune. Das fiel nicht nur mir auf, sondern auch Charlotte.

»Jetzt haben wir des Rätsels Lösung: Stuart House ist niemandem aus den alteingesessenen Familien Englands zugefallen, sondern einem Abenteurer, der sein Glück in Übersee gemacht hat, wo es vor der Sonne kein Entrinnen gibt. Na, da werden sämtliche Mütter heiratsfähiger Töchter aber enttäuscht sein. So jemanden holt man sich ja nicht einmal dann in die Familie, wenn er sich den Buckingham Palace unter den Nagel gerissen hätte.«

Das war ja ganz schön von oben herab gedacht. »Wenn er wirklich aus eigener Kraft ein Vermögen gemacht hat, wäre das doch bewundernswert.«

»In unseren Kreisen bewundern wir niemanden für seine Schaffenskraft, sondern für seinen Familienstammbaum«, klärte Charlotte mich auf.

Bevor ich zu einer solchen Haltung etwas sagen konnte, das mir später bestimmt leidgetan hätte, räusperte sich der auffallend junge Hausherr.

»Ich heiße Sie herzlich willkommen in Stuart House und möchte Ihnen dafür danken, dass Sie meiner doch recht kurzfristigen Einladung nachgekommen sind. Es ist mir eine große Ehre und Freude, Sie in diesem wunderbaren Haus, das so viele Jahre im Winterschlaf lag, als meine Gäste empfangen zu dürfen. Genauso hätte es sich mein Großvater, dessen Namen ich nun, da ich sein Erbe angetreten habe, vollständig tragen darf, gewiss gewünscht. Denn ihm war das gesellschaftliche Leben bekanntermaßen immer eine Herzensangelegenheit. In diesem Sinne hoffe ich, dass ich das Haus, das er mit so viel Idealismus und Hoffnung erbauen ließ, nach seinen Vorstellungen vollendet habe.«

Jetzt war es raus, da vorn stand der Enkelsohn des alten Willy Stuart! Trotzdem blieben viele Stirnen gekraust. Fragend schaute ich Miss Lucie an.

»Die Ehe von Stuart Junior mit Lady Margot ist kinderlos geblieben«, erklärte sie mir, während der neue William Stuart über das architektonische Wunderwerk Haus redete.

Es dauerte eine ganze Weile, bis mir klar wurde, was das mit der kinderlosen Ehe bedeutete: Dieser William, der Stuart House zu neuem Glanz verholfen hatte, war als unehelicher Sohn von Lord Stuart zur Welt gekommen. Ein Bastard, wie man in diesem Jahrhundert hinter vorgehaltener Hand abfällig zu sagen pflegte. Der junge Mann musste das Ergebnis einer geheim gehaltenen Liebschaft seines Vaters sein. Williams Mutter war vermutlich eine ehemalige Bedienstete der Stuarts oder eine Geliebte, die sein Vater so lange ausgehalten hatte, wie das Geld zur Verfügung stand. Seinem Englisch nach hatte der junge William durchaus eine vorzeigbare Bildung genossen, bis er in die Ferne gezogen war, um sein Glück zu machen.

Erst nachdem er bei seiner Wiederkehr ein beachtliches Vermögen vorzuweisen hatte, erkannte ihn sein leiblicher Vater offiziell an – was in meinen Augen der größte Skandal war.

Wenn ich mir das richtig zusammenreimte, hatte William die Schulden seines Großvaters tilgen und somit das Erbe der Familie Stuart antreten können. Dass sein Vater bei der Eröffnung nicht an seiner Seite stand, ließ vermuten, dass die beiden sich trotz allem nicht nahestanden. Wenn es um die Angelegenheiten von adeligen Familien ging, konnte man manchmal nur staunen, was da abging.

»Ist es jetzt besser, dass William zur Hälfte adelig ist? Oder schlimmer, weil er unehelich ist?«, fragte ich Charlotte.

Die zuckte mit den Schultern. »Das wird sich schon bald herausstellen.«

Das klang nicht wirklich optimistisch.

William Stuart ließ sich von der zurückhaltenden Stimmung seiner Gäste nicht beeindrucken, sondern redete fröhlich weiter. »Bei der Fertigstellung des Hauses beschränkt sich mein bescheidener Beitrag auf die florale Note, zu der mich meine Reisen inspiriert haben. Allerdings habe ich die Schönheit ferner Länder nicht nur als Erinnerung mit in meine Heimat gebracht, sondern auch in Form von Ablegern exotischer Pflanzen. Aus genau diesem Grund bedurfte es eines Palmenhauses. Nur hier werden meine wertvollen Exponate den kalten englischen Winter überstehen. Ich hoffe, unserem Land ein Geschenk machen zu können, indem ich diese wunderbaren Schätze der Natur

vermehren und verschenken werde. Natürlich zuerst an liebe Freunde, die diese kleinen Zaubersamen ebenso gut und warm behüten können wie ich.«

An dieser Stelle schlug die Stimmung um. Es war regelrecht spürbar, wie die Beliebtheit von William Stuart wuchs. Wenn eine echte Ananas schon der Hammer war und für Begehrlichkeiten sorgte, was würden dann erst noch außergewöhnlichere Pflanzen aus fernen Ländern auslösen? Ja, William konnte sich der Freundschaft seiner Gäste gewiss sein, sie würden für seine Blümchen beheizte Gewächshäuser bauen wie die Verrückten. Und so wie er lächelte, wusste er das auch nur zu genau. Dieser junge Mann war schlau, so viel stand fest. Und er wusste, wie man sich in Szene setzte.

»Allerdings«, sagte William nach einer Kunstpause, »habe ich wertvolle Unterstützung erfahren, als ich meine Sammlung aufzubauen begann. Das herausragendste Exponat, eine besonders üppig blühende Orchidee mit dem Namen ›Geschenk der Götter‹, ist ein Präsent meiner lieben Mentorin. Ich darf davon ausgehen, dass nur die wenigsten von Ihnen bislang in den Genuss gekommen sind, ihrer betörenden Blüten ansichtig zu werden. Hiermit möchte ich Ihnen als meinen heutigen Ehrengast die außerordentliche und wunderbare Prinzessin Nechbet vorstellen, die mir zur Ehre gereicht, auf ihrer Reiseroute Station in London zu machen. Wenn ich bitten darf?«

Neben William trat eine wahre Erscheinung von einer jungen Frau mit dunkel umrandeten Augen. Eindeutig ein balkendicker Kajalstrich – und undenkbar für eine englische Dame! Sie trug ein üppig besticktes Mantelkleid, das in der Mitte von einem mit Edelsteinen besetzten Gürtel gehalten wurde, und in ihrem schwarzen Haar steckte ein Diadem. Ihre Hände schmückten verschnörkelte Henna-Tattoos und jede Menge Ringe. Es war allerdings nicht nur die ungewöhnliche Aufmachung der Prinzessin, die für offen stehende Münder sorgte, sondern ihre ganze Ausstrahlung. Bei den englischen Ladys war es *en vogue* vornehme Zurückhaltung an den Tag zu legen. Alle wollten auf Teufel komm raus zarte, überaus wohlerzogene Geschöpfe sein, denen man auf den ersten Blick anmerkte, dass sie noch nie mit den Härten des Lebens in Berührung gekommen waren. Prinzessin Nechbet hingegen strotze nur so vor Selbstvertrauen und zur Schau getragener Weiblichkeit, diese Frau wendete bestimmt niemals verschämt den Blick ab oder wisperte mit extra hochgedrehter Stimme. Prinzessin Nechbet anzuschauen war, als blicke man direkt in ein Flutlicht.

»Eindeutig ein Skorpion«, diagnostizierte ich spontan.

Neben mir zuckte Miss Lucie zusammen. »Ein tropisches Krabbeltier? Wo?«

»Nicht doch, ich rede von Sternzeichen«, beruhigte ich meine Herrin, bevor sie vor Panik aufs Palmenhausdach kletterte. »Laut dem Horoskop verfügt der Skorpion über ein Wahnsinnsego. Man legt sich lieber nicht mit ihm an, sonst bekommt man seinen Stachel zu spüren.«

Miss Lucie blinzelte aufgeregt. »Das klingt fast so, als würden einen die Sterne vor den Skorpion-Geborenen warnen. Und wenn ich mir Prinzessin Nechbet so anschaue, bin ich mir sicher, dass ich als im Sternzeichen Jungfrau Geborene in ihrer Gegenwart keinen Pieps herausbringen würde.«

William Stuart hingegen war hocherfreut über seinen

Ehrengast und gab mit einer Verbeugung die Bühne frei. »Nun bitte ich die Prinzessin, das Palmenhaus einzuweihen.«

Die stolze Nechbet lächelte, dann zog sie an einer goldenen Kordel und der Vorhang glitt zur Seite. »Hiermit eröffne ich das Palmenhaus, ein Geschenk der Schönheit an uns alle. Sie sind eingeladen, sich daran zu ergötzen.«

Damit gab es kein Halten mehr und die begeisterte Gästeschar strömte in das einladend warme Palmenhaus.

Es war, als würden wir das wintergraue England mit seinen beißenden Gerüchen von Kaminrauch und dauerfeuchten Kleidern verlassen. Wir tauchten in ein grün wogendes Meer ein, das mit unzähligen Farbklecksen gesprenkelt war. Sittiche und Zwergpapageien flogen herum und es gab Becken mit Wasserpflanzen, die für viel Aufsehen sorgten – sehr zum Leid der darin schwimmenden Goldfische. Die Beete seitlich der Wege waren von unterschiedlicher Höhe und die Pflanzen so geschickt gesetzt, dass alles üppig und größer wirkte. Es gab Gummibäume und Palmen, Zitrusbäumchen und jede Menge exotische Früchte tragende Pflanzen. Eine Ecke war Farnen und Flechten vorbehalten, die ebenfalls viel Lob einfuhren, weil sie gerade so unheimlich in waren. Auch wenn es sich heute keiner mehr vorstellen kann, in der Regency-Epoche war der Farn ein echtes It-Grün. Auch mir gefielen seine sich sternförmig ausbreitenden Wedel, besonders, wenn die Spitzen noch so putzig eingerollt waren. Farne galten sogar als Delikatesse, aber so weit ging mein Interesse dann doch wieder nicht, dass ich sauer eingelegte Farntriebe probieren musste.

»Was mag das nur für eine überaus kuriose Pflanze sein?«, wunderte sich derweil Miss Lucie. »Ihre Früchte sehen überreif aus, fast verdorben mit ihrem schmutzigen Violett.«

»Nicht doch«, winke ich ab. »Das sind Feigen, die müssen so dunkel sein, wenn sie reif sind. In ihrem Inneren sind sie dann tiefrot und sehen aus, als wären sie mit lauter winzigen Kristallen gespickt. Schmecken übrigens großartig und ganz süß.«

Miss Lucie schaute mich staunend an. »Woher weißt du nur solche Dinge, meine liebe Zofe?«

Tja, woher wusste ich das? Weil es Feigen in meiner Zeit im Supermarkt um die Ecke gibt. Aber damit konnte ich Miss Lucie ja wohl kaum kommen. »Darüber hat Elsie neulich mal was erzählt, sie ist doch unsere Fachfrau auf diesem Gebiet«, rettete ich mich.

Trotzdem blieb da so ein nachdenklicher Ausdruck auf Miss Lucies Gesicht, der jedoch einen Augenblick später purem Entzücken wich. Sofort blickte ich über meine Schulter. Und – wie ich vermutet hatte – stand dort Cedric mit seinem Vater, im Gespräch mit einigen Bekannten. Schüchtern winkte er Miss Lucie zu. Sir Henry hingegen musterte mich herausfordernd. Für einen Schreckmoment befürchtete ich, dass er sich daran erinnern konnte, wie ich ihn mit meiner dreisten Mops-den-Splitter-Nummer um seinen Triumph in der Krypta gebracht hatte. Aber das war natürlich Unsinn, Sir Henry konnte nicht wissen, was in einer Zukunft passiert war, die dank des kleinen Rücksprungs in der Zeit von Hayden und mir so nie stattgefunden hatte.

»Ob ich wohl eine kurze Unterhaltung mit Cedric

wagen kann – oder würde ich Papa damit zu sehr brüskieren?«, überlegte Miss Lucie. Es war auch zu dumm, dass ausgerechnet der perfekte Verehrer für Miss Lucie der Sohn von Lord Arlingtons größtem Feind sein musste. Er war in meinen Augen übrigens auch noch immer nicht über jeden Verdacht erhaben, von seinem Vater nicht doch nur für dessen eigene Pläne eingespannt worden zu sein. Obwohl ich daran dann doch so meine Zweifel hatte, wenn ich sah, wie sehnsüchtig Cedric zu Miss Lucie hinüberschielte.

»Ihr Herr Vater ist vollauf beschäftigt, ich hatte ihn zuletzt gesehen, als er hochinteressiert dem Vortrag einer hochbetagten Lady über Palmenhaltung lauschte«, beruhigte ich Miss Lucie. »Die Dame hat wohl eine längere Zeit in seinem Lieblingsland Indien gelebt. Ich wette, wir bekommen Ihren Vater erst wieder zu Gesicht, wenn uns die Diener aus dem Palmenhaus hinauskomplimentieren, weil die Matinee schon lange vorbei ist.«

»Papa ist also beschäftigt, sehr schön.« Mehr Aufmunterung bedurfte es nicht, und Miss Lucie machte ein paar Schritte auf Cedric zu, bis sie sich vor einem blühenden Rosenstrauch trafen.

Die Begrüßung fiel gemäß der Etikette so höflich aus, dass man meinen konnte, die beiden seien flüchtige Bekannte und nicht zwei Menschen, die einander in tiefer Hingabe zugetan waren. »Welch zartes Rosé, so lieblich wie die Farbe Ihrer Wangen«, murmelte Cedric, wobei er ein Blütenblatt mit den Fingerspitzen liebkoste. »Ich kann gar nicht anders, als in diesem Moment an den Dichterfürsten William Blake zu denken. Erraten Sie warum, meine Liebe?«

»Aber natürlich!«, schoss es aus Miss Lucie heraus. »Ihnen ist Blakes wunderbares Gedicht über die Rose in den Sinn gekommen, so genial und erschütternd zugleich. Woran sonst könnte man beim Anblick eines Rosenstrauches denken?«

Die beiden Süßen sprachen hundert Prozent die gleiche Sprache. Nur schlichte Gemüter wie ich gingen davon aus, dass Cedric angesichts seiner Angebeteten keinen klaren Gedanken fassen konnte und vergessen hatte, wo er sich überhaupt befand, und deshalb auf das Universalthema Gedichte auswich.

Da die Turteltäubchen mit dem Rezitieren ihrer Lieblingsgedichte beschäftigt waren, hielt ich mich als Anstandsdame ein wenig abseits. Unauffällig schaute ich mich um. Es waren jede Menge Leute da, nur leider geriet noch immer kein sonnengeküsster Blondschopf in mein Blickfeld. Dafür aber Charlotte, die mit einer Fruchtschale in der Hand auf mich zu gewandelt kam.

»Wo ist Emy?«, fragte ich.

Charlotte bot mir eine Orangenspalte an. »Ihre Mutter hat sie dabei erwischt, wie sie leicht überdreht eine Blüte an ihr Ohr steckte, bei der es sich scheinbar um ein wertvolles Exponat handelte. Jetzt hält Lady Sybille ihr eine Standpauke über hoffähiges Benehmen, was durchaus länger dauern kann. Emys Mutter ist nämlich sehr geübt darin, ihre Tochter zurechtzuweisen. Arme Emy, vermutlich wird sie sich den Rest des Abends nicht trauen, auch nur mit dem Mundwinkel zu zucken.« Wir ließen beide mitfühlend den Kopf sinken. Eine junge Dame zu sein, war auch ohne eine perfektionistische Mutter schon herausfordernd genug.

»Für dich scheint der Abend ja nicht gerade nach Wunsch zu verlaufen, wenn ich dein langes Gesicht richtig deute«, sagte Charlotte.

Ich zog verblüfft die Augenbrauen hoch. »Ganz im Gegenteil, der Abend gestaltet sich durchaus zauberhaft. Miss Lucie und Cedric turteln, was das Zeug hält. Die Blumen helfen ihnen über jede Gesprächspause hinweg und das Palmenhaus ist so rammelvoll mit Gästen, dass niemand von ihnen erwarten kann, dass sie den schicklichen Abstand einhalten.«

»Und sonst ist nichts?«

Charlottes forschender Bick gefiel mir so ganz und gar nicht. »Keine Ahnung, worauf du hinauswillst. Ich steh hier doch nur rum, wie es sich für eine Zofe geziemt.«

»Eine Zofe, die sich bei jeder Gelegenheit den Hals verrenkt, weil sie nach einer gewissen Person Ausschau hält.«

Daher wehte also der Wind. »Tu ich gar nicht! Ich will mir nur einen Überblick verschaffen, wer heute Abend alles erschienen ist. Und ob vielleicht jemand die Matinee verlassen hat, nachdem der Hausherr seine Herkunft verraten hat. Damit ich Miss Lucie später auf den neusten Stand bringen kann.«

Es war Charlotte von der Nasenspitze abzulesen, dass sie mir kein Wort glaubte. »Zoe, ich weiß nicht, was sich da zwischen Hayden und dir entspinnt, aber ich bin nicht so besorgt wie Emy und Miss Lucie. Ob Hayden ein feiner Kerl ist, kann ich nicht beurteilen, aber ich kenne dich – und du bist smart genug, um selbst eine heiße Romanze im Griff zu haben. Und falls trotzdem einmal etwas vorfallen sollte, dann bin ich gern die Freundin, die zu dir steht. Du kannst dich mir jederzeit anvertrauen, ohne Sorge zu haben, dass ich dich verurteilen könnte. Wenn ich eins durch dich gelernt habe, dann, dass die Gesellschaft uns jungen Frauen sehr viele Regeln auferlegt, ohne uns zu erklären, wozu sie eigentlich gut sind. Wir Ladys müssen zusammenhalten. So, wie es im WhisperWhisper-Brief steht.« Sie lächelte. »Außerdem bin ich in der Tiefe meines Herzens eine hoffnungslose Romantikerin, die noch nicht das Glück hatte, auf einen Gentleman zu treffen, wegen dem ich mir den Hals verrenken würde. Ich beneide dich und Lucie wegen eurer Amouren.«

Zu gern hätte ich Charlotte stürmisch umarmt für diese Freundschaftsbekundung. Himmel, was hatte ich nur für ein Glück mit meinen Freundinnen! Nur leider standen heftige Gefühlsregungen in der Öffentlichkeit ganz weit oben auf der Shitlist der Benimmregeln. Deshalb drückte ich nur unauffällig ihre Hand.

»Und, hast du Hayden gesehen?«, erkundigte ich mich kleinlaut.

Charlotte schüttelte den Kopf. »Leider nicht, und auch keine Spur von seinem Vater. Gut möglich, dass sie so kurzfristig anders gebunden waren, während der Saison steht ja immer etwas an.«

Oder der so auf sein Prestige bedachte Lord Falcon-Smith hatte die Einladung eines namenlosen Gastgebers in weiser Voraussicht ausgeschlagen. Oder Hayden hatte es vorgezogen, im Club abzuhängen. Oder er war in Gesellschaft dieser – laut Arthur – sehr an ihm interessierten »Tanzmaus« …

»Oh, jetzt wird dein Gesicht noch länger.« Charlotte reichte mir zum Trost die letzte Orangenspalte. »Widmen wir uns doch einem unverfänglicheren Gesprächsthema. Verrate mir, meine liebe Zoe, bist du genauso beeindruckt vom Palmenhaus wie der Rest der Gästeschar?«

Die Antwort war zur Abwechslung mal leicht. »Das Palmenhaus ist der Burner, allein schon deshalb, weil die Konstruktion wunderschön ist, all das Glas und die kunstvollen Metallstreben. Was seine Pflanzensammlung anbelangt, hat Mr Stuart kein bisschen angegeben, sonst wären wohl nicht alle so aus dem Häuschen. Meiner Meinung nach ist er bereits der King, weil er über Erdbeerpflanzen verfügt, die im Herbst Früchte tragen. Wenn er die Erdbeeren erntet, muss ich unbedingt eine Einladung bekommen. Für Erdbeeren habe ich eine Schwäche.« Mit einem Schaudern erinnerte ich mich, wann ich das letzte Mal meiner Schwäche erlegen war: bei der geheimen Mitternachtsparty im Internat. Und wir wissen ja alle, wie das geendet hat … Schnell wechselte ich erneut das Thema. »Außerdem hat der gute William zahlreiche Orchideen, in England sieht man diese Blumen wohl zum ersten Mal.«

»Orchideen … Das sind die großen Blüten, die wie Aufsetzer in den Bäumen hängen, richtig?«, versicherte sich Charlotte. »Die sind das Highlight des Abends, das hat mir ein älterer und über alle Maßen aufgeregter Gentleman erklärt. Wenn ich die bergehrlichen Blicke der Gäste richtig deute, sind sie sogar aufsehenerregender als so manches Geschmeide, das heute aus gegebenem Anlass ausgeführt wird.« Sie zog die Nase kraus. »Ich will ja nichts sagen, aber diese Blüten sehen ein bisschen schamlos aus. Oder bin ich die Einzige, die Vergleiche zu anatomischen Bereichen des weiblichen Körpers zieht?«

Ehrlich, ich verschluckte mich fast vor Lachen an der

Orangenspalte. Was auch ganz gut war, so plapperte ich nicht frei drauflos. Denn es stellte sich heraus, dass nicht nur ich Charlottes anzügliche Bemerkung gehört hatte. Ausgerechnet William Stuart gesellte sich zu uns mit einem amüsierten Lächeln auf den Lippen, das man besser nicht unterschätzen sollte. Wir erinnern uns: Dieser junge Kerl hatte sich zweifelsohne nicht zum Herrn von Stuart House aufgeschwungen, weil er ein einfältiger Zeitgenosse war. Gleich würden wir herausfinden, wie er mit Gästen umsprang, die seine ruhmreiche Orchideensammlung mit Vaginas verglichen. Den Kommentar, dass Orchideen ja aus eben diesem Grund so schön aussahen, verkniff ich mir … am besten für die nächsten zweihundert Jahre.

William Stuart deutete eine Verbeugung an. »Entschuldigen Sie vielmals, dass ich mich in Ihre Unterhaltung einmische. Aber ich bin überrascht zu erfahren, dass eine englische Lady über so detaillierte Kenntnis der Anatomie verfügt«, sagte er mit gespielter Verblüffung. »Ich habe England zwar in sehr jungen Jahren verlassen, um ferne Länder zu erkunden. Wenn ich mich jedoch recht erinnere, gehört es zur vornehmen Erziehung einer Dame, dass sie alles, was sich unterhalb ihres Kinns befindet, für Terra incognita hält.«

»Und mir gibt es zu denken, dass Sie den von mir gemachten Vergleich auf diese Weise interpretieren. Ein ungewöhnlicher Gedanke für einen Gentleman, der keinen Ehering am Finger trägt«, schoss Charlotte sofort zurück.

Okay, das war heftig, sogar für Charlottes Verhältnisse.

Entsprechend starrte William Stuart sie an.

Ich sah uns beide schon mit Schimpf und Schande vor die Tür gesetzt.

Doch dann lächelte er. »Wie gut, dass Gedanken nicht lesbar sind und Worte nicht einfangbar. Deshalb würde ich die Vorstellung vorziehen, dass wir beide beim Anblick der Orchidee an Schmetterlinge gedacht haben, so, wie viele andere heute Abend es auch tun. Möchten Sie mir vielleicht verraten, welche Ihnen am besten gefällt, meine liebe …«

»Charlotte«, verriet ebendiese ihren Namen – und dabei wirkte sie so hoheitlich, dass in hundert Jahren niemand auf die Idee gekommen wäre, dass sie sich eben noch in eine mordspeinliche Situation reingeredet hatte. Ich konnte über ihre Coolness bloß staunen. Wenn ich nur halb so lässig bleiben könnte beim üblichen Schlagabtausch mit Hayden, wäre ich fein raus.

»Ihren Namen kenne ich bereits, Sie waren ja so nett, ihn uns schlussendlich doch noch zu verraten«, neckte Charlotte ihren Gesprächspartner. »Vielen Dank noch einmal für Ihre Einladung, William, diese Matinee wird mir gewiss lang in Erinnerung bleiben.«

»Das möchte ich doch hoffen«, sagte William, den ich aus der Nähe auf Mitte zwanzig schätzte. Und er war wirklich ein attraktiver Bursche, was vermutlich auch an dem Hauch Abenteuer lag, der ihn umgab.

Als er Charlotte den Arm reichte und sie zu der pinkfarbenen Orchidee namens »Geschenk der Götter« führte, hätte ich schwören können, dass es zwischen den beiden funkenflugmäßig knisterte. Während er sie in die Geheimnisse der Orchidee einführte, erreichten ihre *vibrations* sogar mich. Entweder war dieser William ein geübter Flirter oder zwischen ihm und Charlotte entspann sich etwas.

Als offizielle Anstandsdame durfte ich mich zwar nicht

allzu weit von Miss Lucie entfernen, aber nun fühlte mich auch für Charlotte verantwortlich, die ganz allein zur Matinee gekommen war. Von Emy gab es dummerweise noch immer keine Spur und da ich mich nicht zweiteilen konnte … Ich musste ganz schön laut husten, damit Miss Lucie aufschaute und ich ihr bedeuten konnte nachzurücken. Cedric hatte soeben zärtlich eine Hand um einen blühenden Jasminzweig gelegt und gab etwas sehr Romantisches von sich, das Miss Lucie unter anderen Umständen sicher hätte schmelzen lassen. Aber jetzt packte sie ihn kurzerhand und zog ihn hinter sich her, bis sie neben Charlotte und ihrem sich gerade warmlaufenden Verehrer standen. Fein, so konnte mir niemand vorwerfen, meinem Job nicht nachzukommen oder ein schlechtes Licht auf Charlotte zu werfen.

Gerade als ich so richtig zufrieden mit mir war, trat jemand neben mich.

Himmel, das ist bestimmt Sir Henry! Jetzt hat er mich doch noch erwischt, durchfuhr es mich.

Nur passte der schwere sinnliche Duft nicht unbedingt zu einem Herrn im besten Alter. Ein Seitenblick bewies, dass der Ehrengast Prinzessin Nechbet neben mir stand, in ihren Händen einen Palmwedel.

»Entschuldige meine Zudringlichkeit, aber ich muss dir als Zofe unbedingt ein Kompliment aussprechen. Das Kleid deiner Herrin ist von einer ausgesucht delikaten Farbe, so ein kräftiges sinnliches Rosé«, sagte sie ein wenig rau, als habe sie gerade erst eine Erkältung auskuriert. Bestimmt war sie sehr viel freundlicheres Wetter als die Londoner Nebelsuppe gewöhnt. Und dann, scheinbar zusammenhangslos, fügte die Prinzessin hinzu: »Will liebt schöne Blumen.«

In meinen Ohren klang das so, als wäre Charlotte nur eine weitere Blume, die er zu pflücken und seiner Sammlung einzuverleiben gedachte. Als ob meine Freundin so leicht zu haben wäre! Eigentlich vermied ich es, Menschen vorschnell in Schubladen zu packen, aber die Prinzessin legte es drauf an, den Stempel »fiese Möpp« verpasst zu bekommen.

»Miss Charlotte ist nicht meine Herrin, Sie müssen ihr das Kompliment also schon selbst übermitteln«, stellte ich klar. »Und wenn Sir William so ein Blumenliebhaber ist, dann wird er bestimmt wissen, dass die schönsten englischen Rosen Stacheln haben und man deshalb sehr achtsam im Umgang mit ihnen sein sollte.«

Prinzessin Nechbet blieb unberührt. »Man sagt so manches in diesem Land, nur scheint es nicht immer der Realität zu entsprechen. Mich, als jemand mit einem völlig anderen kulturellen Hintergrund, stellt dieses Uneindeutige vor Herausforderungen. So wird etwa behauptet, dass die Diener hierzulande sehr duldsam und zurückhaltend seien. Ich habe dich schon länger beobachtet und muss zugeben, dass du keinen derartigen Eindruck auf mich machst. Vielleicht liegt das aber auch an den Gerüchten, die über dich kursieren. Sie haben mich neugierig gemacht.« Ungeniert musterte sie mich aus ihren kohleschwarz umrandeten Augen.

Oh nein. So weit war mein Outing als Verfasserin der WhisperWhisper-Briefe also schon gediehen, dass mich Prinzessinnen aus fernen Landen ansprachen. Und dann auch noch Prinzessinnen, bei denen ich sternzeichenmäßig eindeutig richtiglag. Wenn Nechbet kein Skorpion war, dann wusste ich auch nicht. Was sollte ich jetzt machen? Im Zweifelsfall dumm stellen, entschied ich, das ging immer.

»Ich bin erst seit Kurzem Zofe und noch nicht so geübt«, erklärte ich. »Deshalb würde ich es begrüßen, wenn Sie meiner Herrin nicht verraten, dass man über mich spricht.« Ich deutete zu Miss Lucie, die mir prompt zuwinkte. Ganz unauffällig, damit bei Cedric keine Irritation aufkam, während er mit Inbrunst über die Reinheit der Farbe Blau philosophierte. Blau, wie Miss Lucies Augen.

»Dann ist die junge Lady Arlington also deine Herrin«, stellte Prinzessin Nechbet fest. »Möchtest du mich ihr nicht vorstellen?«

»Damit Sie mich bei ihr anschwärzen können?«, fragte ich misstrauisch.

Prinzessin Nechbet lachte, wobei ihre schneeweißen Zähne aufleuchteten. »Aber nicht doch! Dafür finde ich dich viel zu interessant, Zofe Zoe. Genau wie deine Herrin. Wie ich hörte, soll sie einer einflussreichen Familie entstammen. Und da wir schon von den Arlingtons sprechen – hier kommt das Familienoberhaupt, wenn ich mich nicht irre.«

Als habe er gespürt, dass sein Familienname gefallen war, gesellte sich Lord Arlington zu uns und deutete eine Verbeugung vor Prinzessin Nechbet an. »Entschuldigen Sie bitte die Störung, Eure Hoheit. Ich müsste Zoe für einen Augenblick entführen.« Ohne eine Antwort abzuwarten, zog er mich beiseite. »Meine Tochter …«, setzte Lord Arlington an, um dann leise zu fluchen. Offenbar gefiel ihm gar nicht, dass seine Tochter mit Cedric Satinville, dem Sohn seines Erzfeindes, zusammenstand.

Ich ließ den Lord erst einmal Dampf ablassen, dann sagte ich: »Ist es für Sie als liebender Vater nicht schön zu sehen, wie Ihre bis eben noch von chronischer Schüchternheit geplagte Tochter sich so frei in der Gesellschaft bewegt, Freundinnen um sich hat und sich angeregt mit den Gästen unterhält?«

Lord Arlingtons Kiefer mahlte, als müsse er erst jedes einzelne Wort gründlich zerkauen. »Natürlich freut es mich für Lucie, dass sie sich nicht länger unter ihren Bettdecken verkriecht. Aber sie unterhält sich mit dem Sohn dieses Unmenschen, obwohl ich ihr gesagt habe, dass ich seinem Vater die Pest an den Hals wünsche.«

Dank einer geheimen Lauschaktion wusste ich auch warum: Sir Henry hatte, um seinen Ehrgeiz zu befriedigen, Lord Arlingtons Bruder ins Gefängnis gebracht und damit die Familie zerstört. Darüber hinaus konnte man sich bei einem Mann wie Sir Henry auch nie sicher sein, ob er nicht doch im Hintergrund seinen Sohn benutzte, um weiterhin Unheil zu stiften, möglicherweise auch ohne dessen Wissen. Das alles war mir klar, aber ich konnte live und in Farbe beobachten, dass die Chemie zwischen Miss Lucie und Cedric stimmte. Allein wie er gerade mit ausgesuchter Umständlichkeit ein Glas Früchtepunsch für sie organisierte und sie ihn deshalb mit einer solchen Bewunderung anlächelte, als habe er für sie den Mond vom Himmel geholt. Die beiden waren derartig ineinander verguckt, dass sie noch nicht einmal mitbekommen hatten, dass Miss Lucies Vater aufgetaucht war und neben mir in die Luft zu gehen drohte.

Ich seufzte innerlich. Natürlich brachte ich Verständnis für die schwierige Lage des Lords auf. Trotzdem fand ich, dass Cedric ein Recht hatte, zu beweisen, dass seine Werbung um Miss Lucie ehrenhaft war und er nichts mit den dunklen Machenschaften seines Vaters zu tun hatte. Es würde extra viel Fingerspitzengefühl brauchen, wenn ich Lord Arlington den Wind aus den Segeln nehmen wollte.

»Der Vater einer jungen Dame zu sein, ist sicherlich nicht leicht«, tastete ich mich an Lord Arlington heran. Als er mir nicht sofort eine Abfuhr erteilte, weil ein Mann in seiner Position keinen Rat von einer naseweisen Zofe braucht, nahm ich meinen Mut zusammen. »Bestimmt ist es sogar eine richtige Herausforderung, wenn man seine Tochter liebevoll erzogen hat und sie sich deshalb zutraut, ins Leben einer jungen Dame einzutauchen. Sie sollten Miss Lucie vertrauen, Sir. Das Gespür Ihrer Tochter ist sehr fein, wenn sie auch nur den geringsten Verdacht hegt, dass an Cedrics Bemühungen etwas unlauter ist, wird sie ihn gewiss sofort zurückweisen. So, wie es ihr verehrter Vater von ihr erwarten würde.«

Lord Arlington schluckte. Es war ihm anzusehen, dass ein innerer Kampf in ihm tobte. »Der Junge scheint ein netter Kerl zu sein und Lucie ist ihm sichtlich zugetan. Aber sein Vater, dieser schreckliche Mensch … Wie zur Hölle soll ich das ertragen?« Miss Lucies Vater musste arg verzweifelt sein, wenn er sich sogar der Zofe seiner Tochter anvertraute.

Ich beschloss, noch einen Schritt weiterzugehen. »Sir, wenn ich es wagen darf: Sie legen doch stets so eine Größe an den Tag. Zweifelsohne gelingt es außer Ihnen keinem anderen, auf einer turbulenten Matinee wie dieser in einem

Buch zu schmökern. Falls es also jemand schafft, Sir Henry mit der Gelassenheit eines echten Gentleman zu begegnen, dann Ihnen.«

Lord Arlingtons Mund war zwar immer noch verkniffen, aber insgesamt wirkte er schon entspannter. »Nun, es wird wohl ein ziemlicher Spagat werden, die Interessen meiner geliebten Tochter zu schützen und gleichzeitig meine schwelenden Mordgelüste in Zaum zu halten. Aber nun gut, ich habe schon Schlimmeres bewältigt. Trotzdem sollten wir uns jetzt verabschieden. Wenn du Lucie bitte holen würdest?« Bevor ich losgehen konnte, hielt er mich jedoch zurück. »Eins noch, Zoe.« Er räusperte sich. »Danke.«

Ich machte einen Knicks, oder zumindest das, was ich dafür hielt. Dann sauste ich zu Miss Lucie, die mich mit ihrem Vater scheinbar schon eine Weile beobachtet hatte. Denn als ich Lord Arlingtons Wunsch aufzubrechen überbrachte, nickte sie.

»Papa hat recht«, sagte Miss Lucie. »Wir sollten frühzeitig aufbrechen, sonst stehen wir wieder im Stau mit den anderen Kutschen. Cedric, es war mir eine Freude, mit Ihnen die Vorzüge des Palmenhauses genießen zu dürfen.«

»Die Freude war ganz meinerseits, meine Verehrteste.« Cedric deutete einen höflichen Handkuss an. »Es würde mich sehr beglücken, wenn wir unsere anregende Unterhaltung über Blake demnächst fortsetzen könnten. Bitte geben Sie mir ein Zeichen, wann und wo, und ich werde zur Stelle sein.« Damit verabschiedete er sich und ich hielt instinktiv nach dem weißen Pferd Ausschau, auf das er sich samt seiner Ritterlichkeit schwingen und davonreiten würde.

»Ist Cedric nicht ganz und gar exquisit?«, fragte Miss Lucie, ohne ernsthaft eine Antwort zu erwarten.

»Die Herren haben sich heute wirklich von ihrer besten Seite gezeigt«, flötete Charlotte. Sie gesellte sich zu uns, während sich Lord Arlington vom Gastgeber William Stuart verabschiedete. Von Prinzessin Nechbet war keine Spur mehr zu entdecken, worüber ich nicht wirklich traurig war. Ohnehin interessierten mich viel mehr Charlottes vor Aufregung glühende Wangen.

»Wie schön, dass du einen neuen Freund zum Spielen gefunden hast«, neckte ich sie. »Und wie ich sehe, hatte William neben seinen flotten Sprüchen auch ein Goodie für die Dame seines Herzens auf Lager. Ist das etwa das ›Geschenk der Götter‹?« Ich deutete auf die pinkfarbene Orchidee in Charlottes Hand.

Charlotte grinste vielsagend. »Das ist nur eine Wiedergutmachung dafür, dass ich seine Unverschämtheit mit einer solchen Contenance ertrage. Jede andere Lady hätte bei seinem herben Charme sofort die Flucht ergriffen.«

»Die Unterhaltung muss wirkliche eine Qual gewesen sein«, stimmte ich zu, während ein Check zeigte, dass William zwar mit Lord Arlington Höflichkeiten austauschte, seine Augen jedoch an Charlotte hingen. Die seinen Blick übrigens erwiderte – wenn auch nur ganz unauffällig. »Du siehst ja auch ganz erledigt und niedergedrückt aus nach eurer Konversation«, setzte ich deshalb nach. »William, der Schuft, hat dir mit seiner Gesellschaft ja ordentlich was zugemutet.«

»Findest du, Zoe?« Miss Lucie tippte sich nachdenklich gegen ihr Kinn. »Auf mich macht Charlotte eher den Eindruck einer frisch erblühten Rose. Was auch immer

William Stuart gesagt hat, es scheint eine durchaus belebende Wirkung auf unsere Freundin zu haben.«

Bevor ich Miss Lucie erklären musste, dass mein Kommentar bloß ironisch gemeint war, tauchte glücklicherweise Emy auf.

»Da seid ihr ja!« Emy kam zu uns, darum bemüht, würdevoll zu schreiten, anstatt loszulaufen. »Ihr habt es vielleicht gut, steht hier zusammen rum und schlagt die Zeit tot. Währenddessen hat meine Mutter mir erst die Leviten gelesen und mich dann mitgeschleppt, damit ich jede einzelne ihrer Bekannten begrüße. Dafür habe ich jetzt die heißesten Tratschgeschichten der Generation Silberhaar in petto: Wer wen letzte Woche nicht zum Tee eingeladen und wer bei der Schneiderin ein Vermögen gelassen hat. Damit werde ich euch aus eurer Langeweile retten. Ihr habt euch doch gelangweilt, oder? Oh, bitte, sagt mir, dass in meiner Abwesenheit nichts Aufregendes passiert ist.«

»Das machen wir nicht, wir gehen jetzt nämlich nach Hause«, sagte Miss Lucie, deren Vater bereits ungeduldig winkte.

»Ach, bitte nicht, die Matinee ist doch noch voll im Gang.« Emy machte ein langes Gesicht.

Charlotte tätschelte Emys Schulter. »Ich würde mir zu gern deine Geschichten anhören, aber ich muss nun leider auch aufbrechen und meinen kleinen Schatz ins Warme bringen.« Sie hielt die Orchidee so vor ihre Brust, dass sie wie ein Schmuckstück aussah – was sie tatsächlich auch war. Aber ich wurde den Verdacht nicht los, dass Charlotte nicht an ihren Wert, sondern vor allem an William und ihren prickelnden Schlagabtausch dachte.

Auch Emy kam langsam ein Verdacht und sie musterte uns eindringlich. »Ihr seht alle drei so beschwingt aus, wohingegen ich mich wie ein vertrockneter Keks fühle, weil die aufregenden Dinge nur im Leben der anderen passieren. Zoe, was ist hier los?«

Ich pustete mir nicht vorhandene Ponysträhnen aus der Stirn. »Ach, du weißt doch … Matinee halt, mit allem, was ein Palmenhaus so zu bieten hat an romantischen Zwiegesprächen, amourösen Gastgebern und undurchschaubaren Prinzessinnen. Der ganz normale Wahnsinn eben.«

Für einen Moment befürchtete ich, Emy würden vor Frust Tränen in die Augen steigen, aber dann besann sie sich und hakte sich bei Miss Lucie und mir unter. »Das klingt, als ob ich mich auf eine kurzweilige Rückfahrt freuen könnte. Erzählt mir alles und lasst ja nichts aus.«

Whisper Whisper: Über feine Grenzen

Meine herzallerliebste Freundin,

darf ich Dir eine Schwäche offenbaren? Ich liebe Klatsch. Bestimmt errötest Du, aber sei ehrlich, es hat doch etwas Erfrischendes, auf einer Soiree die nicht enden wollende musikalische Darbietung mit ein paar Neuigkeiten über den Gastgeber aufzulockern. Doch es gibt eine feine Grenze, die von einer Dame mit Herz und Verstand nie überschritten wird. Es ist nämlich etwas anderes, ob ich über eine Lady schmunzle, die jedem Modetrend hinterherhechelt. Oder ob ich ihre Robe verächtlich betrachte in dem Wissen, dass ihre Auswahl aktuell aus bestimmten Gründen beschränkt ist. Wenn ich hier etwas sage, dann etwas Freundliches und Unterstützendes.

Eine echte Dame schaut nie auf jemanden herab, denn sie weiß, Grobheiten erhöhen niemandes Stand.

Deine Dir vertrauende Freundin

5

Teestunde

Auf Zehenspitzen huschte ich die Treppe vom Dienstbotentrakt hinunter. Auf der letzten Stufe blieb ich stehen und spähte vorsichtig um die Ecke. War da kein Dienstmädchen mit einem Wäschestapel, kein Butler Culpepper mit einer frisch aufgebügelten Tageszeitschrift für den Herrn des Hauses und vor allem kein Mitglied der Familie Arlington weit und breit zu sehen? Es war besser, wenn ich nicht entdeckt wurde bei dem, was ich auf dieser Etage vorhatte. Hier befanden sich nämlich die Schlafgemächer der Herrschaften. Und gegenüber der Zimmertür von Ihrer Ladyschaft gab es einen deckenhohen Wandspiegel, der dort offiziell nur zur Zierde hing. Es war jedoch klar, dass Lady Arlington ihren Anblick genoss, wenn sie frisch zurechtgemacht ihre Gemächer verließ. Sie war eben eine echte Dame.

Inspiriert von so viel Stilgefühl, wollte ich ebenfalls die Lady Arlington geben. In meiner Kammer hatte ich nur einen Handspiegel, der so blind war, dass ich lediglich Teilbereiche meines Gesichts zu sehen bekam. Von einem Gesamteindruck meines Outfits ganz zu schweigen. Natürlich gab es da auch noch den Splitter des Mondscheinspiegels, aber der steckte gut verborgen hinter der sich ablösenden Wandtapete. Selbst wenn das gute Stück zwei Meter groß gewesen wäre, hätte es mich nicht in Versuchung geführt, einen Blick hineinzuwerfen. Bei diesem Ding konnte man schließlich nie wissen, was als Nächstes passierte. Jetzt, bei Tageslicht, würde er zwar nicht plötzlich das Zeitentor öffnen, damit ich unverhofft Erfahrungen im alten Londinium machen konnte. Aber die Aussicht, noch einmal dem wenig charmanten Herrn Bauchau in die grauen Augen zu schauen, fand ich nicht gerade verlockend. Früher oder später würden Hayden und ich dem Splitter seine Geheimnisse entlocken müssen, wenn wir zurückkehren wollten in unsere Zeit. Jetzt stand allerdings erst mal ein Klamottencheck an.

Wie eine Meisterspionin pirschte ich mich an den Wandspiegel ran und sah mich noch mal prüfend zu allen Seiten um. Als feststand, dass die Luft rein war, schlüpfte ich aus meinem Mantel und drehte mich vor dem Spiegel.

Traumhaft!

Das zartblaue Kleid, das Charlotte mir vermacht hatte, war himmlisch. Und dank des Spitzentuchs, das ich in den tiefen Empire-Ausschnitt drapiert hatte, musste ich auch nicht befürchten, dass bestimmte Körperteile der Schwerkraft ein Schnippchen schlugen und raushüpften. Nur der Kleidersaum kräuselte sich leider, denn ich hatte ihn eigenhändig gekürzt und umgenäht. In Änderungsarbeiten war ich normalerweise ein Ass, weil die Secondhandklamotten, die ich mir sonst kaufte, selten passten. Nur leider war die Nähmaschine noch nicht erfunden und das Rumwischen auf Displays förderte nicht unbedingt die Feinmotorik, die es brauchte, um mit Nadel und Faden umzugehen. Was sollt's? Falls ich auf den Saum angesprochen werden sollte, würde ich einfach behaupten, dass sei der aktuell total angesagte Wellenlook. Genau wie der kleine Marienkäfer an meiner Hüfte. Da hatte Charlotte nämlich einen roten Preiselbeer-Klecks hinterlassen. Für sie ein Grund, das Kleid auszusortieren.

Als ich nach einer letzten Drehung vor dem Spiegel mit einem Seufzen stehen blieb, ertönte ein weiteres Seufzen.

Erschrocken stellte ich fest, dass Miss Lucie mit gefalteten Händen neben mir stand.

»Das Kleid steht dir ganz hervorragend, meine liebe Zoe.«

Ich musste erst mal schlucken, denn es war schon etwas peinlich, bei meiner selbstversunkenen Prinzessinnen-im-Wunderland-Einlage beobachtet zu werden. Glücklicherweise war Miss Lucie jegliche Ironie fremd. In ihrer Welt war es ganz natürlich, dass ich mich wie eine Träumerin in einem hübschen Kleid aufführte. Gut, dass die Coolness noch nicht erfunden worden war und Mädels so taten, als würden sie niemals ihren Look checken.

»Danke«, sagte ich. »Ich muss nur aufpassen, dass Mrs Hibbert mich nicht erwischt. Ihr ist jede Form von Eitelkeit ein Dorn im Auge.«

»Vermutlich würde sie sich eher darüber aufregen, dass du eine Ungezieferplage ins Haus gebracht hast. Mrs Hibbert kann Käfer vermutlich nicht einmal dann ausstehen, wenn sie aufgestickt sind.« Miss Lucie kicherte, dann nestelte sie an der Schleife ihres Brustbandes herum. »Heute ist dein freier Tag, an dem du machen kannst, wonach dir der Sinn steht. Gehst du aus?«

Ich nickte, wobei mein Hut ins Rutschen geriet. Das Teil sah aus wie ein vertrockneter Champignon, da halfen auch die Trockenblumen nichts, die ich zur Verschönerung angebracht hatte. »Ein Mädchen von der Zofenschule, mit dem ich mir während meiner Ausbildung ein Zimmer geteilt habe, ist heute in der Gegend. Höchste Zeit für ein Wiedersehen. Ich bin gespannt auf den neuesten Tratsch aus Dunwick House!«

Dabei ließ ich unerwähnt, dass ich mich höchstens an eine Viertelstunde mit Zillie erinnerte. Ich war nach der Reise mit dem Mondschein-Express in der Zofenschule als Traudelwald aufgewacht und im nächsten Moment von Zillie angekleidet worden. Gleich darauf hatte mich die Kutsche zu den Arlingtons gebracht. Trotzdem erinnerte ich mich gut an das resolute und gleichzeitig herzliche Mädchen, das sich inzwischen zu meiner Brieffreundin gemausert hatte. Und heute würde ich ihr eine Tasse erstklassigen Earl Grey dafür spendieren, dass sie mich damals so fein umsorgt hatte. Ein Kaffee wäre mir persönlich zwar noch lieber gewesen, aber bis zum ersten Becher Café Crema, der in London ausgeschenkt wurde, würde es noch ein Weilchen dauern.

»Culpepper hat mir eine Teestube in Covent Garden empfohlen, dort könne man sogar als junge Dame wunderbar und unbehelligt sitzen«, erzählte ich und zog dabei meinen Mantel über.

»Wie schön, eine bessere Empfehlung gibt es gar nicht.« Entgegen ihrer Worte machte Miss Lucie ein trübes Gesicht. »Du wirst sicherlich einen zauberhaften Vormittag genießen, mit guter Unterhaltung, Lachen, Geselligkeit … und vielleicht sogar ein paar leckeren Kresse-Sandwichs, die unsere Köchin nie macht, weil sie Kresse für Unkraut hält.«

»Soll ich Ihnen welche mitbringen?«, bot ich an.

Miss Lucie winkte ab. »Ach, mach dir bitte keine Umstände. Du hast heute frei.«

»Aber ich würde Ihnen gern Kresse-Sandwichs mitbringen. Warum denn nicht?« Als Miss Lucie nur den Kopf schüttelte, dämmerte mir, wo das Problem lag. »Falls es Ihnen wichtig ist, bringe ich Ihnen die Leckereien nicht als Zofe, sondern als Freundin.«

Damit hatte ich das Zauberwort ausgesprochen, schlagartig kehrte das Leuchten in Miss Lucies Augen zurück. »Das würdest du tun?«

Hatte ich versehentlich nicht ein Sandwich, sondern Gold vom Ende des Regenbogens versprochen? Die Sache mit der Freundschaft schien Miss Lucie extrem wichtig zu sein.

Unsicher, ob ich es wagen sollte, starrte ich auf meine Stiefelettenspitzen. »Ich hätte noch eine bessere Idee«, ließ ich es drauf ankommen. »Warum kommen Sie nicht mit in die Teestube? Dann können Sie die Sandwichs ganz frisch verputzen und nebenbei lernen Sie Zillie kennen. Anschließend gehen wir drei noch bummeln, in der Ecke soll es viele schöne Läden geben. Oder haben Sie schon etwas anderes vor?«

»Nein, überhaupt nichts«, versicherte mir Miss Lucie.

»Dann ist es abgemacht, Sie begleiten mich.«

Das *Beatrice's* war eine durch und durch gemütliche Teestube, sogar für 1816 schon ein bisschen angestaubt, aber genau das machte ihren Charme aus. Hätte man den Laden mit einem Fingerschnipsen in unsere Zeit gebeamt, wäre er mit seinem Shabby Chic so in gewesen, dass wir vor lauter Gästen keinen Fuß auf den Boden bekommen hätten.

Geschweige denn den hübschen kleinen Tisch beim Fenster hätten ergattern können.

Als wir das *Beatrice's* betraten, erwartete Zillie uns bereits. Ich hatte sie am Morgen nach meiner Zeitreise ja nur kurz im Licht einer Ölfunzel gesehen, trotzdem erkannte ich sie sofort wieder. Nicht nur, weil sie die typische Zofentracht trug, Zillie strahlte eine Resolutheit aus, die man nicht so schnell vergaß. Wie sie mich in Dunwick House im Morgengrauen abreisebereit gemacht hatte, während ich noch leicht weggetreten dachte, dass ich den ganzen Zauber nur träume – Respekt. Bestimmt gab es keine zweite Siebzehnjährige, die strenger dreinblicken konnte als diese Zofe in spe. Bei wem auch immer Zillie demnächst ihre erste Stelle antrat, er oder sie würde in besten Händen sein.

Als Zillie mich jetzt entdeckte, war allerdings sofort Schluss mit ihrer Ernsthaftigkeit. Völlig happy winkte sie mir zu und deutete aufgeregt auf die Etagere mit Teegebäck und hübsch arrangierten Stückchen Shortbread, die auf dem Tisch stand. Wenn es um Naschereien ging, war Zillie eben auch nur ein Teenager.

Ich schmiss meinen Samtbeutel auf einen freien Sessel und umarmte Zillie. Zuerst stand sie stocksteif da, offenbar war das nicht die übliche Begrüßung unter Zofen, doch dann erwiderte sie meine Umarmung.

»Mensch, ich freue mich vielleicht, dich endlich wiederzusehen«, jubelte ich. »Gefühlt ist unser Abschied in Dunwick House eine halbe Ewigkeit her. Es ist so unfassbar viel passiert seitdem.«

»Das kannst du laut sagen«, lachte Zillie. »Mrs Bloomsbury, unsere Spezialistin am Frisiertisch, hat uns einen neuen Haarknoten beigebracht, bei dem die Nadeln geradezu unsichtbar sind. Es tut sich ja unentwegt was in unserem Metier, das sind wirklich aufregende Zeiten. Ich bin mir nicht sicher, ob ein Vormittag reicht, um dich auf den neusten Stand zu bringen. Aber was du zu erzählen hast, interessiert mich ohnehin viel mehr. So ein vornehmes Haus wie das der Arlingtons ist doch der Traum jeder Zofe. Arbeitet deine Freundin auch dort, etwa als Gesellschafterin?«

Neugierig blinzelte Zillie zu Miss Lucie hinüber, die für den Besuch einen unauffälligen Mantel aus ihrer Zeit auf dem Landsitz gewählt hatte. Ich hatte versucht, sie zu dem kobaltblauen Prachtstück mit aufwendigen Raffungen zu überreden, doch sie hatte darauf bestanden, nicht wie ein Paradiesvogel aussehen zu wollen.

»Darf ich vorstellen?«, sagte ich. »Das ist Miss Lucie, meine Herrin. Sie hatte auch Lust auf ein Tässchen Tee und da habe ich mir gedacht, nehme ich sie doch einfach mit.«

Miss Lucie streckte ihre behandschuhte Hand aus. »Guten Tag, ich freue mich ausgesprochen, eine Freundin von meiner lieben Zoe kennenzulernen.«

Zillie starrte die Hand von Miss Lucie an, dann mich, dann wieder die Hand. Offensichtlich war es recht ungewöhnlich, mit seiner Herrin zu einer Verabredung aufzuschlagen. Daran hatte ich überhaupt nicht gedacht. Vielleicht hatte ich damit sogar gegen ein ungeschriebenes Zofengesetz verstoßen und uns in eine peinliche Situation gebracht. Während bei mir die Alarmglocken losschrillten, riss Zillie sich am Riemen und erwiderte die Begrüßung. An erster Stelle stand für eine Zofe immer Höflichkeit.

»Das ist ja eine Überraschung«, sagte Zillie. »Wie schön, Sie kennenzulernen. Zoe fühlt sich bei Ihnen so wohl und ist immer voll des Lobes über ihre Anstellung. Da muss ich zugeben, dass ich schon etwas neugierig auf ihre Herrin war. Wollen wir uns nicht setzen?«

»Unbedingt«, sagte Miss Lucie. »Ich würde es keine Sekunde länger aushalten, dieses Shortbread nur anzuschauen.«

Damit war das Eis gebrochen.

Die Etagere leerte sich rasant und der heiße Tee half nicht nur gegen die Winterkälte, sondern war auch so stark, dass er die Lebensgeister weckte. Wir waren so sehr mit den Köstlichkeiten beschäftigt, dass die sozialen Unterschiede schon bald vergessen waren. Nach einer Weile breitete sich gemütliches Schweigen aus und ich überlegte, welche Themen noch gut in unsere bunte Runde passen könnten. Zofen-Fachsimpeleien gingen nicht, dann hätte Miss Lucie nur schweigend dabeigesessen. Aus dem Nähkästchen plaudern, wie es im Herrenhaus zuging, fiel auch flach. Also tat ich das, was ich sonst auch tat: Ich verließ mich auf mein Bauchgefühl und sagte das Erstbeste, das mir durch den Kopf ging.

»Ich mag London. Mehr noch, ich liebe London, die Stadt ist so aufregend mit ihren vielen Gesichtern. Zum Beispiel das *Beatrice's*, all die verschiedenen Menschen, die hier ein und aus gehen, durcheinanderreden oder nur dasitzen, den Trubel beobachten und an ihren Tassen nippen. Wie viele Städte gibt es wohl zurzeit, wo es so lässig zugeht? Man kann eintauchen in das Leben und sich mitreißen lassen. Und wenn man genug hat, sucht man einen der Parks auf und genießt die Ruhe. Es gibt quirlige Viertel und noble, es gibt Geschäftsstraßen und schöne Wohnviertel, es gibt die Themse und … ach, so viel mehr.«

»Hört, hört, an dieser Schwärmerei hat sich also nichts geändert, die gesamte Ausbildung über habe ich mir nichts anderes anhören dürfen.« Zillie gönnte sich ein Stück Fudge, das Miss Lucie neben anderen Leckereien dazubestellt hatte. »Bei Traudelwald drehte sich schon immer alles um London«, erklärte sie Miss Lucie. »Wir anderen Zofen wagten höchstens darauf zu hoffen, eine passable Anstellung innerhalb des Königreichs zu finden. Ich werde demnächst, so wie es aussieht, eine Stellung auf dem Land bei einer älteren Dame antreten. Das ist mehr, als ich mir als Mädchen aus einfachen Verhältnissen je erträumt habe. Traudelwald hingegen brannte darauf, die Stadt im Sturm zu erobern.«

Miss Lucie schmunzelte über ihren Tassenrand hinweg. »Das hat Traudelwald dann ja auch, allerdings als Zoe.«

Zillie machte große Augen. »Dass Traudelwald sich so etwas Extravagantes wie einen Künstlerinnennamen gegeben hat, hat sie mir verraten. Obwohl ich das überhaupt nicht verstehen kann, Traudelwald klingt doch ausgesprochen vornehm.«

Darüber konnte ich echt nur schnauben. Keine Ahnung, wer eine Traudelwald war, aber ich ganz bestimmt nicht.

»Und dann gibt es da noch eine geheime Identität, die ganz London in Atem hält, zumindest die Damenwelt. Der WhisperWhisper-Brief wird bei uns in Dunwick House heiß diskutiert«, flüsterte Zillie. »Wobei ich natürlich niemandem verraten habe, wer sich hinter der anonymen Brieffreundin verbirgt.« Vor Aufregung verschluckte ich mich fast an meinem Tee. »Nicht alle Zofenanwärterinnen sind begeistert. Einige finden die Themen zu gewagt, doch die meisten sind begierige Leserinnen. Und wann immer eine neue Ausgabe gefunden wird, wird sie fleißig abgeschrieben und verteilt. Kannst du dich noch an die kleine Tess erinnern?«

Ich musste grinsen. »Wie könnte ich dieses zu allem entschlossene Fliegengewicht vergessen? Das Mädchen hatte ernsthaft vorgehabt, meine Reisetruhe zu schleppen, obwohl sie selbst reingepasst hätte.«

»Diese kleine Person jedenfalls ist die glühendste Verehrerin des Briefs. Sie hat sogar eine Liste an Themen zusammengetragen, mit denen sich der Brief unbedingt auseinandersetzen sollte. Ich war so frei, sie für dich zu notieren.« Zillie schob mir ein gefaltetes Blatt Papier zu.

Mit großen Augen las ich vor. »›Was tun, wenn man in seiner modischen Kleidung ständig friert?‹ und ›Dürfen Damen wirklich nur hinter vorgehaltener Hand lachen?‹« Ich pfiff beeindruckt. »Tess hat es drauf, ich sollte sie als Redakteurin einstellen. Dann widmet sie sich den großen Themen und ich spezialisiere mich darauf, Lobeshymnen auf Teehäuser zu verfassen.«

»Da hat Madame gerade erst angefangen mit dem Kettenbrief und will sich schon wieder zur Ruhe setzen«, neckte mich Zillie.

Ich schnipste Kuchenkrümel nach ihr, aber dann wurde mir etwas klar: Wenn der WhisperWhisper-Brief weiterhin die Damen inspirieren sollte, musste ich mir etwas einfallen lassen, schließlich war ich nur als Zaungast in dieser Epoche. Früher oder später würde ich das London des frühen 19. Jahrhunderts wieder verlassen müssen. Und ich wollte ja auch in meine Zeit zurückkehren, schließlich hatte ich dort ein Leben, Freunde und eine Familie, die auf mich warteten (hoffentlich nicht wortwörtlich – die Vorstellung, dass ich seit Wochen als verschollen galt und alle vor Sorgen eingingen, verdrängte ich mit allen Mitteln. Ich würde nach Hause zurückkehren und zwar auf der Timeline genau an die Stelle, an der ich verschwunden war).

Miss Lucie griff nach meiner Hand. »Nun mach doch nicht so ein Gesicht, meine Liebe. Widmen wir uns lieber einem Sujet, das für allgemeine Erheiterung sorgt: dein anderes geheimes Leben.«

»Nicht doch!«, entfuhr es mir.

»Nun zier dich nicht.« Es schien Miss Lucie richtig Spaß zu machen, mich zu foppen.

Und nicht nur Miss Lucie. Zillie rutschte aufgeregt auf ihrem Allerwertesten herum. »Was hat unsere liebe Freundin denn sonst noch angestellt, dass sie Londons Interesse auf sich gezogen hat? Gab es etwa einen Abwerbeversuch aus dem Umfeld des Königshauses? Oder ist sie die heimliche Geliebte eines hoch angesehenen Mitglieds der Gesellschaft?«

Okay, da las allem Anschein nach noch jemand Liebesromane bei Kerzenlicht.

Zu meinem Entsetzen nickte Miss Lucie und lehnte sich dabei verschwörerisch über den Tisch. »Auch in dieser Hinsicht brodelt die Gerüchteküche, obwohl Zoe alles abstreitet. Aber ein gewisser junger Gentleman aus bestem Hause wird auffällig oft in ihrer Nähe gesichtet.«

Trotz des klebrigen Fudge stand Zillie der Mund offen. Was hätte ich jetzt für mein Handy gegeben, um davon einen Schnappschuss zu machen.

»Also wirklich, Miss Lucie, Sie sollten es besser wissen«, versuchte ich, meine Herrin auszubremsen. »Ich unterhalte keine Liebesbeziehung mit dem jungen Lord Falcon-Smith, bestenfalls so etwas wie eine Bekanntschaft. Einverstanden, er ist ein gut aussehender Mann …«

Miss Lucie lehnte sich noch weiter vor. »Man schwärmt vom kühnen Schwung seiner Augenbrauen, seinen sinnlichen Lippen und – um es mit meiner lieben Freundin Charlotte zu sagen – seinen auffällig breiten Schultern, die jede Dame zweimal hinschauen lassen«, flüsterte sie in einem Ton, als würde sie Anzüglichkeiten im Kreis ihrer engsten Vertrauten von sich geben.

Und tatsächlich lösten sich vor Aufregung ein paar Haarsträhnen aus Zillies Betonfrisur. »Ein echter Adonis also.«

»Hayden ist halber Franzose und kein Grieche«, warf ich zugegeben etwas hilflos ein.

Es brachte ohnehin nichts, niemand beachtete mich.

»Der Herr hat einen gewissen Ruf, der die Herzen höherschlagen lässt«, verriet Miss Lucie. »Es werden bereits Wetten abgeschlossen, welche Dame ihn zu erobern versteht.«

»Wen? Hayden? Niemals.« Ich konnte es nicht glauben.

Miss Lucie nickte. »Der junge Lord Falcon-Smith mausert sich zu einem der begehrtesten Junggesellen der Saison. Und das, obwohl seine Frau Mama einen zweifelhaften Ruf genießt. Der Gentleman macht sich überdies rar, heißt es, dabei bemühen sich immer mehr Damen um seine Aufmerksamkeit. Je weniger Beachtung er ihnen schenkt, desto interessanter wird er. Denn man fragt sich, was einen jungen Mann derartig beschäftigt, dass er so wenig Vergnügen am gesellschaftlichen Leben findet. Hat er vielleicht ein Geheimnis, eine verborgene Leidenschaft, eine dunkle Seite? Es heißt, auf seiner Wange habe neulich ein Bluterguss geprangt, was Anlass zu allerlei Gerüchten gegeben hat und die Fantasie schweifen ließ. Offenbar ein Mann, der keinem Konflikt aus dem Weg geht. Außerdem will man ihn um Mitternacht mit seinem Pferd durch die Straßen Londons preschen gesehen haben, als wäre der Teufel hinter ihm her. Vermutlich nach einem Duell, das für seinen Gegner nicht glimpflich ausgegangen sein dürfte.« Ihre Augen glänzten, als wäre Hayden der Held aus einem ihrer Romane. »Nichts ist interessanter als ein schnittiger, unerreichbarer Mann.«

Ich konnte nicht anders, ich prustete los. »An Hayden ist rein gar nichts geheimnisvoll, und wenn er nur die Zeit hätte, würde er die Ladys reihenweise mit seinem französischen Charme umschwirren. Er flirtet nämlich echt gern, ohne dass es etwas zu bedeuten hat. Für alles gibt es eine Erklärung, den Bluterguss hat er zum Beispiel von der Rauferei mit den Einbrechern bei uns im Haus.«

»Richtig«, sagte Miss Lucie. »Ich vergaß zu erwähnen, dass die Neuigkeit blitzschnell die Runde machte, wie der junge Lord eigenhändig zwei Diebe in die Flucht geschlagen hat. Vermutlich ist er seitdem sogar der begehrteste Junggeselle.«

»Woher haben Sie nur all diese Geschichten?«, fragte ich staunend, denn bislang war mir Miss Lucie nicht als Königin der Gerüchteküche aufgefallen.

»Von unserer lieben Emy natürlich, einer wahren Koryphäe für Tratsch und Klatsch dank ihrer familiären Verbindungen. Ihre Frau Mama tat gestern auf der Matinee vorrangig zwei Dinge: Emy ausdrücklich für ihr unangemessen zappeliges Verhalten zurechtzuweisen und dann mit ihrer reumütigen Tochter im Schlepptau ihre Runden zu drehen, immer auf der Suche nach den neusten Geschichten. Und offenbar erregte das Fehlen von Lord Falcon-Smith und seinem Sohn die Gemüter.«

Tja, was sagt man dazu? Vermutlich waren Hayden und ich in der Gegenwart nicht gerade Mauerblümchen, aber als Zeitreisende schienen wir alle Aufmerksamkeit auf uns zu ziehen, ob wir nun wollten oder nicht.

Zillie zupfte an den Zipfeln ihres Schultertuchs. »Ich habe ja immer vermutet, dass unser Zofenberuf aufregend ist: Besuche beim Schneider, Botengänge zu Verehrern und vielleicht einmal eine Reise aufs Land. Aber dass es so abenteuerlich sein kann für eine Zofe, hätte ich nicht im Traum gedacht. Was werde ich nur alles verpassen, wenn ich diese Stelle auf dem Land antreten sollte?«

In diesem Moment trat ein abgehetzt aussehender Botenjunge an unseren Tisch. »Hören Sie, ist eine von Ihnen eine gewisse Miss Lucie Arlington oder jemand namens Zoe? Ich renne mit dieser Eilzustellung kreuz und quer durch die Stadt auf der Suche nach Ihnen.«

Als vorbildliche Zofe, die ich war, stand ich anstelle meiner Herrin auf und sagte: »Wie wäre es mit einmal Durchatmen? Und dann sag uns erst mal, wer dich geschickt hat und um was es geht. Außerdem hängt dein Hemd aus der Hose.«

Der Junge ordnete fluchend seine Garderobe, dann deutete er eine Verbeugung an. »Wenn die Ladys entschuldigen würden? Miss Charlotte hat mich geschickt, damit ich den Damen eine dringende Nachricht überbringe. Hier, bitte.« Er reichte mir mit einem verlegenen Achselzucken einen zerknitterten Umschlag.

Mit spitzen Fingern zog ich einen Brief heraus und reichte ihn Miss Lucie. Dem Jungen gab ich ein paar Münzen und ein Stück Teekuchen, an dem seine Augen klebten.

»Miss Charlotte ist eine liebe Freundin von uns«, erzählte ich Zillie, während Miss Lucie den Brief überflog.

»Von euch beiden?«, wiederholte Zillie. Dann schüttelte sie den Kopf. »Warum überrascht mich das nicht?«

»Es hat ganz den Anschein, als habe noch jemand ein Problem mit der Herrenwelt«, sagte Miss Lucie, wobei sie mir den Brief reichte, der sich in der Ansprache an uns beide richtete. »Charlotte bittet uns inständig, sofort zu ihr zu kommen. Belgravia wird gerade von neugierigen Bekannten ihrer Familie überrannt, die alles über ihre Beziehung zu William Stuart erfahren möchten. Nebenbei stieren sie die Orchidee an und machen Angebote, sie ihr abzukaufen. Offenbar ist Charlotte mit ihren kleinen Schwestern ganz auf sich allein gestellt, weil ihre Haushälterin Eustace nach einem Vorkommnis fluchtartig das Haus verlassen hat.«

»Bestimmt haben Leopoldina und Abigail eine selbst gebaute Stinkbombe platzen lassen«, riet ich. Den jüngsten Sprösslingen der Familie traute ich jeden Blödsinn zu.

»Jedenfalls ist Charlotte mit dem Besucherandrang völlig überfordert und es graut ihr vor dem Nachmittag, wenn der nächste Ansturm ansteht.« Miss Lucie schaute mich fragend an.

Aber ich war nicht diejenige, die eine Entscheidung traf.

»Das klingt, als wenn dort ein paar hervorragend ausgebildete Zofen gebraucht würden«, sagte Zillie so resolut, wie ich sie kannte. »Kommt, wir nehmen eine Droschke und fahren nach Belgravia.«

Whisper Whisper: Auf dem bunten Markt der Gefühle

Meine beste Freundin,

die Ballsaison sorgt für knisternde Aufregung: Wer wohl mit wem tanzt? Es gibt Paare, die unglaublich gut harmonieren. Bezaubernd! Andere tanzen miteinander, weil man sich kennt. Eher langweilig. Und dann wären da noch jene, die so schlecht zusammenpassen wie Feuer und Wasser. Oh je.

Wenn diese Paare mehr als einmal tanzen, beschleicht einen ein mulmiges Gefühl. Haben wir es statt mit echter Zuneigung bloß mit vernünftigen Abwägungen zu tun? Was ja nicht unüblich wäre. Die Familien sind zufrieden und die feine Gesellschaft nickt zustimmend. Trotzdem sollte sich jede junge Dame, die sich plötzlich mit einem »vernünftigen« Tanzpartner wiederfindet, fragen, ob das wirklich ihren tiefsten Wünschen entspricht.

Mit den besten Empfehlungen, Deine Freundin

6
Seltene Orchideen

Zillie trat von einem Fuß auf den anderen, als wir vor dem weißen Haus von Charlottes Familie standen. Oder vielmehr auf einer Baustelle, denn die später so berühmten Häuserzüge von Belgravia waren gerade erst in der Entstehung.

»Ähm …«, setzte Zillie unsicher an. »Dieses Wohnviertel ist wirklich sehr hübsch. Und so neu, man kann die frische Farbe tatsächlich riechen. Wahrscheinlich ist sie sogar noch feucht. Es ist nur … irgendwie hatte ich mir das Heim der Countess of Wessex anders vorgestellt. Größer … und möglicherweise einen Hauch repräsentativer.«

So reagierten mehr Bekannte auf das neue Heim, als der Countess lieb war. Der altehrwürdige Familienstammsitz war nach dem Tod ihres Gatten notgedrungen gegen ein schmales Haus zwischen vielen anderen eingetauscht worden, was als erdrutschartiger sozialer Abstieg galt. In Belgravia wohnten Leute mit Geld, das keine Geschichte hatte, die mindestens zwölf Generationen zurückreichte. Einige der Bewohner arbeiteten sogar für ihr Einkommen, was nun wirklich erbärmlich war in den Augen der Adelswelt. Zu schade, dass ich nicht darauf hinweisen durfte, dass Belgravia in der Zukunft mal eines der angesagtesten Stadtviertel überhaupt sein würde.

»Charlottes Heim ist vielleicht kein Palast mit einer

halben Kleinstadt von Bediensteten und einem Garten, der die Ausdehnung eines ganzen Landstrichs hat. Aber wahre Größe misst sich nicht an der Anzahl von verbauten Ziegelsteinen«, behauptete ich vollmundig. »Davon einmal abgesehen, finde ich persönlich eine solch überschaubare Bleibe auch viel ansprechender als ein Herrenhaus, in dem man sich regelmäßig verläuft und einem hinter jeder Ecke der abgestandene Atem der Vergangenheit entgegenweht. Ich würde jederzeit mit Charlotte tauschen. In den kleinen Salons wird es wenigstens muckelig warm.«

Miss Lucie, die sich bei mir eingehakt hatte, bibberte trotz Mantel und einer Extraschicht Wollleibchen, in die ich sie heute Morgen gepackt hatte.

Höchste Zeit, ins Warme zu kommen.

Ganz meiner Pflicht als Zofe entsprechend, klopfte ich an die Tür.

Wir warteten eine Weile. Da nichts passierte, klopfte ich noch einmal, dieses Mal schon kräftiger.

Geöffnet wurde jedoch erst nach meiner dritten Klopfattacke, und zwar von Charlotte höchstpersönlich.

Allein die Tatsache, dass eine junge Lady genötigt war, Türdienst zu schieben, verriet, wie verzweifelt ihre Lage war. Außerdem trug die von Natur aus stets erhaben wirkende Charlotte ein Kleid, über das jemand ein Tintenfass geleert hatte. Noch viel seltsamer war allerdings ihre Frisur: Auf ihrem Kopf thronte ein schief sitzender Messybun. Hierzu muss gesagt werden, dass ein lässig gebundener Dutt 1816 nicht etwa angesagt war, sondern ein Zustand, mit dem sich nur tabakkauende Wäscherinnen auf die Straße trauten. Die feine Dame trug ihr Haar am Hinterkopf aufwendig hochgesteckt und mit hübsch ondulierten

Strähnen über den Ohren. Als wäre all das nicht schon schlimm genug, zierten rote Stressflecken und geheimnisvolle schwarze Schlieren Charlottes sonst alabasterfarbene Wangen.

»Du meine Güte«, entfuhr es mir.

Miss Lucie brachte nur ein schwaches »Oje« hervor, während Zillie sicherheitshalber einen Schritt zurücksetzte, als habe uns eine lebende Vogelscheuche die Tür geöffnet.

Charlotte verdrehte die Augen. »Mir ist klar, dass ich schlimm aussehe. Ihr könnt also aufhören, mich so entsetzt anzustarren.« Erschöpft lehnte sie sich an den Türrahmen. »Bei den Kronjuwelen, der Tag war die reinste Hölle. Ihr glaubt gar nicht, wie erleichtert ich bin, euch zu sehen. Emy hängt bei einem Lunch der Duchess of York fest, für die ihre Mama schwärmt. Sie hat Emy mit Enterbung gedroht, falls sie es wagen sollte, die Veranstaltung meinetwegen zu schwänzen. Nicht einmal ihre Zofe hat sie mir schicken dürfen, aber das ist mir egal, ich kann mir schließlich auch allein das Haar machen.«

Und dann tat Charlotte etwas, das mir das Herz brach: Sie begann zu schluchzen.

Die stolze Charlotte. In Tränen aufgelöst.

Wirklich, ich hielt es kaum aus und umarmte sie, so fest ich nur konnte. »War es so schrecklich?«, fragte ich.

»Schrecklich ist gar kein Ausdruck«, schniefte Charlotte. »Ich bin so verdammt wütend, ich könnte mir selbst, den Rotzlöffeln von Schwestern und vor allem diesem Dämlack William Stuart in den Hintern treten. Was hat sich dieser Mann bloß dabei gedacht, mir eine Orchidee zu schenken?

Die Welt spielt verrückt, und alles nur wegen einer albernen Blume. Wenn ich gewusst hätte, was auf mich zukommt, hätte ich ihm sein grässliches Geschenk an den Kopf geworfen.«

Charlottes Umarmung wurde mit jedem Wort fester, sodass mir langsam die Luft ausging. »Charlie … könntest du mich … uff.«

Bevor ich zu Mus verarbeitet wurde, trat Zillie in Aktion. »Meine Damen, solche delikaten Dinge bespricht man nicht auf der Türschwelle. Zumal ich den Eindruck habe, dass wir von der Nachbarschaft beobachtet werden. Dieses Haus hat für heute bereits genug Aufmerksamkeit auf sich gezogen. Deshalb husch, husch nach drinnen.« Damit schob sie uns in den Flur und schloss die Tür.

Im Besuchersalon stand auf dem Kaminsims die sagenumwobene Orchidee »Geschenk der Götter«, doch von uns hatte keine einen Blick für die üppige Schönheit übrig. Allem Anschein nach war sie auch bereits genug bewundert worden, denn überall standen leere Teetassen herum. Möbel waren verrückt und der Boden war mit Dreckspuren übersäht. Ein paar weiße Kleckse auf den Polstermöbeln waren wohl auf die Kanarienvögel zurückzuführen, die lustig herumflatterten. Offenbar war ein Gast in dem Gedränge an ihrer Käfigtür hängen geblieben.

»Tut mir leid, ich bin gegen den Trubel einfach nicht angekommen«, sagte Charlotte. »Einige der Besucher haben ein Angebot für die Orchidee hinterlassen mit dem Hinweis, die Summe sei besonders großzügig, weil meine Familie das Geld doch sicherlich gut gebrauchen könnte.« Sie wurde weiß vor Wut. Für eine stolze Person wie sie war es doppelt schwer auszuhalten, dass Menschen, die ihr bis vor Kurzem noch so zugetan gewesen waren, nun auf sie hinabschauten. »Jetzt sieht der Salon aus, als wäre eine Schweineherde durchgetobt. Und genau so hat es sich auch angefühlt mit dieser … Meute.«

»Das macht doch nichts, meine Liebe.« Miss Lucie reichte Charlotte ein Spitzentuch, damit sie sich die Tränen aus dem Gesicht wischen konnte. Und wo sie schon mal dabei war, machte Miss Lucie sie auch gleich auf die ominösen schwarzen Schlieren aufmerksam.

Entnervt ließ Charlotte sich in einen Sessel plumpsen. »Das sind Rußspuren. Als ich nach der Besucherflut frisches Wasser aufsetzen wollte, hat der Ofen nur eine schwarze Wolke abgesondert. Mehr möchte ich nicht dazu sagen, außer: Es ist wirklich eine Schande, dass man uns höheren Töchtern rein gar nichts Nützliches beibringt, nicht einmal, wie man Wasser erhitzt. Klavierspielen und ein adrettes Lächeln sorgen nicht für etwas Warmes im Bauch. Und es bringt wenig, wenn man darin unterrichtet wird, wie man mit dem Dienstpersonal umzugehen hat, wenn keins da ist. Dann sitzt man nur schimpfend vorm hustenden Ofen. Es ist so erniedrigend, völlig hilflos im eigenen Haus zu sein. Als wäre man nicht mehr als ein hübsch anzusehender Gegenstand.«

Beruhigend legte Miss Lucie eine Hand auf Charlottes Unterarm, was angesichts ihres kochenden Temperamentes eine Heldentat war. »Dass du dich unbeholfen fühlst, kann ich nur zu gut nachempfinden«, sagte Miss Lucie. »Wenn Zoe mir morgens nicht meine Garderobe zusammenstellen würde, bliebe ich einfach im Bett, so ahnungslos bin ich in den alltäglichsten Dingen. Und wenn sie mir nicht mein

Frühstückstablett brächte, würde ich hungern, weil ich mich nicht in die Küche traue.«

»Was auch sehr klug ist, die Köchin, Mrs Fletcher, ist morgens der reinste Drachen und wirft mit Besteck um sich«, gab ich zu bedenken.

»Nun, vielleicht sollten die Damen nicht so streng mit sich sein.« Zillie, ganz die anständige Zofe, war stehen geblieben, während wir uns in die Sessel fallen gelassen hatten. »Jede von uns hat ihre Aufgaben, nicht wahr? Die Damen repräsentieren die Gesellschaft – und wir Zofen sorgen dafür, dass sie es in einer idealen Verpackung tun.« Ihr Hüsteln verriet, dass Charlottes wirres Aussehen an ihrer Zofenehre kratzte.

Charlotte wedelte nur schlaff mit der Hand. »Ich habe jetzt endlich begriffen, was ihr Zofen alles an Aufgaben schultert. Genau wie all die anderen Bediensteten eines solchen Haushaltes. Wäre mir das bewusst gewesen, hätte ich niemals zugestimmt, dass unsere Zugehfrau meine Mama und zwei meiner Schwestern mit auf die Landpartie begleitet. Mich muss der Größenwahn gepackt haben, als ich behauptete, ich könnte mich selbst ein paar Tage lang herrichten und gleichzeitig ein Auge auf meine beiden jüngeren Schwestern haben, nachdem das Kindermädchen uns letzte Woche verlassen hat.«

Das überraschte mich nicht. Die beiden jüngsten Mädchen der Familie waren absolut entzückend, lebendig und steckten voller Ideen. Nur im Doppelpack entwickelten sie eine toxische Mischung. Als ich das Kindermädchen bei meinem letzten Besuch sah, hatte ihr linkes Auge verdächtig gezuckt und sie hatte sich erkundigt, ob man als Zofe ein ruhiges Leben führen könne und welche

Anforderungen Dunwick House an seine Schülerinnen stellen würde.

»Ich dachte ernsthaft, unsere gute Eustace und ich würden es schaffen«, schniefte Charlotte. »Bis gestern haben wir uns auch ganz tapfer geschlagen. Da ahnten wir noch nicht, dass Abigail und Leopoldina so ruhig waren, weil sie ein Nest mit jungen Ratten im Ankleidezimmer versteckten. Als Eustace heute Morgen dann frische Wäsche aus dem Schrank holen wollte, entdeckte sie darin die wacker herumtollenden Nachwuchsnager Bernie, Sallie, Jim, Cäsar und Finnie. Kurzum: Unsere liebe Eustace ekelt sich vor nichts mehr als vor Ratten. Sie hat schreiend das Haus verlassen und weigert sich zurückzukehren, solange kein Kammerjäger sämtliche Zimmer ausgeräuchert hat. Jetzt bin ich allein mit diesen beiden Plagen in Engelsgestalt.«

»Aber die Ratten haben das Haus bereits verlassen?«, erkundigte sich Miss Lucie, während sie versuchte, unauffällig ihre Füße hochzuziehen.

Charlotte nickte. »Die Nager sind wieder im Gartenhaus, wo sie hergekommen sind. Ihre enorm große und enorm zornige Mutter hatte sie dort bereits sehnlichst erwartet. Ich wusste gar nicht, dass Ratten fauchen können.«

Ich auch nicht, deshalb zog ich sicherheitshalber ebenfalls meine Beine hoch.

Glücklicherweise bekam Charlotte davon nichts mit, ihrem Gesichtsausdruck nach war ihr Blick auf die nahe Vergangenheit gerichtet – und was sie dort sah, bereitete ihr eine Gänsehaut. »Als hätte das Chaos noch nicht gereicht, läutete es heute Vormittag unablässig an der Tür, weil die halbe Welt das ›Geschenk der Götter‹ sehen will. Als ich Mister Stuart am Rande meiner Kräfte eine Aufforderung schrieb, sein Grünzeug gefälligst wieder abzuholen, habe ich mich zu allem Überfluss auch noch mit Tinte bekleckert. Und meine aufgebrachten Schwestern haben mich an den Haaren gezogen, als ich es wagte, ihre geliebten Haustiere auszuwildern. Dabei hatte ich heute noch nicht einmal eine anständige Tasse Tee, weil dieser dumme Ofen nur rußt, statt Wasser zu erhitzen.«

Irgendwo im Haus rumste es und Abigail schrie: »Leopoldina, du blöde Trine! Es ist nur deine Schuld, dass jetzt Mamas Porzellanfigur kaputt ist.«

Ein Schluchzen kam über Charlottes Lippen. »Niemand hat mich auf ein Leben als verarmte Adelige vorbereitet. Niemand hat mir verraten, wie verloren unsereins ohne Bedienstete ist.«

Bevor Charlotte erneut in Tränen ausbrach, hob ich beschwichtigend die Hände. Es musste etwas passieren und zwar sofort.

»Zillie, wärst du so gut, Lady Charlotte eine Tasse Tee zu machen?«, fragte ich. »Und Sie, Miss Lucie, würde Sie nach den Mädchen schauen, damit etwas Ruhe einkehrt? Halten Sie sie von allem fern, was leicht zu Bruch gehen kann. Passen Sie also auch auf sich selbst auf, ich möchte mich nicht vor Ihren Eltern verantworten müssen, weil Sie plötzlich ein blaues Auge haben oder keine Haare mehr auf dem Kopf.«

Miss Lucie und Zillie nahmen sich nicht einmal die Zeit, meinem Vorschlag zuzustimmen, sondern eilten sofort davon.

»Und wir?«, schniefte Charlotte. »Räumen wir das Durcheinander auf, das hier im Salon herrscht, oder zuerst das Chaos, das meine Schwestern und ich im Ankleideraum gestiftet haben? Wenn ich meine Mutter bitten muss, vorzeitig zurückzukehren, wird sie ihr Vertrauen in mich verlieren. Und dabei habe ich so hart darum gerungen, endlich als erwachsene Dame von ihr wahrgenommen zu werden. Jemand, der schon bald einen eigenen Haushalt leiten kann und für dessen Unterhalt sie dann nicht länger aufkommen muss.«

Mir war schon klar gewesen, dass Charlotte wegen der finanziellen Situation ihrer Familie unter Druck stand. Außerdem war das Zeitfenster, in dem die Herren eine junge Lady umwarben, sehr eng. Während man in meiner Zeit als junge Erwachsene gerade erst ins Leben durchstartete, über ein soziales Jahr oder sogar über eine Weltreise nachdachte, sollte man in der Regency-Ära schon einen Verlobungsring am Finger stecken haben. Dass Charlotte sich auch noch Sorgen machen musste, ob sie ihrer verwitweten Mutter zur Last fiel, war hart.

»Das Aufräumen kann warten«, entschied ich. »Wenn wir später alle zusammen anpacken, geht das eh ruckzuck. Wir beiden sehen jetzt erst einmal zu, dass du wieder wie eine Lady aussiehst.«

Charlotte wollte zu einem Protest ansetzen, aber ich zog sie einfach hinter mir her. Nennt mich eine Küchenpsychologin, aber wenn man gut zurechtgemacht ist und etwas Warmes im Bauch hat, sieht die Welt schon wieder anders aus. Und genau das brauchte Charlotte jetzt.

Aus dem Chaos, in das sich der Ankleideraum bei der wilden Jagd nach unternehmungslustigen Jungratten verwandelt hatte, fischte ich ein elegantes Tageskleid aus cremefarbener Seide, unter dem ich layeringmäßig ein Unterkleid aus Musselin hervorschauen ließ. Eine Idee, die bei Charlotte auf Begeisterung stieß und somit schon mal für bessere Stimmung sorgte. Dann kämmte ich ihr blondes Haar ordentlich aus, entfernte unauffällig ein paar Flusen und steckte es locker auf. Das Ganze verzierte ich mit einem rosa Seidenband, das ich schlicht im Nacken zusammenband.

Schick – edel – Charlotte.

Charlotte begutachtete sich noch im Spiegel, als Zillie ein Tablett mit Tee und einem Teller Roastbeef brachte, das sie in der Speisekammer gefunden hatte. Eine Sekunde später stürzte sich die Dame aus bestem Hause darauf wie ein hungriger Wolf. Ich machte Zillie ein Zeichen, mir aus dem Zimmer zu folgen, damit Charlotte zur Ruhe kommen konnte. In einvernehmlichem Schweigen machten wir uns dran, den Salon aufzuräumen, während Miss Lucie irgendwo im Haus den Mädchen ein Lied beibrachte. Soweit ich es verstehen konnte, ging es dabei um ein paar sehr unanständige Affen. Doch solange sie Abigail und Leopoldina damit im Zaum hielt, war alles bestens.

Gerade als ich den letzten Kanarienvogel vorsichtig in den Käfig setzte, klopfte es an der Tür.

»Zillie geht schon«, sagte ebendiese.

Ich hörte, wie Zillie die Tür öffnete, dann sagte eine mir bekannte Stimme: »Wenn Sie bitte Lady Charlotte ausrichten würden, dass ich, wie von ihr gewünscht, erschienen bin, um sie mit der Orchidee zu unterstützen?«

Mist, und zwar ein richtig großer Haufen.

Es hatte ganz den Anschein, als sei William Stuart persönlich aufgetaucht, um sich des Blümchens anzunehmen. Wenn der junge Mann überhaupt dazu kam und nicht vorher von Charlotte in der Luft zerrissen wurde. Sie war viel zu wütend auf diesen Herren, um sich angemessen zu benehmen.

Ich traf eine spontane Entscheidung und trat auf den Flur, wo Zillie noch mit der Karte des Gentlemans in der Hand stand. Außerdem drängte sich neben William Stuart in einem extra schicken Anzug ein fremdländisch aussehender Bediensteter, der eine Koffertruhe hielt. Vermutlich sollte die empfindliche Blume darin abtransportiert werden.

»Wie schön, dass Sie persönlich vorbeigekommen sind, das wird Lady Charlotte sehr zu schätzen wissen«, begrüßte ich den Besuch. »Zillie, bitte sei so lieb und führe unsere Gäste in den Salon, dann kann ich der Hausherrin die freudige Nachricht überbringen. Nur eine Kleinigkeit vorweg: Lady Charlotte hat sich gestern etwas verkühlt auf der Matinee und ihre Stimme ist angegriffen. Nur, damit Sie sich nicht wundern, dass sie überraschend schweigsam sein wird.«

Zu meiner angenehmen Verblüffung sah William Stuart geknickt aus. »Charlotte hat sich eine Erkältung zugezogen? Wie schrecklich, dabei haben wir im Palmenhaus nichts unversucht gelassen, um es unseren Gästen so angenehm wie nur möglich zu machen. Das erklärt zumindest, warum ihre Nachricht kaum lesbar war. Die vielen Tintenkleckse … Es wird doch wohl nichts Ernstes sein?«

Ich winkte ab. »Nein, nein, nur ein wenig Heiserkeit. Wenn Sie mich nun entschuldigen würden?« Im Hinterkopf notierte ich mir, dass Charlottes Wohl diesem jungen Mann eindeutig am Herzen lag. Wie romantisch. Wobei … War das jetzt wirklich gut? Schließlich war nicht geklärt, wie William Stuart zu seinem Reichtum gekommen war und ob er überhaupt zu den Junggesellen gehörte, von denen man sich unbeschwert den Hof machen lassen durfte. Zu dumm, dass Emy bei einem Lunch festhing. Ihre Expertise hätten wir in diesem Fall sehr gut gebrauchen können.

Egal, ich flitzte bereits die Treppe hinauf, stürmte in Charlottes Zimmer und hatte schon ein Tuch um ihren Schwanenhals geworfen, bevor sie den letzten Happen Roastbeef runterschlucken konnte.

»Zoe, würdest du mir bitte erklären, was hier vorgeht?«, fragte Charlotte, die ihre Füße am Schminktisch hochgelegt hatte, den Teller auf ihrem Bauch.

»Keine Zeit«, schnaufte ich. »William Stuart wartet mit einem Diener unten im Salon auf dich, allem Anschein nach hat er deine Nachricht dank der Tintenexplosion nicht richtig entziffern können.«

Sofort erschien zwischen Charlottes Augenbrauen eine steile Falte. »Dann erkläre ich diesem unmöglichen Menschen gerne klar und deutlich, was ich von ihm und seinem Geschenk halte.«

»Um genau das zu verhindern, trägst du ein Halstuch und gibst vor, schlecht bei Stimme zu sein. Dann rutscht dir nichts raus, das du später bereuen könntest.«

Kaum stand Charlotte, stemmte sie angriffslustig ihre Hände in die Taille. »Zweifelst du etwa an meinen Umgangsformen?«

Obwohl meine Alarmglocken anschlugen, wich ich nicht zurück. »Heute war ein außergewöhnlich krasser Tag für dich. Und ich wäre eine schlechte Freundin, wenn ich dich nicht vor dir selbst schützen würde. Ich glaube nämlich, dass dir William Stuart gefällt. Und es wäre schade, wenn du ihn in dieser Stimmung so sehr vor den Kopf stoßen würdest, dass er als Gentleman gezwungen wäre, sich zurückziehen.«

Charlotte zupfte an ihrem Halstuch. »Dann würdest du mir zu dieser Bekanntschaft raten?«

Tja, sollte ich das? Zum einen war da diese unübersehbare Anziehungskraft, die sich zwischen den beiden im Palmenhaus gezeigt hatte. Die Chemie hatte auf Anhieb gestimmt. Wie sonst konnte man so viel Vergnügen daran haben, sich einander Unverschämtheiten an den Kopf zu werfen? Vermutlich war William Stuart der einzige Mann in London, der Charlottes kühle und oft scharfzüngige Art ansprechend fand. Und ihr würde ein ebenbürtiger Verehrer bestimmt Spaß machen. Jemand, mit dem sie sich messen konnte und der ihr aufgrund der vielen Jahre im Ausland mehr Freiheiten zugestehen würde als der typische Londoner Durchschnittsadelige, der wenig Lust hatte, über seinen Tellerrand zu blicken. Andererseits stand hinter William Stuarts Namen gesellschaftlich gesehen ein Fragezeichen. Denn noch wusste niemand so recht, was von diesem so plötzlich aufgetauchten jungen Mann zu halten war.

Nun mal immer schön der Reihe nach, wies ich mich zurecht. Im Grunde ist das ein Anstandsbesuch um einer bedürftigen Blume willen und somit eine willkommene Gelegenheit, mehr über William Stuart herauszufinden.

»Ich würde dir raten, dem Gentleman die Chance zu geben, erst einmal vorstellig zu werden. Ganz unverbindlich, sodass du ohne Probleme Tschüss sagen kannst, wenn er sich als Rohrkrepierer erweist. Aber du solltest ihm nicht die Hölle heiß machen, nur weil du genervt bist. Ich könnte mir nämlich vorstellen, dass du seine Gesellschaft schätzen wirst.«

»Er ist durchaus interessant«, gab Charlotte zu. »Und

ich kann nicht gerade behaupten, dass der Weg durch die Society mit interessanten Männern gepflastert ist.«

Schmunzelnd zupfte ich das Tuch um Charlottes Hals zurecht. »Also?«

Charlotte wirkte hin- und hergerissen, dann lachte sie. »Machen wir es so, wie du es vorgeschlagen hast, du Zierde deiner Zofenschule. Dann muss ich meiner Mutter auch nicht erklären, warum ein erwürgter Mann in ihrem Salon liegt.«

Als wir den Salon betraten, erwartete uns ein überraschender Anblick. Nicht nur, weil Zillie die Gäste so vortrefflich umsorgte. Auch Miss Lucie hatte sich mit Abigail und Leopoldina eingefunden und nun standen die beiden Nervensägen einträchtig neben dem Sofa, auf dem Miss Lucie Platz genommen hatte. Selbst die Orchidee war nicht in der Koffertruhe verschwunden, sondern in ein gläsernes Mini-Gewächshaus umgezogen, das William offenbar für sie mitgebracht hatte.

Sofort stürmte er auf Charlotte zu und deutete eine Verbeugung an. »Meine Verehrteste, ich hörte, Sie seien nicht wohlauf?«

»Nur die Stimme ist ein wenig …« Charlotte hüstelte.

»Das liegt nur daran, weil Charlotte uns so laut angeschrien hat, dass die Wände gewackelt haben«, sprang Leopoldina ihrer großen Schwester hilfreich zur Seite.

Charlotte warf Leopoldina einen tödlichen Blick zu. Doch es war zu spät. Ein Funkeln schlich sich in Williams Augen. Meine Geschichte mit der Verkühlung konnten wir hiermit offiziell abschreiben. Und wenn ich mich nicht täuschte, würde er die Neckereien von gestern gleich mit

Vollspeed wieder aufnehmen. Na, das konnte ja lustig werden.

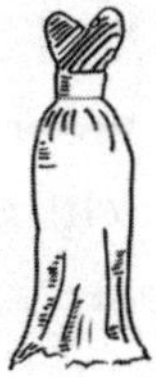

»In diesem Fall bin ich zutiefst bekümmert, dass es Ihnen die Sprache verschlagen hat, meine Verehrteste«, sagte William mit ausgesuchter Höflichkeit. »Obwohl das Ihre Gesellschaft keineswegs unangenehm macht. Zu schweigen hat ja auch etwas für sich. Mir klingen nämlich noch die Ohren von unserem gestrigen Austausch an Höflichkeiten, da können wir heute gern ein Päuschen einlegen. Auch wenn Ihnen das bestimmt sehr schwerfällt. Oder liege ich da etwa falsch?«

Der Kerl hatte vielleicht Nerven, Charlotte den Fehdehandschuh hinzuwerfen. »Soll ich ihm an deiner Stelle eine Frechheit an den Kopf werfen?«, flüsterte ich Charlotte zu, bereit, diesen unverschämten Menschen auf seinen Platz zu verweisen.

Doch Charlotte lächelte nur süffisant und reichte William ihren Arm, damit er sie zu einem Sessel geleiten konnte.

Ich nutzte die Gelegenheit und setzte mich neben Miss Lucie, die vor Aufregung nach meiner Hand griff. Dann bedeutete ich Zillie, zu uns zu kommen, damit wir das Schauspiel aus der ersten Reihe verfolgen konnten. Doch sie schüttelte den Kopf. Schon klar, eine Zofe von Ehre setzt sich nicht, sondern hält tapfer neben dem Servierwagen Stellung. Ich bekam direkt ein schlechtes Gewissen, obwohl heute mein freier Tag war.

Nachdem sich auch William gesetzt hatte, deutete er auf das Gewächshaus, das eine Miniaturausgabe seines Palmenhauses war. »Mylady, ich bin mir nicht sicher, ob ich Ihr Schreiben richtig verstanden habe und Sie um das

Wohl der wertvollen Blume besorgt sind. Ihr Brief enthielt mehr Tinte, als für seine Leserlichkeit zuträglich war. Nun, ich hatte vorgehabt, Ihnen heute einen speziell in Orchideenpflege ausgebildeten Bediensteten vorbeizuschicken, um Ihnen Unterstützung zukommen zu lassen. Angesichts der Umstände befand ich es als das Beste, mich anzuschließen, auch wenn die Besuchszeit bereits vorbei ist. Sie verzeihen mir diese Unhöflichkeit?«

Charlotte wedelte mit der Hand, in der sie ein elegantes Spitzentuch hielt.

»Ich nehme das als ein Zeichen dafür, dass Sie vollauf begeistert sind und uns spontan zum Abendessen einladen«, sagte William. Erst als Charlotte das Spitzentuch nach ihm warf, begann er zu grinsen. »Entschuldigen Sie, ich bin im Lesen von Handgewedel nicht sonderlich geübt. Das hieß dann also, dass Sie gewillt sind, sich etwas über Orchideen anzuhören.«

»Durchaus«, flüsterte Charlotte in einem gefährlich leisen Ton, der bei William dafür sorgte, dass er sich schleunigst das Grinsen aus dem Gesicht wischte.

»Welcher Ihrer Bediensteten darf mein Orchideen-Pfleger denn die Anleitung auseinandersetzen?«, erkundigte sich William, wobei sein Blick zu Zillie ging, die er offenbar für Charlottes Zofe hielt.

Zillie und ich wechselten einen raschen Blick. Oje, würde Charlotte jetzt zugeben müssen, dass sich keine einzige Angestellte im Haus befand? Wie würde ihr junger Verehrer damit wohl umgehen … ausgerechnet jemand, der so Vollgas gab, um sich einen Platz in der Gesellschaft zu erkämpfen.

»Nun«, sagte Charlotte. »Ihr Diener wird mir die Pflege

erklären müssen, denn die gute Zillie arbeitet hier leider nicht. Sie ist nur liebenswerterweise eingesprungen. Unsere Eustace, die einzige treue Seele, die unserem Haushalt geblieben ist, ist zurzeit unpässlich wegen eines Rattenproblems, das ich allerdings schon eigenhändig behoben habe. Nun schauen Sie nicht so erschrocken, William. Ein paar Nager umzuquartieren, fiel mir deutlich leichter, als mich allein herzurichten. Dass ich nun so gut zurechtgemacht vor Ihnen sitze, habe ich meiner Freundin Zoe zu verdanken. Derweil hat Lucie das Wunder vollbracht, meine Schwestern ruhigzustellen. Das ist bislang nicht mal unserem Kindermädchen gelungen, weshalb es uns auch verlassen hat. Falls ich Ihren offen stehenden Mund richtig deute, haben Sie nun endlich begriffen, dass Sie vor einer Lady sitzen, die sich ihr Dinner heute Abend selbst zubereiten muss. So ich noch einmal den Mut aufbringe, mich dem Ofen zu nähern.«

William rang nach Worten. »Eine Dame von Ihrem Format verfügt über keine Bediensteten?«

Charlotte hob stolz das Kinn. »Morgen früh kommen die Köchin und das Scheuermädchen vorbei. Aber ich glaube kaum, dass sie Zeit für die Pflege eines Blümchens haben, gleichgültig, wie entzückend es aussieht.«

Abwägend musterte Willam Charlotte, die seinen Blick tapfer ertrug. Wer hätte gedacht, dass der junge Mann als potenzieller Verehrer so schnell auf dem Prüfstand landete? Würde er Charlotte abblitzen lassen, weil sie nicht den Glamour zu bieten hatte, mit dem er sich seinen gesellschaftlichen Status ausbauen konnte? Wenn ja, war ich bereit, ihn persönlich mit einem Tritt in den Allerwertesten hinauszubefördern.

»Verstehe, wie töricht von mir«, sagte William gedehnt, als wolle er Zeit gewinnen.

»Jetzt kommt es drauf an«, wisperte Miss Lucie kaum hörbar.

Ich suchte den Blick meiner so zartbesaiteten Herrin – und was ich darin sah, war keine verunsicherte Dame, die sich in dieser unangenehmen Situation am liebsten davongeschlichen hätte. Ganz im Gegenteil, dem Blitzen in ihren Augen nach war Miss Lucie bereit, mich gegebenenfalls tatkräftig beim Zutreten zu unterstützen. Trotz der Anspannung musste ich schmunzeln.

Schließlich räusperte sich William. »Entschuldigen Sie bitte vielmals meine Achtlosigkeit, liebe Charlotte. Natürlich werde ich Ihnen zu der Orchidee, die ich Ihnen quasi aufgedrängt habe, auch jemanden zur Verfügung stellen, der ihre Pflege übernimmt. Ich hoffe, dass Sie mich diesen Fehler umgehend wiedergutmachen lassen.«

»Sie wollen jemanden schicken, der sich um die Orchidee kümmert?«, versicherte sich Charlotte ungläubig.

»Aber gewiss doch, das ist doch das Mindeste, was ich tun kann.« William tippte sich nachdenklich ans Kinn. »Allerdings müssten wir jemanden einstellen, denn von meinen Leuten kann ich im Augenblick niemanden entbehren. Hat einer der Anwesenden eventuell eine Empfehlung?«

Auf die Frage hatte ich nur gewartet. »Ich kenne da eine junge Dame, die gerade ihren Abschluss an der besten Zofenschule Londons macht und für diese Aufgabe perfekt geeignet wäre«, platzte es aus mir heraus. Und bevor Zillie sich hinter den Gardinen verstecken konnte, sprang ich auf und schnappte mir ihre Hand. »Zillie ist eine hervorragende Zofe. Wer von ihr umsorgt wird, fühlt sich wie im Himmel.«

»Das stimmt«, pflichtete mir Charlotte bei. »Obwohl ich Zillie erst seit heute kenne, habe ich sie als sehr tatkräftig und hilfsbereit erlebt, ohne dass sie jemand dazu aufgefordert hätte. Aber mit ihrem Können sollte sie sich nicht in den Dienst einer Orchidee stellen, gleichgültig, wie selten diese Blüte ist.«

Echt jetzt? Da konnte ich nur die Augen verdrehen. »Zillie würde sich sehr geehrt fühlen, in einem so vornehmen Haus arbeiten zu dürfen. Das wäre ihr viel lieber als die Anstellung auf dem Land, die ihr angeboten wurde. Oder, Zillie?«

»Das träume ich doch«, hauchte Zillie bloß völlig von den Socken.

William begutachtete mit größter Nachdenklichkeit seine Fingernägel. »Natürlich müsste man dafür Sorge tragen, dass eine so hoch qualifizierte Bedienstete wie Zillie sich bei ihrer Beschäftigung nicht langweilt. Und man sollte unbedingt auch bedenken, dass es eine Zofe gewohnt ist, sich um die Belange der Damenwelt zu kümmern, und sie ihre Kunstfertigkeit auch einsetzen möchte.« Er schenkte Charlotte ein Grinsen. »Möglicherweise könnten wir Zillie sogar dazu überreden, ihre Künste bei Ihnen zum Einsatz zu bringen. Allerdings nur, wenn Sie gewillt wären, auf Ihre spezielle Art der Freundlichkeit zu verzichten, die eine Zofe durchaus verschrecken könnte.«

Was so viel bedeutete, wie: Wenn du zu Zillie so schnippisch bist wie zu mir, siehst du von ihr nur noch eine Staubwolke. Was natürlich Unsinn war, Charlotte bot ausschließlich unverschämten jungen Gentlemen die Stirn.

Und William nutzte jede Gelegenheit, Charlotte herauszufordern.

Deshalb war es auch kein Wunder, dass er noch einen draufsetzte: »Wie sieht es aus, Charlotte? Wären Sie denn bereit, Ihre Stimme zu schonen, damit Zillie den Job übernimmt?«

Charlotte war schlau genug, sich auf ein feines Lippenkräuseln zu beschränken. Eine echte Dame weiß, wann sie kämpft – und wann sie bereits gewonnen hat. Und dass William ihrem eigensinnigen Charme völlig erlegen war, lag ja wohl klar auf der Hand. Er ließ zwar keine Gelegenheit aus, sie zu foppen, aber sein Angebot war einfach nur zuckersüß. Er wollte Zillie als Zofe einstellen und ließ es dabei aussehen wie eine Wiedergutmachung dafür, dass er Charlotte eine pflegeintensive Blume geschenkt hatte. Ich mochte den Mann.

Weil Charlotte damit beschäftigt war, den Mund zu halten, wandte sich William an Zillie, die vor Aufregung am Teewägelchen rumruckelte, dass das Porzellan nur so klapperte.

»Wären Sie denn an einer solchen Anstellung interessiert?«

Zillie quietschte vor Begeisterung. »Zillie … in so einem schicken Haushalt, mitten in London? Ja, natürlich. Die Mädchen von Dunwick House und Mrs Beecroft werden so stolz auf mich sein!«

»Dann sind wir uns also einig. Ich werde meinen Sekretär anweisen, sich mit Ihrer Schule zu den Details in Verbindung zu setzen«, sagte William. Dann schenkte er Charlotte ein Lächeln. »Bevor ich aufbreche, hätten Sie noch die

Freundlichkeit, mir die Beletage Ihres Hauses zu zeigen? Ich finde diese sehr moderne Art zu bauen nämlich äußerst interessant, eine wunderbare Möglichkeit für eine rasch wachsende Stadt wie London. Und so geschmackvoll.«

Während Charlotte sich bei William einhakte, ihm das Haus zeigte und dabei ein paar gepflegte Unfreundlichkeiten mit ihm austauschte, erläuterte der Bedienstete Zillie die Pflege ihres neuen Zöglings. Leopoldina und Abigail schlichen sich in den Garten, hoffentlich bloß um Blätter zu sammeln, und ich goss Miss Lucie und mir erst mal einen Tee ein.

»Wie ist es Ihnen nur gelungen, diese beiden Nervensägen still zu bekommen?«, fragte ich. »Da sind doch hoffentlich keine Medikamente mit im Spiel.«

»Aber nicht doch«, winkte Miss Lucie ab und hob ihre Teetasse. »Ich habe den Mädchen lediglich versprochen, dass ich ihnen – wenn sie brav und folgsam sind, bis ihre Mutter zurückkehrt – verrate, wie Rattenbabys gemacht werden. Das interessiert die beiden jungen Damen nämlich brennend.«

»Und Sie wissen darüber Bescheid?«, fragte ich ungläubig.

»Für was für ein Mondkalb hältst du mich?«, grinste Miss Lucie. »Ich bin schließlich auf dem Land aufgewachsen und habe dort offensichtlich so einiges mehr mitbekommen als du, wenn ich deinen Gesichtsausdruck richtig deute.«

Und wieder einmal zeigte sich, dass Miss Lucie und die anderen Damen so viel mehr draufhatten, als sie der Welt zeigen durften. Wenn das mal kein Thema für den nächsten WhisperWhisper-Brief war!

Whisper Whisper: Kleine Geheimnisse

Meine süße Freundin,

ich danke Dir zutiefst für Deine Treue. Sie verleiht mir den Mut, stets aufs Neue Themen anzusprechen, bei denen wir für gewöhnlich erröten. Oder an die wir angeblich noch nie einen Gedanken verschwendet haben. Solange wir jedoch flüstern, darf auch die Frage erörtert werden, ob es angebracht ist, der Füllung eines Dekolletés mit Seidentüchern nachzuhelfen und ein Döschen Wangenrot im Nachttisch zu verstecken. Das ist doch alles unschickliche Betrügerei, mögen viele empört aufschreien. Sollen sie doch! Ein wenig Schauspielerei gehört bei einer Lady schon dazu. Niemand braucht sich zu schämen, wenn er gelegentlich der Natur ein wenig nachhilft. Anbei findest Du deshalb eine Liste mit Tricks, die Du interessant finden könntest.

Ich wünsche Dir viel Vergnügen und verbleibe
Deine vertraute Freundin

7

Ein Geschenk für die Marquise

Die Matinee, die William Stuart anlässlich seines Einstiegs in die Londoner Gesellschaft veranstaltet hatte, konnte der junge Gentleman als Erfolg verbuchen. Sie war nicht nur in aller Munde, sondern schaffte es sogar bis in die Zeitungen, die an jeder Ecke lautstark angeboten wurden. In der Gesellschaftsspalte wurde allerdings ungeschönt darauf hingewiesen, dass sein Vater ihn tatsächlich erst als Sohn anerkannt hatte, nachdem William als gemachter Mann nach England zurückgekehrt war. Das Erwachen der väterlichen Liebe ging sozusagen Hand in Hand mit den finanziellen Mitteln, mit denen Stuart House wieder in den Familienbesitz gebracht und prestigeträchtig aufgemöbeln werden konnte. William Stuart mochte die Erbfolge einer altehrwürdigen Familie angetreten haben, doch das hieß noch lange nicht, dass ihn die gehobene Gesellschaft als ebenbürtig anerkannte. Mit seiner imposanten Pflanzensammlung hatte er die Lords und Ladys um den Finger gewickelt, so viel stand fest. Bestimmt durfte er mit Einladungen rechnen, zumindest zu gewissen Veranstaltungen. Ob sie ihn jedoch in ihren *inner circle* aufnehmen würden, stand zu bezweifeln. Da brauchte es schon mehr, um seine »schmähliche« Familiengeschichte vergessen zu lassen. Ganz abgesehen von den kursierenden Gerüchten, auf welche Art er sein beeindruckendes Vermögen gemacht haben soll.

»Ich habe gehört, dass William Stuart der Liebesdiener der Prinzessin sein soll und für seine Verdienste an ihrem Hof einen Rubin von der Größer einer Männerfaust erhalten habe«, sagte Barbu in einem verschwörerischen Ton.

»Und ich habe gehört, dass die Prinzessin und er samt ihrer königlichen Mitgift auf dem Weg zu ihrem Verlobten getürmt sind«, setzte Monsieur Houppette einen drauf. Dabei grinste er so süffisant, dass die Maske aus grüner Heilerde bröckelte, die wir alle drei gerade ausprobierten. Ich war ins *Avec Plaisir – Tausend schöne Dinge für die Dame von Welt* gekommen, um ein Fläschchen Rosenwasser für Miss Lucie abzuholen. Doch das würde wohl noch etwas warten müssen, im Moment stand Wichtigeres an: Klatsch austauschen.

Lässig winkte ich ab. »Das ist noch gar nichts. In unserer Küche habe ich das Gerücht aufgeschnappt, dass die Prinzessin in Wirklichkeit ein orientalischer Prinz ist, der sich mit William hier in England ein neues Leben aufbauen möchte. Die exotischen Früchte und Blumen erinnern ihn an seine ferne Heimat, die er nach seiner spektakulären Flucht aus dem Palast seines Vaters nie wieder wird betreten dürfen. Na, was sagt ihr dazu?«

Monsieur Houppette zog die zurechtgestutzten Augenbrauen hoch, wodurch sich noch mehr grüne Bröckchen lösten. »Das gefällt mir, sogar ganz ausgezeichnet. Mon dieu, Zoe, das ist die bislang unwahrscheinlichste, aber auch prickelndste Geschichte, die sich die Leute ausgedacht haben. Ganz entzückend.«

»Vielleicht ist sie aber auch wahr«, gab Barbu zu bedenken.

»Unbedingt«, pflichtete Monsieur Houppette bei. »Ich

denke, das ist die Version, die ich persönlich weitererzählen werde. Sie regt die Fantasie an.« Nachdenklich nippte er an seinem Vormittags-Pastis. »Chérie, hat denn deine liebe Freundin Charlotte etwas Erhellendes über unser Objekt der Begierde in Erfahrung bringen können, nachdem er bereits in ihrem Haus verkehrt?«

»Charlotte setzt auf vornehme Zurückhaltung, bis ihre Mutter von ihrer Landpartie zurückgekehrt ist. Sie muss schließlich zustimmen, falls William Stuart vorhaben sollte, Charlotte jetzt öfter seine Aufwartung zu machen«, wich ich Monsieur Houppettes Frage aus. »Gewiss wird die Countess ein paar Auskünfte einholen wollen.«

»Tja, William Stuart wird kreativ sein müssen, wenn er sich die Türen der Upperclass langfristig offen halten will«, sagte Barbu. Er wischte die letzten Spuren der Maske aus seinem Gesicht und zeigte mit dem grün verfärbten Tuch auf mich. »Die einfachste Methode, sich einen Platz an den besten Tischen Londons zu sichern, wäre eine Heirat mit einer Dame von gesellschaftlich hohem Rang. Dann träfen Reichtum und wahrer Adel aufeinander.«

Die Überlegung war mir auch schon gekommen – und hatte mir überhaupt nicht gefallen. War es möglich, dass William Charlotte deshalb gezielt angesprochen hatte? Aber das Britzeln zwischen ihnen hatte so echt gewirkt, das durfte einfach kein Fake sein! Ich grübelte noch vor mich hin, als auf der unteren Etage des Ladens das silberne Glöckchen ertönte.

»Kundschaft«, jubilierte Monsieur Houppette. Er wollte schon aufspringen, erinnerte sich aber noch rechtzeitig, dass er wie ein Schlamm-Monster nach einem Sonnenbad aussah. »Barbu, rasch, geh du.«

Barbu puderte sich noch fix das Näschen, dann lief er die Treppe hinab.

Monsieur Houppette schnupperte. »Dem Duft nach ein Herr, welch seltener Besuch in unserem Reich.«

»Soll ich mal einen Blick riskieren?«, fragte ich und legte das Tuch beiseite, mit dem ich die Maske abnehmen wollte. Vorsichtig lehnte ich mich übers Treppengeländer – und erstarrte. Inmitten von Duftpudern, Ölflacons und der stadtgrößten Auswahl an Schönheitspflastern stand wie ein Fremdkörper niemand Geringeres als Honoré Bauchau mit seiner blauen Spiegelglasbrille. Was für ein schräger Zufall … falls es überhaupt einer war.

»Ich würde gern einer Dame, die ich sehr verehre, eine kleine Aufmerksamkeit zukommen lassen«, sagte Honoré Bauchau.

»Stets zu Diensten.« Barbu machte einen formvollendeten Diener.

»Es gibt allerdings ein Problem in dieser Angelegenheit: Ich habe leider keine Adresse der Dame. Sie schwärmte allerdings von Ihrem Geschäft, sodass ich die Hoffnung hege, ihr mit ihrer Hilfe eine Freude machen zu können. Bei der Dame handelt es sich um die verehrungswürdige Marquise de Minuit.«

»Die Marquise also …«, erwiderte Barbu und linste unauffällig zur Treppe. Vermutlich hoffte er, dass sein Chef kommen würde, um diesen Kunden mit seinem ungewöhnlichen Anliege zu übernehmen.

»Ich dachte an etwas Exquisites, der Preis spielt keine Rolle«, lockte Bauchau. »Sie müssen mir ihre Anschrift natürlich nicht verraten, ich würde dem Geschenk nur gern einen Glücksbringer beifügen.« Er holte etwas aus seinem Gehrock.

Barbu wich angewidert zurück. »Einen Mistkäfer?«

»Einen goldenen Skarabäus, ein exzellent gearbeitetes Schmuckstück«, korrigierte Bauchau.

Ich hatte genug gesehen und zog mich zurück. Auf Zehenspitzen tippelte ich zu Monsieur Houppette zurück, um ihm Bericht zu erstatten.

»Wie delikat«, sagte er. »Ich sollte Barbu schleunigst zu Hilfe eilen. Sitzt mein Schnurrbart?«

Erneut ertönte das Silberglöckchen, dann flitzte Barbu auch schon die Treppe herauf mit einem beachtlichen Geldbetrag in den Händen. »Mon dieu«, keuchte er.

»Setz dich und schnuppere an einem Riechfläschchen«, wies Monsieur Houppette seinen Angestellten an. »Wir wissen alles. Jemand versucht sich mal wieder an die Marquise heranzumachen. Dabei haben wir die eindeutige Order, ihre Identität zu schützen.«

»Und was machen wir nun hiermit?« Barbu wedelte mit den Pfundnoten.

»Selbstverständlich in ein großartiges Geschenk für die Lady umwandeln«, mischte ich mich ein. Das war meine Chance, an die Marquise heranzukommen, denn Prickelton war bislang nicht wieder aufgetaucht. Was mich daran erinnerte, Beruhigungsdragees für Miss Lucie mitzunehmen. Wegen dieses kleinen Streuners war meine Herrin völlig fertig. »Ich kann es ihr auf meinem Rückweg gleich vorbeibringen.«

»Das würdest du tun?« Monsieur Houppette klatschte in die Hände. »Nun, du und die Marquise hattet ja von Anfang an einen besonderen Draht zueinander. Sie erkundigt sich jedes Mal nach dir, wenn sie uns mit einem Besuch beehrt. Bestimmt würde sie sich freuen und es gutheißen, wenn ich dir ihre aktuelle Adresse verrate. Sie wechselt ihren Aufenthaltsort ja regelmäßig.«

Einen Moment später besprachen wir aufgeregt, was das perfekte Geschenk wäre, und dann stand ich auch schon mit einem aufwendig verpackten Badesalzflakon voller superedler Zutaten und der Anschrift der Marquise bereit.

»Warte«, sagte Barbu. »Ich rufe dir eine Droschke.«

Ich schüttelte den Kopf. »Ich nehme lieber die Hintertür. Wer weiß, ob der edle Kavalier nicht versucht, sich an meine Fersen zu heften, um doch noch an die Adresse der Marquise zu gelangen.«

»Schlaues Mädchen.« Monsieur Houppette steckte mir neben Fahrtgeld rasch noch ein paar von seinen Lieblingspralinen in die Manteltasche. »Es war mir wie immer eine Freude, liebste Zoe.«

Ich befand mich auf dem Weg zu einer Spionin. Einer Spionin, die der Verborgenen Gesellschaft die Stirn bot und selbst vor drastischen Mitteln nicht zurückschreckte, um das Geheimnis der Mondscheinmagie zu lüften. Als ich mich zum Hinterausgang hinausschlich, kam ich mir selbst schon vor wie eine Meisterdetektivin. Es war so aufregend, hinter jede Ecke zu spähen, ob dort nicht einer von Honoré Bauchaus Handlangern herumlungerte, unauffällig von Wand zu Wand zu laufen und immer wieder über die Schulter zurückzublicken.

Um es auf den Punkt zu bringen: Es ging mit mir durch. Ich ging so sehr in meiner Rolle auf, dass ich schon nach kürzester Zeit die Blicke auf mich zog. Den Grund dafür kapierte ich erst, als mich ein Kindermädchen mit seinen drei Zöglingen anstarrte. Ich war hinter einem Laternenpfahl in Deckung gegangen – was einer echten Profispionin niemals passiert wäre. Mensch, war das peinlich!

Den Rest meines Weges legte ich als normales Dienstmädchen zurück, allerdings mit puterrotem Gesicht. Falls Honoré Bauchau und seine Leute mich beobachtet haben sollten, wie ich durch die Straßen schlich, lachten die sich wahrscheinlich immer noch schlapp.

Die Adresse, die mir Barbu in Schnörkelschrift aufgezeichnet hatte, führte mich zu einem luxuriösen Wohnhaus in Soho. Spionin im Auftrag der Krone zu sein, zahlte sich allem Anschein nach aus.

Der Pförtner war allerdings keineswegs wie in anderen vornehmen Häusern ein älterer Diener, der den Job wegen knackender Gelenke bekommen hatte. Dieser Pförtner war ein kräftig aussehender Kerl, der in seiner Freizeit vermutlich mit Bierfässern jonglierte. Ob er wohl zu den Männern gehörte, die der Marquise in der Krypta Geleit gegeben hatten? Jedenfalls machte er ein saures Gesicht, und als ich darauf bestand, das kunstvoll verpackte Geschenk persönlich zu überreichen, verabschiedete sich seine gute Laune endgültig.

»Was man sich hier alles bieten lassen muss«, nölte der Pförtner. »Hier tauchen nicht nur ständig freche Tölen auf, sondern auch noch Dienstpersonal, das nicht weiß, was sich gehört. Das nächste Mal nimmst du den Hintereingang, wie es sich für deinesgleichen gehört, junges Fräulein.«

Ich dachte mir meine Antwort im Stillen und stiefelte stattdessen einem Boy hinterher, der mir den Weg zeigen sollte. Wenn ich mich nicht täuschte, steckte ein Klappmesser in seinem Stiefelschaft. Der Schnurrbartträger, der in einem Ohrensessel in einer Zeitung las, war bestimmt auch bis an den Stehkragen bewaffnet. Das waren definitiv alles Leute der Marquise.

»Soll ich das Paket für dich tragen?«, fragte der Junge mit einem schottischen Akzent.

»Danke, geht schon.« Ich fasste mir ein Herz. »Was hat der Pförtner denn mit frechen Tölen gemeint, die zur Marquise kommen?«

Der Junge grinste so breit, dass ich seinen abgebrochenen Schneidezahn bewundern konnte. »Ach, Davies ärgert sich nur, weil ihm regelmäßig Schoßhunde zwischen den Beinen durchflitzen und schneller an der Tür der Marquise kratzen, als er sie einfangen kann. Dabei sind die Kerlchen echt drollig, vorgestern war wieder einer da, der hat so lange Fangen mit Davies gespielt, bis die Marquise erschienen ist und der Hund unter ihre weiten Röcke schlüpfen konnte.«

Das klang eindeutig nach Prickelton. Dann hatte Miss Lucies Spitz die Marquise also wie versprochen aufgesucht … und war vielleicht noch bei ihr. Nun, ich würde es gleich rausfinden, denn der Junge lieferte mich vor einer Tür im zweiten Stockwerk ab.

Es war allerdings nicht die Marquise persönlich, die mich in Empfang nahm, sondern ihre ziemlich durchtrainierte Dienerin. Nachdem ich brav meinen Namen und mein Anliegen vorgetragen hatte, glaubte ich ein Leuchten in den Augen der Frau zu bemerken. Offenbar wusste sie, wer ich war. Aber war sie wirklich nur die Zugehfrau oder auch eine ausgebildete Spionin, die in den Falten ihres Kleides ein Set Wurfmesser trug? Ich musste mich zusammenreißen und den Film in meinem Kopf endlich stoppen.

In einem der elegantesten Salons ever empfing mich die Marquise, als habe sie mich bereits erwartet: Sie saß an einem Tischchen, auf dem ein Teeservice mit zwei Tassen bereitstand. Jetzt war ich echt beeindruckt! Diese Frau verstand ihr Geschäft, vermutlich hatte sie überall in der Stadt ihre Spione sitzen und wusste deshalb immer genau Bescheid, wer sich wo aufhielt.

Wie üblich trug die Marquise einen Schleier, obwohl ich ihr Geheimnis kannte. Ehrlich gesagt fand ich es auch besser so, weil ich ihr Gesicht, auch wenn es wunderschön war, total unheimlich fand. Es sah aus, als sei es aus feinstem schneeweißen Marmor inklusive der Lippen, nur das Grün ihrer Augen leuchtete noch. Wobei »noch« eine Frage der Zeit war, wenn ich sie richtig verstanden hatte. Schon bald würde auch das Grün ihrer Iris verblassen … Denn das Fehlen von Farbe war kein extravaganter Look, sondern eine Begleiterscheinung des Zeitreisens. Bevor man sich dann endgültig auflöste. So erging es einem, wenn man nicht irgendwann in seine Zeit zurückkehrte.

Den Gedanken, dass auch Hayden und mich dieses Schicksal erwartete, wenn wir uns zu lange in der Vergangenheit aufhielten, hatte ich aus reinem Selbstschutz bisher erfolgreich verdrängt. Da verließ ich mich lieber auf die Aussage der Marquise, dass es noch eine Weile dauern würde, bis die Zeit an mir zu nagen begann. Trotzdem würde ich heute noch in meiner Kammer jeden einzelnen Finger einer gründlichen Untersuchung unterziehen.

»Zoe, wie schön, dass du da bist«, begrüßte mich meine

Zeitreisekollegin mit ihrer tiefen Stimme. »Und ein Präsent hast du mir auch mitgebracht. Vielen lieben Dank, das wäre doch nicht nötig gewesen.«

Mit ernster Miene überreichte ich der Marquise das Geschenk. »Eigentlich bin ich nur die Überbringerin, bei dem großzügigen Spender handelt es sich um niemand Geringeren als Honoré Bauchau – Sammler ägyptischer Antiquitäten, Herr über Higher Castle und einer der führenden Köpfe der Verborgenen Gesellschaft. Aber das wissen Sie ja gewiss selbst.« Coole Ansprache, fast filmreif, nur zu schade, dass ich mich dabei nicht mit dem Handy habe aufnehmen können. »Bitte machen Sie sich keine Sorgen, mir ist niemand auf dem Weg zu Ihnen gefolgt, dafür habe ich gesorgt.«

»Da bin ich ja beruhigt.«

Die Art, wie die Marquise das sagte, weckte in mir die Vermutung, dass sie ohnehin nicht ernsthaft um ihre Sicherheit besorgt war. Und nach ihrem vor Selbstvertrauen nur so strotzenden Auftritt in Higher Castle wunderte mich das auch nicht. Im Gegensatz zu mir wusste diese Frau wirklich, was sie tat. Die Frage war nur, was ihrer Meinung nach in der Nacht, als sie sich bei der Verborgenen Gesellschaft eingeschlichen hatte, passiert war, nachdem ich mich mit dem Splitter abgesetzte hatte. Die Zeit war zurückgedreht worden bis zu dem Moment, in dem die Hohepriesterin hatte erkennen müssen, dass die Kutsche mit den Dieben nicht mehr im Innenhof von Higher Castle ankommen würde und sie deshalb auf ihren großen Auftritt verzichten musste. Hatten alle bloß gelangweilt in der Krypta herumgestanden, bis der Punsch aus war?

Während die Marquise das Geschenk in Augenschein nahm, wies ich kauend auf den goldenen Skarabäus hin, der auf Wunsch von Honoré Bauchau beigelegt worden war. Barbu hatte ihn in eine Schachtel getan und so stellte die Marquise ihn auch auf den Tisch, ohne den Edelmetall-Krabbler auch nur zu berühren.

»Ein interessantes Geschenk«, sagte sie. »Warum wohl all die Mühe, um mir einen Käfer zu überreichen?«

Ich schluckte hastig das Sandwich runter. »Angeblich soll es ein Glücksbringer sein. Allerdings tippe ich eher drauf, dass es eine Botschaft ist. Wann haben Sie Honoré Bauchau denn das letzte Mal gesehen?«

»Lass mich mal nachdenken …« Die Marquise lehnte sich zurück.

Gespannt wie ein Flitzebogen lehnte ich mich vor. Gleich würde sie ganz von allein ausplaudern, wie die Versammlung in der Krypta geendet hatte. Dann musste ich nicht zugeben, dass Hayden und ich vor Ort gewesen waren und dank einer spontanen Zeitreise-Einlage die Vergangenheit geändert hatten. Es war ja durchaus möglich, dass es für solche Aktionen in Zeitreisekreisen einen Rüffel gab.

Vor lauter Aufregung rutschte ich auf der Sesselkante

herum, was sich eine Sekunde später als ausgesprochen blöde Idee erwies. Denn genau in diesem wackeligen Moment ertönte ein Klopfen und ich setzte vor Schreck eine Zwiebel.

Während ich noch auf dem Boden sitzend mit meinen Röcken kämpfte, öffnete sich bereits die Tür und die Dienerin ließ einen neuen Gast eintreten.

Ich hatte mich noch nicht ganz gefangen, als er mir schon hilfreich unter den Arm griff und hoch half.

»Wenn ich darf?«, sagte er galant.

Es war diese spezielle Stimme, die mich bis in meine Träume verfolgte, über deren Inhalt ich hier lieber nichts verraten möchte.

»Ausgerechnet du?«, brachte ich vorwurfsvoll hervor. Genervt ließ ich mich auf den Sessel plumpsen, der Appetit auf Gurkensandwich war mir vergangen.

»Ich freue mich auch, dich zu sehen, Zoe«, sagte Hayden gut gelaunt. Dann verengte er die Augen zu Schlitzen. »Sind seit Neustem etwa grün gesprenkelte Augenbrauen der Trend?«

Mist. In der Eile hatte ich offenbar die Maske aus Tonerde nicht gut genug abgewaschen. Hektisch rieb ich mit meinem Ärmel über mein Gesicht, bis mir auffiel, dass Hayden nicht allein gekommen war. An seiner Seite stand ein frisch gestriegelter Prickelton.

Was starrt sie uns so ungeniert an, die Zofenschnepfe?, maulte der Spitz prompt.

»Ich muss leider zugeben, dass Prickelton nicht glücklich ist mit der Rolle, die ich ihm aufgezwungen habe«, sagte Hayden. »Ich hab ihn heute im strömenden Regen unter einem Verschlag kauernd entdeckt. Das heißt, nicht ich, sondern die Corgi-Bande meines Vaters, die ihn gestellt hat.«

»Dieser spezielle Spitz wurde von Miss Lucie seit Tagen schmerzlich vermisst«, sagte ich vorwurfsvoll.

Kaum fiel Miss Lucies Name, winselte Prickelton. *Wir haben uns auf dem Rückweg ein wenig ablenken lassen. Eine dem Geruch nach entzückende Mopsdame hatte per Hundezeitschrift die Nachricht an einem Hydranten hinterlassen, dass ihr der Sinn nach männlicher Gesellschaft stehe. Wir woll-*

ten nur höflich diesem Ansinnen nachkommen und dann hat die Natur von uns Besitz ergriffen. Erfasst vom Sturm der Liebe irrten wir durch die Stadt und kamen erst zu Sinnen, als diese schreckliche Rotte uns attackierte.

So klangen also die Schlachten, die der große Sir Prickelton auszutragen hatte.

Natürlich hatte Hayden vollstes Verständnis für den Rumtreiber. »Ich dachte mir jedenfalls, den kleinen Kerl kennst du, das ist doch Freund Prickelton unter der dicken Schmutzschicht. Nachdem er gebadet und gefressen hatte, kam er langsam zu sich – und erinnerte sich mit Schreck daran, dass er Zoe die Einladung zum Tee nicht überbracht hat.«

Ich zeigte mit dem Finger auf Prickelton. »Lass mich raten, du hast dich mit grober Leberwust und Kutteln bestechen lassen, so kugelrund, wie du aussiehst.«

Unsere Wenigkeit gehört dem edlen Haus der Spitze an, was jedoch gewisse Schwächen mit sich bringt, die man uns nicht vorwerfen darf, wies Prickelton mich allen Ernstes zurecht. *Eine davon ist unser bedürftiges Bäuchlein, und das andere … Dieser Jüngling krault uns ganz wunderbar hinter den Ohren, er hat so eine spezielle Technik.* Allein bei der Erinnerung daran schmolz das Fellknäuel dahin.

Hayden blinzelte mir zu, als ob ich mich für seine Kraultechnik interessieren würde, dann wendete er sich der Marquise zu. »Da es zu spät war, um Zoe eine Nachricht zukommen zu lassen, habe ich kurzerhand beschlossen, die Einladung an ihrer Stelle anzunehmen. Nachdem ich schon so viel über Sie gehört habe, ist es schließlich höchste Zeit, dass ich mich Ihnen endlich vorstelle.«

»Wie nett. Der junge Lord Falcon-Smith, wenn ich mich nicht irre«, erwiderte die Marquise schlankweg.

Haydens gute Laune verflog in Nullkommanix. »Wie kann es sein, dass jeder weiß, wer ich bin? Renne ich mit einem Schild um den Hals durch die Gegend, auf dem mein Name steht?«

Lächelnd deutete die Marquise auf einen freien Sessel, in den Hayden sich fallen ließ. »Nun, es war nicht gerade eine Herausforderung, herauszufinden, wer der junge Gentleman ist, der sich auffällig oft in der Nähe von Miss Lucies Zofe herumdrückt.«

»Sie haben mich beschatten lassen?« Ich konnte es nicht fassen. Nie wieder würde ich mich unbedarft an privaten Stellen kratzen.

»Beschatten lassen … So drastisch würde ich es nicht ausdrücken«, winkte die Marquise ab. »Nachdem du mein Angebot, unter meine Fittiche zu schlüpfen, abgelehnt hast, habe ich ein paar liebe Freunde gebeten, dich bei gesellschaftlichen Anlässen im Auge zu behalten. Wir Zeitreisenden laufen gerade in unseren ersten Wochen und Monaten Gefahr, uns durch unser Tun zu verraten. Das Leben in dieser Epoche ist doch überhaupt nicht zu vergleichen mit der Zeit, aus der wir stammen. Es gibt unzählige Kleinigkeiten, die uns verraten können. Und sobald wir auffliegen, gilt es schnell zu handeln, damit keine Gefahr entsteht.« Sie nippte an ihrer Teetasse, und ich glaubte wahrzunehmen, wie sie hinter dem Schleier ihre Stirn krauszog. »Ehrlich gesagt bin ich vielmehr überrascht, dass du deinen Freund mir gegenüber bislang mit keinem Wort erwähnt hast. Ich dachte, wir würden einander vertrauen.«

»Das stimmt auch, es ist nur … das mit Hayden … ähm«, stotterte ich rum, weil die Marquise mich kalt erwischt hatte.

Herrjechen, was für ein Drama. Prickelton verdrehte die Augen. *Das ist alles so interessant, dass unsereins lieber ein Schläfchen hält. Möge die Zofe uns wecken, wenn sie bereit ist, uns zu Miss Lucie zurückzutragen.* Damit rollte sich der unverschämte Spitz neben dem Kamin zusammen und döste sofort ein.

»Ich habe Zoe um Diskretion gebeten, weil wir unsicher waren, was mein Auftauchen in der Vergangenheit bedeutet«, mischte Hayden sich ein. »Sie müssen zugeben, dass es verwirrend ist, plötzlich in der Vergangenheit in ein völlig anderes Leben schlüpfen zu müssen. Und als ob das nicht schlimm genug wäre, stellen einem auch noch irgendwelche undurchsichtigen Gestalten nach, begehen Einbrüche und spinnen Fäden im Hintergrund, über die man nicht stolpern möchte. Mir war es wichtig, mir erst einmal einen Überblick zu verschaffen, bevor ich den nächsten Schritt tue und Ihre Bekanntschaft mache.«

Damit war es amtlich: Hayden würde eines Tages einen famosen Juristen abgeben, so geschmeidig, wie er sich aus der Situation rausredete.

Die Marquise war ebenfalls angetan. »Diese Haltung kann ich nur allzu gut nachvollziehen angesichts der komplizierten Situation, die wir momentan erleben dürfen. Aber nun, da wir uns dazu entschlossen haben, mit offenen Karten zu spielen, sollten wir absolut ehrlich zueinander sein.« Mit diesen Worten nahm sie ihren Schleier ab.

Ich hatte Hayden zwar bereits vom Zustand der Marquise erzählt, aber es war doch etwas anderes, sie mit eigenen Augen zu sehen. Und so weit, wie Hayden seine aufriss, wurde ihm wohl gerade klar, dass ihm das gleiche Schicksal blühte, wenn es nichts werden sollte mit unserer Rückreise. Dann siegte seine gute Erziehung, und er verkniff es sich, die Dame mit dem Marmorgesicht weiter anzustarren. Stattdessen griff er nach seiner Teetasse, während ich mich kaum zu rühren wagte. Das war doch ganz eindeutig ein Schicksalsmoment, ab jetzt waren wir ein unzertrennliches Trio, eine von der Mondscheinmagie zusammengeschweißte Gemeinschaft, Gefährten im Rauschen der Zeit. Unser Team brauchte dringend einen coolen Namen, so was wie »Die Mondscheinreisenden« oder »Team 21«, wie das Jahrhundert, aus dem wir kamen. Warum sollte nur die Verborgene Gesellschaft einen auf Geheimclub machen dürfen? Andererseits wurden 1816 noch keine T-Shirts bedruckt und Heldenstrampler waren der Look einer fernen Zukunft. Deshalb verkniff ich mir den Kommentar.

»Dann sind wir uns also einig: keine Geheimnisse mehr«, sagte die Marquise. »Darüber bin ich sehr froh, denn wir drei sitzen schließlich im selben Boot. Wir müssen zusammenhalten angesichts einer Gegnerschaft, die uns nicht nur zahlenmäßig und an Einfluss überlegen ist. Vor Kurzem ist jemand der Verborgenen Gesellschaft beigetreten, der das Spiel schon sehr bald gegen uns entscheiden könnte.«

»Die Hohepriesterin«, flog es von meinen Lippen.

Es war spannend, wie das Marmorgesicht einer Erstaunten aussah: Es bekam weder Risse, noch rieselte Staub von ihren Wangen. »Ihr wisst bereits von der Hohepriesterin?

Aber wie kann das sein, ich selbst habe erst davon erfahren, als ihre Einführung in die Gesellschaft bereits geplant war. Dabei muss sie sich schon seit Wochen in London aufgehalten haben, ohne dass einer meiner Leute auch nur den Hauch eines Verdachts gehegt hat.«

»Aber Sie kennen sie?«, erkundigte ich mich.

»Ich habe Gerüchte über sie gehört, war mir jedoch lange nicht sicher, ob sie nicht bloß ein Mythos ist. Die einzige Zeitreisende, die aus der Vergangenheit stammt und nicht wie der Rest von uns aus der Zukunft.«

Hayden stieß einen Pfiff aus. »Dann ist der Titel Hohepriesterin nicht bloß Angeberei. Sie kommt tatsächlich aus einer Zeit, in der es noch heidnische Kulte gab.«

»Kulte ja, aber es war eine der zivilisiertesten Epochen der Menschheit«, sagte die Marquise. »Die Hohepriesterin stammt aus dem Alten Ägypten und diente in einem Tempel, der Osiris, dem Gott der Toten, geweiht war. Von Osiris heißt es, dass er vor den Toren des Jenseits die Seelen der Verstorbenen prüft und darüber befindet, ob sie Einlass erfahren oder abgewiesen werden. Ein Risiko, das damals niemand eingehen wollte, denn eine Zurückweisung bedeutete eine Verbannung in die namenlose Einöde der Geisterwelt.«

Es fühlte sich an, als würde ein kühler Luftzug durch den Salon wehen.

»Das klingt nicht besonders einladend«, gab ich zu.

Die Marquise nickte. »Das dachte auch der herrschende Pharao. Auf dem Weg zum Thron hatte er nämlich seine halbe Familie ausradiert und noch eine Menge anderer Schandtaten begangen. Deshalb wollte er den Totengott gnädig stimmen. Er stellte dem Tempel des Osiris unermesslichen Reichtum in Aussicht und garantierte dessen Priesterschaft, dass in seinem Reich niemand mehr verehrt werden sollte als ihr Gott. Im Gegenzug sollte die Priesterschaft dafür sorgen, dass der Pharao von seinen Sünden befreit wurde, damit er ohne Bedenken nach seinem Tod vor Osiris treten konnte.«

»Der Pharao wollte der Sage nach den Totengott bestechen?«, fragte ich nach. Die Vorstellung kam mir völlig absurd vor. »Wenn es Götter gab, ließen sie sich doch nicht kaufen.«

Die Marquise nickte. »Das dachte sich auch die Priesterschaft des Osiris. Wenn der Pharao vor dem Totengott Gnade erfahren sollte, dann mussten seine Taten ungeschehen gemacht werden. Die Verlockung des Angebots, das der Pharao gemacht hatte, war so groß, dass die Priesterschaft beschloss, ein Sakrileg zu begehen: Sie stahlen einen Spiegelsplitter aus den Heiligtümern des Thot, Gott des Mondes und der Zeit. Mithilfe der Mondscheinmagie wurde eine Hohepriesterin ausgesandt, damit sie die Vergangenheit des Pharaos reinwaschen konnte. Die Erweckung des Splitters gelang, aber die Hohepriesterin fand sich nicht in der Vergangenheit, sondern in einer fernen Zukunft wieder. Im 19. Jahrhundert, um genau zu sein. Hier trifft sie nicht nur auf die Verborgene Gesellschaft, sondern auch auf das Gerücht, dass es Zeitreisende aus der Zukunft gebe, die in der Vergangenheit gelandet sind. Nun stellt sich die Frage, was passiert, wenn Vergangenheit und Zukunft aufeinandertreffen.«

»Jetzt habe ich eine Gänsehaut«, flüsterte ich.

»Und ich habe Lust auf Popcorn«, sagte Hayden. »Schaut mich nicht so entgeistert an, die Story über die Hohepriesterin ist doch das reinste Blockbuster-Kino.«

Mit einem Hüsteln zupfte die Marquise ihre Spitzenhandschuhe zurecht. »Das Auftreten der Hohepriesterin ist jedenfalls als ein Zeichen zu deuten. Entweder werden nun die Manipulatoren gewinnen, die den Mondscheinspiegel für ihre selbstsüchtigen Machenschaften einsetzen wollen, ohne einen Gedanken an die Folgen zu verschwenden. Oder die Auserwählten der Mondscheinmagie, die in die Vergangenheit geschickt wurden, um den Zeitenspiegel zu retten.«

»Die Auserwählten – das ist es!« Ich ballte begeistert die Faust. »Damit haben wir einen Namen für unser Team, ab jetzt kann nichts mehr schiefgehen.«

Hayden rekelte sich im Sessel. »Es sei denn, Zoe zwingt uns als frisch berufene Liga der außergewöhnlichen Zeitreisenden, eine Geheimsprache zu benutzen und in jeder Vollmondnacht nackt vor Spiegeln zu tanzen. In dem Fall würde ich dann doch lieber bei der Verborgenen Gesellschaft mitmachen.«

So, wie die Marquise ihre weißen Lippen schürzte, hätte sie einiges dafür gegeben, einen Spielerwechsel vornehmen zu dürfen. Dann würden jetzt ein hochdotierter Historiker und eine Meisterdiebin in ihrem Salon Tee trinken anstelle eines jungen Typen, der immer einen dummen Spruch auf Lager hat, und einer Möchtegern-Zofe, die zu viele Romane gelesen hatte.

Die Marquise griff in die Schachtel, in der der Skarabäus lag und holte den goldenen Glücksbringer hervor. »Die Hohepriesterin ist bislang auch die Einzige, die weiß, wie man die Magie des Mondscheinspiegels zum Leben erweckt – auch wenn sie die Richtung nicht bestimmen konnte.« Nachdenklich legte die Marquise den Skarabäus zurück in die offene Schachtel. »Durch was für einen Spiegel bist du überhaupt hierhergekommen, mein Lieber?«

Hayden wechselte einen Blick mit mir. »Der Splitter war in einem Amulett eingefasst, das eine junge Frau an einer Kette um den Hals trug«, sagte er und erzählte dann kurz die Geschichte, wie er während einer nächtlichen Fahrt durch Paris einer holden Schönheit gegenübersaß, in deren Amulett sich das Mondscheinlicht gespiegelt hatte, um ihn völlig unerwartet in die Vergangenheit zu befördern. Dass ich daran auch einen klitzekleinen Anteil hatte, ließ er allerdings erst einmal aus.

Ohnehin interessierte sich die Marquise in erster Linie für das Spiegelstück, das sich als Zeitentor erwiesen hatte. Schließlich versuchte sie schon seit Jahren, die verstreuten Stücke zusammenzutragen. »Wenn mich meine Erinnerung nicht täuscht, hat eine gewisse Sandrine Dorset, die als Wahrsagerin ihren Lebensunterhalt bestritt, von dem Amulett berichtet.« Mit den Gedanken längst woanders erhob sich die Marquise. »Wartet, ich hole meine Aufzeichnungen, vielleicht hast du ein entscheidendes Detail bemerkt, durch das wir den aktuellen Aufenthalt des Amuletts ermitteln können. Jetzt, wo der Splitter, den ich im Haus der Arlingtons aufbewahrt habe, für uns verloren ist, müssen wir nach jedem sich uns bietenden Halm greifen.« Damit rauschte sie auch schon aus dem Salon.

Ich nutzte die Gunst der Stunde und beugte mich zu Hayden vor. »Die Marquise denkt, dass die Diebe den Spiegel von den Arlingtons geraubt haben. Das sollten wir möglichst bald klarstellen, damit es auch was wird mit der neuen Offenheit. Das bedeutet: ab jetzt kein Rumgerede und keine Ausflüchte mehr in unserem Team. Auch nicht zwischen dir und mir. Ab jetzt herrscht pure Ehrlichkeit.«

Hayden nickte. »Ich bin dabei. Das könnte interessant werden.« Die Art, wie seine Augen plötzlich funkelten, machte mich nervös. Der Kerl führte doch was im Schilde ... Besser, ich reagierte sofort.

»Dann darf ich dir als Erste eine Frage stellen – und du musst antworten. Und zwar nichts als die reine Wahrheit.«

Silencio! Und zwar sofort! Empfindsame Wesen versuchen hier, ihrem dringend benötigten Schönheitsschlaf nachzukommen, und die Zofenmaid hat so eine durchdringende und ordinär laute Stimme, jaulte Prickelton auf, nur um gleich wieder einzuschlafen. So ein Spitzleben hatte schon was für sich.

Belustigt schüttelte Hayden den Kopf. »Kann es sein, dass du mich eben ausgetrickst hast?«

»Austricksen? Ich? Also bitte, so etwas würde ich niemals machen.« Noch ein Tick mehr Empörung und ich hätte mir einen Oscar verdient. »Und jetzt lenk nicht ab.«

»Dann schieß mal los. Ich bin echt gespannt, was du unbedingt von mir wissen willst, dass du dich so ins Zeug legst.«

Wie Hayden das so sagte, war ich mir plötzlich unsicher, ob ich meine Frage wirklich bringen sollte. Irgendwie verriet sie nämlich, welches Thema mich insgeheim seit Tagen umtrieb. Aber ich war einfach zu neugierig. »Warum warst du nicht bei der Matinee im Stuart House? Du hast doch ganz bestimmt eine Einladung bekommen, es war schließlich alles von Rang und Namen anwesend. Nebenbei bemerkt hast du mächtig etwas verpasst, nicht nur ein Palmenhaus, das man unbedingt gesehen haben muss, sondern auch die spektakuläre Einführung von William Stuart, der Überraschung der Saison, in die Gesellschaft.«

»Zusammengefasst war die Matinee, auf der du im Gegensatz zu mir offenbar warst, ein großartiger Event. Sehr freundlich, dass du es mir unter die Nase reibst.« Hayden überschlug die Beine, was mich einen Moment ablenkte. Er hatte wirklich tolle Beine, so lang und … O Mann, ich himmelte ernsthaft einen Typen dafür an, dass er Knie hatte und sie zu benutzen wusste.

»Du möchtest also wissen, wo ich mich rumgetrieben habe«, versicherte sich Hayden.

»Vermutlich hast du in deinem Club abgehangen in der Hoffnung auf Stippvisiten von irgendwelchen Tänzerinnen, um deren Gunst du mit Möchtegern-Gentlemen wie Arthur konkurrieren kannst«, platzte es aus mir heraus. Offenbar war mir Arthurs Andeutung, dass sich seine Angebetete mehr für Hayden als für ihn interessiert hatte, doch nicht so gleichgültig wie erhofft.

Hayden hing inzwischen mehr im Sessel. Wie gut, dass sein Diener Sinclair ihn nicht dabei sah, sonst hätte es vermutlich eine Ansprache gegeben, wie ein Gentleman zu sitzen habe. »Leider war ich nicht im Club«, brummte er. »Ich wünschte mir, es wäre so gewesen. Stattdessen hat mein Vater darauf bestanden, dass ich ihn zu einem musikalischen Nachmittag bei Freunden begleite. Als es für eine Flucht zu spät war, hat er mir dann allerdings gesteckt, dass die Tochter seiner angeblichen Freunde eine ›vielversprechende Heiratskandidatin‹ sei. Miss Arabella, die potenzielle Anwärterin als künftige Lady Falcon-Smith, hat uns herzallerliebst etwas auf ihrem Pianoforte vorgespielt, während ich zwischen ihrer Mutter und ihrer Großmutter sitzen durfte, die mir abwechselnd vorgeschwärmt haben, was für ein Schnäppchen die gute Arabella doch sei. Sie ist nämlich schon Mitte zwanzig und immer noch auf dem Markt, womit ihr offizielles Haltbarkeitsdatum der allgemeinen Ansicht nach überschritten ist. Da ich scheinbar der erste Anwärter war, der so etwas für absoluten Schwachsinn hält, wisperte ihre Mutter, dass, falls ich gleich zuschlagen würde, man die Mitgift sogar um ein ganz hervorragendes Reitpferd erhöhen könne. Das perfekte Lockmittel, weil ich bekanntermaßen doch so gern reite.«

»Sie wollten dich mit einem Reittier ködern?« Ich versuchte es zu verstehen, schaffte es aber nicht. Die Vorstellung, dass die Ehe nicht mehr als ein Deal sei, wollte mir nicht in den Kopf.

Hayden offenbar auch nicht. »Was für eine verrückte Geschichte.«

»Dann bist du jetzt stolzer Besitzer eines Top-Pferdes?«, fragte ich scheinheilig.

»Mach ruhig deine Witze«, knurrte Hayden. »Aber auf dem Heiratsmarkt dieser Zeit geht es schlimmer zu als auf dem Basar. Darauf habe ich dann entgegen der gängigen Etikette ganz klar hingewiesen, woraufhin für uns alle ein peinlicher Moment des Schweigens folgte. Dann sagte Arabellas Vater – und das ist kein Scherz –, dass er meine Verhandlungskünste durchaus zu schätze wisse und er deshalb noch einen nagelneuen Einspänner drauflegen würde. Mein Vater klopfte mir daraufhin auf die Schulter und meinte, dass wäre doch ein Angebot, das man unmöglich ausschlagen könne. Ganz ehrlich, so läuft das 1816? Ich hatte außer ›Schön, Sie kennenzulernen‹ kein Wort mit Arabella gewechselt, aber für meinen Vater reichte das für Hochzeitsglockengeläut. Danach war ich für den Rest des Abends sprachlos und hoffe jetzt einfach mal, dass ich deshalb nicht als verlobt gelte.«

Boah, was für eine fiese Nummer. Für Arabella, die von ihrer Familie wie eine angeschlagene Vase verhökert werden sollte, tat es mir echt leid. Das verdiente einen eigenen WhisperWhisper-Brief mit der Überschrift »Mein Herz steht nicht zum Verkauf«. Aber wie Hayden von hochgestellten Persönlichkeiten des Adels bedrängt wurde, die feilschten wie die Kesselflicker, während sein Vater ihn auf Biegen und Brechen unter die Haube bringen wollte, bevor er noch eine Bedienstete schwängerte ... Wirklich ganz großes Theater!

Ich lachte nicht. Bei meiner Ehre, ich kicherte nicht mal. So mürrisch wie Hayden dasaß, hätte er mich sonst definitiv ungespitzt in den Boden gerammt.

Unter Aufbietung sämtlicher Kräfte setzte ich ein Pokerface auf. »Es ist wirklich erstaunlich, was für authentische Erlebnisse dieser Zeitepoche du als junger Mann aus bestem Hause machen darfst. Verkuppelt zu werden ist doch eine interessante Erfahrung, die du mit dem nötigen Abstand bestimmt wertschätzen wirst. Meinen Glückwunsch.«

Erst stierte Hayden mich an, und weil das offenbar nicht ausreichte, schmiss er mit einem Kissen nach mir, das ich lachend abfing. Prickelton, der eben noch tief geschlafen hatte, war augenblicklich hellwach und schnappte kläffend nach einem Zipfel. Offenbar gingen die Instinkte des Spitz' mit ihm durch. Ich schleuderte das Kissen genau in dem Moment nach Hayden, als die Marquise mit einem Notizbuch in der Hand zurückkehrte.

»Ich will nicht hoffen, dass eben wirklich ein Kissen durch meinen Salon geflogen ist«, sagte die Marquise.

Wie auf Kommando ließ Hayden das Kissen hinter seinem Rücken verschwinden und ich setzte mich wie eine Dame in meinen Sessel zurück. Schließlich wollten wir auf Augenhöhe mit der Marquise sprechen – im Gegensatz zu Prickelton, der vor lauter Aufregung dazu übergegangen war, sein eigenes Schwänzchen zu jagen.

Als Beweis, dass die Marquise uns vertrauen konnte, gestand ich ihr ohne weitere Umstände, dass sich der Splitter der Arlingtons in meinem Gewahrsam befand. Wobei ich bei der offiziellen Version blieb, dass Hayden die beiden Räuber überwältigt hatte. Unseren Besuch in Higher Castle erwähnte ich lieber noch nicht.

»Du kannst dir gar nicht vorstellen, wie erleichtert ich bin, das zu hören, Zoe.« Die Marquise legte eine Hand auf

ihre Brust, als mache ihr Herz tatsächlich einen Hüpfer. »Dieser Splitter ist nämlich das größte Spiegelstück, das sich in unserem Besitz befindet. Angeblich gibt es nur noch einen weiteren von dieser Größe, doch über ihn sind lediglich Gerüchte im Umlauf. Angeblich soll er sich im Haus des Duke of Sandringham befinden.«

»Der Lord, der jedes Jahr den sagenumwobenen Winterball veranstaltet«, hauchte ich ergriffen. »Wir erwarten jeden Tag brennend vor Ungeduld eine Einladung. Ich bekomme schon langsam Zofen-Zuckungen, weil ich bei jedem Läuten an der Tür hoffe, dass es endlich die Erlösung ist. Wissen Sie vielleicht, was der Duke plant? Ich würde es niemandem verraten. Außer Miss Lucie natürlich … Aber das wäre doch okay, oder? Oh, ich bin so aufgeregt!«

Hayden hingegen gab bloß ein Murren von sich. »Bälle … Und dann noch mit einem affigen Motto bei irgendwelchen Top-Adligen, denen ihr Ruf vorauseilt, völlig kirre zu sein vor lauter seit Generationen gepflegter Exzentrik. Meinetwegen kann die Saison frühzeitig für beendet erklärt werden.«

Die Marquise ignorierte uns beide mit einer Nonchalance, wie sie nur große Damen der Gesellschaft an den Tag legen können. »Ich habe schon mehr Gelegenheiten als den Winterball genutzt, um mich im Haus des Dukes umzuschauen. Leider ohne Erfolg. Seine Londoner Residenz ist ein halbes Schloss, und da der Duke seinem Ruf als Liebhaber des Außergewöhnlichen gerecht wird, ist es das reinste Spiegellabyrinth. Allein der Empfangssaal mit seinen endlos hohen Spiegelwänden oder das Speisezimmer, das durch einen Spiegeltrick doppelt so groß wirkt. Ganz zu schweigen von den raffiniert angebrachten Spiegeln in seinem bevorzugten Roten Schlafzimmer.«

»Worin genau besteht denn die Raffinesse?«, erkundigte sich Hayden sichtlich interessiert.

Ich war froh, dass er die Frage zuerst stellte. Denn es war schlicht unmöglich, es nicht genauer wissen zu wollen. Als ich jedoch das verschmitzte Lächeln der Marquise sah, war ich genauso froh, den Mund gehalten zu haben.

»Wenn Sie ein Interesse am Schlafzimmer des Dukes haben, würde ich Ihnen einen Besuch vorschlagen«, sagte sie zu Hayden. »Für junge attraktive Menschen hat er eine Schwäche. Bestimmt wäre er sofort bereit, Ihnen sein verspiegeltes Schlafzimmer persönlich vorzuführen.«

Hayden schluckte. »Wir sollten lieber beim Thema bleiben: Im Anwesen des Dukes soll also ein großer Splitter verborgen sein. Weiß er davon oder ist er sogar ein Mitglied der Verborgenen Gesellschaft?«

Die Marquise schüttelte den Kopf. »Keine meiner Nachforschungen hat eine Verbindung zwischen dem Duke of Sandringham und der Verborgenen Gesellschaft ergeben. Was mich auch nicht weiter überrascht, der Duke verabscheut Sir Henry zutiefst. Dahinter steckt eine traurige Geschichte: Sir Henry hat nämlich vor Jahren einen Freund des Dukes ins Zuchthaus gebracht, wo er schließlich starb. Euch beiden erscheint das bestimmt völlig absurd, aber 1816 ist gleichgeschlechtliche Liebe nicht nur gesellschaftlich geächtet, sondern sogar gesetzlich verboten.«

»Davon habe ich gehört, bei dem Angeklagten handelte es sich um den älteren Bruder von Lord Arlington. Er hat sich von diesem Verlust nie richtig erholt.« Ein bitteres Thema, das mich seit dem belauschten Gespräch zwischen Lord Arlington und Sir Henry sehr beschäftigte. Noch in meiner Zeit war es manchmal hart für Menschen, dazu zu stehen, wen sie liebten, auch wenn ihr Umfeld damit völlig okay ging. Das war sicherlich der Nachklang aus Zeiten wie diesen, in denen ein Coming-out einen das Leben kosten konnte. Das schlug die ZoeHerzFreundin in mir an: Wie viele junge Damen, die einen WhisperWhisper-Brief lasen, dachten vielleicht: »Dieses ganze Gerede, wie man den passenden Liebsten findet … Damit bin ich nicht gemeint, das interessiert mich nicht, ich ticke offenbar völlig verkehrt.« Ich musste mir dringend einfallen lassen, wie ich diesen Mädchen zurufen konnte, dass mit ihnen alles richtig war. Dass sie wenigstens zwischen den Zeilen lesen konnten, dass ihnen jemand die Hand entgegenstreckte und sagte: »Wenn du verliebt bist, egal welches Geschlecht diese Person hat, dann bist auch du gemeint. So wie alle anderen. Liebe ist Liebe.«

Unterdessen zerbrach Hayden sich über etwas anderes den Kopf. »Der Duke wünscht Sir Henry vielleicht die Pest an den Hals, aber das bedeutet ja noch lange nicht, dass er deshalb nicht an Zeitreisen interessiert ist. Gerade als verwöhnten Edelmann und Exzentriker kann man ihn bestimmt mit der Vorstellung locken, auf Zeitreise zu gehen. Ich sage nur: Orgien im Alten Rom.«

»Sie haben recht, es ist gut möglich, dass der Duke zumindest im Kontakt mit der Verborgenen Gesellschaft steht«, gab die Marquise zu. »Vielleicht ist das meine letzte Chance.« Traurigkeit legte sich auf ihr schneeweißes Gesicht und zum ersten Mal sah ich eine Spur wie von Eis auf ihren Wangen. Nicht mehr lange, dann würde sich auch ihr Gesicht in Glas verwandeln, bis es dann gar nicht mehr war. Die Zeit der Marquise lief eindeutig ab.

Ich nahm mir fest vor, die Suche nach dem Rückticket für unsere Zeitreise noch entschiedener anzugehen. Mir mochten noch Monate, vielleicht Jahre bleiben, aber für die Meisterspionin de Minuit gab es keine Zukunft, wenn sie nicht bald wieder in ihre Zeit zurückkehrte. Deshalb notierte ich mir den Duke of Sandringham im Hinterkopf. Vielleicht würde ich ja schon bald als unauffällige Zofe auf dem Winterball herumschlendern und ausreichend Gelegenheit bekommen, mich ein wenig umzuschauen, während Hayden mit dem Rest des Adels das Tanzbein schwingen musste.

Die Marquise nahm Platz und machte Prickelton ein Zeichen, auf ihren Schoß zu springen. Eine Sekunde später ließ er sich bereits die Öhrchen kraulen. Warum durfte jeder dieses flauschige Fell streicheln, nur ich nicht? Diese Töle war ein echter Snob.

»Fassen wir mal zusammen«, sagte Hayden. »In dem Spiel um den Mondscheinspiegel gibt es drei Parteien mit grundverschiedenen Interessen. Da wären wir aus der Zukunft, die mit der Zeit verblassen, wenn wir nicht rechtzeitig in unsere Gegenwart zurückkehren. Wir sind von der Mondscheinmagie auf Reisen geschickt und mit einem passenden Leben ausgestattet worden. Vom anderen Ende des Zeitstrahls ist die Hohepriesterin aus dem Alten Ägypten gestartet. Sie ist in der Zeit nach vorn gesprungen, nur leider besteht ihr Auftrag darin, weiter in die Vergangenheit zu gehen. Offenbar sieht sie in uns Auserwählten keine Verbündeten, was mir ganz schön zu denken gibt. Warum macht sie gemeinsame Sache mit einer dritten Partei, der Verborgenen Gesellschaft? Einer finanzkräftigen und einflussreichen Gruppe, die jedoch gar nicht selbst mit der Spiegelmagie in Berührung gekommen ist.«

»Du solltest die Verborgene Gesellschaft nicht unterschätzen«, warf die Marquise ein. »Meinen Nachforschungen zufolge ist Honoré Bauchau nicht nur ein ausgezeichneter Kenner des Alten Ägyptens und seiner Mythen, er ist durchaus auch in den dunklen Künsten bewandert. Mit ihrer Hilfe ist es ihm immer wieder gelungen, Spiegelsplitter ausfindig zu machen und sie mit keineswegs legalen Mitteln an sich zu bringen. Auch wenn diese Art von Magie immer einen hohen Preis fordert.«

»Seine leblosen grauen Augen«, flüsterte ich. Im Geiste

sah ich sie sofort wieder vor mir, wie sie mich aus dem Spiegel heraus gierig anstierten. »Es ist, als hätte er ein Stück seiner Seele verkauft.«

Die Marquise nickte. »Und er wird alles tun, damit dieses Opfer nicht umsonst war. Die meisten Mitglieder der Verborgenen Gesellschaft mögen gelangweilte Aristokraten auf der Suche nach einem Abenteuer sein, aber Honoré Bauchau und Sir Henry sind starke Gegner. Und sie beabsichtigen keineswegs, die Fähigkeit, durch die Zeit zu reisen, der Allgemeinheit zugänglich zu machen. Es geht der Verborgenen Gesellschaft einzig und allein darum, sie für ihre eigenen Zwecke einzusetzen und den Machthunger und die Gier ihrer Mitglieder zu stillen. Als wäre uns Menschen der Mondscheinspiegel geschenkt worden, damit unsere Geschichte zum Vergnügungspark einiger Gernegroß verkommt. Zumal niemand sagen kann, was passiert, wenn wir willkürlich herumreisen, anstatt die Auswahl dem Spiegel zu überlassen. Die Magie wählt so, dass wir Reisenden uns perfekt in die Vergangenheit einfügen können. Doch die Verborgene Gesellschaft zielt darauf, die Vergangenheit ihren Interessen anzupassen, sie will sich die großen Momente der Geschichte unter den Nagel reißen. Was würde aus uns allen werden, wenn diese Leute nach Belieben in die Vergangenheit eingreifen könnten? Würde die Mondscheinmagie hinter ihnen aufräumen oder bekämen wir die Auswirkungen ihres Tuns zu spüren?«

»Schon klar, wenn sich ein gieriger Adelsspross den Schatz der Nibelungen unter den Nagel reißt, könnte das den Lauf der Zeit völlig verändern. Aber wir, die Auserwählten, beeinflussen die Vergangenheit doch auch«, gab ich zu bedenken. »Sie arbeiten als Spionin, ich setze als

Zofe das Know-how der Zukunft ein und Hayden beeinflusst durch seine Heiratsabsichten …« Hayden griff drohend nach einem Kissen. »Pardon, die Absichten seines Vaters – die Geschicke der einflussreichen Familie Falcon-Smith. Wir drei sind da und tun Dinge, die Auswirkungen haben.«

»Allein dieser WhisperWhisper-Kettenbrief, den Zoe losgetreten hat, mischt jetzt schon die feine Gesellschaft auf«, gab Hayden zu bedenken. »Wer weiß, wohin dieser Eingriff führt, vielleicht startet die Frauenbewegung deshalb Jahrzehnte früher durch und die Geschichtsbücher dürfen neu geschrieben werden.«

Darüber hatte ich mir noch gar keine Gedanken gemacht … War das jetzt gut, dass es den Brief gab? Oder griff ich voraus? Woher bei allen Zofen sollte ich das denn bitte schön wissen? »Ach, sei still, Hayden«, murrte ich.

Die Marquise hob einen behandschuhten Zeigefinger. »Es macht einen gewaltigen Unterschied aus, ob einen die Magie in die Vergangenheit einwebt oder man dem Spiegel seinen Willen aufzwingt. Wir dürfen auf die Magie vertrauen, dass sie nichts tut, wodurch der Lauf der Zeit durcheinandergebracht werden würde. Der Mondschein hat uns ins 19. Jahrhundert gebracht und es ist *unsere* ehrenwerte Aufgabe, herauszufinden, wie man den Spiegel für die Rückreise erweckt – und nicht die der diebischen Hohepriesterin, die bloß die dreckigen Hände eines Herrschers reinwaschen will. Nur leider hat sich mir trotz intensiver Forschung noch immer nicht offenbart, wie man den Zeitenfluss steuern kann. Aber mit dir haben wir nun jemanden in unserem Kreis, der zumindest die Fähigkeit beherrscht, den Spiegel zu erwecken.«

Jetzt war sie gekommen, die Stunde der Wahrheit. »So gut, dass ich Hayden in die Vergangenheit geholt habe, als ich ihn im Spiegel in Lady Arlingtons Boudoir gesehen habe«, gestand ich.

»Das warst du?«, vergewisserte sich die Marquise.

Hayden zuckte die Achseln. »So haben wir es uns jedenfalls zusammengereimt.«

Die Marquise drückte Prickelton unwillkürlich an ihre Brust. »Das müssen wir genauestens durchsprechen, damit wir ausschließen können, dass es nicht nur ein Zufall war. Wichtig wäre auch, herauszufinden, ob du den Splitter auch absichtlich erwecken kannst, was ja eine Voraussetzung dafür wäre, mit ihm durch die Zeit zu reisen.«

Ich rutschte unruhig im Sessel herum. »Was das anbelangt, hätten wir noch weitere News zu bieten …«

»Shit«, unterbrach mich Hayden ziemlich rüde. Bevor ich mich beschweren konnte, zeigte er auf die Geschenkbox. »Ich bin zwar kein Käferspezialist, aber ich bin mir verdammt sicher, dass dieses Ding nicht fliegen sollte.«

Whisper Whisper: Wohin die Liebe fällt

Meine liebe Freundin,

es ist kein großes Geheimnis, dass Rosen sehr beliebt sind. Trotzdem gibt es die eine oder andere, die bloß mit der Schulter zuckt, wenn jemand von Rosenduft schwärmt. Tief in ihrem Herzen steht sie auf … sagen wir mal: Pilze. Nur wird sie ihre Liebe eher für sich behalten, denn im Zweifelsfall würde ihr ein Geständnis schräge Blicke einbringen. In unserer Gesellschaft stellt sich eben niemand eine Vase mit Pilzen auf den Tisch. Aber muss sich unsere Pilze liebende Freundin uns gegenüber verstellen – oder möchten wir sie nicht vielmehr darin unterstützen, zu ihrer Zuneigung zu stehen? Vielleicht ist die Welt noch nicht reif genug für Pilzliebhaberinnen, aber wir Freundinnen sollten es auf jeden Fall sein.

Sei gegrüßt von Deiner Freundin
(die Maiglöckchen liebt)

8

Auf der Spur des Goldenen Skarabäus

Der Skarabäus, auch bekannt als Pillendreher, kann fliegen, auch wenn er nicht gerade ein Meister der Lüfte ist. Goldene Nachbildungen dieses Käfers sollten es jedoch nicht tun, sie sollten brav dort liegen bleiben, wo man sie hingelegt hat. Das hatte jedoch niemand dem Exemplar gesagt, das direkt vor unseren Nasen mit surrendem Flügelschlag abhob und auf die Fenster zusteuerte, um sich aus dem Staub zu machen.

»Sofort einfangen!«, rief die Marquise.

Ich war bereits auf meinen Sessel gestiegen und versuchte, mich länger zu machen, als ich war. Meine Fingerspitzen brachten den Skarabäus ins Trudeln – und mich leider aus dem Gleichgewicht. Mit einem Sprung rettete ich mich auf das Sofa. Dort saß allerdings die Marquise, und obwohl wir beide keine Sumo-Ringerinnen waren, brachen die zierlichen Beinchen des Möbels unter unserer Last. Es gab viel Geschrei und Durcheinander, wobei Prickelton am lautesten war, weil er vom Schoß der Marquise fiel und sich dabei soooo erschreckte. Während ich mich trotz meiner verhedderten Röcke bemühte, wieder auf die Beine zu kommen, sah ich Hayden aus den Augenwinkeln sein Halstuch nach dem Skarabäus werfen. Eine pfiffige

Idee, allerdings war der Flattermann mit Megakräften ausgestattet und flog trotz des weißen Tuchs, das nun über ihm hing, weiter. Ich wollte gerade die erfrischend derb fluchende Marquise auf die Beine ziehen (es war schon ein Ding, was diese elegante Erscheinung an Schimpfwörtern auf Lager hatte. Mein Favorit war, dass sie Honoré Bauchau einen »hinterhältigen Schmierlappen« nannte), als die Tür aufschwang und die Kavallerie in Gestalt von Türsteher Davies und zwei weiteren Hünen anrückte.

»Nicht die verfluchte Tür öffnen!«, brüllte Hayden.

Die Marquise zischte: »Hinfort mit euch!«

Und ich so: »Mann, der Käfer surrt ab!«

Dann schrie ich markerschütternd auf, weil ich erneut den Halt verlor und einen Abgang nach hinten machte.

Im Nachhinein betrachtet, war es keine sonderlich gute Idee, dass wir drei so durcheinanderschrien. Die Männer starrten uns nämlich irritiert an, wobei sie sich überhaupt keinen Reim auf die Szenerie machen konnten. Wie auch? Da war ihre Chefin mit verrutschtem Schleier, hinter dem ihr schneeweißes Maskengesicht zum Vorschein kam. Doch damit nicht genug, hockte die sonst so vornehme Dame auf einem zerbrochenen Sofa und schimpfte wie ein Rohrspatz. Eine Zofe, die der Marquise aufhelfen wollte, rutschte wie bei einer Slapstick-Nummer auf einem Gurkensandwich aus und landete mit ihrem Hinterteil im Teeservice. Währenddessen stand ein derangiert aussehender Gentleman auf der Anrichte und schmiss Dinge in die Luft. Ach ja, und dann gab es da noch einen plüschigen Spitz, der gerade davonflitzte.

»Herrgott, nun macht euch endlich nützlich«, wies die Marquise ihre Leute an. »Fangt den Käfer!«

»Welchen Käfer?«, fragte Davies aus durchaus nachvollziehbaren Gründen.

Der Skarabäus war nämlich längst durch die offen stehende Tür abgezwitschert. Verfolgt von dem Einzigen, der in dieser chaotischen Lage noch die Übersicht behalten hatte: Spitz Prickelton.

Hayden sprang von der Anrichte, machte einen Satz über das ramponierte Sofa und zog mich in der nächsten Sekunde schon hinter sich her. »Los«, rief er. »Bis diese Kerle kapiert haben, worum es geht, ist der Skarabäus an Altersschwäche gestorben.«

Es gelang mir gerade noch, mir meinen Mantel von der Garderobe zu schnappen, dann flogen wir schon durchs Treppenhaus hinunter, stürzten durch die Lobby, wo uns ein völlig verdutzter Sinclair hinterherstarrte. Haydens Kammerdiener saß dort in einem Sessel mit einem dicken Schal um den Hals und einer roten Schnupfennase. Einen Augenblick später waren wir bereits auf der Straße, wo wir notgedrungen stehen blieben.

»Merde«, fluchte Hayden. »Wo ist der Mistkäfer hin?«

»Keine Ahnung, aber da drüben ist Prickelton.« Ich deutete auf den cremefarbenen Fleck am Ende der Straße. »Ich glaube, er verfolgt den Käfer.«

»Guter Hund«, lobte Hayden den Spitz – meiner Meinung nach völlig überflüssigerweise. Dann rannten wir wieder los.

Das wären wir ohnehin, denn hinter uns trat Haydens Diener Sinclair durch den Eingang und rief nach seinem Herrn. Oder krächzte vielmehr. Die Erkältung machte ihm offenbar immer noch zu schaffen.

Ich kümmerte mich nicht darum, dass die Leute in

Soho mich anstarrten, weil ich mit Vollspeed über den Gehweg sauste. Beim Anblick von Sinclair schaltete ich automatisch in den Fluchtmodus. »Warum hast du nicht erwähnt, dass Sinclair schon wieder dein Kindermädchen spielt?«, motzte ich Hayden an. »Ich habe mich in der Sicherheit gewiegt, dass er noch mit einer Mandelentzündung im Bett liegt.«

»Schön wär's«, keuchte Hayden. »Sobald das Pflichtbewusstsein in Person wieder aufrecht stehen konnte, hat er sich an meine Fersen geheftet. Aber mach dir keine Sorgen, der Kerl kann keine fünf Schritte gehen, ohne in Atemnot zu geraten. Ich muss mir für später nur eine gute Ausrede einfallen lassen, warum ich weggerannt bin.«

Ich sparte lieber Luft fürs Laufen, als darauf hinzuweisen, dass Sinclair mich ganz bestimmt wiedererkannt hatte. Haydens Kammerdiener wusste inzwischen nur allzu genau, wie ich von hinten aussah. Nach diesem Zwischenfall würde Lord Falcon-Smith seine Verkupplungsbemühungen sicherlich intensivieren, bevor sein Sohn noch mit einer namenlosen Bediensteten durchbrannte.

Kaum bogen wir mit wehenden Fahnen um die Ecke, sahen wir vor uns Prickelton um die nächste Biegung verschwinden. Also legten wir trotz des belebten Gehwegs noch einen Zahn zu. Nachdem wir in letzter Sekunde einem Handwagen ausgewichen waren, uns bei mehreren älteren Ladys entschuldigen mussten, die wir beim Verlassen einer Bäckerei fast über den Haufen gerannt hätten, und Hayden von einem Gentleman angeblafft worden war, weil er es als Herr von Rang wagte, sich ohne Hut und Halstuch auf der Straße zu zeigen, holten wir Prickelton endlich ein.

Der Spitz saß knurrend vorm Eingang eines Herrenschneiders. *Dort ist er hineingeflattert, der obskure Glücksbringer, der nicht weiß, was sich für kleine Krabbler geziemt. Auffressen sollte man ihn, jawohl!*

Hayden zog mich von dem Schaufenster weg. »Zoe, schnell, du musst mir helfen, damit ich einigermaßen vernünftig aussehe, sonst lassen die mich bei dem Edelschneider gar nicht erst rein.«

Okay, kein Ding. Leute in Schuss zu bringen war schließlich mein Job. Andererseits war Hayden nicht Miss Lucie. Und wie er so vor mir stand, leicht außer Atem … mit vor Abenteuerlust blitzenden Augen … Es war vermutlich total unprofessionell, zu denken, dass er so zerzaust und mit offenem Hemd echt gut aussah. Daran musste sich dringend etwas ändern! Also an seinem Aussehen – und irgendwie auch an meiner Schwärmerei. Ich war nicht hier, um den jungen Lord Falcon-Smith anzuhimmeln, sondern um einen geflohenen Käfer aus purem Gold zu stellen.

Entschlossen strich ich Haydens Haar zurück und ignorierte, dass es sich ganz wunderbar anfühlte. Dann holte ich ein übergroßes Taschentuch aus meiner Manteltasche, das ich stets dabeihatte, falls ich Miss Lucie Luft zufächeln musste. Mit ernster Miene band ich es Hayden um den Hals und kümmerte mich nicht um seine warm pulsierende Haut, die ich mit meinen Fingerspitzen streifte, und überging auch die Tatsache, dass er so aus der Nähe immer ganz toll duftete. Dann zupfte ich noch seine Mantelschultern zurecht und machte ein Daumen-hoch-Zeichen.

»Danke, du bist echt ein Profi«, sagte Hayden.

Als ich ihn anlächelte, strich er mir unvermittelt durchs Haar. Das machte er jetzt nicht wirklich, oder? Eine zärtliche Geste reichte, um mich aus meinem gerade so schwer erkämpften inneren Gleichgewicht zu bringen.

»Hayden …?«, hauchte ich verwirrt.

Sofort zog er seine Hand zurück. »Entschuldige, ich … also, ich wollte nur deine Haube richten.«

Echt? Die blöde Haube? »Ach so, danke.« Ich lachte verlegen.

Hayden betrachtete mich eindringlich. »Zoe, du musst jetzt mal deine Rolle als außergewöhnliche Zofe vergessen, auch wenn das eine Herausforderung ist. Sei bloß eine gewöhnliche Bedienstete, die sich vorbildlich im Hintergrund hält und keinerlei Aufsehen erregt. Ich werde den einkaufswütigen Lord spielen und alle ablenken, damit du dich nach dem Skarabäus umsehen kannst. Schaffst du das?«

Ehrlich gesagt, war ich mir da nicht so sicher. Ich war zu vielem in der Lage, aber Zurückhaltung zählte nicht gerade zu meinen Stärken. »Ich werde den Kopf unten lassen und nicht mehr als ein schweigsamer Schatten sein, der dir deinen Schoßhund hinterherträgt«, willigte ich ein.

Hayden drückte kurz meine Hand, dann streckte er sich und betrat schnurstracks den Laden, ohne drauf zu achten, ob ich hinterherkam. Bester Londoner Adel.

Mir gefiel das Unsichtbare-Bedienstete-Dasein schon jetzt nicht. Mit einem strampelnden Prickelton auf dem Arm schlüpfte ich in letzter Sekunde durch die Tür und stand im Ladengeschäft eines Edelschneiders.

Oh, ein Hort der Männlichkeit, seufzte der Spitz in meinen Armen und wurde vor Begeisterung ganz schlaff.

Prickelton hatte recht, der Herrenschneider sah genau so aus, wie man sich eine Wohlfühloase für Herren aus vergangenen Zeiten vorstellt: mit viel poliertem dunklen Holz, grün gestrichenen Wänden und abgewetzten Ledermöbeln.

Sofort eilte ein Verkäufer auf Hayden zu. »Mylord, wie kann ich Ihnen behilflich sein?« Dabei schielte er auf Haydens unbedeckten Kopf.

»Da staunen Sie, was? Dieses Herbstwetter ist eine Katastrophe, mein Hut flog einfach davon und bevor ich mich versah, wurde er schon von einem Pferdekarren überrollt«, fing Hayden prompt an zu reden, als sei er in dieser Edelschneiderei zu Hause. »Was soll's, einen Hutmacher wird es an dieser Ecke ja wohl auch geben. Nun möchte ich mir aber erst einmal Ihre Stoffe ansehen, die ein Freund von mir im *White's Club* über den grünen Klee gelobt hat. Es heißt, Sie hätten einen besonders ausgefallenen Tweed auf Lager, einen Stoff der Oberliga. Zeigen Sie mal her, ich wünsche diesem tristen Grau da draußen schleunigst Farbe entgegenzusetzen.«

»Aber sicher doch, ein ganz famoser Stoff, ich werde ihn gleich aus unserem Lager holen, wo wir die besonders edlen Fabrikate aufbewahren. Wenn Sie es sich so lange gemütlich machen würden, Sir?«

Die Nennung des bekannten *White's Club* reichte allem Anschein nach aus, um den Schneider in Begeisterung zu versetzen, noch bevor Hayden überhaupt seinen Namen genannt und damit seine gesellschaftliche Stellung preisgegeben hatte. Falls seine Kleidung dem Fachmann nicht ohnehin schon verraten hatte, dass er nur bei den feinsten Adressen einzukaufen pflegte. Da sah der Schneider gerne drüber hinweg, dass der ehrenwerte Lord eine Zofe im Schlepptau hatte, die gerade cremefarbene Hundefussel von ihrem Mantel zupfte.

Kaum war der Mann verschwunden, sah Hayden sich schon um. »Wo ist der Käfer abgeblieben?«

»Dort«, flüsterte ich. »Der goldene Flattermann hockt auf der Tür, die nur angelehnt ist. Den Stimmen nach findet dahinter eine Anprobe statt.« Ich hielt Hayden zurück, bevor er dem Skarabäus nachsetzen konnte. »Warte. Das ist unsere Chance, herauszufinden, was der Käfer vorhat.«

»Er will durch die Tür, vermutlich befindet sich dahinter sein Besitzer, Honoré Bauchau«, sagte Hayden, als könne er es gar nicht erwarten, unserem Feind höchstpersönlich gegenüberzutreten.

»Und wenn nicht?«, gab ich zu bedenken. »Noch haben wir die Gelegenheit, Licht in die Angelegenheit zu bringen, ohne uns zu verraten.«

In einem solchen Spezialfall übernimmt selbstverständlich unsere Spitzfindigkeit, sagte Prickelton. *Schließlich sind wir höchstpersönlich von der Marquise zum Meisterspitz ausgebildet worden. Sehet und staunet, ihr Anfänger.*

»Prickelton, bei Fuß!«, rief ich, ohne allzu viel Hoffnung, dass der Hund auf mich hören würde. Ich wollte mich auf ihn schmeißen, damit dieser Angeber nicht alles vermasselte. Doch er war mal wieder schneller als ich und schlüpfte bereits durch die Tür.

Der Skarabäus nutzte die Gelegenheit und surrte durch den sich öffnenden Spalt.

»Na, so was, wo kommt der kleine Kerl denn her?«, ertönte einen Moment später eine Männerstimme, die eindeutig belustigt klang.

»Mylord, entschuldigen Sie bitte tausendmal die Störung«, näselte eine zweite Stimme. »Ich weiß überhaupt nicht, woher dieses Hundetier – hatschi! Und leider sehe ich mich außerstande, es einzufangen. Hatschi! Vielleicht könnte Ihr Kammerdiener sich herablassen und …«

»Bedauere, ich fasse das Vieh auf keinen Fall an«, stellte ein dritter Mann in einem deutlich angewiderten Tonfall klar.

»Wenn ich raten müsste, würde ich sagen, dass keiner von den dreien Bauchau ist«, sagte Hayden. »Ich schau mal nach.«

»Und ich? Ich kann da doch nicht einfach rein. Am Ende steht da ein Gentleman in Unterhosen rum.«

Hayden grinste. »Mach dir nicht zu viele Gedanken, das wird schon.« Dann schlenderte er in den angrenzenden Raum. »Bitte vielmals um Entschuldigung, die Herren. Der Charme meines Hundes besteht in seinen schlechten Manieren. Und dabei hat der kleine Racker sogar seine eigene Zofe. Traudelwald, würdest du bitte kommen und Prickelton bändigen?«

»Aber gewiss doch, Mylord«, brachte ich zwischen fest aufeinandergebissenen Zähnen hervor.

Dass Hayden den unsäglichen Namen Traudelwald verwendete, würde er mir noch büßen. Jetzt blieb mir nichts anderes übrig, als mit gesenktem Kopf den Ankleideraum zu betreten. Dort nieste sich ein zweifelsohne auf Hundehaare allergisch reagierender Schneider die Seele aus dem Leib und verdeckte den Blick auf einen Gentleman, dem er einen Gehrock absteckte.

Hektisch checkte ich ab, ob sich außer dem Kammerdiener und Hayden sonst noch jemand in dem Raum aufhielt. Einen peinlichen Zusammenstoß mit Honoré Bauchau konnte ich jetzt wirklich nicht gebrauchen. Es war mir schon unangenehm genug, dass Prickelton einen Garderobenständer ankläffte, als sei er sein ärgster Feind. Ganz die artige Bedienstete, versuchte ich, den Unruhestifter einzufangen, doch genauso gut hätte ich es drauf anlegen können, einen Floh schnappen zu wollen. Überdreht hoppelte der Spitz um den Ständer herum und ich immer hinterher, was offenbar extrem lustig aussah. Jedenfalls schaute uns Hayden amüsiert zu, natürlich ohne einen Finger zu rühren. Ganz wie es sich für seinen Stand schickte.

»Kein Wunder, dass Sie bei derart viel Eigensinn extra eine Zofe für Ihren Hund eingestellt haben«, lachte der junge Gentleman. »Ich mag Hunde mit Persönlichkeit, sie machen unser Leben um so vieles bunter. Leider scheint mein Kammerdiener Weasley eine Abneigung gegen Vierbeiner zu verspüren, weshalb er Ihrer Mamsell nicht zu Hilfe eilt. Bitte sehen Sie ihm sein Verhalten nach.«

»Ihr Diener braucht sich selbstverständlich nicht zu bemühen«, winkte Hayden ab, der weiterhin keinerlei Anstalten machte, mir mit dem durchgedrehten Prickelton zu helfen, obwohl mir langsam die Puste ausging. »Traudelwald wird schon fertig mit ihrem Zögling. Stimmt's, Traudel?«

Ich stieß ein Knurren aus, das glücklicherweise in Prickeltons Radau unterging.

Der junge Gentleman lachte und trat hinter dem Schneider hervor. »Wenn ich mich vorstellen darf? Mein Name ist William Stuart.«

Ich erstarrte mitten in der Bewegung. Das konnte doch kein Zufall sein!

»Hocherfreut. Ich bin Hayden Falcon-Smith.«

In diesem Moment trat der andere Schneider mit dem Tweed über dem Arm auf der Suche nach seinem Kunden ein. Als er Haydens Namen hörte, stieß er ein glückseliges Seufzen aus und machte automatisch einen Diener. Dann blieb er im Zeichen allzeit bereiten Eifers neben der Tür stehen, wo Hayden ihn – durch und durch ein Mann von Adel – zugunsten seiner neuen Bekanntschaft ignorierte. Bei Gelegenheit würde ich Hayden seine Anpassungsfähigkeit an Upperclass-Unarten unter die Nase reiben und nicht gelten lassen, dass er bloß mitspielen musste, um nicht aufzufallen. Dafür spielte er den reichen Schnösel viel zu gut.

Hayden reichte William Stuart die Hand, die dieser mit Vergnügen annahm. »Meinen herzlichen Glückwunsch zu Ihrem neuen Zuhause, das Sie den Gerüchten nach ganz großartig instand gesetzt haben sollen. Es war in den letzten Tagen ja fast unmöglich, ein anderes Gesprächsthema anzuschlagen, so sehr haben Sie Ihre Gäste beeindruckt. Hut ab, mein Bester.«

William grinste – und in diesem Augenblick hätte ich ihn mir auch gut als einen von Haydens Kommilitonen von der Uni vorstellen können. Wahrscheinlich lag es daran, dass William die Hälfte seines Lebens rund um die Welt gereist war, dass er so gar nicht wie einer dieser verstockten Kerle mit steifem Kragen wirkte. Mit Hoodie und Sneakers wäre er in unserer Zeit ein ganz normaler Typ gewesen.

»Nun, wenn ich mich recht erinnere, standen Sie ebenfalls auf der Gästeliste, mein Lieber«, hielt er Hayden vor.

»Ich hätte mich sehr gefreut, Sie und Ihren Vater bei meiner Matinee willkommen zu heißen.«

Bei der Erinnerung, wie er den Abend hatte verbringen dürfen, verzog Hayden das Gesicht. »Leider waren wir schon vergeben, was ich ernsthaft bereue, mehr, als Sie sich vorstellen können. Zwar reden alle nur von Ihrem Palmenhaus, aber mich würde sehr interessieren, wie Sie Stuart House aufgemöbelt haben. Mein Vater besitzt ein altes Landhaus … wobei es wohl eher ein Schlösschen ist. Es wurde in den letzten Jahren vernachlässigt und ich spiele mit dem Gedanken, es aus seinem Dornröschenschlaf zu erwecken. Vielleicht könnten Sie mir erzählen, was für Erfahrungen Sie gemacht haben.« Etwas an Haydens Art verriet, dass er William Stuart durchaus sympathisch fand.

Und offenbar beruhte das auf Gegenseitigkeit, denn William sagte: »Dann sollten wir Ihren Besuch dringend nachholen. Ich erzähle Ihnen selbstverständlich alles, von der Auswahl des richtigen Architekten bis hin zu Bezugsquellen für den feinsten Marmor und seltene Hölzer. Außerdem gibt es ein paar Tricks und Kniffe, die ich nur zu gern mit Ihnen teile, wenn Bedarf besteht.«

»Unbedingt«, pflichtete Hayden bei, der soeben seine Begeisterung für Renovierungen entdeckt hatte. Allem Anschein nach meinte er es ernst, denn er schüttelte eine ganze Ladung Fragen aus dem Ärmel, was bei William auf glühende Begeisterung stieß.

Ach nö, dieses Gerede konnte ja noch Stunden dauern! Und schwups, entwich mir ein Stöhnen. Leider. Denn sofort lag Haydens Blick auf mir.

»Traudelwald, ist so weit alles fein oder leidest du unter einem spontan aufgetretenen Hexenschuss?«

Notgedrungen richtete ich mich auf und trat hinter dem Garderobenständer hervor. »Alles bestens, Sir. Vielen Dank der Nachfrage, zu gütig.«

Kaum stand ich in der Aufrechten, passierte natürlich genau das, was ich eigentlich hatte vermeiden wollen: William Stuart schaute mich an und eine Sekunde später machte es Klick bei ihm. »Bist du nicht Zoe, die Zofe, über die so viele Gerüchte im Umlauf sind? Wir sind uns doch gerade erst bei der zauberhaften Miss Charlotte begegnet.«

Ich lächelte, weil mir leider keine Antwort darauf einfallen wollte. Konnte bitte jemand das Rad der Zeit zurückdrehen, damit ich niemals diesen Schneider betrat und von einer üblen Situation in die nächste taperte?

Im Gegensatz zu mir blieb Hayden locker. »Sie meinen bestimmt die Zofe von Miss Lucie, die berühmte Schwester unserer Traudelwald. Die beiden Mädchen sind sich wirklich wie aus dem Gesicht geschnitten, aber das war es auch schon an Gemeinsamkeiten. Während Zoe voller verrückter Ideen und Selbstvertrauen steckt und reden kann wie ein Wasserfall, ist Prickeltons Aufpasserin scheuer als ein Reh am Waldesrand. Nur wenn es um ihren gewöhnungsbedürftigen Modegeschmack geht, liegen die beiden Schwestern gleich auf, wie dieser zeltartige Mantel beweist.« Er besaß ernsthaft die Frechheit, mit dem Daumen auf mein gutes Secondhand-Stück zu zeigen. »Ich kann Ihnen versichern, dass Traudelwald nicht vorhat, einen aufrührerischen Hundebrief namens WuffWuff herauszugeben. Nicht wahr, Traudelchen?«

»Aber gewiss, Sir. Wenn Sie es sagen, dann ist es bestimmt auch so.« Ich unterstrich das Ganze mit einem schiefen Knicks. Auch das würde Hayden mir noch büßen. Vielleicht konnte ich ja Prickelton dazu überreden, ihm an den Stiefel zu pinkeln.

Der Spitz hatte sein Rumgerenne eingestellt und heulte stattdessen hingebungsvoll. Weil die ehrenwerten Herren bereits das Interesse an mir verloren hatten und stattdessen ihre Fachsimpelei wieder aufnahmen – nur unterbrochen von den Niesanfällen des Schneiders, der es bei so hochrangiger Kundschaft nicht wagte, auf seine Allergie hinzuweisen – wendete ich mich meinen Pflichten als Hunde-Zofe zu.

»Was soll das Gejaule?«, zischte ich Prickelton an.

Herzloses Weib! Hat keinen Sinn für unsere Verzweiflung, winselte Prickelton. *Dabei ist der vermaledeite Käfer in eine Jackentasche geklettert, die dem Geruch nach dem jungen Herrn Stuart gehört. Unsere Winzigkeit konnte das Krabbeltier nicht davon abhalten und nun ist es außer Reichweite. Eine solche Schande!*

Ich beugte mich zu Prickelton runter, ganz die fürsorgliche Hundemama. »Dann sei jetzt ein böser Spitz und reiß den Gehrock vom Garderobenständer, dann heb ich ihn auf und hole mir dabei den Käfer. Worauf wartest du noch? Leckerlis zur Belohnung gibt es später.«

Doch Prickelton zierte sich. *Die Zofenmaid ist wohl von Sinnen! Für solche Dummheiten sind wir viel zu gut erzogen. Was würde Miss Lucie von uns denken, wenn wir mit Kleidungsstücken zwischen den Zähnen herumtollten?*

Hier war höhere Diplomatie gefragt. »Wenn du dich zu dieser schändlichen Tat hinreißen lässt, werde ich Miss Lucie erzählen, dass du so lange aufgehalten wurdest, weil du ein Rudel wild gewordener Corgis in Schach halten musstest, um eine Hundedame zu beschützen.«

Prickelton rümpfte sein Näschen. *So eine Zofenmaid nimmt doch niemand ernst. Unser schöner Jüngling muss so tun, als ob Prickelton ein verwegener Held sei. Was wir übrigens auch sind, wenn man bedenkt, welch Engagement wir bei der Käferverfolgung an den Tag gelegt haben. Mon dieu, in dieser Ecke der Stadt wimmelt es nur so vor zwielichtigen Kötern. Was einem edlen Tiere wie unsereins da so alles hätte zustoßen können …* Er dachte nach. *Wenn wir unseren Ruf wegen eines Gehrocks ruinieren, dann muss uns die Zofenmaid außerdem nach Hause tragen. Unser Fell verträgt den Straßenschmutz nicht.*

Damit war heute offiziell der Tag der Demütigungen. »Meinetwegen, ich schleppe dich und Hayden ruft dich offiziell zum Helden des Tages aus. Nach dem Traudelwald-Quatsch schuldet er mir was. Er wird es machen, falls er Wert darauf legt, dass ich ihn künftig nicht mit Missachtung strafe.«

Versprochen?

»Versprochen.«

Dann Angriff auf die Garderobe mit Gebrüll!, posaunte Prickelton.

Eine Sekunde später hatte der Spitz sich bereits in einen Gehrock verbissen und zerrte nach Leibeskräften an ihm. Nur blieb das Kleidungsstück leider hängen, sodass ich den in der Luft zappelnden Prickelton vom Jackensaum zupfen musste. Ich nutzte rasch die Gelegenheit, griff in die Tasche und fühlte etwas Schweres zwischen den Fingern. Hastig fischte ich es heraus, ehe ich Prickelton an meine Brust drückte.

»Entschuldigt, Mylord«, sagte ich. »Ich befürchte, Prickeltons ohnehin nicht sehr stabiles Nervenkostüm ist völlig überlastet wegen der vielen Gerüche in diesem Raum. Ich werde draußen auf Euch warten, wenn Ihr gestattet.«

Sofort war Hayden bei mir und nahm mir den schlappen Prickelton ab. Ich nutzte die Gelegenheit, ihm den Käfer zu zeigen.

»Du hast es geschafft«, flüsterte er. »Großartig!«

Während wir beide vorgaben, uns um den Spitz zu kümmern, steckte ich Hayden den Skarabäus in die Tasche. »Bei dir ist er besser aufgehoben. Versuch herauszufinden, was es mit dem Flattermann auf sich hat.«

»Mach ich«, sagte Hayden. Dann rief er über seine Schulter: »William, ich muss jetzt leider gehen. Wir treffen uns dann wie verabredet die Tage?«

Während Haydens neuer Freund lachend zustimmte, schob Hayden mich zur Tür, wo er dem wartenden Schneider mit der Stoffprobe seine Visitenkarte zusteckte. »Ein ganz wunderbarer Tweed, mein Bester, daraus fertigen Sie mir einen Anzug an. Kontaktieren Sie meinen Kammerdiener Sinclair, um einen Abstecktermin zu vereinbaren.«

Auf der Straße winkte Hayden eine Droschke heran. »Was hältst du davon, wenn wir jetzt zusammen zur Marquise fahren? Dann könnten wir den Käfer gemeinsam untersuchen und hätten auch noch etwas Zeit für uns. Wir sind vor lauter Aufregung noch gar nicht dazugekommen, uns über das zu unterhalten, was auf Higher Castle passiert ist.«

Ich schluckte, weil ich unwillkürlich daran dachte, wie Hayden mich geküsst hatte. Das war zwar nur zur Ablenkung gewesen, trotzdem ging es mir nicht mehr aus dem

Kopf. Und … einen Abschiedskuss hatte es auch gegeben. Allerdings ging es ihm bestimmt um etwas anderes. »Du meinst unseren Zeitsprung ein paar Stunden zurück?«, vergewisserte ich mich.

Hayden wich meinem Blick aus, als er mir in die Droschke half. »Das natürlich auch. Aber wir müssen ja nicht ständig nur über unser Zeitreisethema reden … Wie sieht es aus, kommst du mit?«

So gern ich noch mehr Zeit mit Hayden verbracht hätte, es ging nicht. »Ich muss zurück zu den Arlingtons, die mich gewiss schon seit einer ganzen Weile erwarten. Ich war offiziell ja nur unterwegs, um ein paar Besorgungen für Miss Lucie zu machen.«

Bildete ich mir das ein oder war Hayden enttäuscht, während er dem Kutscher das Haus der Arlingtons als Ziel nannte?

Manchmal fiel es mir schwer, seinen Gesichtsausdruck zu deuten. Vielleicht auch, weil ich es lieber gar nicht so genau wissen wollte. Es war eine Sache, wenn ich insgeheim ein klitzekleines bisschen für ihn schwärmte. Okay, etwas mehr als klitzeklein. Ich kam damit klar, solange er einfach nur der unerreichbare, ältere Hayden war, der es gewohnt war, dass die Damenwelt seinetwegen ins Seufzen geriet. Wenn er meine Gefühle aber auch nur ansatzweise erwidern sollte und mehr in mir sah als nur seine Zeitreisekollegin, dann wusste ich nicht, wie ich damit umgehen sollte. Es war auch so schon alles kompliziert genug.

Ich riss mich zusammen und blendete aus, dass Hayden Arm an Arm mit mir in der Droschke saß und gedankenverloren vor sich hin starrte. Dabei kraulte er Prickelton hinter den Ohren – was dieser Spitz sich nach seinem Einsatz redlich verdient hatte.

»Ich werde am besten durch den Dienstboteneingang ins Haus zurückkehren«, sagte ich. »Läute du vorn am Haupteingang nach Miss Lucie. Ich komme dann ganz zufällig dazu, ebenfalls hocherfreut, dass unser lieber Hundefreund seinen Weg zurückgefunden hat. Welche Geschichte du Miss Lucie über Prickeltons Rückkehr erzählen darfst, wird dir unser kleiner Möchtegern persönlich verklickern. Das war Teil unseres Deals bei der Käferjagd. Prickelton mag nämlich nicht vor seiner Herrin als der Rumtreiber dastehen, der er in Wirklichkeit ist.«

Prickelton ließ ein Knurren vernehmen, hielt ansonsten jedoch still, damit Hayden bloß nicht mit der Kraulerei aufhörte.

Auf Haydens Stirn bildete sich eine steile Falte. »Ich bin nicht scharf drauf, bei den Arlingtons aufzuschlagen. Nachdem ich die Räuber in die Flucht geschlagen habe, stehe ich zwar hoch im Kurs. Aber es liegt immer noch eine gewisse Anspannung in der Luft, weil ich Lord Arlington wegen seiner Tochter meine Meinung gegeigt habe. Das hat er nicht vergessen, befürchte ich.«

»Für einen begnadeten Schauspieler wie dich dürfte das doch keine Herausforderung darstellen«, grinste ich. Tatsächlich bekam ich bei der Vorstellung, wie Hayden sich unter Lord Arlingtons Adlerblick wand, richtig gute Laune.

Hayden hingegen wurde misstrauisch. »Du strahlst so vergnügt vor dich hin. So langsam mache ich mir Sorgen.«

Ich legte noch eine Schippe drauf: »Das brauchst du

nicht, ich bin nur ein Fan von ausgleichender Gerechtigkeit. Du hast dich beim Schneider gut auf meine Kosten amüsiert, oder?«

»Daher weht also der Wind. Lass mich raten, ich werde mächtig dafür büßen, dass ich dich als Traudelwald vorgeführt habe.«

»Ja, das wirst du.« Ich zwinkerte ihm zu. »Und zwar doppelt, so richtig super wird es nämlich, wenn du zum ersten Mal deinen brandneuen, senfbraun-orange karierten Tweed-Anzug ausführen wirst. Ich bin schon so gespannt auf das gute Stück, das du eben in Auftrag gegeben hast.«

»Senfbraun ka…? Das habe ich nicht ernsthaft bestellt.« Hayden schüttelte sich.

»Das perfekte Outfit, um auf dem Winterball die Aufmerksamkeit des exzentrischen Duke of Sandringham auf dich zu ziehen. Er wird dich unmöglich übersehen können und bestimmt eine verwandte Seele in dir erkennen, der er nur zu gern sein Rotes Schlafzimmer vorführt. Du sorgst als junger Lord mit modischen Ambitionen für die Ablenkung auf dem Ball und ich suche unterdessen als unauffällige Zofe nach dem märchenhaft großen Splitter.«

Das Geräusch, das Hayden von sich gab, klang nach tiefer Verzweiflung. »Das sind ja tolle Aussichten. Wir sollten Tempo machen, was unsere Rückreise per Mondlicht anbelangt, damit wir hier weg sind, bevor der Schneider meinen neuen Anzug abliefert und die Einladung zu diesem verdammten Winterball eintrudelt.«

Grinsend legte ich den Kopf auf seine Schulter.

So schlecht war das mit der Zeitreise nun auch wieder nicht, meinetwegen konnte ich gern noch ein bisschen zusammen mit Hayden das Jahr 1816 unsicher machen.

Whisper-Entwurf: Zu brav, um wahr zu sein

Jungen Damen wird viel abverlangt. Wir müssen stets achtgeben, nicht in Ungnade zu fallen. (Ein Beispiel bringen wie: „Wer einem Herrn in der Öffentlichkeit widerspricht, wird rasch als aufsässig abgestempelt.") Aus lauter Furcht, unangenehm aufzufallen, verkriecht sich so manche in einem Schneckenhaus. Und das ist ein großer Verlust!

(Puh, wie spreche ich an, dass brav sein nicht die ultimative Lösung ist, sondern dass man den Benimmregeln zum Trotz zu sich stehen darf?) Der beste Wegweiser ist Dein Herz und nicht die Etikette.

9

Folge deinem Herzen

Nachdem Hayden sich verabschiedet hatte und Miss Lucie überglücklich wieder mit Prickelton vereint war, brauchte ich dringend eine Pause.

Irgendwie schleppte ich mich an den Holztisch in der Küche, einem der gemütlichsten Orte im Herrenhaus der Arlingtons. Hier herrschte immer Betrieb, weil der Gemüselieferant einen Schnack mit der Köchin hielt, der Kohlenjunge Butler Culpeppers steife Art nachäffte oder die Zimmermädchen sich auf eine Tasse Tee zusammenfanden, bevor Mrs Hibbert, die Haushälterin, sie wieder aufscheuchte, weil Herumsitzen in ihren Augen eine Todsünde war. Die Küche war *der* Umschlagsplatz für die heißesten Tratschgeschichten à la »Haben die Bancrofts von gegenüber schon wieder ein neues Dienstmädchen eingestellt? Das ist doch reine Angeberei. Wie viel Staub kann man in der kleinen Butze denn wedeln?«.

Und natürlich konnte man in der Küche jederzeit eine leckere Kleinigkeit stibitzen. Der einzige Grund, weshalb sich auch seine Durchlaucht Prickelton öfter mal in diesen niederen Gefilden herumtrieb. Dieser Spitz ließ sich von Miss Lucie echt feiern, nachdem Hayden seine Tapferkeit über den grünen Klee gelobt hatte. Zu Haydens Glück unterhielt sich Lord Arlington nach dem zweiten Einbruch gerade mit einem Sicherheitsexperten in seinem

Arbeitszimmer. Dabei handelte es sich um einen ehemaligen Inspektor der Londoner Polizei, wie Elsie aufgeregt berichtete. (Ich wünschte, nun könnte ich sagen, dass der Mann früher bei Scotland Yard war, was megacool wäre. Aber leider war ich so weit in der Vergangenheit gelandet, dass es den berühmten Yard noch gar nicht gab!) Also konnte Hayden den Kläffer in Ruhe bei seinem Frauchen abliefern und ihr ausführlich und mächtig aufgehübscht Prickeltons Helden-Story erzählen. Miss Lucie war vor Verzückung, wer ihr da nachts die Füße wärmen durfte, völlig aus dem Häuschen gewesen. Ab jetzt würde Prickelton vermutlich mit blattgoldbestäubtem Pansen gefüttert werden.

Hand aufs Herz, ich gönnte dem Plüschknäuel jeden Applaus. Schließlich hatte er sich voll reingehängt für unsere Sache. Aber als Prickelton mich dann als krönenden Abschluss von oben herab anwies, ihm ein Bad einzulassen, wie es ihm als Retter der Hundedamenwelt gebühre, habe ich ihm ganz standesgemäß einen Vogel gezeigt und mich in besagte Küche abgesetzt.

Mit einem Becher warmer Milch in den Händen hockte ich am Tischende. Der Besuch bei der Marquise war völlig verrückt gewesen. Außerdem hatte er mehr Fragen aufgeworfen als beantwortet. Was mich neben den komplizierten Zeitreise-Dingen am meisten beschäftigte, war die Tatsache, dass der Käfer sich ausgerechnet in William Stuarts Jackentasche verkrochen hatte. War das bloß ein Zufall gewesen oder steckte mehr dahinter? Angeblich war der junge Mann ja erst seit Kurzem in London. Und auch wenn er über ein beeindruckendes Vermögen verfügte, war es doch eher unwahrscheinlich, dass er ein hochrangiges Mitglied der Verborgenen Gesellschaft war und Bauchau direkt mit ihm zusammenarbeitete.

Nachdenklich leckte ich Milchschaum von meiner Oberlippe.

Mal angenommen, William Stuart war auf eine Weise zu seinem Vermögen gekommen, die nicht zuließ, dass er jemandem davon erzählte – außer der Verborgenen Gesellschaft. Mal angenommen, weil er ein Zeitreisender war und der Queen in der Zukunft die Krone geklaut hatte.

Im Geiste sah ich, wie Hayden wegen meiner These die Augen verdrehte. »Deine Fantasie geht schon wieder mit dir durch, Zoe«, hörte ich ihn sagen.

Was konnte der Käfer um Himmels willen nur von William gewollt haben?

Und was hatte es überhaupt mit dem Skarabäus auf sich, diesem Glücksbringer aus dem Alten Ägypten? Dass er Bauchau lediglich den Weg zur Marquise zeigen sollte, fiel flach. Schließlich war er nicht zu ihm zurückgeflogen.

So gesehen konnte uns nur der Skarabäus eine Antwort auf die vielen Fragen geben. Wenn wir sein Geheimnis knackten, erklärte sich vielleicht auch der Rest. Ich musste Kontakt zu Hayden aufnehmen, einen geheimen Treffpunkt vereinbaren und zuvor Lord Arlingtons Bibliothek nach sachdienlichen Hinweisen durchstöbern.

Ich stand gerade auf, als Butler Culpepper sich räuspernd bemerkbar machte.

»Die Herrschaften wünschen dich im Arbeitszimmer des Lords zu sprechen, Miss Lucies Zofe.«

So, wie er das sagte, klang es, als solle ich meinen Gang zum Schafott antreten. »Um was geht es denn?«, fragte ich.

Culpepper trat näher an mich heran, als wollte er mir ein Geheimnis anvertrauen. »Natürlich steht es mir nicht zu, Vermutungen anzustellen, aber der junge Herr Arthur hatte seine wichtige Miene auf – und das verheißt selten etwas Gutes.«

Arthur ›Ach nö‹ Arlington? Na, das konnte heiter werden.

»Falls du seelischen Beistand in dieser schweren Situation benötigst, stehe ich dir selbstverständlich zur Seite, Miss Lucies Zofe«, bot Culpepper mir selbstlos an. »Du bist zwar durchaus eine Plage mit deinen ständig wehenden Röcken und deiner unfassbar lauten Stimme, die man den lieben Tag lang hört, sogar wenn man sich fürs Mittagsschläfchen Watte in die Ohren stopft. Aber seit du da bist, ist Miss Lucie aufgeblüht und endlich die junge Lady, auf die wir alle gehofft haben. An diese Leistung würde ich die Herrschaften gern erinnern, falls du in Ungnade gefallen sein solltest. Ungewöhnliche Herausforderungen bedürfen einer ungewöhnlichen Zofe, so lautet zumindest meine Erkenntnis als langjähriger Butler.« Damit klackte er die Hacken zusammen.

So steif war ich nicht, ich schlang lieber meine Arme um Culpeppers Brust und drückte ihn an mich. »Das war eben das tollste und schönste Arbeitszeugnis, das man sich als Zofe nur wünschen kann«, schniefte ich. »Und ich weiß wirklich zu schätzen, dass Sie sich für mich verbürgen würden. Ich mag Sie auch sehr gern, Sie sind ein super Butler und Kumpel!«

»Nun gut, nun gut«, rang Culpepper sich ab. »Hast du dir denn etwas zuschulden kommen lassen, Kind, über das ich Bescheid wissen sollte?«

Jede Menge. Aber nichts, wovon Arthur etwas wissen dürfte. Wenn es um den jüngsten Sohn der Familie ging, dann konnte es sich höchstens um eine Beschwerde handeln, weil ich es gewagt hatte, in seiner Gegenwart zu atmen. Arthur neigte dazu, sich zu wichtig zu nehmen.

Trotzdem war ich ein ziemliches Nervenbündel, als ich an der Tür von Lord Arlingtons Arbeitszimmer anklopfte. Vielleicht ging es um mehr als eine Beschwerde von Arthur, weil ich ihn nicht seinem Stand entsprechend angesprochen hatte. Was meine ungewöhnliche, da moderne Sprache anbelangte, konnte ich mich meist mit meinem preußischen Hintergrund rausreden. Aber vielleicht hatte ich unwissentlich eine Grenze des Anstands überschritten. Mein Bauchgefühl sagte mir allerdings, dass es um etwas deutlich Heftigeres ging. Gut möglich, dass jemand mich in Haydens Gesellschaft in Soho gesehen hatte, was sich keineswegs schickte. Schon gar nicht, wenn man als Frau rannte, was das Zeug hielt. Oder einer der Nachbarn hatte mich in der Droschke gesehen, obwohl ich extra ein paar Straßen früher ausgestiegen war, um kein Aufsehen zu erregen. Aber manche Leute hatten ihre Augen überall und tratschten in Rekordgeschwindigkeit.

Aus Lord Arlingtons »Herein« ließ sich nicht heraushören, was mich erwartete. Er klang so genervt wie immer, wenn er seinen Lesesessel im Wintergarten verlassen musste.

Der Anblick, der mich beim Betreten des Arbeitszimmers erwartete, erwischte mich trotz aller Vorwarnung kalt. Lord Arlington saß hinter seinem wuchtigen Schreibtisch, Lady Arlington residierte in einem Sessel und Arthur hatte Position hinter einem Lesepult bezogen, als wollte er mir gleich eine Predigt halten. Dazu passte auch sein säuerlicher Gesichtsausdruck und der extra hohe Hemdkragen, den er heute trug.

Da mir niemand einen Platz anbot, blieb ich mitten im Raum stehen und widerstand nur mit Not dem Bedürfnis loszuplappern. Dass alle drei Arlingtons mich anstarrten, machte es nicht gerade besser, und ich war kurz davor alles zuzugeben, obwohl ich noch keine Ahnung hatte, warum sie mich hatten rufen lassen. Anwältin konnte ich schon mal von meiner Jobliste streichen, das machten meine Nerven nicht mit.

»Wie kann ich denn behilflich sein?«, fragte ich schließlich ins große Schweigen hinein.

»Nun, meine Liebe …«, setzte Lord Arlington an.

»Entschuldige, Papa, aber wenn du mich das bitte machen lassen würdest«, fuhr Arthur dazwischen. Seine Überheblichkeit machte nicht einmal vor seinem eigenen Vater halt. »Schließlich habe ich Zoe vorgeladen und würde ihr jetzt auch gern den Grund dafür auseinandersetzen.«

Lord Arlington zuckte die Achseln, während seine Gattin ein Schnauben vernehmen ließ. Lady Arlington schien deutlich weniger gewillt, ihrem jüngsten Sohne sein Benehmen durchgehen zu lassen – nicht, dass Arthur das zur Kenntnis nahm. Frauen waren für ihn mehr Deko als echtes Gegenüber.

Während ich verlegen von einem Fuß auf den anderen trat, starrte Arthur mich durchdringend an. »Hast du eine Ahnung, warum du hier bist, Zoe?«

Es war ganz eindeutig, dass ich besser den Mund halten sollte, aber ich quasselte vor Stress einfach drauflos. »Falls es wegen der Zimtschnecke ist, die ich beim Frühstück aufgegessen habe, obwohl sie für die Tafel der Herrschaften bestimmt war, so schwöre ich bei allem, was mir heilig ist, dass sie angedrückt war. Die hätte Miss Lucie nicht essen wollen, die war eine Beleidigung fürs Auge und das habe ich der Köchin auch gesagt. Da ich aus Prinzip gegen die Verschwendung von Nahrungsmitteln bin, habe ich die Zimtschnecke aufgegessen. Das stimmt. Ich kann mir nämlich beim besten Willen nicht vorstellen, dass Sie möchten, dass so etwas Köstliches im Müll landet. Falls ich mit dieser Einschätzung falschgelegen habe, bitte ich vielmals um Entschuldigung.« Endlich gelang es mir, die Luft anzuhalten.

Die Nasenflügel von Arthur zitterten und er gab sich alle Mühe, mich mit Verachtung zu strafen. »Hier geht es doch nicht um eine lächerliche Zimtschnecke! Als ob ich mit solchen Lappalien meine wertvolle Zeit verschwenden würde, du einfältige Person. Es geht um Größeres, sehr viel Größeres.«

»Okay«, sagte ich, jetzt ernsthaft besorgt. »Und was genau wäre das denn bitte schön?«

»Wie du weißt, war heute ein Fachmann da, um Verbesserungsvorschläge für die Absicherung unseres Hauses zu machen. Schließlich können ich und meine Freunde nicht ständig einspringen, wenn mal wieder Diebesgesindel in unser Herrenhaus einbricht.« Dabei vergaß Arthur wohl, dass er während des Einbruchs damit beschäftigt gewesen war, seine Drinks über der Toilettenschüssel wieder loszuwerden, während Hayden sich um die beiden Einbrecher gekümmert hatte. Aber welchen großen Geist scheren schon solche Details? »Bei unserer Suche nach Sicherheitsmängeln haben wir uns unter anderem den Dienstbotentrakt angeschaut. Deshalb sind wir auch in deiner Kammer gewesen.«

Ich musste mir auf die Zunge beißen, sonst hätte ich mich darüber beschwert, dass ich vorher nicht gefragt worden war. Nur war Privatsphäre 1816 ausschließlich etwas für die Herrschaften, einfache Bedienstete hingegen durften schon froh sein, dass man ihnen ein Dach überm Kopf gewährte. In einem großzügig geführten Haushalt wie dem der Arlingtons fiel das nicht weiter ins Gewicht. Doch in einem solchen Moment wurde einem erst bewusst, wie sehr man als Zofe vom Wohlwollen seiner Herrschaften abhängig war. Wenn man in Ungnade fiel, egal ob berechtigt oder nicht, konnte man nur seinen Hut nehmen. Falls sie den nicht zurückwollten, weil er ihnen gehörte.

Und bei Arthur war ich offensichtlich in Ungnade gefallen. »Ich möchte jetzt nicht über den Kleiderhaufen in der Ecke und dein ungemachtes Bett sprechen, Zoe, obwohl beides meines Erachtens schon eine Abmahnung verdient hätte. Wir Arlingtons dulden keine Unordnung«, fuhr er, der noch nie auch nur einen Schnipsel vom Boden aufgehoben hatte, genüsslich fort. »Es geht vielmehr um diesen Brief, den ich in deinem Nachttisch gefunden habe.«

Was war Arthur nur für ein fieser Schnüffler! Könnte mir jemand erklären, was der Inhalt meines Nachttisches mit der Absicherung von Fenstern zu tun hat? Mir gab es jedenfalls Rätsel auf, wie dieser Fatzke das sorgfältig gefaltete Papier unter einem Stapel Bücher im Schrankinneren gefunden hatte. Außer, er hatte neugierig in meinen Sachen herumgestöbert. Was echt dreist bis unmöglich war.

Das Blatt Papier, das Arthur hochhielt wie ein Beweisstück, war allerdings ein Problem. Es handelte sich um den Entwurf eines neuen WhisperWhisper-Briefs, dieses Mal zu dem Thema »Zu brav, um wahr zu sein«. Die Zeilen ermunterten junge Damen, sich nicht aus Furcht, unangenehm aufzufallen, in einem Schneckenhaus zu verkriechen. So schillernd die Bälle und sonstige Veranstaltungen auch sein mochten, es war nicht alles das reinste Vergnügen. Der Druck von außen konnte gnadenlos sein, das bekamen die zukünftigen Ladys schon in Kinderschuhen zu spüren. Ein ganzer Berg von Regeln besagte, was man alles nicht durfte, weil es einem sozialen Selbstmord gleichkäme. Da vergaß man als Jugendliche leicht, wer man eigentlich war und wozu man wirklich Lust hatte. Diese Überanpassung kannte ich auch aus meiner Zeit, auch wenn sie sich da in anderer Form zeigte: Uns wurde erzählt, dass alles super zu sein hatte, von der Figur bis zu den Noten. Man brauchte durchaus Kraft, sich die Freude an dem zu erhalten, was in einem blühen wollte.

So weit meine Idee für den Whisper-Brief. Es sollte ein Aufruf sein, sich selbst ernst zu nehmen. Aus Elternsicht wirkte es vermutlich wie ein Aufruf zum Eigensinn. Und der war 1816 bei höheren Töchtern nicht gerade gern gesehen.

Mein Schweigen nahm Arthur offenbar als Geständnis, denn er ließ sich zu einem Grinsen herab. »Deinem Gesichtsausdruck nach weißt du sehr genau, um was es sich bei dem Beweisstück handelt. Und, wenn ich das mal so frei formulieren darf, bist du dir der Tragweite eines solchen Schriftstücks in deiner Kammer durchaus bewusst.«

»Eigentlich nicht«, gab ich zu.

»Nun, dann will ich dir mal auf die Sprünge helfen.« Arthur hakte seine Daumen in die Reverse seines Gehrrocks. »Diese sogenannten WhisperWhisper-Briefe überschwemmen seit Wochen jeden besseren Haushalt, immer mehr besorgte Mütter finden die Schmierereien in den Händen ihrer heranwachsenden Töchter. Und junge Gemahlinnen faseln über ihre albernen Inhalte, bis ihre Gatten sich genötigt sehen, sich in ihren Club abzusetzen, um ein wenig Ruhe zu finden. Als wäre das alles nicht schon schlimm genug, macht der Kettenbrief nicht einmal vorm Dienstpersonal halt. Dabei ist doch nur allzu bekannt, wie leicht sich deren einfaches Gemüt erregt und aufrührerischen Ideen aufsitzt, die ihren Herrschaften nichts als Verdruss bringen. Um es auf den Punkt zu bringen: Der sogenannte WhisperWhisper-Brief ist eine Plage und gehört mit aller Strenge unterbunden.«

Ehrlich, ich wusste nicht, was ich schlimmer finden sollte: Dass mein Entwurf nun vor den Arlingtons lag und mich vielleicht meinen Job kostete. Oder, dass der WhisperWhisper-Brief inzwischen so groß geworden war,

dass sogar Junggeselle Arthur, der ausschließlich das wahrnahm, was in seinem Herrenclub geredet wurde, von der Existenz des Briefs wusste. Es war übel, mich hier verantworten zu müssen. Aber vor allem war ich verblüfft, dass sich der gut gemeinte Kettenbrief über jede Hoffnung hinaus verselbstständigte. Wer hätte gedacht, dass im Regency-Zeitalter etwas derart viral gehen konnte?

Arthur gefiel sich in der Rolle des Anklägers immer besser, wie das zufriedene Grinsen in seinem Gesicht bewies.

»Damit komme ich zu dir, Zofe Zoe. Ich bin entsetzt, zu sehen, dass diese Geschmacklosigkeit es dank dir bis in unser ehrenwertes Heim geschafft hat. Und nicht nur das, du besitzt auch noch die Frechheit, sie zu vervielfältigen. Bitte versichere mir sofort, dass du keine Abschrift an meine so leicht beeinflussbare Schwester Lucie gegeben hast.«

»An Miss Lucie? Da muss ich erst mal nachdenken …«, sagte ich, um Zeit zu schinden. Das Letzte, was ich wollte, war, meine Herrin in dieses Desaster mit hineinzuziehen. Lord Arlington war ohnehin schon besorgt, dass seine Tochter im Turbotempo aufblühte und immer öfter auch ihre Meinung kundtat. Nicht, dass er zum Schluss noch den WhisperWhisper-Brief als Vorwand benutzte, ihr Hausarrest zu erteilen. Das musste ich auf jeden Fall verhindern, Miss Lucie hatte ihre Freiheit schließlich gerade erst entdeckt.

Doch ich kam gar nicht dazu, da Lady Arlington sich trotz ihres schlimmen Knöchels aus dem Sessel erhob. »Mein lieber Junge, deine Besorgtheit in allen Ehren«, bremste sie den Eifer ihres Sohns. »Aber als Lucies Mutter und Dame der Gesellschaft will ich doch wohl schwer hoffen, dass meine Tochter den WhisperWhisper-Brief liest. Schließlich gibt es im Augenblick keinen Anlass, bei dem nicht über seine – zugegeben – recht frech formulierten Sujets gesprochen wird. Den Brief nicht zu kennen, würde bedeuten, dass Lucie nicht am gesellschaftlichen Leben teilnimmt und von ihren Freundinnen nicht in ihre Geheimnisse eingebunden wird. Das wäre geradezu ein Skandal.«

Mit einer solchen Reaktion hatte Arthur null gerechnet. Hektisch schnappte er nach seinem Gehstock, der am Rednerpult lehnte, und schlug seine Spitze ein paarmal polternd auf. Das war immer noch besser, als wenn er sich vor Wut auf dem Boden gewälzt und gebrüllt hätte wie ein trotziges Kleinkind. Aber es war schon dicht dran.

»Mutter, es kann doch nicht dein Ernst sein, diesen Unfug gutzuheißen!«, keuchte Arthur. »Es geht um nichts weniger als um den guten Ruf unserer Familie. Wie stehen wir denn da, wenn unsere Frauen sich mit einer solchen Schundlektüre befassen?«

»Arthur, ich muss doch sehr bitten«, mischte Lord Arlington sich ein. »Rede nicht in so einem Ton mit deiner Mutter, die selbstverständlich weiß, welche Lektüre einer Dame in ihrer Position zusteht. Was Lucie anbelangt, sollten wir jedoch achtsam sein. Unser Nesthäkchen ist viel zarter als ihre Altersgenossinnen, wir müssen Sorge tragen, dass sie nicht etwas falsch versteht.« Er deutete mit dem Finger auf mich. »Zoe, worum geht es in diesem Wisch?«

Ich kam mir vor, als würde ich vorm Schulrektor stehen. »Also, im Prinzip darum, sich nicht im Schneckenhaus zu verstecken, weil einem die Ansprüche der Welt über den Kopf wachsen.«

»Hörst du, Darling«, sagte Lady Arlington. »Genau das, was unsere liebe Lucie zur Aufmunterung braucht. Ich möchte an dieser Stelle betonen, dass ich sehr froh bin, welche Entwicklung unsere Lucie dank Zoe genommen hat. Endlich haben wir eine Zofe, die weiß, was sie tut. Außerdem schätze ich es, dass mir Bekannte in schönster Regelmäßigkeit zu unserer außergewöhnlichen Zofe gratulieren. Das schmeichelt mir doch ungemein.« Zufrieden sank sie in ihren Sessel zurück.

Doch Arthur war noch nicht fertig. »Hier steht – ich

zitiere, sofern ich Zoes schreckliche Handschrift entziffern kann – ›Der beste Wegweiser ist dein Herz und nicht die Etikette‹. Das ist doch ein eindeutiger Aufruf zur Aufmüpfigkeit.«

Lord Arlington wurde kreidebleich. »Viel schlimmer noch, es ist die Bekräftigung, seinem Herzen zu folgen. Nichts könnte für eine romantische Seele verheerender sein. Außerdem ist es ein Rat, den Lucie bereits in die Tat umsetzt, anders ist ihre plötzliche Halsstarrigkeit doch gar nicht zu erklären. Wie konntest du meiner sonst so folgsamen Tochter nur solche Brandschriften zeigen, Zoe? Dafür haben wir dich doch nun wirklich nicht eingestellt und dir unser Vertrauen geschenkt.«

»Mylord«, sagte ich ernsthaft angefasst. »Alles, was ich getan habe, seit Sie mich in Ihr Haus geholt haben, diente einzig dazu, Miss Lucie zu unterstützen.« Mir stiegen die Tränen in die Augen. »Und wenn Sie meine Meinung als Zofe hören möchten, so hat sich Ihre Tochter ganz wundervoll gemacht. Sie hat Freundinnen, geht mit Vergnügen unter Leute und hat sogar einen Verehrer.«

»Genau darauf will ich hinaus«, brach es aus Lord Arlington hervor. »Dass dieser Cedric nun hinter meinem Mädchen herläuft, von Rosen und blumigen Gefühlen schwafelt und ich demnächst mit seinem schrecklichen Vater über die Mitgift verhandeln darf, ist unerträglich. Aber jetzt weiß ich endlich, woher das ganze Elend rührt.«

»Genau meine Rede«, pflichtete Arthur bei. »Wie sollen wir Zoe dafür bestrafen? Werfen wir sie aus dem Haus?«

»Arthur, diesen grauenhaften Vorschlag nimmst du sofort zurück«, erklang die leise, aber sehr klare Stimme von

Miss Lucie. Meine Herrin hatte unbemerkt das Arbeitszimmer betreten.

Arthur zeigte anklagend auf seine Schwester. »Da seht ihr es! Lucie hat bereits ihr gutes Benehmen vergessen und stürmt einfach ungebeten in den Raum.«

»Entschuldigt, aber ich habe angeklopft. Ihr wart allerdings zu sehr in eure Unterhaltung vertieft«, verteidigte sich Miss Lucie. »Ich war auf der Suche nach Zoe und Culpepper sagte mir, dass ihr sie um ein Gespräch gebeten hättet. Warum werde ich nicht informiert, wenn meine Zofe hier wie vor Gericht steht?«

Wow, was für eine coole Ansage. So viel zu Lord Arlingtons Sicht auf seine Tochter als willenloses Blättchen im Wind.

Lady Arlington bedeutete ihrer Tochter, zu ihr zu kommen. Was Miss Lucie auch tat, allerdings nahm sie mich zuvor bei der Hand und zog mich mit sich ins Frauenlager.

»Versteh uns nicht falsch, Liebes«, sagte Lady Arlington zu ihrer Tochter. »Mit einer solchen Entwicklung des Gesprächs war wirklich nicht zu rechnen, sonst hätten dein Vater und ich dich gewiss rufen lassen. Arthur hatte nur einen dieser berüchtigten WhisperWhisper-Briefe in Zoes Nachtschrank gefunden ...«

»Was hatte Arthur denn bitte schön in Zoes Kammer zu suchen? Das ist wohl kaum der richtige Ort für einen Gentleman«, sagte Miss Lucie empört. »Wenn es Grund zu Beanstandungen gibt, wäre es Mrs Hibberts Pflicht, nach dem Rechten zu schauen. Schließlich handelt es sich bei Zoe um eine unverheiratete Schutzbefohlene in unserem Haushalt, da hat kein Mann, nicht einmal so ein halbes Hemd wie Arthur, etwas zu suchen.«

»Frechheit. Das klingt ja fast so, als hätte ich im eigenen Haus herumgeschnüffelt«, beschwerte sich Arthur.

»Nun«, sagte Lady Arlington, »es stellt sich schon die Frage, wie wir unseren Bediensteten nach deiner willkürlichen Durchsuchung erklären wollen, dass wir seit Neustem unsere Nase in ihre Belange stecken. Aber darüber sprechen wir später, Arthur. Wo du dich auf einmal für die Haushaltsführung interessierst, werde ich dir gern auseinandersetzen, welche Pflichten man als Hausherr zu bedienen hat. Du wirst überrascht sein, dass es nicht nur ums Kommandieren und Aufgabenverteilen geht.«

Arthur wurde blass. »Wie du meinst, Mutter.«

»Schön. Jetzt geht es allerdings erst mal um die Unruhe, die Zoe mit diesem Geschreibsel in unsere Familie und speziell in mein Leben gebracht hat«, klagte Lord Arlington. »Wir können keine Zofe gebrauchen, die sich nicht mit den Regeln des Anstands auskennt und unser Vertrauen missbraucht, indem sie unserer Tochter Schund zu lesen gibt. Meine arme Lucie wird zwar nie wieder dieselbe sein, aber ich werde alles daransetzen, dass diese Entwicklung gestoppt wird.«

Ich stand so dicht neben Miss Lucie, dass ich spürte, wie ein Zittern durch ihren Körper ging. Und ich konnte sie verstehen. Ihren Vater in allen Ehren, aber nur weil er nicht wusste, wie er mit Cedrics Vater umgehen sollte, der ihm vor Jahren so viel Kummer zugefügt hatte, konnte er nicht das Rad der Zeit zurückdrehen. Wenn es nach Lord Arlington ging, sollte Miss Lucie wieder sein liebes Mädchen sein, selbst um den Preis, dass sie sich auf ihr Schlafzimmer zurückzog und vor Kummer einging.

»Sir, bei allem Respekt«, sagte ich. »Geht es hier um

Miss Lucies Wohl oder um Ihr eigenes? Denn wenn es um Ihre Tochter geht, sollte man meinen, dass sie ein Recht auf ihr Glück hat.«

»Das ist ja wohl …« Lord Arlington verschlug es die Sprache. Was auch ganz gut war, so konnte er mich wenigstens nicht sofort vor die Tür setzen.

»Zoe hat vollkommen recht«, befand Miss Lucie zu meiner Überraschung. »Und wenn du unbedingt jemanden wegen dieses gut gemeinten Kettenbriefs zur Rechenschaft ziehen willst, dann mich. Ich habe den WhisperWhisper-Brief nämlich unter die Damenwelt gebracht, weil es dort draußen zu viele Ladys gibt, die jede Menge Fragen haben, aber kaum eine ehrliche Antwort bekommen. Zoe hat nur das getan, was ich ihr aufgetragen habe. Wenn du also unbedingt jemanden bestrafen willst, dann mich, Papa. Ich habe den Brief vervielfältigt und an meine Freundinnen weitergereicht.«

»Das sagt Lucie doch nur, um ihre vorlaute Zofe vor einer Strafe zu schützen«, maulte Arthur. Es reichte jedoch ein scharfer Blick von Lady Arlington, um ihn zum Schweigen zu bringen.

Lord Arlington wurde aschfahl. »Lucie, ist das die Wahrheit? Steckst du hinter der Verbreitung des Whisper-Whisper-Briefs?«

Miss Lucie nahm sich nicht die Zeit, ihre Aussage zu überdenken. Sie streckte ihr Kinn vor und sagte: »Ich übernehme die volle Verantwortung und werde jede Strafe, die du für nötig hältst, akzeptieren.«

»Hausarrest für die ganze Ballsaison«, platzte es aus Lord Arlington heraus. »Und keinen Besuch, der nicht von mir genehmigt wurde.«

»Harold!« Lady Arlington fasste sich vor Schreck an die Brust.

Ihr Gatte hob abwehrend die Hand. »Liebling, bitte vertrau mir, das ist das Beste, was Lucie passieren kann.«

Im Gegensatz zu ihrer Mutter blieb Miss Lucie gelassen, obwohl soeben der Supergau eingetreten war. »Wenn es das ist, was du wünschst, Vater, dann ist es so.«

Etwas an der ruhigen und so bestimmten Art seiner Tochter ließ Lord Arlington zurückweichen. »Nun … später wirst du mir noch dankbar sein dafür«, sagte er ausweichend, nahm aber die überzogene Strafe keinesfalls zurück.

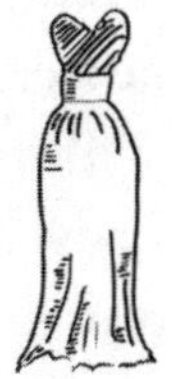

So konnte ich das als Zofe von Ehre nicht stehen lassen. »Sie müssen entschuldigen, Mylord, aber vielleicht möchten Sie Ihre Entscheidung noch einmal überdenken. Es ist nämlich nicht rechtens, Miss Lucie Hausarrest aufzubrummen, nur weil sie die WhisperWhisper-Briefe weitergereicht hat. Wenn jemand bestraft werden muss, dann ich, weil ich nämlich die Verfasserin dieser Schriftstücke bin.«

Damit war es jetzt offiziell. Und ich war bereit, alles hinzunehmen, was kommen mochte.

Allerdings fiel die Reaktion der Arlingtons nicht so aus, wie ich es vermutet hätte: Miss Lucie war nicht dankbar, sondern tat laut kund, dass das natürlich purer Unsinn sei. Wenn überhaupt sei sie die Verfasserin der Briefe. Arthur verwandelte sich in ein lachendes Rumpelstilzchen, das gar nicht oft genug betonen konnte, dass eine einfältige Zofe wie ich ja wohl unfähig sei, einen solch gewieften Brief zu verfassen. Lord Arlington sank ermattet in seinen Lehnstuhl und verfluchte den Tag, an dem er sein himmlisch ruhiges Landhaus verlassen hatte, um bei seiner Familie in London zu sein. Nur Lady Arlington schaute mich an, als würde sie mich plötzlich in einem ganz anderen Licht sehen. Für einige quälende Sekunden ähnelte sie der Sphinx, deren Gesichtsausdruck zu ergründen unmöglich war. Fest stand nur, dass sie die Einzige in diesem Durcheinander war, die es für möglich hielt, dass ich die Wahrheit sagte. Ein Mädchen aus schlichten Verhältnissen, eine einfache Zofe, die der vornehmen Damenwelt auf die Sprünge half. Würde Lady Arlington mich für diese Dreistigkeit mit Schimpf und Schande aus dem Haus jagen und dafür sorgen, dass ich nirgends mehr Fuß fasste?

Bevor ich endgültig die Nerven verlor, blinzelte mir Lady Arlington zu. Dann rief sie ihre Familie zur Ordnung. »Das war jetzt wirklich genug Aufregung für einen Vormittag«, erklärte sie. »So wie die Dinge stehen, lässt sich nicht nachvollziehen, wie der WhisperWhisper-Brief in Zoes Hände gekommen ist. Wahrscheinlich hing er unter einem Buch fest, das sie sich als Nachtlektüre aus unserer Bibliothek entliehen hat. Gut möglich, dass es eins meiner eigenen Exemplare ist, die ich habe herumliegen lassen. Ich lese den WhisperWhisper-Brief nämlich ausgesprochen gern, er ist so erfrischend.«

Lord Arlington stöhnte. »Fängst du jetzt auch noch an, Rosalia?«

»So sieht es aus. Willst du mir ebenfalls Hausarrest erteilen, Harold?«, erkundigte sich Lady Arlington schmunzelnd.

Ihr Gatte winkte bloß ab. »Nichts liegt mir ferner. Auch Lucies Hausarrest nehme ich natürlich zurück, ich will ja dem Lebensglück meiner einzigen Tochter nicht im Weg stehen.«

»Wenn das so ist, lassen wir die Sache am besten auf sich beruhen«, entschied Lady Arlington. »Wobei ich noch betonen möchte, wie sehr ich mich darüber freue, dass Lucie und Zoe so tapfer füreinander eingestanden sind. So – und nun würde ich gern endlich meinen Vormittagsspaziergang durch den Garten machen, wo es schon einmal nicht regnet. Mein Fußknöchel will bewegt werden, ich lasse mir kein weiteres Tanzvergnügen entgehen. Harold, wärst du so liebenswürdig, mich zu begleiten?«

Lord Arlington schmollte, dann schlich sich jedoch ein Lächeln auf seine Lippen. »Ich wüsste nicht, was ich lieber täte. Deine Vorschläge sind schließlich immer die besten. Und du, Arthur …« Er warf seinem Sohn einen strengen Blick zu. »Du findest dich beim ehrenwerten Culpepper ein, damit er dich in die Gepflogenheiten unseres Haushalts einführt. Nach ein paar ausführlichen Gesprächen mit unserem Butler wirst du sicherlich keinen Drang mehr verspüren, in fremde Nachttische zu blicken.«

Arthur fiel die Kinnlade hinab. »Wie kann es sein, dass ich der Einzige bin, der hier bestraft wird?«

»Aber warum denn Strafe?« Lady Arlington zog mit gespielter Überraschung ihre Augenbrauen hoch. »Das ist ein Gefallen, wo du dich doch so dafür interessierst, wie man mit Bediensteten umgeht. Viel Vergnügen, niemand kann so ausführlich über Herren und ihre Diener erzählen, wie der gute Fergus. Wenn er mit dir fertig ist, komm bitte zu mir, ich habe dir auch noch einiges zu sagen.« Damit nahm Lady Arlington den angebotenen Arm ihres Mannes und schritt erhobenen Hauptes davon.

Noch ehe Arthur das ganze Ausmaß seines Elends klar wurde, schob ich Miss Lucies aus dem Zimmer. Die Tür war hinter uns noch nicht ganz ins Schloss gefallen, als das Wutgebrüll ihres Bruders die Wände wackeln ließ.

Whisper Whisper: Zusammen lässt sich Trübsal schöner blasen

Meine liebe Freundin,

heute ist einer dieser Tage, an denen es mir schwerfällt, Dir ermunternde Zeilen zu schreiben. Aber mach Dir bitte keine Sorgen, mein Bedürfnis, einfach stundenlang die Wand anzustarren und Trübsal zu blasen, hängt nicht mit einem erlittenen Unglück zusammen. Es sind nur diese speziellen Tage im Monat, an denen das Tageslicht weniger funkelt und der Ofen nicht warm genug sein kann. Wie, Du dachtest, so ergeht es nur Dir allein? Dann bin ich sehr froh, mich zum Schreiben aufgerafft zu haben, denn ich kann Dir versichern: Du bist es nicht! Dieses so regelmäßig wie der Vollmond wiederkehrende Stimmungstief ist vielen jungen Damen wohl bekannt – und das zu wissen, macht es doch schon sehr viel erträglicher.

Deine sich nun plötzlich viel
besser fühlende Freundin

10

Die erste Schneeflocke der Saison

Ich aß den dritten Yorkshire Pudding, ein Küchlein aus Eiern und Mehl. Zumindest sind sie das normalerweise, die hier hatten komische Klümpchen als Füllung. Zu meinen Füßen sabberte Prickelton vor Begeisterung, was vermutlich kein gutes Zeichen war. Doch für solche Feinheiten war in meinem Kopf kein Platz, der war nämlich restlos ausgefüllt mit meinem schlechten Gewissen.

Miss Lucie hatte wieder einmal vorgeführt, was für eine Top-Freundin sie war. Um mich zu schützen, hätte sie sogar Hausarrest mit unabsehbaren Folgen hingenommen und damit ihre zart aufblühende Liaison mit Cedric gefährdet. Sie hatte ohne Zögern zu mir gestanden, anstatt mir eine Standpauke zu halten, wie es jede andere Herrin getan hätte. Und davor hatte mir Miss Lucie bei der Abschrift der WhisperWhisper-Briefe tatkräftig unter die Arme gegriffen. Um es auf den Punkt zu bringen: Ich war schwer beeindruckt, was hinter ihrer anfänglichen Schüchternheit für eine tolle Persönlichkeit zum Vorschein kam. Deshalb hatte sie auch unbedingt eine Freundin verdient, die ihr das Wasser reichen konnte.

Aber war ich so eine Freundin?

Auf meiner Habenseite stand, dass ich mich wirklich voll ins Zeug gelegte hatte, um Miss Lucie stets mit Rat und Tat zur Seite zu stehen. Was allerdings nur bedingt eine Heldentat war, weil es mir richtig Spaß mit ihr machte. Okay, der Anfang zwischen uns war holprig bis extra steinig gewesen, aber seitdem sie ihr Schneckenhaus verlassen hatte, war es super. Wäre das schon alles gewesen, wären Miss Lucie und ich ein echtes Dream-Team. Aber es gab halt noch die andere Seite und auf der stand mein großes Geheimnis. In Miss Lucies Augen war ich die ausgebildete Zofe Traudelwald aus dem Königreich Preußen, die sehr fortschrittlich war und sich deshalb Zoe nannte. So hatte es die Mondscheinmagie eingerichtet, genau wie sie den mittellosen, aber heißen Jurastudenten Hayden zum Adelsspross mit einem übereifrigen Vater gemacht hatte. Es war also nicht so, dass ich Miss Lucie eine Lüge aufgetischt hätte. Ihr die Wahrheit zu sagen, wäre vielmehr einer Wahnsinnstat gleichgekommen, bei der ich, wenn es gut lief, bloß mit Sack und Pack vor die Tür gesetzt werden konnte. Aber so wie die Dinge standen, war ich inzwischen viel mehr als eine Zofe. Ich war Miss Lucies Freundin und echte Freundinnen haben keine Geheimnisse voreinander. Aber konnte ich es wagen, mich Miss Lucie zu offenbaren?

»Mädchen«, riss mich Mrs Fletcher, die Köchin, aus meinen Gedanken. »Machst du dich am Yorkshire Pudding zu schaffen?«

Ich musste erst mal einen dicken Brocken von der Eier-Mehl-Speise schlucken, bevor ich ein »'tschuldigung« rausbrachte.

Mrs Fletcher war eine Köchin wie aus dem Bilderbuch, mit knallroten Wangen, einer tief sitzenden Haube über stahlgrauen Locken und einem Unterkiefer, den sie bedrohlich vorschieben konnte. Was sie jetzt auch tat. Außerdem stemmte sie ihre mehlbestäubten Hände in die Hüfte. Alles Anzeichen eines bevorstehenden Angriffs. Für gewöhnlich verteidigte die Frau ihr Revier erfolgreich gegen ständig hungrige Angestellte und Lieferanten, die alle nur mal kurz probieren wollten. Der Trick bestand darin, sich das erstbeste Essbare zu schnappen und sich damit aus dem Staub zu machen, bevor einem ein nasser Lappen um die Ohren flog. Normalerweise ließ ich meine Beute sofort in der Schürze verschwinden, aber heute war ich nicht auf Zack.

Schuldbewusst stand ich neben dem Silbertablett, auf dem sich die kleinen Puddings stapelten. Jetzt in reduzierter Form dank meines tatkräftigen Einsatzes. »Wenn ich Kummer habe, muss ich unbedingt essen«, erklärte ich wahrheitsgemäß.

»Diese Zofe ist auch wirklich um keine Ausrede verlegen«, schnaufte Mrs Fletcher.

Dass noch immer kein Nudelholz flog, machte mich misstrauisch. Ich warf einen Blick auf den Puddingrest in meiner Hand, dann auf den bettelnden Prickelton, der *Mag sie den Schmackofatz nicht teilen?* winselte.

»Was esse ich hier eigentlich genau?«, erkundigte ich mich.

Die Köchin schob das Kinn so weit vor, dass sie einer Englischen Bulldogge Konkurrenz machte. »Meine berühmte Spezialität fürs Sonntagsessen: Yorkshire Pudding mit gehackten Lamb Fries.«

Bei dem Wort Fries versagten meine Englischkenntnisse. »Wo genau befinden sich die Fries denn am Lamm?«

»Die baumeln bei den Kerlen zwischen den Beinen«, erklärte Mrs Fletcher, ohne mit der Wimper zu zucken.

»Oh«, brachte ich hervor. Dann hielt ich mir die Hand vor den Mund, weil der Pudding wieder rauswollte.

Deshalb hatte das Tablett also völlig unbewacht herumgestanden! Wer wollte schon gebratene Lammhoden essen? Jetzt bemerkte ich auch unseren Kohlenjungen, der meinen Fressanfall beobachtet hatte und von einem Ohr zum anderen grinste.

»Nun mal raus mit der Sprache, Zofe: Schmeckt mein Spezialrezept?«, fragte Mrs Fletcher. Wobei deutlich war, dass sie an ihrer Delikatesse keine Kritik dulden würde.

Ich nickte ergeben.

Was blieb mir anderes übrig? Komplett durchdrehen und mir die Zunge im Spülbecken schrubben? Nein, ich unterdrückte den Würgereiz, bis die Köchin zu ihren Töpfen zurückgekehrt war, dann verfütterte ich den angebissenen Pudding Nr. 3 (oder sogar schon Nr. 4 … urgs) an Prickelton, der sich darauf stürzte wie ein Miniwolf.

Benommen ließ ich die Küche hinter mir und schwankte durch die Beletage, wo ich Arthur ›Armselig‹ Arlington traf. Der junge Herr sah auch nicht besser aus als ich, offenbar hatte das Gespräch mit seiner Mutter sein Mütchen empfindlich gekühlt. Für einen Augenblick starrten wir uns an wie zwei in den Seilen hängende Boxer, dann stieß Arthur ein Seufzen aus.

»Meine liebe Zoe, wie schön, dass ich dich hier treffe«, startete der Arlington-Nachwuchs verstörend höflich. »Unsere Unterhaltung hinsichtlich des WhisperWhisper-Briefes endete ja etwas stürmisch. Und meine Mutter besteht darauf … Ich meine natürlich, *ich* bestehe darauf, dir zu versichern, dass deine Kammer dein Privatbereich ist, in dem Herren, aus welchen guten Gründen auch immer, ohne Vorankündigung nichts, aber auch absolut gar nichts zu suchen haben.«

»Mussten Sie den Satz auswendig lernen?«, fragte ich verwirrt. Bei Arthur konnte man mit vielem rechnen, aber ganz bestimmt nicht mit einer Entschuldigung.

»Irgendwie schon, die Unterhaltung mit meiner Frau Mutter zu diesem Thema war äußerst intensiv«, gestand Arthur. »Wie sieht es nun aus? Fühlst du dich nach meiner Zusicherung wieder gut aufgehoben im Schoß unseres ehrenwerten Haushalts? Und siehst du deshalb großzügigerweise davon ab, den anderen Bediensteten von der Sache zu erzählen wie ein dummes Plappermäulchen, das kein Geheimnis für sich behalten kann?«

Eigentlich hatte Arthur mich schon fast gehabt, letztendlich war er ja auch nur ein Kind seiner Zeit. Die meisten Gentlemen der Upperclass machten den Eindruck, als schwebten sie qua Geburtsrecht über den Dingen. In ihrer Welt belegten sie die vordersten Ränge, während der Rest der Gesellschaft sich weit hinter ihnen tummeln durfte. Eine Frau wie Lady Arlington verfügte zwar über Macht und Einfluss, aber wenn ihr Mann es darauf anlegte, musste selbst sie sich dem Willen ihres Gatten fügen. Warum also sollte ausgerechnet der aufgeblasene Arthur über den Tellerrand blicken? Eben aus dem Grund, damit er nicht länger so eine beschränkte Nulpe war, für die die Hälfte der Menschheit aus dummen Plappermäulchen, sprich Frauen, bestand.

»Natürlich beabsichtige ich, mich vorbildlich zu verhalten und die Unsicherheit der Bediensteten nicht anzuheizen«, versicherte ich Arthur treuherzig. »Es ist nur eben so, dass mein schwacher Zofen-Geist so vergesslich ist. Wenn ich zum Beispiel im Haushaltsraum auf Elsie stoße, dann erzähle ich ihr vielleicht von Ihrem Rumgeschnüffel in meiner Kammer, bevor ich mich an Ihre ach so höflich vorgetragene Bitte erinnere. Und weil Elsie auch so ein schlichtes Frauenzimmer ist, erzählt sie es natürlich sofort ihrer Freundin Bettie, dem Scheuermädchen. Bettie wird es umgehend allen anderen erzählen, weil sie mal in einem Haushalt gearbeitet hat, wo der Hausherr seine Finger nicht bei sich behalten konnte. Bei dem Thema ist Bettie echt empfindlich, außerdem putzt sie noch in zwei anderen Herrenhäusern, die Neuigkeit wird sich deshalb vermutlich schneller verbreiten als der aktuell grassierende Schnupfen. Und dann sind alle entsetzt darüber, wie es bei den als so ehrenwert geltenden Arlingtons zugeht …«

Mit jedem Wort wurde Arthurs Gesicht länger. »Etwas in der Art habe ich mir schon gedacht, ihr Weiber seid doch alle gleich, schwatzsüchtig und mit dem Gedächtnis eines Spatzen gesegnet. Wenn ich eines Tages meinem eigenen Haushalt vorstehe, werde ich andere Saiten aufziehen.«

Damit war es amtlich, Arthur hatte keine Gnade verdient. »Wenn Sie möchten, dass ich mich als schlichte Zofe daran erinnere zu schweigen, müssten Sie etwas tun, das ich unmöglich vergessen kann. Brennen Sie sich in mein Gedächtnis ein, etwa, indem Sie vor mir auf die Knie fallen und mich um Vergebung bitten. Natürlich nur, um mich zu verblüffen. Sie könnten mir auch Ihr Pferd schenken, das würde ganz sicher eine starke Wirkung auf mein Erinnerungsvermögen haben.«

Arthur dachte angestrengt nach. Auf sein Pferd, das lieber ohne ihn ausritt und ihm deshalb eine Zerrung beigebracht hatte, war er nicht gut zu sprechen. Aber einer Zofe ein edles Ross zu überlassen, war dann wohl doch zu viel des Guten.

»Nun, dann werde ich deinen schwachen Geist mal beeindrucken«, murrte Arthur und ging so umständlich vor mir auf die Knie, dass ich ein Lachen unterdrücken musste. OMG, was hätte ich jetzt für mein Handy gegeben, um diesen Moment für alle Zeiten festzuhalten! Arthur Arlington dort, wo er hingehörte, zu den Füßen einer Frau, der er ganz wahnsinnig auf die Nerven ging mit seiner Macho-Attitüde.

Arthur räusperte sich. »Zoe, ehrenwerte Zofe unseres erhabenen Haushaltes, würdest du bitte, bitte auf mein Flehen eingehen und mir die Ehre erweisen …«

Weiter kam Arthur mit seiner Ansprache nicht, denn in diesem Moment rauschte seine Schwester Lucie heran. »Nein, wird Zoe nicht! Und zwar auf gar keinen Fall! Arthur, bist du völlig von Sinnen, du solltest dich nur entschuldigen und ihr keinen Antrag machen.« Miss Lucie zerrte mich von ihrem verdutzt dreinblickenden Bruder weg, als liefe ich sonst Gefahr, gleich einen Verlobungsring am Finger stecken zu haben. »Komm, Zoe, wir ziehen uns zurück, bis Arthur wieder zur Vernunft gekommen ist. Was ist nur los mit diesem Menschen?«

Im Treppenhaus jedoch fasste Miss Lucie sich an die Brust, als bekäme sie vor Aufregung keine Luft mehr.

Für einen schrecklichen Moment befürchtete ich, dass es doch alles zu viel für meine Herrin war. Erst die Auseinandersetzung mit ihrer Familie, der zunächst erteilte Hausarrest, der jedes weitere Zusammentreffen mit Cedric unmöglich gemacht hätte. Und nun auch noch Arthur, der sich neben der Spur benahm … woran ich ja nicht ganz unschuldig war.

»Entschuldigen Sie, Miss Lucie«, sagte ich geknickt. »Ich hätte nach der ganzen Aufregung keine Sekunde von Ihrer Seite weichen sollen, besonders, nachdem Sie sich so für mich eingesetzt haben.«

»Aber nicht doch«, winkte Miss Lucie ab. »Ich bin nicht stehen geblieben, weil mir die Sinne schwinden, sondern weil ich dir das hier unbedingt zeigen wollte. Ich konnte schlicht keine Sekunde länger warten.« Damit reichte sie mir eine Einladungskarte.

Und zwar nicht irgendeine, wie sie während der Saison ständig ins Haus flatterten.

Diese Einladung hatte die Form einer Schneeflocke.

Ich japste nach Luft. »Ist es das, was ich hoffe, glaube, wünsche, dass es ist?«

Miss Lucie strahlte übers ganze Gesicht. »Wir, also du und ich, werden den sagenumwobenen Winterball des Duke of Sandringham besuchen. Ach, was sage ich, ihn mit unserer reizenden Gegenwart beehren.«

Kreisch! Ich hielt meine Hand für einen High five hoch – und als Miss Lucie nur verwirrt dastand, schnappte ich mir ihre Hand und patschte sie gegen meine. Während meine Herrin verwirrt kicherte, hopste ich noch ein paarmal auf der Stelle, um das Feuerwerk in meinem Inneren abzufeiern. Sollte sich die Etikette doch gehackt legen, wir würden zum Winterball gehen!

Nachdem ich mich wieder eingekriegt hatte, studierte ich die Einladung. Oder ich versuchte es zumindest, denn als ich die Flocke öffnete, kam mir eine weitere Papierflocke entgegen, in deren Inneren eine noch kleinere Flocke steckte. Ich entfaltete, zupfte und knickte, bis ein dreidimensionales Papiergebilde entstand, das wie ein echter Schneekristall aussah. Die Einladung war ein kleines Kunstwerk, so viel stand fest. In hellblauer Tinte kündigte der Duke darin ein unvergessliches Schneeflocken-Fest an, eine Ode an das reine Weiß des Winters, dem der Ball gewidmet war. Er hatte sogar ein selbstverfasstes Gedicht beigefügt, das ich mir aus Platzgründen spare. Nur so viel sei verraten: Es kam sehr oft das Wort Weiß vor.

»Ich hab die Seite verpasst, auf der angekündigt wird, wann der Ball stattfindet«, sagte ich, schwer beeindruckt von der Einladung.

Miss Lucies Augen glänzten ebenfalls. »Schon in ein paar Tagen, alles sehr kurzfristig. Der Duke beschäftigt offenbar eine Astrologin, die für die Nacht eine besondere Sternenkonstellation berechnet hat.«

Eine hauseigene Astrologin? Dieser Mann wurde ja immer interessanter.

»Der Ball wird auf jeden Fall etwas Besonderes«, sagte Miss Lucie. »Und ich vermute, dass er eine wunderbare Umgebung für romantische Herzen sein wird.«

»Cedric wird zu hundert Prozent auch eine Einladung erhalten, auch wenn sein Vater dem Hörensagen nach nicht gerade hoch in der Gunst des Dukes steht«, redete ich beruhigend auf meine Herrin ein, wobei ich ihre Hände drückte.

Aber Miss Lucie brauchte keine Unterstützung, sie lächelte mich stattdessen schelmisch an. »Nicht nur Cedric wird eine Einladung bekommen, sondern auch Lord Falcon-Smith und sein Sohn. Hayden wird den Ball gewiss besuchen. Du weißt, was ich meine.«

Ich grinste. »Er wird tanzen müssen, obwohl er das hasst wie die Pest.«

»Natürlich hasst Hayden es«, sagte Miss Lucie schmunzelnd. »Weil ausgerechnet die Dame, mit der er von Herzen zu tanzen wünscht, nicht zur Verfügung stehen wird.«

»Tatsächlich?« Wer konnte das sein? Ich stand auf dem Schlauch. »Damit meinen Sie vermutlich diese Arabella, die ihm neulich auf dem Pianoforte vorgespielt hat. Die beiden sind nicht verlobt, egal, was ihre unmöglichen Eltern erzählen. Hayden hat nur nicht gleich reinen Tisch gemacht, weil er völlig baff war, dass die junge Dame wie eine Ware auf dem Basar verscherbelt werden sollte. Echt schlimm, wie manche Familien ihre Töchter loswerden wollen.«

Miss Lucie blinzelte, was mir verriet, dass sie keine Ahnung hatte, wovon ich redete. Ich ja auch nicht wirklich. Wenn es um Hayden ging, verlor ich in letzter Zeit leicht die Nerven.

»Eigentlich wollte ich damit andeuten, dass Hayden bestimmt gern mit dir tanzen würde«, erklärte mir Miss Lucie. »Was ja leider nicht geht, wenn du als Zofe zum Ball erscheinst.«

»Dann kann Hayden mir wenigstens nicht auf die Füße treten.« Worauf wollte Miss Lucie nur hinaus? Laut Protokoll hatte ich Hayden schon lange nicht mehr gesehen, nicht einmal in der Nacht, in der er angeblich den sturzbesoffenen Arthur nach Hause gebracht und dabei die Diebe in die Flucht geschlagen hatte. Die Gerüchte, wir könnten mehr Interesse aneinander haben, als zwischen einem Lord und einer Zofe gut war, hatten dank unseres kleinen Zeitsprungs keinen neuen Aufschwung erhalten.

Und soweit ich das mitbekommen hatte, war unser gemeinsamer Besuch beim Schneider auch nicht aufgeflogen.

Verlegen nestelte Miss Lucie an den Falten ihres Kleides herum. »Es tut mir leid, Zoe. Die Vorfreude auf den Ball hat mich offenbar völlig um den Verstand gebracht. Für einen Augenblick habe ich doch wirklich mit dem Gedan-

ken gespielt, wie es wäre, wenn du nicht als meine Zofe, sondern als verkleidete Dame den Ball besuchen würdest. Damit du auch mal selbst so ein wunderbares Kleid trägst, anstatt mir nur in eins hineinzuhelfen. Und damit du tanzen, flirten und lachen kannst, so, wie die anderen jungen Ladys auch. Es wäre so schön, wenn wir beiden als Freundinnen und Vertraute den Winterball genießen könnten, anstatt dass du mit Riechfläschchen und Nähzeugs gewappnet vom Rand aus zuschaust.«

Himmel, wie lieb war das denn? Ich war derartig gerührt, dass ich tatsächlich ein Riechfläschchen hätte gebrauchen können. Miss Lucie träumte davon, mit mir zum Ball zu gehen, weil wir Freundinnen waren. Echte Freundinnen.

In diesem Moment fasste ich einen Entschluss: Ich würde ihr endlich sagen, wer ich in Wirklichkeit war. Als ihre Freundin war ich Miss Lucie die Wahrheit schuldig. Und ehrlich gesagt wollte ich ihr auch nicht länger etwas vorspielen müssen, dafür mochte ich sie viel zu gern.

Bevor ich es mir anders überlegen konnte, nahm ich Miss Lucies Hand und stieg mit ihr die Treppe hinauf. Als sie in ihr Zimmer abbiegen wollte, nahm ich sie noch ein Stockwerk höher mit in den Dienstbotentrakt, wohin sie sich vermutlich noch nie getraut hatte. Jedenfalls glaubte ich, ihr Herz schneller schlagen zu hören.

Unwillkürlich musste ich an meine ersten Tage im Internat Dunwick House denken, als ich von einer älteren Schülerin Nachhilfe in Biologie bekommen sollte. In Dunwick House sah der Trakt für höhere Jahrgänge genauso aus wie der Rest des Gebäudes, trotzdem hatte ich vor Aufregung Gummiknie. Als würden die älteren Kids in ihrem Trakt ein besonderes Energiefeld schaffen, in dem ich nichts verloren hatte. Gut möglich, dass auch Miss Lucie im Dachgeschoss das Gefühl überkam, in einer fremden Welt gelandet zu sein. Und irgendwie war das ja auch so, schließlich hatte sie kaum eine Ahnung vom Leben der Bediensteten. Wie viel Arbeit es kostete, allein die Beletage inklusive beheizter Räumlichkeiten immer top in Schuss zu halten, wusste ich auch erst, seit Mrs Hibbert mich von morgens bis abends herumscheuchte. Als Zofe war ich zwar nicht fürs Kaminholz zuständig, aber es fielen auch so genügend Aufgaben an (wie Leinendecken stopfen, das mir erst mal Elsie unter dem Siegel der Verschwiegenheit hatte beibringen müssen), mit denen mich die Haushälterin auf Trab halten konnte, wenn ich nicht gerade Miss Lucie zur Verfügung stand. Selbst Lady Arlington hatte als Vorstand des Haushaltes vermutlich nur eine vage Vorstellung davon, was die Bediensteten rund um die Uhr leisteten, damit sie ungestört ihrem Leben als erhabene Ladyschaft frönen konnte. Zwei völlig verschiedene Welten unter einem Dach.

Deshalb musste ich auch ein bisschen schmunzeln, als ich Miss Lucie regelrecht in meine Kammer schieben musste.

»Wo sind wir hier?«, fragte sie leise.

»Das ist mein höchstpersönliches Reich.«

Ich war direkt ein wenig stolz, weil ich sogar eine Tagesdecke über mein Bett geschmissen und den Kleiderhaufen in die Truhe befördert hatte. Der Deckel stand jetzt einen Spalt auf, aber das bemerkte man nur, wenn man genau hinsah. Und im Augenblick war Miss Lucie vollauf damit beschäftigt, meine Wände zu bestaunen. Zumindest dachte ich das.

»Das tut mir leid, Zoe. Ich hatte ja nicht die geringste Ahnung, dass du in solch einem schrecklichen Loch untergebracht bist«, brachte Miss Lucie mit zittriger Stimme hervor.

»Wieso schrecklich? Ich finde meine Kammer total romantisch. Niemand außer mir hat eine Aussicht auf eine mächtige Baumkrone. Okay, jetzt zu Winteranfang ist nur kahles Gestrüpp zu sehen, in dem manchmal ein paar zerzauste Krähen sitzen. Und es kann auch überraschend frisch werden in den Morgenstunden, wenn der Kamin ausgebrannt ist. Aber das ändert nichts daran, dass meine Kammer Charakter hat. Und ich habe sie ganz für mich allein, die anderen Mädchen müssen sich die Zimmer teilen.«

»An den Wänden blättert die Farbe ab«, stellte Miss Lucie fest. »Das muss dringend frisch gestrichen werden.«

Ich winkte ab. »Nicht doch, das ist Shabby Chic.«

Miss Lucie musste den Kopf einziehen unter der Dachschräge. »Ich kann nicht mal aufrecht stehen«, klagte sie.

»Dann setzen Sie sich doch.« Ich pflanzte mich aufs Bett und deutete auf den Platz neben mir.

Nachdem Miss Lucie sich gesetzt hatte, holte ich ein

Päckchen Schokolade aus meinem Nachttisch. Normalerweise ist Schokolade eins meiner Grundnahrungsmittel, doch 1816 bekam man sie nur in Apotheken zu echten Apothekerpreisen, weil sie nicht als Nascherei, sondern als Stärkungsmittel verkauft wurde. Auch eine Art zu erklären, warum es unmöglich ist, ohne Schoki zu leben.

»Miss Lucie«, setzte ich an, etwas ratlos, wie ich meiner Herrin sagen sollte, wer ich in Wirklichkeit war. »Sie mögen doch gern Geschichten.«

Sofort nickte Miss Lucie. »Am liebsten sind mir solche, die von einer fernen Vergangenheit erzählen. Homers Odyssee ist zurzeit mein Favorit, weil da auch fantastische Geschöpfe wie Sirenen und altgriechische Götter vorkommen. Ich habe eine Schwäche für das Mystische.«

»Sehr spannende Story«, stimmte ich zu. »Und jetzt stellen Sie sich bitte mal vor, Sie könnten mithilfe eines magischen Spiegels ins antike Griechenland reisen und live miterleben, wie Odysseus sich den Zyklopen stellt.«

Blankes Entsetzen zeichnete sich auf Miss Lucies Gesicht ab. »Was für eine grauenhafte Vorstellung, mein Herz würde sofort stehen bleiben.«

Zugegeben, das Beispiel war nicht sonderlich pfiffig gewählt. Dann also der nächste Versuch. »Vergessen Sie die Zyklopen. Stellen Sie sich stattdessen vor, wie Sie abends an einem Lagerfeuer an der Ägäis sitzen. Die Erde ist noch erwärmt von der Hitze des Tages, Sie naschen Weintrauben und hören zu, wie der Dichter Homer persönlich sein beliebtestes Werk zum Besten gibt.«

»Wäre ich als junger Schafhirte verkleidet, um an einer solchen Runde unerkannt teilnehmen zu dürfen?«, erkundigte sich Miss Lucie.

Warum es unbedingt ein Schafhirte sein sollte, stellte mich vor ein Rätsel, aber warum nicht. »Wenn Sie möchten. Worauf es vor allem ankommt, ist ja die Sache mit der Zeitreise. Wie aufregend es wäre, eine völlig fremde Zeit hautnah zu erleben, anstatt nur in einem Buch darüber zu lesen. Könnten Sie sich das vorstellen?«

Miss Lucie knabberte an einem Stück Schokolade. »Ja, das kann ich. Und genau aus diesem Grund muss ich gestehen, dass ich sehr froh bin, mir das nur in der Fantasie auszumalen. Im alten Griechenland wurden Mädchen schon mit zwölf Jahren verheiratet und man tötete aus rituellen Gründen Sklaven.«

Da hätte ich wohl besser ein anderes historisches Beispiel genommen. Aber ehrlich gesagt fielen mir spontan nur noch viel gruseligere Epochen der Menschheitsgeschichte ein. Wer wollte schon miterleben, wie die Hunnen in Europa einfallen? Oder Zeuge einer Hexenjagd im Mittelalter werden? So gesehen hatte ich wirklich Glück gehabt, dass mich die Mondscheinmagie genau in die Zeit geschickt hatte, die ich immer schon am schönsten fand.

»Vergessen wir die ferne Vergangenheit und stellen uns stattdessen etwas viel Naheliegenderes vor«, sagte ich. »Wie wäre es wohl, wenn es jemanden, sagen wir mal aus der fernen Zukunft, ins heutige London verschlagen würde?«

Da musste Miss Lucie gar nicht erst groß nachdenken. »Dann sollte die Person unbedingt Bedienstetenkammern meiden. Sonst könnte er oder sie noch auf die Idee verfallen, dass unsere Zeit ganz deprimierend und heruntergekommen sei.«

Ich hatte gar nicht so viel Schokolade auf Lager, wie

es brauchte, um Miss Lucie zeitreisemäßig auf den Geschmack zu bringen. »Nun vergessen wir mal meine Kammer, die ich übrigens sehr ansprechend und gemütlich finde. Also ich würde es mir sehr aufregend vorstellen, in der heutigen Zeit zu Gast zu sein«, lockte ich.

Es dauerte erstaunlich lang, bis Miss Lucie dazu etwas einfiel. »Wegen der großartigen Errungenschaften wie dem Klosett mit Wasserspülung? Ich weiß, wovon ich spreche, auf unserem Landsitz gab es das stille Örtchen nur draußen.«

Das war alles, was ihr zur von mir so geliebten Regency-Zeit einfiel? Ich hatte schon vermutet, dass es schwierig sein könnte, Miss Lucie in mein Geheimnis einzuweihen. Aber nicht *so* schwierig. »Ich würde mal behaupten, dass sich das Wasserklosett bis in die Zukunft halten wird. Worauf ich hinauswill, sind eher die prächtigen Kleider, die elegant eingerichteten Salons, in denen Teegebäck gereicht wird, stattliche Gentlemen, die die Damenwelt aufs Romantischste umwerben und Spaziergänge unter Sonnenschirmen im Park. Hochzivilisiert und zum Schmachten schön.«

Miss Lucie fing an zu lachen. »Zoe, nun hör aber auf! Du weißt doch ganz genau, dass es nicht so ist. Es ist alles vollkommen anstrengend und verwirrend, lauter Regeln und Anforderungen, denen man unmöglich allen gewachsen sein kann. Wenn es eine Zeitreise gäbe, dann würde ich in die Zukunft reisen in der Hoffnung, dass es dort besser wird.«

Ratlos ließ ich die Schultern sinken. Was Miss Lucie da sagte, stimmte natürlich. Ich hatte ja heute Vormittag, als die Arlingtons mich zum Gespräch zitiert hatten, erlebt, wie zerbrechlich mein Leben als Zofe war. Wenn man sich nicht an die Regeln hielt, wurde es schnell zu einem Tanz auf dem Hochseil – und zwar ohne doppelten Boden.

»Ich möchte Ihnen etwas zeigen«, sagte ich. Dann holte ich den Splitter aus Mondscheinmagie aus seinem Versteck und setzte mich wieder neben Miss Lucie, darauf bedacht, das Stück so zu halten, dass es nicht erweckt wurde. Sicher ist sicher. Seit meinem missglückten Erforschungsversuch hatte ich ihn nicht mehr in Händen gehalten und in meiner Erinnerung sah er aus wie Spiegelglas. Aber jetzt erinnerte seine Oberfläche mehr an glatt poliertes Silber. Oder an Mondlicht, das eine feste Form angenommen hatte.

Auch Miss Lucie blickte das Splitterstück neugierig an. »Das sieht ja ganz zauberhaft aus! Aber was ist es?«

»Haben Sie vielleicht eine Idee?«, fragte ich zurück.

Miss Lucie knabberte an ihrer Unterlippe. »Ein Stück seltenes Edelmetall von jenseits des Ozeans vielleicht?«

Starke Antwort. »Es stammt von noch weiter her«, sagte ich. »Es handelt sich um ein fest gewordenes Stück Mondlicht, geronnene Zeit könnte man auch sagen.«

»Wie aufregend. Ein mystisches Artefakt«, hauchte Miss Lucie.

Das hätten meine Freundinnen in der Gegenwart ganz bestimmt nicht gesagt, sondern vermutlich auf Nippes von E-Bay getippt. Dass für Miss Lucie das Mystische durchaus im Bereich des Möglichen lag, war endlich ein dicker Pluspunkt für das 19. Jahrhundert. Hier gab es noch Raum für Unbekanntes, weil noch nicht jeder mit seiner Handykamera in den letzten Winkel der Welt vorgedrungen war. Für Miss Lucie steckte noch alles voller Überraschungen. Da konnte ich als Kind der modernen Medienwelt direkt eifersüchtig werden.

»Der Splitter stammt aus dem Alten Ägypten«, erklärte ich. »Wenn das Licht des Vollmonds sich in ihm spiegelt, wird die geronnene Zeit wieder in einen beweglichen Zustand versetzt. Jedenfalls erkläre ich mir das so, es gibt leider keine Anleitung.«

»Darf ich einmal?«

Ich gab Miss Lucie den Splitter.

Aufmerksam wendete sie ihn in ihren Händen, dann schaute sie hinein. »Wirklich erstaunlich«, wisperte sie. »Und du vermutest, dass einen dieses Stück durch die Zeit reisen lassen könnte?«

Genau auf diese Frage hatte ich gehofft. Aber jetzt, da Miss Lucie sie stellte, wurde mir erst bewusst, wie verrückt das klang. Bislang hatte ich nur mit zwei anderen Zeitreisenden über dieses Thema geredet, die genau

wie ich sehr erleichtert waren, nicht allein mit ihrem Schicksal zu sein. Für jemanden von außen musste das ja komplett absurd klingen. Und wie wollte ich beweisen, dass ich wirklich aus der Zukunft kam? Meine Geschichtskenntnisse hatte ich aus historischen Romanen, ich konnte deshalb kaum sagen: »Du wirst es für unmöglich halten, aber in genau drei Monaten und zwei Tagen wird das Laufrad erfunden, das wird eine Bombensensation.« Ich wusste ja nicht mal, wie das Wetter morgen sein würde. Vermutlich kalt und verregnet, so, wie schon seit Wochen. Alles, was ich hatte, war dieses Splitterstück. Da wäre noch meine – für 1816 – oftmals seltsame Sicht auf die Dinge sowie ein paar merkwürdige Angewohnheiten (spontanes Twist-

Tanzen und High-five-Geben etwa). Ich konnte ja schlecht Hayden und die Marquise als Beweis anführen, nur weil die ebenfalls behaupteten, vom Mondlicht in die Vergangenheit gebeamt worden zu sein. Ach ja, und dann gab es da noch einen gefährlichen Geheimbund, der Diebe aussendete und eine Tausende von Jahren alte Hohepriesterin in seinen Diensten hatte. Würde Miss Lucie mir das abnehmen?

»Zoe, schau nur«, riss mich Miss Lucies Stimme aus meinen Gedanken. »Bilde ich mir das ein oder sehe ich mich tatsächlich mehrfach in dem magischen Artefakt?«

»Echt jetzt?« Verdattert beugte ich mich vor – und zog vor Staunen scharf die Luft ein.

In der spiegelnden Oberfläche war eindeutig Miss Lucie zu sehen. Doch war ihr Spiegelbild durchscheinend und zeigte gleich noch mal ihr Gesicht – darunter lagen unzählige weitere Gesichter von Miss Lucie wie eine hauchdünne Schicht über der anderen. Auf jedem Abbild wurde ihr Gesicht jünger. Ganz weit unten konnte ich ein weiches, sehr junges Mädchengesicht entdecken. Es war, als würde mir der Splitter Miss Lucie im Zeitraffer der Jahre zeigen.

»Ist das ein Trick?«, mutmaßte Miss Lucie.

»Ganz im Gegenteil, das ist echte Mondscheinmagie. Allerdings habe ich keine Ahnung, wie der Zauber funktioniert«, erklärte ich, selbst völlig baff. »Wenn ich das gute Stück bislang in Händen gehalten habe, ist zwar immer was passiert, aber so eine Art Best-of zeigt er jetzt zum ersten Mal.«

Miss Lucie wirkte so begeistert wie ein Kind, das in ein Vogelnest schaut und Baby-Dinos entdeckt. »Wie ungewöhnlich! Ich habe stets gehofft, dass es solch magische Dinge gibt. Denn mal ehrlich, sonst wäre die Welt doch langweilig. Und jetzt nimm du den Splitter, Zoe. Ich möchte zu gern sehen, wie du als kleines Mädchen aussahst.«

Rasch ließ ich meine Hände unter der Schürze verschwinden. »Lieber nicht, ich kenne mich, wie gesagt, nicht gut mit der Mondscheinmagie aus. Wahrscheinlich veranstaltet der Splitter irgendwas Verrücktes in meinen Händen.«

»Aber ich dachte, du möchtest seine Geheimnisse mit mir zusammen erforschen. Etwas, das wir als Freundinnen tun, nur wir zwei.« Miss Lucie wirkte verunsichert. »Hast du mich nicht deshalb mit auf deine Kammer genommen?«

Damit lag Miss Lucie durchaus richtig. Jetzt half nur Ehrlichkeit. »Ich habe ziemlichen Respekt vor der Mondscheinmagie«, gab ich zu. »Als ich das erste Mal bei Tageslicht in den Splitter blickte, habe ich auch eine andere Person gesehen. Die befand sich allerdings in einer fernen Zukunft.« Dass es sich dabei um Hayden gehandelt hatte, behielt ich lieber für mich.

Miss Lucie hingegen lachte. »Ein anderes Gesicht im Spiegel – und dann noch aus der Zukunft. Also wirklich, Zoe, du erzählst Geschichten. Ich bin zwar eine große Romanleserin und glühende Anhängerin der Romantik, für die die Welt verzaubert ist, aber das scheint mir doch recht unwahrscheinlich.«

Mir blieben jetzt nur zwei Möglichkeiten: Mitlachen und das Ganze als Märchenstunde abtun. Oder Miss Lucie beweisen, dass der Splitter tatsächlich reine Mondscheinmagie war, und deshalb mehr Zauber in sich barg, als man auch nur erahnen konnte. Bislang war der Splitter jedes Mal in meinen Händen erwacht, die Chancen standen also gut, dass er es auch jetzt tat. Ich würde ihn bloß einen kurzen Moment halten, um Miss Lucie zu überzeugen, dass es kein Hokuspokus war.

»Ich werde Ihnen beweisen, dass die Magie echt ist und der Mondscheinspiegel in den richtigen Händen über die Zeit gebietet.« Mit pochendem Herzen nahm ich den Splitter und gemeinsam blickten wir hinein.

Nichts passierte.

Sogar weniger als nichts.

»Jetzt sieht mein Spiegelbild wieder ganz normal aus«, sagte Miss Lucie enttäuscht.

»Bislang hat er immer auf mich reagiert«, rätselte ich.

Miss Lucie legte mir eine Hand auf die Schulter. »Das macht doch nichts, es war schon sehr erstaunlich, wie er mein Gesicht auf Zeitreise geschickt hat. Dieses Artefakt ist wirklich etwas ganz Besonderes, Zoe. Genau wie du. Eine noch stärkere Prise Magie braucht es gar nicht.«

Ach, Miss Lucie war einfach toll! Und ich war so ein Loser darin, ihr die Wahrheit zu erzählen. Vermutlich sollte es einfach nicht sein.

Ich legte den Mondscheinsplitter auf meine Knie und wollte Miss Lucie ein Lächeln schenken, das sie verdient hatte. Vorab wollte ich aber noch schnell checken, ob mir Schokolade am Mund klebte. Ich riskierte einen Blick in die spiegelnde Oberfläche – und keuchte auf.

Dort zeigte sich nicht länger die mit Holzbalken durchbrochene Decke meiner Kammer, sondern ein Spiegelkabinett. Zuerst dachte ich, wir würden in die Vergangenheit blicken und den Sonnenkönig Ludwig XIV, höchstpersönlich bei der Anprobe eines extravaganten Kostüms beobachten, umgeben von Standspiegeln. Aber dann wurde mir klar, dass der Gentleman, der sich da in Pose schmiss, einen Anzug ganz nach der aktuellen Mode Londons trug. Allerdings komplett in Schneeweiß, nur das Halstuch leuchtete blutrot auf. Er war sehr schlank und hatte das schwarze Haar streng zurückgestrichen. Mit sichtlichem Wohlgefallen drehte er sich um die eigene Achse, den Blick auf uns gerichtet, allerdings ohne uns zu sehen.

Panisch warf ich den Splitter auf mein Bett, wo das Bild des Mannes sofort verschwamm.

»Jetzt nur nicht die Nerven verlieren«, wies ich mich selbst an. »Das war eindeutig niemand aus der Zukunft, der sich dank meiner mangelnden Vorsicht demnächst im falschen Jahrhundert wiederfinden wird. Der Splitter hat uns lediglich eine Anprobe gezeigt, die genau in diesem Augenblick irgendwo in London stattfindet.«

»Das denke ich auch«, stimmte mir eine kalkweiße Miss Lucie zu. »Und ich weiß auch, wen wir da in seinem frisch geschneiderten Anzug bewundern durften. Das war Emys Zeichnung nach der Duke of Sandringham, der allem Anschein nach seine Garderobe für den Winterball anprobiert hat. Wie, bei allen vier Himmelsrichtungen, konnten wir ihn dabei beobachten?«

Es dauerte eine Weile, bis mein schockgefrorenes Hirn eine Antwort fand. »Weil er vor dem großen Mondscheinsplitter steht, von dem die Marquise berichtet hat. Der Duke scheint nicht zu wissen, womit er es zu tun hat, weil der Splitter bestimmt in einen gewöhnlichen Spiegel eingearbeitet ist. Da braucht es schon das Licht des Vollmonds, um seinen Zauber zu enthüllen. Oder einen anderen Mondscheinsplitter – wie unseren hier.«

»Oh, das ist ja noch viel fantastischer als jedes Märchen«, haspelte Miss Lucie eindeutig eine Spur überdreht. »Was bedeutet das alles nur?« Zu meiner Überraschung machte sie keine Anstalten zu fliehen, auch wenn ihr der Schreck anzusehen war.

»Möchten Sie das wirklich wissen?«, versicherte ich mich. »Denn das Geheimnis ist größer und sehr viel fantastischer, als Sie es auch nur ansatzweise vermuten. Und es birgt ein paar verrückte Abenteuer und die Wahrheit über mich.«

Miss Lucie verschränkte ihre Hände im Schoß. »Bitte zieh mich ins Vertrauen, ich schwöre, dass ich mich als würdig erweisen werde, dein Geheimnis zu erfahren.«

»Sie haben sich doch schon längst als überwürdig erwiesen!«, sagte ich und umarmte Miss Lucie. Und zwar so, wie man nur eine echte Freundin umarmt.

Und plötzlich war mir ganz leicht zumute. Miss Lucie hatte sich von der Mondscheinmagie nicht in die Flucht schlagen lassen. Die Chancen, dass sie auch mit meiner Zeitreisegeschichte klarkommen würde, standen somit gut. Darüber hinaus gab es so vieles, worüber ich mit ihr sprechen wollte. Wenn ich ehrlich war, hoffte ich sogar, ihr von meinen komplizierten Gefühlen für Hayden erzählen zu können. Himmel, ich stand kurz davor zu platzen vor Aufregung.

Bevor es dazu kam, sagte ich: »Machen Sie es sich bitte bequem, Miss Lucie. Das wird nämlich eine längere Geschichte.«

Kaum hatte sich meine Herrin ein paar Kissen in den

Rücken gestopft, legte ich los. Ich erzählte Miss Lucie, wie ich nach einer Mitternachtsparty im Internat plötzlich als Zofe aufgewacht und zu den Arlingtons gekommen war. Wie ich später erst Hayden und dann auch Madame de Minuit kennengelernt hatte, die sich ebenfalls als Zeitreisende entpuppten. Ich erzählte von der Verborgenen Gesellschaft und ihren Machenschaften. Und dass ich eines Tages in die Gegenwart würde zurückkehren müssen, wenn ich nicht von der Zeit davongeweht werden wollte. Dass Cedrics Vater Mitglied der Verborgenen Gesellschaft war, behielt ich erst einmal für mich. Genau wie die Tatsache, dass Spitz Prickelton reden konnte – und leider nur Unverschämtheiten von sich gab. Am Ende berichtete ich noch, wie wir bei der Marquise von einem goldenen Skarabäus ausgehorcht worden waren, der sich nun in Haydens Besitz befand.

Als ich endlich fertig war mit meiner Geschichte, war die Dämmerung bereits hereingebrochen und die Kammer lag im schnell verblassenden Zwielicht. Miss Lucie hatte die ganze Zeit über an meinen Lippen gehangen und mich nicht ein einziges Mal unterbrochen – wenn man von einigen unterdrückten Seufzern absah.

»Wie es weitergeht, steht im Moment in den Sternen«, schloss ich meine Erzählung. Erschöpft ließ ich die Schultern hängen.

Miss Lucie hingegen richtete sich auf. »Aber das ist doch ganz eindeutig. Wenn die Hohepriesterin den Zeitfluss damit bestimmen will, indem sie zwei Mondscheinspiegel von einer gewissen Größe benutzt, dann kannst du das auch. Einen großen Splitter, der in deinen Händen erwacht, hast du schon. Und wenn ich mich nicht irre, hat er dir vorhin gezeigt, wo sich ein zweiter großer Splitter befindet.«

»Im Haus des Duke of Sandringham«, stimmte ich zu.

Miss Lucie nickte eifrig. »Damit steht es fest: Du musst den Winterball besuchen. Und zwar inkognito, weil von der Zofe Zoe inzwischen jede Dame der Gesellschaft gehört hat. Man würde dich erkennen, beobachten, dir vielleicht sogar nachstellen. Wir müssen dich als einen Gast verkleiden und einschmuggeln, damit du dich im Haus des Dukes ungestört nach dem Spiegelkabinett umsehen kannst.«

»Ich soll den Ball als Gast besuchen?« Ich schrie fast, so völlig unmöglich kam mir dieser Gedanke vor.

»Aber natürlich, gemeinsam werden wir das schon hinbekommen.« Miss Lucie nahm meine Hand. »Und falls es dir vor dem Ballbesuch graut, brauchst du keine Sorge zu haben. Mir hat eine gewisse Zofe nämlich ganz viele Tricks beigebracht, damit man nicht die Nerven verliert. Deshalb wirst du jetzt erst einmal tief einatmen … gut so … und wieder ausatmen. Und gleich noch mal.«

Während ich meine eigenen Kniffe anwendete, um runterzukommen, musste ich zugeben, dass Miss Lucie recht hatte. Der Winterball des Duke of Sandringham war meine Chance, mich nach dem Mondscheinsplitter umzusehen. Und mit etwas Glück gelang vielleicht sogar mehr als das. Denn welchen Sinn macht ein Ballkleid, wenn man nicht darin tanzt?

Whisper Whisper: Überall nur (Salon-)Löwen

Meine liebe, vermutlich gerade sehr gespannte Freundin,

vertreibst Du Dir auch gern die Zeit mit amüsanten Beobachtungen? Etwa bei einer eher langweiligen Tee-Einladung, indem Du zu erraten versuchst, welches Sternzeichen die lautstarke Tugendverfechterin ist? Gewiss eine Widder-Frau, die es vor Temperament kaum im Sessel hält. Oder die Debütantin, die jetzt schon die Ehrwürdigkeit einer Hundertjährigen ausstrahlt: zweifelsohne im Zeichen des Steinbocks geboren – so ermüdend.

Möglicherweise schätzt Du die Astrologie nicht, aber zum Glück gibt es ja noch andere Ratespiele, mit denen man sich selbst (und gern auch andere) sogar auf der drögsten Veranstaltung aufrecht halten kann. Ganz nach dem Motto: Langweilig ist es nur, wenn man es langweilig sein lässt.

Sei gegrüßt von Deiner Löwe-Freundin

11

Die Verwandlung der Zofe Z

Monsieur Houppette faltete andächtig seine Hände. »Damit ich das richtig verstehe: Unsere liebe Zoe soll für einen Ball hergerichtet werden, als sei sie eine feine Dame. Und zwar so, dass nicht einmal ihre eigene Herrin sie wiedererkennen würde.«

»Und es geht auch nicht um irgendeinen Ball«, wisperte Barbu ganz aus dem Häuschen. »Sondern um *den* Winterball, das größte Spektakel der Saison. Eine wahre Herausforderung für den Meister der Schminktöpfe und seinen treuen Adlatus.« Er presste sich die Faust vor den Mund, als müsse er sonst vor Entzücken schreien.

Ehrlich, mir war auch zum Schreien zumute. Besonders, da Monsieur Houppette angesichts der Herkulesaufgabe wie versteinert dastand und in die Ferne starrte. Was dachte er nur? Natürlich, dass ich völlig gaga war, weil ich verkleidet einen Ball besuchen wollte. Jetzt durfte ich zur Abwechslung mal am eigenen Leib erfahren, wie sich grenzenlose Aufregung anfühlte. Und unter uns: Bis zum Hals in einem Ameisenhaufen zu stecken, konnte nicht schlimmer sein. Es war ein riesengroßer Unterschied, ob man jemanden perfekt für einen Ballbesuch in Form brachte oder selbst ranmusste. Zumal ich mich unauffällig als Gast einfügen sollte, damit ich unterm Radar beim Duke of Sandringham rumspionieren konnte, während sich alle anderen, die in der High Society Rang und Namen hatten, vergnügen würden.

Unauffälligkeit war das Stichwort – und wie leicht konnte ich es vermasseln. Vor meinem geistigen Auge sah ich mich beim Eröffnungstanz einen Ausfallschritt in die falsche Richtung machen, wodurch die Tanzenden der Reihe nach umkippten wie Dominosteine. Am Ende stand nur noch ich und alle starrten mich an.

»Ich muss dringend recherchieren, wie man sich per Zaubertrick in Luft auflöst, sonst kann ich die Sache mit dem Ball nicht bringen«, keuchte ich.

Glücklicherweise stand Miss Lucie als große Stütze neben mir und legte mir ihren Arm um die Schultern. »Ach, Zoe. Du weißt doch, was du mir vor meinem ersten Ball beigebracht hast: Bauchatmung hilft immer. Also, los geht's, ein- und ausatmen«, wies sie mich an. Darin hatte sie inzwischen Übung, seit unserer gestrigen Unterhaltung war ich ein Wrack.

»Danke, dass man atmen muss, hätte ich vor Aufregung fast vergessen.« Ich sog geräuschvoll Luft in meine Lungen. »Nun, Monsieur Houppette, wie sieht es aus, würden Sie uns bei diesem ungewöhnlichen Vorhaben unterstützen? Ich darf nämlich auf keinen Fall wiedererkannt werden.«

»Das wäre ja auch fatal«, sagte Monsieur Houppette. »Eine Zofe, die sich als Dame der Gesellschaft ausgibt, würde vermutlich in der Luft zerrissen werden. Bei so etwas ist mit dem Adel nicht zu spaßen.«

»Schon klar«, quiekte ich. In einem neuen Horrorbild sah ich mich mit einer verrutschten Perücke mitten im Ballsaal, umgeben von Bergen aus glitzerndem Kunstschnee und einer Schar aufgebrachter Adliger. In erster

Reihe stand Arthur, zeigte mit dem Finger auf mich und schrie: »Das ist der WhisperWhisper-Schmierfink, der eure Töchter und Frauen gegen die guten Sitten aufwiegelt!«

Uiuiui, jetzt bekam ich nicht nur schlecht Luft, sondern mir wurde auch noch speiübel.

Miss Lucie hingegen riss der Geduldsfaden. »Mein Bester, wir haben Sie aufgesucht in der Hoffnung auf Ihre fachmännische Unterstützung in dieser delikaten Angelegenheit. Es ist nun einmal so, dass Zoe für Ihre liebe Freundin, die Marquise, eine wichtige Angelegenheit auf dem Winterball erledigen muss, wie Ihnen das Schreiben anzeigt.«

Tatsächlich hatte das Projekt Winterball unter Miss Lucies Fittichen rasant an Fahrt aufgenommen. Gleich nach meinem Geständnis hatten wir der Marquise einen Brief geschrieben und ihr von unserem Verdacht berichtete, dass es im Haus des Dukes ein verborgenes Spiegelkabinett geben muss. Und dass ich mich auf dem Winterball verkleidet auf die Suche danach machen würde. Schon am Vormittag hatten wir eine Rückantwort erhalten, in der die Marquise uns ihre Unterstützung zusicherte. Die bestand in einem Schreiben an Monsieur Houppette, in dem sie ihren Freund und Vertrauten darum bat, uns nach Kräften zu unterstützen und ihr die Rechnung für das Unterfangen zukommen zu lassen. Das war eine enorme Hilfe, denn mein Zofengehalt reichte höchstens für eine Stoffblume im Haar.

»Die Marquise war mit ihrer Bitte sehr eindeutig«, bestätigte Monsieur Houppette. »Sie wünscht, dass Zoe in einer perfekten Maskerade den Ball besucht.«

»Damit haben wir es amtlich.« Miss Lucie machte eine Geste, als sei sie meine Pflichtverteidigerin. In dieser jungen Dame steckte so viel mehr, als ihre Familie annahm. »Da Zoe den Ball natürlich nicht alleine besuchen kann, haben wir unsere Freundin Charlotte gebeten, sie als ihre extra zu diesem Ereignis angereiste Cousine auszugeben. Wir nutzen hier die Tatsache, dass Charlottes Mutter momentan nicht in der Stadt ist und deshalb keine unangenehmen Fragen stellen kann. Unserer Freundin haben wir erzählt, dass Zoe zur Abwechslung mal nicht als Zofe, sondern selbst hautnah dabei sein möchte. Eine Aktion, die sie sofort unterstützte. Deshalb wird Zoe als Charlottes Cousine Auguste aus dem schönen Preußen zum Winterball gehen.«

»Auguste …« Bei dem Namen stöhnte ich automatisch auf. »Denke nur ich bei Auguste an einen ollen Scheuerlappen?«

Miss Lucie schaute mich flehentlich an. »Der Name ist doch nur zur Tarnung und Charlotte hat nun einmal eine Cousine mit diesem vielleicht etwas gewöhnungsbedürftigen Namen.«

Ich schüttelte mich. »Die echte Auguste hat bereits fünf Kinder und lebt mit ihrem kauzigen Ehemann, den ihre Familie ihr aufgezwungen hat, in einer zugigen Burg umgeben von nichts als flachem Land. Dort ist das aufregendste, das passieren kann, die Aufführung eines Holzschuhtanzes im nächsten Dorf. So gesehen ist es nicht gerade ein Traum, in die Haut von Auguste zu schlüpfen.«

»Vielleicht ist die Burg ja sehr romantisch und Augustes Kinderschar überaus niedlich«, gab Miss Lucie zu bedenken, wirkte aber selbst nicht sonderlich überzeugt.

»Lassen wir die Namenssuche erst mal beiseite«, schlug ich in der Hoffnung vor, dass sich hier noch was drehen lassen würde. Die trutschige Traudelwald war ich schließlich auch losgeworden. »Widmen wir uns stattdessen der sehr viel wichtigeren Frage, ob ich mich mit meinen schwarzen Haaren überhaupt in die blonde Cousine von Charlotte verwandeln kann. Monsieur Houppette, was sagen Sie? Ohne Ihre Hilfe bekommen wir das unmöglich hin.«

Sofort ergriff Monsieur Houppette meine Hände. »Natürlich bekommen wir das hin! Bitte mach dir keine Sorge, meine Liebe, das ruiniert dir nur deinen zarten Teint. Barbu und ich werden ein Wunder bewirken, du wirst dich im Spiegel nicht wiedererkennen, das verspreche ich dir bei meiner Ehre als großer Liebhaber der Schönheit und des Rougetöpfchens.«

Mir fiel ein Stein vom Herzen, mehr konnte man sich nicht wünschen.

Zum ersten Mal seit Miss Lucie und ich angefangen hatten, diesen Plan auszuhecken, sah ich einen Hoffnungsschimmer am Horizont. Ich lief zum Kleiderbeutel, den wir mitgebracht hatten. Darin befand sich ein Ballkleid, das Lady Arlington für ihre Tochter in Auftrag gegeben hatte. Es hatte eine Überraschung für den Winterball sein sollen, aber bei der Probe stellte sich heraus, dass Miss Lucie in Kristallblau wie eine Frostbeule aussah. Lady Arlington war not amused und das Kleid flog in die Ecke, wo wir es heimlich an uns genommen hatten. Im Gegensatz zu meiner Herrin sah ich in dem Luxusstück kein bisschen wie ein Eiszapfen aus, sondern – Zitat Miss

Lucie – »wie eine Schneeelfe«. Ich musste zugeben, dass es ein Traum war, dieses Kleid zu tragen. Man schlüpfte hinein und sofort fühlte man sich wie eine Prinzessin, die auf einem Bett aus Rosenblättern schlief, den lieben Tag lang durch Gärten wandelte und, kaum dass sie einen Ball besuchte, von ihrem Traumprinzen zum Tanz aufgefordert wurde. Solche Prinzessinnen stolperten vermutlich nicht über Kleidersäume – wie ich es bei der Anprobe sofort geschafft hatte.

Aber hey! Mittlerweile war ich eine Meisterin darin, Säume zu kürzen und sie so umzunähen, dass sie wellig wurden. Was, wie gesagt, total in war. Zumindest irgendwann mal.

Damit Lady Arlington das Prachtstück nicht wiedererkannte, hatte ich aus einer durchsichtigen Stola ein Überkleid genäht und es zusammen mit Miss Lucie mit lauter blauen Glasperlen bestickt. Die meisten Perlen gingen auf ihr Konto, da hatte sich die viele Stickerei, mit der junge Damen sich die Zeit vertrieben, mal ausgezahlt. Nur das Dekolleté ließ sich leider nicht verkleinern, da würde ich mir noch was einfallen lassen müssen. Denn da, wo bei Miss Lucie vornehme Zurückhaltung herrschte, sprengte ich den Rahmen.

Davon abgesehen war das Kleid der Hammer, besonders die gefältelten Schulterstücke hatten es mir angetan. Die langen Ärmel hatte ich abgetrennt und ich würde zum ersten Mal in meinem Leben Seidenhandschuhe tragen, die bis über meine Ellbogen reichten. Sogar eine kleine Schleppe hatte das Kleid jetzt. Die Schneiderin hatte nämlich einen Stoffrest dagelassen, den wir geschickt angesetzt hatten. Denn mal ehrlich, ohne Schleppe ging gar nichts.

Nun fiel sie zwischen den Schulterblättern hinab und raschelte bei jedem Schritt hinter mir her. Ich liebte es!

Auch Monsieur Houppette und Barbu zeigten sich begeistert, als ich ihnen das von uns überarbeitete Kleid zeigte.

»Ein Prachtstück, wie für dich gemacht«, sagte Monsieur Houppette, während er bereits mit einem Farbfächer um das Kleid herumwirbelte. »Die Herausforderung wird darin bestehen, dich farblich so zu verwandeln, dass man dich nicht erkennt. Accessoires unbedingt in Pfirsich, und auch ein paar Tupfen auf die Wangen. Was das Haar anbelangt, das darf auf keinen Fall schwarz bleiben, viel zu auffällig.«

Damit hatte ich bereits gerechnet. »Dann also adieu zu meinem Schneewittchen-Look.«

»Schnee *was* …?«, erkundigte sich Barbu.

Ich blickte in drei Paar fragende Augen, womit klar war, dass die Märchen der Brüder Grimm noch nicht bis London vorgedrungen waren. Eigentlich hatte ich mich sprachlich schon gut eingelebt, trotzdem rutschte mir immer wieder mal was raus, das mich als Zeitreisende outete. Es war wirklich ein Kreuz.

»Das bedeutet in meiner Heimat so viel wie: weg mit den dunklen Haaren und der hellen Haut. Aber wie bekommen wir das hin, ohne mit einer Perücke zu arbeiten? Das würde ich nämlich lieber vermeiden, die könnte mir beim Tanzen vom Kopf fliegen. Was wir brauchen, ist ein Trick.«

Monsieur Houppette und Barbu wechselten einen verschwörerischen Blick.

»Was meinst du, warum viele Damen der Gesellschaft

kein graues Haar auf ihrem Kopf tragen?«, erkundigte sich Monsieur Houppette. »So, wie es Puder fürs Näschen gibt, damit es nicht rot leuchtet, gibt es auch farbigen Puder fürs Haar. Eine eigene Kreation, wenn ich das sagen darf. Und was die Haselnussaugen anbelangt, so verfüge ich über eine Auswahl an farbigen Glaslinsen, die meisterlich in Venedig gefertigt werden.«

Ich konnte es kaum glauben, das *Avec Plaisir* hatte ein ganzes Sammelsurium an Verwandlungs-Tools. »Das ist ja großartig! Warum haben Sie solche Schätze bislang vor mir verheimlicht?«

»Das sind streng gehütete Geheimnisse meiner Zunft«, erklärte Monsieur Houppette. Dann fügte er ein wenig verlegen hinzu: »Die Marquise hat mich auf diese Idee gebracht, die mir erstaunlich viel Geld in die Kassen spült. Sie brauchte einen Spezialisten, weil einige ihrer Freunde wie auch sie selbst … nun ja, ein kleines Farbproblem haben.«

Mir zog sich der Magen zusammen. Ja, ein solches Farbproblem würde mir auch blühen, wenn ich nicht rechtzeitig das Geheimnis des Mondscheinzaubers knackte.

Monsieur Houppette sammelte bereits Döschen und Tiegel aus seinem riesigen Sortiment zusammen. »Und jetzt zieh bitte dein Oberkleid aus, bevor du Platz nimmst, Zoe. Sei ganz unbesorgt, hier oben sind wir unter uns. Die Puderpartikel sind aus einem so dunklen Stoff nur schwer rauszubekommen, da wollen wir kein Risiko eingehen. Das Ballkleid probieren wir dann nach der Verwandlung an.«

Aufgeregt löste ich die Schnürung im Nacken und verhedderte mich prompt. Bei diesem hochgeschlossenen

Kleid befand sich der Verschluss nämlich am Rücken und stellte mich vor eine echte Herausforderung.

Sofort stand Miss Lucie hinter mir. »Lass mich dir bitte helfen, heute spiele ich mal deine Zofe. Das habe ich mir insgeheim schon immer gewünscht.«

Gemeinsam gelang es uns, mich aus dem schwarzen, hochgeschlossenen Zofen-Dress zu befreien. Und schon im nächsten Moment saß ich im lila Samtsessel, mit einem Tuch um die Schultern, und beobachtete Monsieur Houppette dabei, wie er mein Haar in der Mitte scheitelte und mit Klemmen zurücksteckte. Nur den Pony zupfte er zurecht, bevor er mit dem Puder zu arbeiten begann. Dass ich inzwischen einen richtigen Pony hatte, verriet, wie lange ich nun schon im London anno 1816 feststeckte. Nun verfärbte sich mein Schopf unter dem Puderpinsel immer goldbrauner und durch Monsieur Houppettes raffiniere Steckkünste wirkte es, als hätte ich mein langes Haar am Hinterkopf mit Nadeln gebändigt. Das entsprach durchaus der aktuellen Mode, genau wie die pfirsichfarbene Schleife, die er geschickt auf meinem Kopf drapierte. Als der Puder dann auch noch meine dunklen Augenbrauen in hingehauchte honigfarbene Bögen verwandelte und die Wangen rosig malte, erkannte ich mich selbst nicht wieder. Das Tüpfelchen auf dem i waren jedoch die Glaslinsen, die mir grüne Augen schenkten.

Völlig überwältigt betrachtete ich mein so ganz anderes Spiegelbild. Die junge Frau, die mir entgegensah, war eindeutig ein Kind der Regency-Ära, alles an ihr entsprach dem Geist dieser Zeit, sogar mein leicht staunender Blick. Durch Monsieur Houppettes Zauberhand hatte sich mein

Äußeres nun endlich der Epoche angepasst, in die es mich verschlagen hatte.

»Das bin wirklich ich?«, fragte ich ungläubig, während ich das Schultertuch abnahm, das voller Puder war.

»Zoe, schau dich nur an, du siehst ganz verwandelt aus.« Miss Lucie lachte vor Überraschung hell auf.

Ich lehnte mich vor, um mein Spiegelbild aus der Nähe zu bewundern, als plötzlich das Silberglöckchen klimperte und dann auch schon eine Treppenstufe knarrte. Das war bestimmt nicht Barbu, der mit den Leckereien vom Bäcker zurückkehrte, bei seinem Fliegengewicht hörte man keine Treppenstufe.

Stattdessen tauchte Hayden auf.

Huch, was hatte denn ausgerechnet Mister »Hundert Liegestütz am Morgen schufen diesen Körper« im lieblich duftenden *Avec Plaisir* zu suchen? In diesen Laden passte er ungefähr genauso gut wie Monsieur Houppette zu einem blutigen Faustkampf auf offener Straße.

Mitten auf der Treppe blieb Hayden stehen und richtete sich zu seiner vollen Größe auf. »Herrgott, bleiben Sie gefälligst unten, Sinclair«, rief er genervt. »Ich kann Sie nicht gebrauchen, wenn Monsieur Houppette sich meines Hautausschlags an intimen Stellen annimmt. Suchen Sie sich meinetwegen ein Mundwasser auf meine Kosten aus, aber kommen Sie auf keinen Fall während meiner Behandlung nach oben.« Dann war er auch schon bei uns und nickte Miss Lucie sowie dem verzückt dreinblickenden Monsieur Houppette zur Begrüßung zu.

»Du hast eine kosmetische Behandlung gebucht?«, fragte ich.

Hayden zog eine Grimasse. »Natürlich nicht, die Sache

mit dem Ausschlag ist nur eine Ausrede, um mir meinen lästigen Kammerdiener vom Hals zu halten. Nach der Aktion bei der Marquise klebt der Kerl mir an den Fersen und verströmt dabei durchgehend miese Laune.«

»Die offenbar ansteckend ist«, stellte ich fest, als Hayden missmutig mein Spiegelbild betrachtete. »Lass uns noch mal auf Anfang gehen: Seid gegrüßt, mein werter Lord Falcon-Smith. Welch liebliche Überraschung, Euch hier in diesem gediegenen Ambiente anzutreffen.«

»Ich bin auch überrascht, aber nicht von der lieblichen Sorte«, knurrte Hayden. »Was soll das mit deinen Haaren, Zoe? Und deine Augenfarbe ist total verkehrt. Ich hätte dich nicht wiedererkannt, wenn du nicht deine Lautsprecherstimme aufgedreht hättest.«

Monsieur Houppette schob sich schützend vor mich. »Das ist der Testlauf für eine delikate Angelegenheit, die Sie, mit Verlaub, nichts angeht. Was auch immer Sie wünschen, Mylord, es wird warten müssen. Dieser Raum ist nur für Damen reserviert, eine Oase der Anmut und Schönheit. Obwohl Sie sich hier ausgesprochen gut machen, wie ich zugeben muss.« Er blinzelte Hayden zu.

Tja, anscheinend kam mein Zeitreisekollege nicht nur bei der Damenwelt super an.

»Verzeihen Sie bitte, Monsieur Houppette«, sagte Miss Lucie. »Ich habe Lord Falcon-Smith als Vertrautem der Marquise per Eilpost mitgeteilt, dass wir Ihrem Geschäft einen Besuch abstatten würden.« Sie warf mir einen entschuldigenden Blick zu. »Es war eine spontane Eingebung. Ich wollte es dir noch erzählen, aber dann war alles so aufregend.«

Ganz ehrlich? Ich staunte, dass Miss Lucie nach meinen

Eröffnungen überhaupt noch auf den Beinen stand und sich nicht für den Rest ihres Lebens unter der Steppdecke verkrochen hatte. »Eine gute Idee«, sagte ich deshalb, auch wenn ich mir bei Haydens Stimmung nicht so sicher war.

»Ein Vertrauter der Marquise also. Wie charmant.« Man konnte am Glitzern in Monsieur Houppettes Blick unschwer erkennen, dass Hayden sich in seiner Fantasie gerade in einen tollkühnen Fassadenkletterer verwandelte.

Miss Lucie lächelte einnehmend. »Für die zu meisternde Aufgabe müssen wir uns mit Lord Falcon-Smith abstimmen. Und wie Sie sich gewiss vorstellen können, ist es besser, wenn möglichst wenige Personen von unserer Zusammenkunft etwas mitbekommen. Ich hoffe, Sie haben nichts dagegen, dass wir Ihr Geschäft als Treffpunkt benutzen?«

»Aber nicht doch«, winkte Monsieur Houppette ab. »Ich bin der Marquise schon lang genug freundschaftlich verbunden, um in derlei Angelegenheiten eine gewisse Nonchalance an den Tag zu legen. Es ist mir stets eine große Ehre, die Dame unterstützen zu können.« Er seufzte, wie es nur eine romantisch veranlagte Seele konnte. »Und diese Zusammenkunft hat etwas von einem der aufregenden Fortsetzungsromane aus der Zeitung, für die ich eine Schwäche habe. Da treten auch verwegene Gestalten auf, stets bereit, sich ins nächste Abenteuer zu stürzen.«

»Hayden würde sich definitiv gut machen als Spion in geheimer Mission, besonders, wenn er dafür Geheimisse aus einer Lady herauskitzeln darf«, ulkte ich.

»Während du mit Prickelton unterm Arm vor der Tür Wache schiebst«, schoss Hayden zurück. »Allerdings höchstens fünf Minuten lang, dann würdest du ins Zimmer stürzen, um mir zu erklären, wie man die Lady am besten kitzelt, bevor du mich beiseiteschubst, um es selbst zu übernehmen.«

»Gar nicht, ich bin die Zurückhaltung in Person«, stellte ich klar.

Hayden schnaufte. »Und deshalb bereitest du auch deinen großen Auftritt auf dem Winterball vor. Wahrscheinlich hast du schon eine Tanzeinlage einstudiert, die alle umhauen wird. Breakdance oder eine Runde Freestyle-Limbo.«

Das war ja wohl echt frech. »Nur nicht neidisch werden. Ich habe an diesem Abend anderes zu tun, aber wenigstens könnte ich das Tanzbein schwingen, wenn ich wollte – im Gegensatz zu anderen Personen, die ich nicht weiter vorführen will.«

»Ich kann tanzen«, sagte Hayden. »Halt nur nicht diesen Ringelreihen, der aktuell angesagt ist.«

Während unseres kleinen, aber feinen Schlagabtauschs beäugten die beiden anderen Hayden mit unverhohlener Neugierde – was im Fall von Monsieur Houppette, dem ausgesuchten Liebhaber des Schönen und Begehrenswerten, eindeutig an Haydens Aussehen lag. Für ihn war unser französischer Sunnyboy der perfekte Held einer Spionagegeschichte, groß, mit zurückgeworfenem Haar und finsterer Miene, ein James Bond des 19. Jahrhunderts. Für Miss Lucie hingegen war Hayden nicht länger ein gewöhnlicher Gentleman, sondern ein junger Mann aus einer fernen Zukunft, die sie sich nicht einmal ansatzweise vorstellen konnte. Ich hatte es rasch aufgegeben, Miss Lucie zu erklären, dass in meiner Zeit Frauen Männern gleichgestellt waren. Weshalb es für mich auch eine normale Sache sei, mit Hayden ebenso abzuhängen wie mit meinen Freundinnen. Aber Miss Lucie war schon mit der Vorstellung überfordert gewesen, dass man mit einem Herrn öffentlich Umgang pflegen durfte, ohne eine Anstandsdame in greifbarer Nähe zu haben. Die Formel »Gleiches Recht für alle – und alle meint divers« hob ich mir lieber für ein anderes Mal auf.

Es war eine Sache, dass Hayden und ich uns endlich mal frei heraus unterhalten konnten. Aber im *Avec Plaisir* zwischen all den Flakons und Tiegeln voller duftender Geheimnisse wirkte er wie ein Fremdkörper in seinem fesch geschnittenen Mantel und den wadenhohen Reitstiefeln.

»Ist irgendwas passiert, dass du so schlecht drauf bist? Das ist doch sonst nicht deine Art«, sagte ich geradeheraus.

Es sollte eigentlich unmöglich sein, aber Haydens Miene wurde noch finsterer. »Mein Vater hat einen neuen Tanzlehrer engagiert, damit er mir für den Winterball wenigstens die Grundschritte beibringt. Als der Tanzlehrer zur Vordertür reinkam, bin ich zur Hintertür raus. Leider hat dort bereits Sinclair auf mich gewartet. Mein klettiger Kammerdiener kennt mich inzwischen besser, als mir lieb ist. Er hätte sich bestimmt sehr gefreut, dich mal von vorn zu sehen. Dann könnte er meinem besorgten Vater endlich stecken, mit welcher Bediensteten ich mir die Zeit vertreibe.«

»Dank Monsieur Houppettes Wunderwerk würde Sinclair mich bestimmt nicht erkennen. Sie haben wunderbare Arbeit geleistet, mein Lieber.« Ich strahlte meinen

Unterstützer an, der verlegen abwinkte und ein »Zu viel der Ehre« murmelte.

Sogar Hayden lenkte ein. »Da ist was dran, du siehst völlig anders aus. Ich frage mich ständig, mit wem ich gerade rede, das ist total verwirrend. Womit wir wieder bei meiner Frage wären: Was soll das Ganze, Zoe? Und das Gerede vom Winterball, zu dem du gehen willst. Ich für meinen Teil werde alles dransetzen, diese überkandidelte Tanzveranstaltung zu vermeiden.«

Ich zeigte Hayden einen Vogel und setzte gerade an, ihm unmissverständlich klarzumachen, dass der Winterball eine Top-Veranstaltung war und er bloß ein Partymuffel mit zwei linken Füßen. Doch Miss Lucie kam mir zuvor.

»Deshalb habe ich dich zum Gespräch gebeten, Hayden«, sagte meine Herrin. »Es gibt Neuigkeiten, die erfordern, dass Zoe inkognito am Winterball teilnimmt. Sie wird das Tanzvergnügen besuchen, um dort einem geheimen Auftrag nachzukommen.«

Hayden verschränkte die Arme vor der Brust. »Lasst mich raten: Er hat etwas mit Spiegeln zu tun und die Marquise hat ihre Finger mit im Spiel.«

Monsieur Houppette legte die Puderquaste beiseite. »Nun, dann lasse ich die Herrschaften mal allein, damit Sie Ihre Angelegenheiten besprechen können. Ich werde so lange einen Zigarillo auf dem Hinterhof paffen. Verpetzen Sie mich aber nicht an Barbu, er kann die stinkenden Dinger nicht ausstehen.« Damit verschwand er auch schon durch die Hintertür.

Miss Lucie knetete verlegen ihre Hände. »Ich hoffe, ich bin nicht zu weit gegangen, indem ich ein Treffen arrangiert habe. Du wirkst etwas aufgebracht, meine liebe Zoe.«

Ich lachte. »Ich bitte dich, Hayden macht mich doch nicht nervös.« Außer wenn er so nah neben mir steht, dass er hören kann, wie mein Herz in seiner Gegenwart rast, fügte ich in Gedanken hinzu.

»Dafür werde ich aber nervös, wenn ich an dich denke«, gab Hayden zu. »Was vor allem daran liegt, dass du ständig den Vogel abschießt, Zoe. Was glaubst du denn, wie es mir heute ergangen ist, als Lucie mir geschrieben hat, dass du sie in unser Geheimnis eingeweiht hast. Und zwar ohne dich vorab mit mir zu besprechen, was eigentlich nur fair gewesen wäre. Vor Schreck wurde fast ein dösender Corgi meines Vaters zerquetscht, als ich mich blindlings in einen Sessel habe fallen lassen.«

Miss Lucie schniefte. »Ich habe mich bei meiner Enthüllung um Einfühlungsvermögen bemüht. Es tut mir leid, wenn ich dich trotzdem überfordert habe, Hayden. Das war gewiss nicht meine Absicht.«

Dass Miss Lucie Haydens Gereiztheit so mitnahm, weckte in mir den Wunsch, einen Kamm nach ihm zu werfen. Glücklicherweise bekam er auch so mit, dass man nicht derart mit einer sensiblen Person wie meiner Herrin umgehen durfte.

»Ich habe auch überhaupt nichts dagegen, dass du Bescheid weißt, Lucie«, versicherte Hayden. »Warum auch? Ich finde es bewundernswert, wie du Zoe zur Seite stehst – egal, in was für Schwierigkeiten sie auch stecken mochte.« Während Hayden bei Miss Lucie die Samthandschuhe auspackte, bekam ich schon wieder einen verärgerten Blick von dem Kerl ab. »Wir sind ein Team, Zoe. Viel mehr noch, ich tummle mich über zweihundert Jahre in der Vergangenheit und fliehe vor übereifrigen Tanzlehrern, weil du mich hierhergeholt hast. Wenn du jemandem von unserer Zeitreise berichtest, dann bezieh mich bitte in die Entscheidung mit ein. Das gilt auch für die Frage, ob du in einer Verkleidung einen Ball besuchen solltest. Dabei läufst du schließlich Gefahr, enttarnt zu werden. Hast du dir schon mal überlegt, was dir in einem solchen Fall alles passieren könnte? Allein die Frage, was aus dir wird, wenn du deinen Status als Zofe der Arlingtons verlierst.«

»Nun mach mal halblang. Ich will mich ja nur im Anwesen des Dukes umsehen, damit wir beide in unsere Zeit zurückkönnen«, verteidigte ich mich. »Übrigens bin ich bislang auch ganz gut zurechtgekommen, ohne dich wegen jeder Kleinigkeit um Erlaubnis zu fragen.«

»Klar, lass ruhig die Heldin raushängen. Vielleicht solltest du gleich mit einem Superwoman-Dress auf den Ball gehen.«

»Ähm«, ließ Miss Lucie vernehmen, bevor wir uns weiter kabbeln konnten. »Was sehe ich da? Monsieur Houppette hat seinen Schal vergessen und heute ist es recht frisch. Ich werde ihm das gute Stück mal rasch hinterhertragen. Nicht, dass unser lieber Freund sich erkältet.« Bevor Hayden oder ich sie zum Bleiben bewegen konnten, war sie auch schon geflohen.

»Das ist nur deine Schuld«, blaffte ich Hayden an. »Miss Lucie benimmt sich so megacool, seit ich ihr die Sache mit dem Mondscheinspiegel gesteckt habe. Sie hat dir sogar einen Brief geschrieben, um dich einzuweihen – und du vergraulst sie zum Dank.«

»Ich bewundere Lucie für ihre Courage und werde

mich auch gleich bei ihr entschuldigen. Aber der Grund für meine miese Laune bist du.«

»Sicher, dass es nicht die Aussicht ist, heute noch eine Française mit deinem Tanzlehrer einzustudieren?« Ich hatte mich inzwischen aus meinem Sessel erhoben und baute mich vor Hayden auf, die Hände in die Taille gestemmt. Er mochte größer und sehr viel breitschultriger sein als ich, das bedeutete aber noch lange nicht, dass ich ihm nicht die Stirn bieten konnte.

Nur reagierte er auf die Demonstration meines Selbstvertrauens nicht wie erwartet, indem er zurückwich oder gar den Blick senkte. Er beugte sich stattdessen so weit zu mir herunter, dass ich sehen konnte, wie die Härte aus seinem Blick wich. Was hinter seiner Gereiztheit zum Vorschein kam, verunsicherte mich allerdings doppelt so stark.

»Wahrscheinlich bin ich so ätzend drauf, weil ich mit Zoe gerechnet habe und nicht mit einer Dame aus höheren Kreisen, von denen mein Vater mir gefühlt ein Dutzend pro Tag vorstellt«, sagte Hayden überraschend sanft. »Davon mal abgesehen mag ich deine Haare lieber ohne diesen ganzen Flitter.« Ehe ich mich versah, hatte er die Schleife von meinem Kopf gelöst und sie auf den Schminktisch gelegt.

Ich stand ganz still, aber meine Gedanken rasten. Ich gefiel ihm, wenn ich einfach nur ich war. Das war süß. Andererseits war ich ja nun nicht gerade sein heimlicher Schwarm. Bestimmt würde er mich auslachen, wenn ich ihm jetzt einen tiefen Blick durch die Wimpern zuwarf. Vermutlich fehlte Hayden einfach nur die gute alte Zoe, sein Sidekick in diesem Zeitreise-Tohuwabohu. Echte

Romantik würde es zwischen uns nicht geben, auch wenn ich mir das noch so sehr wünschte.

»Ich trage nur eine Verkleidung, dadurch ändert sich nichts«, sagte ich. Zum Beweis trat ich einen Schritt zurück, damit er mich in Augenschein nehmen konnte.

Was er auch tat.

Hayden sah mich an, als würde plötzlich ein Spotlight auf mich fallen.

»Ähm, könntest du bitte aufhören, mich so anzustarren?«, fragte ich verlegen.

»Das ist gerade nicht ganz so einfach«, gestand Hayden. »Ist das etwa das Kleid, in dem du den Ball besuchen willst?«

Ich verdrehte die Augen. »Quatsch. Das ist mein Unterkleid.«

Hayden rieb sich den Nacken. »Verstehe. Das erklärt dann auch, warum der Stoff leicht durchscheinend ist.«

Oh. Und noch mal Oh. Das klang nach keinem Look, in dem ich ausgerechnet vor Hayden stehen wollte. Ein Blick in den Spiegel zeigte zu meiner Erleichterung, dass sich unter dem weißen Batist nur meine Körpersilhouette abzeichnete. Das war ja nun kein Grund, große Augen zu machen. Entweder war Hayden schon zu lange im verklemmten Regency-Zeitalter unterwegs oder …

»Du siehst sehr schön aus in diesem Was-auch-immer-es-ist-Kleid«, sagte er leise.

… oder ihm gefiel tatsächlich, was er sah.

Ich schmolz fast dahin wegen des Kompliments – und war gleichzeitig völlig überfordert. Hand aufs Herz, so war ich noch nie angeschaut worden von einem männlichen Wesen. Das mit Hayden wurde zunehmend komplizierter, und ich hatte keine Ahnung, wie ich damit klarkommen sollte. Warum fiel es einer Kummerkastentante aus Leidenschaft wie mir nur so schwer, mir selbst Tipps zu geben?

Ich griff nach meinem Zofenkleid und blieb prompt beim Überziehen drin stecken. Erst mit Haydens Hilfe stellte ich fest, dass ich meinen Kopf durch den Ärmel zu schieben versuchte. Wie gesagt, ich war etwas von der Rolle – und seine Hände, die über den Stoff meines Kleides strichen, machten es nicht unbedingt besser.

»Danke, aber alles Weitere bekomme ich allein hin«, behauptete ich.

»Wie du meinst. Dann bin ich mal neugierig, mit welchen Kunstturnübungen du das Kleid zubekommmst.« Hayden grinste, während ich vergeblich nach den Schnüren an meinem Rücken angelte.

Nach einer Weile gab ich es auf, das war doch echt zu albern. »Gut, ich gestehe: Mit diesem Kleid husche ich normalerweise im Morgengrauen in Elsies Kammer und bettle so lange, bis sie die verflixte Schnürung zuzieht. Was jedes Mal ein Akt ist, weil die liebe Elsie ein Morgenmuffel ist und um diese Zeit kaum aus den Augen blicken kann.«

Lachend trat Hayden hinter mich und begann die Bänder anzuziehen. »Bei mir brauchst du nicht mal Bitte sagen, ich verknote mir die Finger freiwillig.«

»Wie komme ich zu der Ehre?«, brachte ich atemlos hervor.

»Weil ich bis eben keinen Penny drauf gesetzt hätte, dass ich meine schlechte Laune loswerden könnte. Keine Ahnung, wie du das machst, aber irgendwie drückst du bei mir sogar in aussichtslosen Situationen den richtigen Schalter.«

Okay, jetzt wurde ich rot.

Zoe, wies ich mich an, leg gefälligst damenhaften Gleichmut an den Tag! Wenn du unter seinen Händen wegschmilzt, wird es für euch beide noch megapeinlich. Also sprich über irgendwas, Hauptsache, es lenkt dich ab. »Willst du mir verraten, warum du vorhin wirklich so ein langes Gesicht gemacht hast?«, erkundigte ich mich.

Augenblicklich wurden Haydens Finger langsamer, als müsse er sich voll auf die Schnürung konzentrieren. Da hatte ich mit meiner Frage wohl ins Schwarze getroffen.

»Ich habe dir doch erzählt, dass meine Mutter als junge Frau auf ihrer Backpackertour eine romantische Nacht am Strand in Australien verbracht hat«, beschloss Hayden mir doch noch zu antworten. »Meinen Vater habe ich deshalb nie kennengelernt, ich habe nicht die geringste Ahnung, wer er ist. Allerdings habe ich ihn bisher auch nicht vermisst, es war immer alles gut, aber jetzt … Dieser Lord Falcon-Smith, den mir die Mondscheinmagie als Vater vorgesetzt hat, sieht aus wie eine ältere und sehr englische Ausgabe von mir. Gut möglich, dass mein echter Vater auch Engländer ist. Jedenfalls ist es seltsam, weil dieser Lord Falcon-Smith ja fest davon ausgeht, dass er mein Vater ist. Er hat seinen Sohn seit Ewigkeiten nicht gesehen, und jetzt, wo ich da bin, will er mit allen Mitteln einen wahren Erben aus mir machen, was wirklich anstrengend und auch verstörend ist. Ich komme schließlich nicht aus einer Zeit, in der man es toll findet, wenn jemand damit protzt, eigenhändig ein Wildschwein erlegt zu haben. Das Wort Vegetarier muss eindeutig noch erfunden werden. Aber wir sind nicht nur grundverschieden und ringen darum, dass ich weder verheiratet werden möchte, noch der perfekte englische Gentleman werden will. Irgendwie geht es um mehr …«

Während Hayden nach den richtigen Worten suchte, war ich heilfroh, dass ich ihn wegen seiner pestigen Laune vorhin nicht noch mehr angemotzt hatte. Bei ihm hatte sich offensichtlich ganz schön was angestaut. Und rauslassen konnte er den Frust ja nur bei jemandem, der eine Zeitreise am eigenen Leib erlebte. Man musste schon aus unserer Zeit kommen, um zu verstehen, dass vieles, das 1816 noch als absolut wichtig und richtig galt, mit den Jahrhunderten an Bedeutung verlieren würde. Wer stand heute noch auf Jagdtrophäen und hielt seinen Familienstammbaum hoch? Schon klar, niemand. Aber Haydens Vater erwartete all das von ihm.

»Diese Zeitreise hat es echt in sich – und falls es dir hilft: Mit diesem verwirrenden Gefühl bist du nicht allein«, sagte ich. »Manchmal fühlt es sich an, als müsse ich mir eine komplett neue Persönlichkeit zulegen, um als Zofe klarzukommen. Und je länger ich bei den Arlingtons bin, desto mehr vergesse ich die Zoe, die auf Insta steht und Smoothierezepte mit Erdbeeren sammelt. Mein Leben in der Gegenwart verblasst langsam, als würde es von meinem Zofendasein verdrängt, als gäbe es nicht genug Platz für zwei Zoes gleichzeitig.«

Dann vergaß ich, was ich noch alles Erhellendes sagen wollte, weil Hayden seine Hand auf meine Schulter legte. Ihre Wärme drang durch den Stoff und brachte meine Haut darunter zum Kribbeln. Es war, als würden sich unsere Körper durch die Berührung miteinander austauschen.

Ob er die Verbindung zwischen uns ebenfalls wahrnahm oder ganz mit seinen Gedanken beschäftigt war?

Hilfe, wieso sollte das eine Rolle spielen? Nun ging es wirklich um etwas anderes als um eine beiläufige Berührung, nämlich um meinen frustrierten Zeitreisekollegen, der kurz davor stand, als Nachwuchs-Lord hinzuschmeißen. Ich musste Hayden aufmuntern, ihm gut zureden. Nur leider bekam ich keinen Ton raus, solange er hinter mir stand und selbstvergessen mit den Bändern meines Kleides spielte. Wie sollte man unter solchen Umständen locker bleiben?

»Es ist schon verrückt«, sagte Hayden. »In Wirklichkeit lebe ich in einer verlotterten WG, in der sich die Pizza-Kartons stapeln, habe zwei Nebenjobs und versuche, zumindest ansatzweise, ernsthaft zu studieren. Das Letzte, was ich brauche, ist ein Vater. Den zu haben, wäre mit acht Jahren zum Fußballspielen cool gewesen, oder mit vierzehn, um mir die Sache mit dem Rasieren zu erklären. Aber jetzt? Jetzt habe ich plötzlich einen Vater – und seltsamerweise macht es mir was aus, dass dieser Lord Falcon-Smith von mir als Sohn enttäuscht ist.«

In Haydens Stimme lag eine Verzweiflung, die mich hilflos machte. Es fühlte sich nicht richtig an, einfach zu behaupten, dass es egal sei, was dieser Adelige von ihm hielt. Wenn alles gut lief, würden wir schon bald wieder in unserer Zeit sein und uns vielleicht nicht einmal an unsere Reise in die Vergangenheit erinnern. Aber selbst falls das so sein sollte, würde es Hayden nicht helfen. Die Mondscheinmagie hatte ihm einen Vater geschenkt, so wie ich einen Traumjob bekommen hatte. Es war fast, als stecke eine Absicht dahinter.

»Fertig«, sagte Hayden, nachdem er die Schnürung mit einer Schleife zugebunden hatte.

Trotzdem blieb ich mit dem Rücken zu ihm stehen. Die Gefühle, die in mir tobten, überforderten mich eh schon. Wenn ich ihn jetzt auch noch ansah, während er sich so verletzlich und offen zeigte, würde mir das definitiv den Rest geben.

»Was wir beide in 1816 erleben, ist echt, es ist Teil unseres Lebens«, tastete ich mich vor. »Vielleicht solltest du es als Chance sehen, dass du hier einen Vater hast, der sich für dich interessiert. Aus seiner Sicht möchte er bestimmt das Beste für dich, auch wenn dir seine Absichten total schräg vorkommen.«

»Aber aus Sicht meines Vaters bin ich ein Schlag ins Wasser.« In Haydens Stimme schwang eine Mutlosigkeit mit, die ich von ihm nicht kannte. »Ich halte die jungen Lords im Club für Pappnasen, reagiere gereizt auf Fuchsjagdgeschichten, laufe ständig unangemessen gekleidet durch die Gegend und außerdem sind da diese Gerüchte um meine Affäre mit einer Bediensteten, die ihm schlaflose Nächte bereiten.«

»So ein Unsinn! Stell einfach klar, dass da zwischen uns nichts ist.« Ich konnte nicht anders und drehte mich um.

Was sich sofort als Fehler erwies, denn nun stand Hayden so dicht vor mir, dass ich jedes Detail seines Gesichts wahrnehmen konnte. Vieles an ihm war genau richtig, als habe die Natur bei seiner Erschaffung gesagt: »Bei diesem Exemplar geben wir uns besonders viel Mühe.« Trotzdem waren es mehr die kleinen Makel, die mich berührten. Die kaum sichtbare Kerbe in seiner Unterlippe, der nicht ganz gerade Nasenrücken und die Augenschatten, die mir heute überhaupt zum ersten Mal auffielen. Wie viele schlaflose Nächte hatten ihn diese Sorgen wohl schon gekostet?

Hayden lächelte traurig. »Liegt mein Vater mit seiner Vermutung wirklich so falsch? Schau dir uns beide doch an, das zwischen uns ist deutlich mehr als nur eine Zweckgemeinschaft. Bestimmt würden sogar alle in unserer Zeit davon ausgehen, dass da zwischen uns etwas ist. Vielleicht hat die Mondscheinmagie uns ja nicht nur in herausfordernde Lebenssituationen gesteckt, sondern es hat auch einen Grund, warum du ausgerechnet mich in die Vergangenheit geholt hast.« Dabei fuhren seine Finger ganz leicht durch mein Haar und spielten mit den Nadeln, mit denen die Strähnen im Nacken gehalten wurden.

Ich wagte kaum zu atmen, weil ich nicht wollte, dass er seine Hand wegnahm. Von seinen Fingerspitzen ging ein Zauber aus, der meinen Nacken hinabfloss und in mir das Bedürfnis weckte, die Augen zu schließen. Ihm mein Gesicht entgegenzuhalten. Und zu warten, dass er sich zu mir herabbeugte und seine Lippen sanft auf meine senkte und damit bewies, dass jedes seiner Worte wahr war.

Ach, warum so lange warten? Selbst war die Frau.

Ich stellte mich auf meine Zehenspitzen, bereit, Hayden zu küssen.

Nur leider öffnete sich ausgerechnet in diesem Moment knarrend die Hintertür und eine fröstelnde Miss Lucie trat ein. Als sie Hayden und mich sah, erstarrte sie. »Wie unangenehm, ich störe doch hoffentlich nicht bei einer Begegnung, wie sie in der Zukunft bestimmt alltäglich ist und überhaupt nichts Verwerfliches an sich hat?«

Hayden blinzelte, als sei er soeben aus einem süßen Tagtraum erwacht. »Ich hätte nichts dagegen, wenn meine

Zukunft künftig mit dieser Art von Sozialkontakten übersät ist.«

Ich gab ihm einen Klaps gegen seine Brust. »Nun bring meine Herrin nicht in Verlegenheit. Miss Lucie, kommen Sie bitte rein.«

Doch Miss Lucie trat bereits den Rückzug an. »Gebt Bescheid, wenn ihr so weit seid, ich genieße solange die frische Luft«, rief sie. Dabei klapperten eindeutig ihre Zähne vor Kälte aufeinander.

Himmel, meine Herrin brauchte ganz dringend eine heiße Tasse Kamillentee – ob es mir nun gefiel oder nicht, der Kuss musste warten, auch wenn Haydens Lippen noch so einladend aussahen. Aber ich würde diesen Kerl küssen – verwirrende Gefühle hin, sein unergründlicher Charme her. So viel stand fest!

Ich eilte zu meiner Herrin, bevor sie noch in der Londoner Kälte einfror. »Schön hiergeblieben, Miss Lucie, wir drei haben schließlich eine ganze Menge zu besprechen. Aber zuerst tauen wir Sie wieder auf.« Damit schob ich sie vor den Kamin. Hayden brachte ihre Stola, die sie sich wohlig seufzend um die Schultern legte.

»Lasst mich euch zuerst den Stand meiner Nachforschungen zum goldenen Skarabäus mitteilen. Das ist nämlich schnell erzählt«, sagte Hayden. »Ich habe mit dem Käfer Juweliere, Kunsthändler und sogar eine Weissagerin aufgesucht. Leider konnte mir niemand weiterhelfen. Der Skarabäus ist und bleibt ein goldenes Schmuckstück, das sich sein Geheimnis nicht entlocken lässt. Auch mein Treffen mit William Stuart hat nichts Neues gebracht, der Kerl interessiert sich für Blumen, Architektur und ist ein echt netter Kerl. Im Übrigen scheint er gerade schwer verschossen zu sein. Er machte jedenfalls so Andeutungen, dass die schönste Blume Englands in seinen Augen blonde Haare habe und absolut anbetungswürdig sei. Wisst ihr zufällig mehr darüber?«

Miss Lucie und ich wechselten einen raschen Blick. Trotz ihrer bibbernden Lippen bekam sie ein Grinsen hin. Ja, unsere Charlotte hatte eindeutig einen vor Leidenschaft entflammten Verehrer.

»Dieses pikante Thema heben wir uns für später auf«, sagte ich zu Hayden. Dann berichtete ich ihm, was mir der Mondscheinsplitter über den Verbleib eines weiteren großen Splitters offenbart hatte. Und dass ich den Winterball dazu nutzen wollte, um das Spiegelkabinett, in dem er sich verbarg, ausfindig zu machen.

»Du willst innerhalb einer Ballnacht etwas finden, woran die Marquise trotz ihrer Tricks und Kenntnisse gescheitert ist«, stellte Hayden trocken fest. »Ich weiß ja, dass es dir nicht an Selbstvertrauen mangelt, aber der Duke scheint sein Kleinod sehr gut versteckt zu haben. Und neben deinen vielen Fähigkeiten steht ausgebildete Spurensucherin und Detektivin nicht auf deiner Visitenkarte.«

Das war jetzt eine herbe Enttäuschung. »Dann bin ich deiner Meinung nach also zum Scheitern verurteilt?«, fragte ich.

Hayden strich sich durchs Haar. »Nicht, wenn ich an deiner Seite bin. Ich werde den Ball ebenfalls besuchen und gemeinsam werden wir das Spiegelkabinett schon finden. Und falls wir überrumpelt werden, geben wir uns einfach als Liebespaar aus, darin sind wir ja mittlerweile sehr überzeugend.« Damit warf er mir einen Blick zu, der mich mit einer rosaroten Funkenexplosion komplett wegbeamte.

Ehe ich hingebungsvoll seufzen konnte, ertönte Gerumpel aus dem Verkaufsraum.

»Mylord, bitte warten Sie, dort dürfen Sie nicht hinauf. Die obere Etage ist ausschließlich für die Damenwelt reserviert«, rief ein hörbar aufgebrachter Barbu.

»Aus dem Weg, Fatzke. Niemand hält mich davon ab, nach meinem Herrn zu sehen, wenn ich das für nötig halte«, knurrte Haydens Kammerdiener. Scheinbar war Sinclair nicht länger bereit, sich die Zeit mit Mundwassern zu vertreiben.

»Merde«, stöhnte Hayden.

»Ich habe eine Idee. Ab mit dir hinter den Garderobenständer«, flüsterte ich ihm zu.

»Darf ich mich ebenfalls dort verstecken?«, erkundigte sich Miss Lucie, die Sinclairs speziellen Charme allein schon an seiner Stimme erkannt hatte.

»Keine Sorge. Kammerdiener, die knurren, beißen nicht«, behauptete ich, obwohl ich mir da in Sinclairs Fall keineswegs sicher war.

Kaum war Hayden hinter dem beladenen Garderobenständer abgetaucht, stand Sinclair auch schon auf der obersten Stufe und ließ mit deutlichem Zorn den Blick schweifen. Dabei starb ich innerlich tausend Tode, denn normalerweise ging ich direkt in den Fluchtmodus, wenn dieser Mann irgendwo auftauchte. Ich war die Beute, die Sinclair nur zu gern gerissen und Haydens Vater vor die Füße geworfen hätte. Jetzt würde sich zeigen, ob Monsieur Houppettes Verwandlungskünste hielten, was sie versprachen. Würde

Sinclair in mir die Zofe wiedererkennen, die ihm bereits mehrfach mit seinem Herrn zusammen entwischt war?

Mit zu Schlitzen verengten Augen starrte Sinclair mich an. »Raus mit der Sprache, wo hat er sich versteckt?«, fauchte er mich an.

Ich streckte demonstrativ den Rücken durch. »Ich habe nicht die geringste Ahnung, wovon Sie sprechen.«

Sinclair kam näher, während sein Blick adlermäßig hin und her wanderte. »Du willst mir doch nicht erzählen, dass ihr Frauenzimmer nicht mit ihm verabredet gewesen seid.«

Ich baute mich schützend vor Miss Lucie auf, ganz wie es sich für eine gute Zofe gehörte. »Mäßigen Sie in der Gegenwart meiner Herrin gefälligst Ihren Ton, Sie unverschämter Mensch. Und wagen Sie es ja nicht noch einmal, solch wirre Behauptungen auszustoßen.«

»Kennen wir uns?«, fragte Sinclair.

Unter größter Anstrengung hielt ich seinem Blick stand. »Als ob meine Herrin in Kreisen verkehren würde, in denen die Bediensteten nicht wissen, wie man sich benimmt.«

»Tatsächlich?« Nun stand Sinclair so dicht bei uns, dass ich seinen vor Anspannung auf und ab springenden Adamsapfel sehen konnte. Prüfend musterte er mich und dann Miss Lucie, die ihn mit einem »Wie impertinent«, ganz Dame aus bestem Hause, abblitzen ließ. Das überzeugte ihn allem Anschein nach darin, dass er bei uns an der falschen Adresse war. Ich würde für immer in Monsieur Houppettes Schuld stehen. Nun mussten wir diesen lästigen Kammerdiener nur noch loswerden, bevor er zu guter Letzt doch noch Hayden entdeckte.

»Ich bitte die Damen vielmals um Entschuldigung,

hier liegt offenbar ein Irrtum vor.« Sinclair machte eine Verbeugung. »Vielleicht können Sie mir aber trotzdem weiterhelfen, ich bin nämlich auf der Suche nach meinem Herrn, der, soweit ich weiß, vor nicht allzu langer Zeit diese Etage betreten hat.«

»Das war bestimmt dieser junge Kerl, der hier unangekündigt hereingeplatzt ist«, stieß Miss Lucie hervor.

Ich nahm ihre Hand und tätschelte sie. »Bitte regen Sie sich nicht auf, alles wird gut.« Dann wendete ich mich an Sinclair, der natürlich aufgehorcht hatte. »Ich möchte ausdrücklich betonen, dass meine Herrin dieses Geschäft nie wieder betreten wird. Uns wurde zugesichert, dass diese Räumlichkeiten eine Gentleman-freie Zone seien. Stattdessen geben sich die Herren regelrecht die Klinke in die Hand. Aber nun gut, wenn Sie es unbedingt wissen wollen: Wir hatten es uns gerade erst gemütlich gemacht, als ein junger Gentleman die Treppe heraufkam, sich verbeugte und zur Hintertür hinaus verschwand. Einfach so. Monsieur Houppette ist ihm hinterher, um ihn zur Rede zu stellen, und bislang nicht zurückgekehrt.«

Sinclair ballte die Hand zur Faust. »Dieser Mistkerl hat mich wieder einmal abgehängt. Na warte, Bürschchen. Das war das letzte Mal, dass du mir entwischt bist.«

»Wie auch immer, wenn Sie uns nun entschuldigen würden? Das war mehr als genug Aufregung für meine Herrin.«

»Gewiss.«

Leise Verwünschungen ausstoßend stieg Sinclair die Treppe hinab, aber erst als das Glöckchengebimmel erklang, wagte ich es auszuatmen. Auch Hayden war kreidebleich, als er hinterm Garderobenständer hervortrat und seinem Kammerdiener ein paar sehr unschöne Beschimpfungen hinterherschickte. Doch niemand toppte Miss Lucie, deren berühmte Stressflecken einen Auftritt der Extraklasse hinlegten.

»Es tut mir so leid, dass Sie so viel mitmachen müssen, nur weil ich Sie ins Vertrauen gezogen habe«, entschuldigte ich mich.

Miss Lucie blickte mich aus ihren blauen Augen an. »Sei bitte nicht albern. Es kommt mir vor, als habe mein Leben erst so richtig begonnen, seit du es durcheinanderwirbelst, Zoe. Und nun lasst uns keine Zeit verschwenden, wir haben die Operation Winterball vorzubereiten.«

Erstaunt sah ich zu Hayden, der mit den Achseln zuckte und sich einen Stuhl heranzog, während Miss Lucie bereits laut überlegte, was sie in Romanen schon alles über geheime und verborgene Räumlichkeiten gelesen hatte. Ein Schmunzeln unterdrückend setzte ich mich dazu und war einen Moment später auch schon voll in das Thema eingetaucht. Was auch immer der Winterball an Herausforderungen mit sich bringen würde, ich würde mich ihnen nicht allein stellen müssen.

Whisper Whisper: Sei so frei

Meine mir zugetane Freundin,

gewiss bist auch Du schon einmal einer üblen Nachrede ausgesetzt gewesen. Eine schmerzhafte Erfahrung, egal, ob an ihr etwas dran ist oder nicht. Natürlich kann man sich dagegen wehren. Doch für viele ist allein die Vorstellung kräftezehrend, wo wir doch dazu erzogen wurden, freundlich und zurückhaltend zu sein. Das trifft sich gut, denn Schweigen ist hier das beste Rezept. In der Öffentlichkeit begegnet man Klatschmäulern mit Größe und lässt sich nicht dazu herab, Stellung zu beziehen. Und mit dem Schmerz, der in Dir tobt, vertraue Dich einer lieben Freundin oder Deinem Tagebuch an. Lass es nicht auf Deiner Seele lasten, denn das ist es niemals wert!

Deine Dir Stärke wünschende Freundin

12

Lady Auguste lässt bitten

Endlich war es so weit, die Nacht des Winterballs stand an.

Die Gerüchteküche war heiß gelaufen, was der Duke of Sandringham wohl in diesem Jahr veranstalten würde, um seine Gäste zu beeindrucken. Letztes Jahr war um eine schwarz-rote Garderobe gebeten worden, in der dann alle durch einen Ballsaal wandelten, der komplett mit glitzerndem Samt ausgeschlagen war und in dessen Ecken Feuer züngelten. Ein anderes Mal war das Thema »Eisglitzern« ausgerufen worden und so manche Dame hatte sich ihre Pantöffelchen an den ausgestreuten Glaskristallen aufgeschlitzt. Es soll aber so unfassbar schick gewesen sein, dass im nächsten Jahr noch mehr Haushalte darauf gehofft hatten, eine Einladung zu bekommen.

Ganz vorne rangierte natürlich die Frage, in welcher Aufmachung der Duke zu seinem Fest erscheinen würde. Bestens in Erinnerung geblieben war sein aus Tannengrün gefertigter Anzug, der noch während der Feier zu nadeln begonnen hatte. Man kaute die vergangenen Bälle durch und stellte jede Menge Vermutungen an. Doch es gab keinen einzigen Hinweis darauf, womit der Gastgeber heute Nacht beeindrucken würde. Nur eins stand fest: Schnee war das Motto, wie es die Schneeflocken-Einladung ja bereits verraten hatte. Nur Miss Lucie und ich wussten bereits, dass der Duke einen Auftritt in Superweiß plante.

Prahlen konnte ich mit meinem Wissen allerdings nicht, sonst hätte ich erklären müssen, wie ich einen Blick in sein verborgenes Spiegelkabinett hatte werfen können.

Auch im Haus der Arlingtons herrschte große Aufregung, denn die Familie hatte abgemacht, geschlossen am Ball teilzunehmen. Sogar Miss Lucies ältester Bruder George, der sich normalerweise hinter seinen Geschäften versteckte, würde mit von der Partie sein. Seine Mutter hatte ihn überzeugen können, dass sein Ruf als Ehrenmann in Gefahr gerate, wenn er nicht langsam anfing, der Damenwelt zumindest ein Minimum an Aufmerksamkeit zu schenken.

Auch mein Anti-Lieblings-Arlington Arthur würde sich die Ehre geben, allerdings nicht, um das Tanzbein zu schwingen, wie er unermüdlich betonte. Der jüngste Sohn der Arlingtons hatte stattdessen vor, die viel gelobte Getränkeauswahl des Duke durchzuprobieren. Dazu muss ich jetzt nichts sagen, oder?

Und dann wäre da noch Miss Lucie, die sich in den letzten Tagen gefühlt einen Korb voller Briefe mit Cedric geschrieben hatte. Meine Herrin war seit meinem Geständnis, eine Zeitreisende zu sein, regelrecht aufgeblüht. Das Leben bestand plötzlich nicht mehr nur aus Dingen, die sie vermasseln konnte, und gesellschaftlichen Ansprüchen, die ihr wie ein Mühlstein auf der Brust lagen. Plötzlich lag ein Hauch von Abenteuer über allem und nichts war mehr gewiss in einer Welt, in der Spiegel sich als Zeitportale erwiesen, junge Lords unbegreifliche Exemplare aus einer fernen Zukunft waren und die enge Freundin der eigenen Mutter eine Zeitreisende mit einer geheimen Mission. Anstatt mit Angst und Rückzug zu reagieren, umarmte Miss

Lucie diese neue Welt, und damit auch Cedric, der in gewisser Weise ebenfalls ein Abenteuer war – wenn auch eins der romantischen Art. Ich war mir jedenfalls sicher, dass die beiden Turteltäubchen heute Nacht etwas ganz Verrücktes wagen würden, wie etwa einen gemeinsamen Tanz oder vielleicht sogar einen echten Handkuss.

Was mich anbelangte, so lag ich in meiner Kammer im Bett, die Decke bis zum Kinn hochgezogen und stöhnte mitleiderregend.

»Du Arme«, tröstete mich Elsie, die auf meiner Bettkante saß. »Soll ich noch mal heißes Wasser in die Wärmflasche nachfüllen für deinen kranken Bauch?«

»Alles gut«, versicherte ich ihr. »Das gammelige Eier-Sandwich bohrt sich einmal durch mein Gedärm, da muss ich jetzt durch. Die Lebensmittelvergiftung ist meine eigene Schuld. Der Geruch der verdorbenen Eier hätte mir eine Warnung sein sollen. Aber ich muss ja immer alles essen, was mir unter die Finger kommt.«

Elsie nickte wissend. »Wenn du in Gedanken bist, stopfst du alles Mögliche achtlos in dich hinein. Ich sage nur Yorkshire Pudding Spezial … Danach konntest du drei Tage lang keinen Bissen runterbringen.«

Würg. Allein bei der Erinnerung an die Lamb Fries wurde mir speiübel. Und mein Gesicht verfärbte sich offenbar so grün, dass Elsie nach dem Spuckeimer griff.

»Geht schon wieder«, sagte ich. »Und überhaupt, du musst dich jetzt um Miss Lucie kümmern, wo ich unpässlich bin.«

Widerwillig zupfte Elsie an dem Zofenkleid, das ich ihr geliehen hatte. »Es fühlt sich so falsch an. Du bist Miss Lucies Zofe, du hast sie trotz deiner Kotzeritis noch für den

Ball zurechtgemacht. Dieser Monsieur Houppette, der ihr heute einen Hausbesuch abgestattet hat, ist zwar ein Meister seines Fachs, aber nur du weißt so richtig, wie man Miss Lucie in Szene setzt. Jetzt liegst du flach, statt deine Herrin zu begleiten und ihren Erfolg auf dem Fest zu genießen.«

Erwähnte ich schon, dass ich ein totaler Elsie-Fan war? Das Mädchen hatte das Herz am rechten Fleck. »Mach dir keine Gedanken um mich, ich schlaf mich aus und morgen ist alles wieder fein. Wenn jemand heute Abend etwas Großes leisten muss, dann du. Hast du das Riechfläschchen und das Nähzeug parat? Gut. Dann mach dir keine Sorgen, das wird schon laufen. Steh Miss Lucie zur Seite, wenn es gewünscht wird. Und ansonsten schau dir das Treiben auf dem berühmten Winterball an, so eine Gelegenheit bekommst du bestimmt nicht so schnell wieder. Und jetzt ab mit dir, die Familie will zum Ball aufbrechen und ich will in Ruhe sterben.«

Elsie war noch nicht bereit, mich meinem Schicksal als Opfer vergammelter Eier zu überlassen. »Mrs Hibbert hat heute ihren freien Abend, aber ich könnte Suzie oder May bitten, nach dir zu schauen.«

»Unsinn, sobald du raus bist, will ich nur noch schlafen. Sag bitte allen, sie sollen auf Zehenspitzen an meiner Kammer vorbeigehen. Wer mich stört, muss den Kotzeimer leeren. Weil er nämlich voll sein wird, wenn ich gestresst bin.«

Wie erhofft verzog Elsie angewidert das Gesicht. »Dann lass ich dich jetzt mal allein und widme mich meiner neuen Aufgabe als Ersatz-Zofe. Noch irgendwelche weisen Worte?«

»Lass am Büfett die Finger von Eiersandwiches.«

Elsie kicherte, dann machte sie aus Gewohnheit einen Knicks und ließ mich endlich allein.

Ich lauschte noch eine Weile auf die Geräusche im Haus, und als ich sicher war, dass man gerade die Kutsche vorm Haus bestieg, warf ich meine Bettdecke fort. Dann zupfte ich die riesige Schlafhaube von meinem Kopf, unter der mein von Monsieur Houppette perfekt frisiertes Haar zum Vorschein kam. In meinem Pompadour-Beutel befanden sich noch ein paar eigens zusammengestellte Schminkartikel und die farbigen Glaslinsen. Jetzt schlüpfte ich erst einmal in das kristallblaue Ballkleid mit seinen aufwendigen Verzierungen. Es versetzte mir einen kleinen Stich, dass ich es in aller Eile anziehen musste, das Kleid hatte wirklich Besseres verdient. Aber als ich die apricotfarbenen Seidenhandschuhe, die bis über den Oberarm reichten, überzog, fühlte es sich doch sehr feierlich an.

Damit war es offiziell, heute Nacht besuchte ich meinen ersten Ball.

In der Zukunft hatte ich zwar eine Tanzschule besucht, aber den Abschlussball wegen einer hartnäckigen Erkältung verpasst. Für heute Nacht war für mich zwar kein Tanz geplant, ich würde es aber trotzdem genießen, in diesem edlen Look durch die feierlich hergerichteten Räumlichkeiten zu flanieren. Weil, und das ist ja wohl klar, ein Ball bei einem waschechten Duke im frühen 19. Jahrhundert etwas völlig anderes ist, als in einer Tanzschule einen Foxtrott hinzulegen, während die Eltern völlig aus dem Häuschen ihr Handy zücken.

Für mich war es doppelt besonders, weil ich so viel über die Tanzvergnügen bei Jane Austen und Co. gelesen hatte.

Und nicht nur das, ich hatte mir einen solchen Event zigmal in meinen Tagträumen ausgemalt und jede Filmszene, die einen Ball zeigte, so lange wiederholt, bis mir der Finger vom Tippen wehtat. All das kam jetzt wieder hoch und sorgte dafür, dass ich mich wie ein Champagnerkorken fühlte.

Eigentlich hätte ich ganz locker sein müssen, schließlich hatte ich Miss Lucie schon zum Ball der Pembrokes begleitet, auf dem Schmetterlinge herumgeflattert waren und ein gewisser junger Lord auf einer Balustrade unschuldigen Zofen aufgelauert hatte. Aber es ist eben was komplett anderes, ob man alles dransetzt, seine Herrin über die Ziellinie zu bringen, oder man plötzlich selbst in einem sagenhaften Kleid ein Fest besucht. Zugegeben, der Deckname Auguste machte einiges an Grandezza wieder zunichte. Und dann war da noch die Sache mit dem versteckten Spiegelkabinett, das ich unbedingt finden musste, ohne von der Dienerschaft beim Rumschnüffeln erwischt zu werden. Aber … ach, ich schwebte auf rosa Wolken aus meiner Kammer.

Im Haus war es nach dem Aufbruch der Herrschaften wie erwartet ruhig geworden. Während die Arlingtons dem heiß ersehnten Spektakel entgegenfuhren, waren ihre Bediensteten froh, endlich ihre Schürzen lockern zu können. Sie hatten sich in die Küche verkrümelt, um in Ruhe zu essen und zu plaudern. Niemand konnte ständig einen auf vornehm machen – mit Ausnahme von Butler Culpepper, aber bei dem war die steife Oberlippe auf jeden Fall genetisch bedingt.

Ich mochte diese gemeinsamen Abende in der Küche: mit dem Kohlenjungen Karten gespielt, mit Elsie ein Liedchen geträllert und mich von Mrs Hibbert ermahnen lassen, beim Essen die Ellbogen vom Tisch zu nehmen. Wir Bediensteten waren eine eingeschworene Gemeinschaft, manchmal fühlte es sich an, als ob wir in dem hochherrschaftlichen Haus ein geheimes Doppelleben führen würden, von dem die Arlingtons keinen Schimmer hatten.

Als ich die letzte Treppenstufe ins Erdgeschoss nahm, lauschte ich einen Moment lang auf das Gemurmel und Geschirrgeklapper, das aus der Küche drang. Dann schlich ich auf Zehenspitzen in den Gartensaal, um mich nach draußen abzusetzen. Auf der Terrasse begrüßte mich ein eisiger Wind, der nach Schnee duftete. Londoner Winter waren dafür bekannt, nass, matschig und düster zu sein. Falls es ausgerechnet heute Nacht schneien sollte, würden anschließend alle behaupten, dass die hauseigene Astrologin des Dukes ihr Geschäft bestens verstand.

Wegen des miesen Wetters hatte ich mir meine Stiefeletten angezogen und die geliehenen Seidenschläppchen von Miss Lucie in die Manteltasche gesteckt. Dieses Mal würde die allgegenwärtige Matschepampe nicht mein zauberhaftes Schuhwerk ruinieren!

Mit gespitzten Ohren sauste ich durch den Garten, denn es würde nicht mehr lange dauern und Wachmann Smithson drehte mit seinen Hunden die erste Runde. Obwohl ich mich bei den zwei Riesentölen bei jeder Gelegenheit mit Leckerlis beliebt gemacht hatte, wollte ich lieber nicht herausfinden, ob sie sich nicht doch vor lauter Diensteifer auf mich stürzen würden. Und sei es auch nur, um meine Kleidung nach Hundekuchen zu durchsuchen.

Nach einem kurzen Kampf mit der Pforte, die am hinteren Ende des Gartens in die Mauer eingelassen war, verließ ich das Grundstück der Arlingtons. Sofort machte mein Herz einen Hüpfer und erinnerte mich daran, dass ich das letzte Mal zusammen mit Hayden diesen Weg genommen hatte.

Oh Mann, ich musste dringend mal ein paar klärende Takte mit mir reden. So ging das einfach nicht weiter, selbst in den aufregendsten Momenten schaffte ich es, an Hayden zu denken.

Spätestens seit ich im *Avec Plaisir* den Entschluss gefasst hatte, den jungen Lord bei der nächsten sich bietenden Gelegenheit zu küssen, bot mir mein inneres Kino in einer Endlosschleife grandiose Hayden-Momente. Wie er mich auf seine unverschämte Art angrinste, rockstarmäßig auf Picknickdecken rumlümmelte, als habe er einen Kurs darin absolviert, wie er ganz windzerzaust nach der Käfer-Verfolgungsjagd dastand oder er mich manchmal auf so eine Art anschaute, die ich mehr fühlte als begriff.

Unter anderen Umständen hätte ich diese Gefühlsachterbahn genossen. Aber heute Nacht musste ich konzentriert sein und mich voll reinhängen, damit ich den Ball als Lady Auguste meisterte und das Spiegelkabinett des Dukes fand. Romantische Träumereien passten da nicht, vor allem, wenn in ihrem Zentrum ausgerechnet der junge Gentleman stand, der mir heute Abend den Rücken freihalten sollte. Egal, was zwischen mir und Hayden im Gange war, heute durften wir nichts anderes sein als ein bestens funktionierendes Team.

Eisern schob ich den Gedanken an Hayden beiseite und blinzelte ins diesige Licht der Gasbeleuchtung.

Am Ende der Straße stand eine Kutsche, nicht mehr als ein Schemen. Charlotte hatte ihr Versprechen gehalten.

Ich raffte meine Röcke und eilte auf den Zweispänner zu. Der Kutscher hörte das Geklapper meiner Stiefeletten schon von Weitem und sprang vom Bock, um mir die Tür zu öffnen. Als ich in den Verschlag stieg, spürte ich seinen neugierigen Blick. Allerdings verkniff er sich einen Kommentar darüber, welche anständige Dame sich durch den Garten absetzte, um dann ohne Begleitung in eine Kutsche zu steigen. Entweder hatte Charlotte ihn auf ihre unvergleichliche Art zuvor auf Linie gebracht oder sie hatte ihre letzten Ersparnisse springen lassen, um sich sein Schweigen zu erkaufen.

Im Inneren der Kutsche war es überraschend warm und die Polster waren so weich, dass man es kaum spürte, als der Kutscher zurück auf seinen Platz kletterte. Sogar für Beleuchtung war gesorgt, das Licht zeigte eine großartig zurechtgemachte Charlotte. Neben ihr saß die wie immer würdevoll dreinblickende Zillie, seit Neustem Zugehdame der jungen Countess of Wessex. Wobei Zillie ihren Zofe-von-Ehre-Ausdruck sofort vergaß, als ich meinen Hut abnahm und sie Monsieur Houppettes Kunstwerk auf meinem Kopf erblickte.

»Zoe, du siehst ja wie verwandelt aus … Dieser Mann ist ein Meister seines Fachs«, sagte meine Zofenkollegin beeindruckt. »Meinst du, man könnte Monsieur Houppette dafür gewinnen, über sein Wissen in Dunwick House zu berichten?«

Ich nickte. »Geniale Idee, das würde ihm bestimmt schmeicheln. Aber, meine Liebe, dieser völlig verwandelte Haarschopf ist noch nicht alles. In meinem Samtbeutel befinden sich noch weitere Geheimwaffen aus dem *Avec Plaisir*, um mich in Lady A zu verwandeln.«

»Wer ist denn Lady A?«, erkundigte sich Charlotte amüsiert. »Versuchst du schon wieder einen Künstlerinnennamen durchzusetzen, Auguste alias Traudelwald alias Zoe, die Zofe?«

Nicht gerade meine Lieblingsfrage. Also überhörte ich sie in bester Bad-Ass-Zoe-Manier und setzte auf Ablenkung. »Das ist ja eine absolute Luxuskutsche, die du da aufgetan hast, Charlotte. Benutzt die deine Mama sonst für solche Gelegenheiten?«

Charlotte machte ein Gesicht, als sei die Kutsche über eine balkendicke Schwelle gekracht. »Nun, ja, das ist eine interessante Frage …«

Wenn es der sonst so wortgewandten Charlotte die Sprache verschlug, konnte das nur eins bedeuten: »Der bei mir immer beliebter werdende William Stuart hat sie dir zur Verfügung gestellt.«

»So ist es«, gab Charlotte zu. »Er ist nicht nur der nervigste und unmöglichste Mann unter der Sonne, sondern auch der liebenswerteste. Und vermutlich auch der einnehmendste, auch wenn ich damit keineswegs eingestehen will, dass ich an seiner Werbung interessiert wäre. Das wäre ja noch etwas früh.« Charlotte errötete in herzallerliebstem Rosé.

Offenbar waren die aufblühenden Gefühle meiner Freundin schneller, als es die Etikette verlangte. Spontanes Verknallen stand im Regency-Zeitalter auf der Liste der Dinge, die eine Lady auf dem Heiratsmarkt dringend vermeiden sollte, weil Gefühle den Blick auf eine vorteilhafte Verbindung blockieren konnten. Glücklicherweise stammte ich aus einer anderen Zeit und freute mich einfach bloß für Charlotte, die in William nicht nur einen heißblütigen Verehrer, sondern auch ein echtes Gegenüber gefunden hatte.

Ganz beseelt drückte ich Charlottes Hand. »Es wird dich bestimmt freuen zu hören, dass ich aus verlässlicher Quelle erfahren habe, dass der gute William Stuart wohl nicht anders kann, als unablässig von einer gewissen Dame zu schwärmen.« Ich ging mal davon aus, dass Hayden nichts dagegen hatte, wenn ich in diesem Fall ein wenig aus dem Nähkästchen plauderte.

Zillie, die damit beschäftigt war, den Inhalt meines Pompadour-Beutels zu durchstöbern, warf mir einen strengen Blick zu. »Ich muss im Interesse meiner Herrin auf einen sofortigen Themenwechsel bestehen. Miss Charlotte und ich haben heute viel Zeit damit verbracht, einen stressbedingten Schluckauf unter Kontrolle zu bringen, nachdem ein Kärtchen von Lord Stuart mit ein paar sehr neckischen Zeilen eingetroffen war.«

Charlotte versteckte ihr Gesicht hinter ihren Händen. »Dieser unverfrorene Mensch! Nicht daran denken, Charlotte, nicht daran denken … *hick.*«

Toll, aber jetzt dachte ich dran und wollte unbedingt wissen, was William geschrieben hatte, dass Charlotte so aus dem Häuschen war. »Kannst du es mir ins Ohr flüstern, so von Kollegin zu Kollegin?«, fragte ich Zillie. »Damit ich den Ernst der Lage peile?«

»Ein professioneller Austausch unter Zofen also, da bin ich dabei.« Zillie lehnte sich zu mir rüber, sorgfältig darauf achtend, dass Charlotte auch wirklich nichts mitbekam. Aber die war ohnehin mit ihrer Hickserei beschäftigt.

»Seit die Einladung zum Winterball eingetroffen ist, hat

es einen eifrigen Schriftverkehr zwischen Belgravia und Stuart House gegeben«, verriet mir Zillie. »Der Höhepunkt bestand in Lord Stuarts Frage, ob Miss Charlotte ihm heute Abend die Ehre des ersten Tanzes gewähren würde. Nach einigem Hin und Her hat sie zugestimmt, allerdings mit dem Hinweis, dass sie Tanz für ein Vergnügen halte, während die meiste Männer der Auffassung seien, es würde vollauf reichen, ihre Damen wie Gegenstände übers Parkett zu schieben. Deshalb würde sie gern erfahren, wie sie sich nach einem Tanz mit ihm fühlen würde.«

Ich kicherte hinter vorgehaltener Hand. »Charlotte ist echt unmöglich.«

»Das kann man von Lord Stuart auch behaupten«, wisperte Zillie, während Charlotte ihren Fächer aufschnappen ließ, damit sie dahinter ungestört ihren Schluckauf ausleben konnte. »Als Antwort auf ihre pikante Frage erhielt Miss Charlotte nämlich das Miniaturgemälde einer sehr pinkfarbenen, voll erblühten Orchidee. Seitdem ist sie völlig aus dem Häuschen. Und ich verstehe nicht, warum, denn in der Sprache der Blumen sind Orchideen noch nicht vertreten. Oder doch? Bedeuten sie etwas Anzügliches?«

Hui, meine Wangen wurden brennend heiß. Im Gegensatz zu Zillie war ich im Palmenhaus nämlich dabei gewesen, als Charlotte Orchideen mit einer Vagina verglichen hatte. Wie sollte ich das der hochanständigen Zillie erklären, ohne dass sie vor Empörung aus der fahrenden Kutsche sprang? Ich konnte ganz klar nichts über gut durchblutete Körperstellen sagen, von denen eine anständige Zofe sogar unter Eid behaupten würde, dass es die bei ihrer Herrin gar nicht gab.

Unter Zillies fragendem Blick leierte ich mir also schnell eine passendere Erklärung aus den Rippen. »Bestimmt kann die Miniatur als Hinweis gesehen werden, dass Lord Stuart vorhat, unsere Charlotte in seinen Armen aufblühen zu lassen wie eine wunderschöne Orchidee.« Eine sehr pinkfarbene und sich quicklebendig fühlende Orchidee, fügte ich in Gedanken hinzu.

Während Zillie mir mit Make-up und Schmuck half, meine Verwandlung in eine Lady aus den höchsten Kreisen zu vollenden, war Charlotte damit beschäftigt, sich im Takt ihres Hicksens Luft zuzufächeln und gelegentlich Verwünschungen von sich zu geben, die eindeutig an William Stuart adressiert waren. Gerade als ich es geschafft hatte, auch die zweite grüne Glaslinse zu platzieren, ohne mir dabei das Auge auszustechen, kam die Kutsche zum Stehen.

Jetzt gibt es kein Zurück mehr, schoss es mir durch den Kopf. Die Pforten zum Winterball öffneten sich und ich würde durch sie hindurchgehen, egal, was mich dahinter erwartete.

Whisper Whisper: Innere Schätze

Meine liebe, wertvolle und einzigartige Freundin!

Wie überaus höflich, denkst Du vielleicht über diese Anrede. Aber sei bitte versichert, das ist keine Schmeichelei. Du bist nämlich einzigartig! Du trägst etwas in Dir, das Dich auszeichnet. Und damit meine ich nicht Deine Wohlerzogenheit oder Deine Umgangsformen. Nein, ich spreche von einem Schatz, der tief in jeder von uns darauf wartet, entdeckt zu werden. Was es in Deinem Fall ist, vermagst nur Du allein zu sagen. Aber dass er überaus wertvoll ist, steht fest. Deshalb möchte ich Dich ermutigen, auf Schatzsuche zu gehen. Und wenn Du fündig geworden bist, dann bringe ihn zum Strahlen.

In diesem Sinne sendet Dir hochachtungsvolle Grüße Deine Dir ergebene Freundin

13

Der Winterball

»Das ist aber eine Überraschung, Besuch aus dem fernen Königreich Preußen! Die vor Kurzem verstorbene Luise, die ach so beliebte und umschwärmte Königin der Herzen, ist ja immer noch in aller Munde. Haben Sie sie noch persönlich kennengelernt, mein liebes Kind?«

Die Countess mit ihrem silbergrauen Löckchenkranz schaute mich erwartungsvoll an. Sie trug eine beeindruckende Robe in Dunkelgrün, wodurch sie in der schneeweiß gehaltenen Location aussah wie ein einsamer Tannenbaum auf weiter Flur.

Lächelnd versuchte ich mich daran zu erinnern, was ich im Schulunterricht über Königin Luise von Preußen gelernt hatte. Nicht viel. Ich wusste ja nicht mal, dass sie die Königin der Herzen genannt wurde. Und, by the way, war das nicht Lady Di gewesen? Und selbst diese berühmte Adelige war vor meiner Geburt verstorben. Also woher sollte ich solche Dinge bitte schön wissen?

Bevor ich in Panik ausbrach und davonlief, was sicherlich für Aufsehen gesorgt hätte, griff ich in die Theaterkiste. »Ach, unsere wundervolle Königin Luise, ich verehre sie so sehr. Es trifft mich bis tief ins Mark, dass sie nicht mehr unter uns weilt.« Ich schniefte hemmungslos in ein Spitzentaschentuch.

Die Countess machte unauffällig einen Schritt zurück,

solch aufflammende Gefühle waren ihr nicht geheuer. »Wenn ich gewusst hätte, wie nah Ihnen dieses Thema geht, hätte ich mich lieber nach dem Wetter in Ihrer Heimat erkundigt.«

»Schnee, so weit das Auge reicht. Der so winterlich hergerichtete Ballsaal erinnert auf das Schönste an mein Zuhause.« Inzwischen liefen mir Tränen über die Wangen, was die Countess mit dem Interesse eines Eisblocks beobachtete. Mein Talent als Schauspielerin war an dieses Publikum wirklich verschwendet, dabei galten die Engländer doch sonst als theaterverrückt.

Charlotte tätschelte mir den Rücken, während sie mir ein frisches Spitzentuch in die Hand drückte. »So fern der Heimat können einen schon mal die Gefühle überwältigen. Ich werde unsere so überaus empfindsame Auguste herumführen, damit sie etwas Ablenkung erfährt. Ich wünsche noch viel Vergnügen, ehrenwerte Countess.«

»Ich wusste gar nicht, dass die Preußen so empfindsam sind, der Alte Fritz war doch ein ganz harter Knochen«, sagte die Countess. Dann schaute sie sich bereits nach Bekannten um, denen sie von der verzärtelten Preußin erzählen konnte.

Charlotte schob mich durch die Gesellschaft, weil ich durch meine unter Wasser stehenden Augen kaum was sah. Als wir ausreichend Ballgäste zwischen uns und die Countess gebracht hatten, flüsterte sie mir zu, dass ich jetzt endlich mit dem Drama aufhören könne.

Zillie, die ihrem gesellschaftlichen Rang entsprechend hinter uns gehen musste, reichte mir ein weiteres frisches Taschentuch. »Noch mehr Tränen und deine ganze Schminke geht flöten«, warnte sie mich.

»Ich würde ja gern aufhören damit, aber mir ist bei der Pseudoheulerei eine Glaslinse verrutscht. Und das brennt wie Hulle.« Ich blinzelte so lange, bis die Linse endlich an ihren Platz zurückrutschte. »Ab jetzt bitte keine Bekannten mehr, die Adelsstorys für ein prima Small-Talk-Thema halten«, flehte ich Charlotte an. »Und auch niemanden, der erst vor Kurzem in Berlin gewesen ist, wie dieser Nachbar, dem du mich unbedingt vorstellen musstest. Der hat mich behandelt wie das letzte Landei, nur, weil er sich in Berlin besser auskennt als ich. Dabei sitzt mir der Schreck von vorhin noch in den Knochen. Ich hatte echt Panik, als mich der Bedienstete nicht reinlassen wollte ohne persönliche Einladung.«

Allein bei der Erinnerung daran geriet Charlotte in Rage. »Eine bodenlose Unverschämtheit, so hochgestellte Gäste wie uns überhaupt nach einer Einladung zu fragen! Der Diener hätte uns einfach nur durchwinken müssen.«

Für so viel Selbstvertrauen konnte ich Charlotte nur bewundern. Allerdings machte sie mir auch ein klitzekleines bisschen Angst – genau wie dem Bediensteten, den sie am Empfang zur Schnecke gemacht hatte. Zu ihrer Verteidigung muss gesagt werden, dass sie für mich in die Bresche gesprungen war, weil ich ja nun mal tatsächlich keine Einladung hatte. Wenn die Ich-strafe-dich-mit-Verachtung-du-Wurm-Nummer nicht geklappt hätte, hätte ich per Anhalter nach Hause fahren dürfen. Jedenfalls hatte der Winterball für mich nicht mit einem glamourösen Auftritt begonnen, sondern damit, dass ich mich am liebsten in einer Ecke verkrochen hätte. Und seitdem war es nicht besser geworden.

Endlich fanden wir ein ruhiges Plätzchen in einer Nische

des Ballsaals. Kaum waren wir dort angekommen, betrieb Zillie Schadensbegrenzung bei meinem Make-up. Während sie unauffällig den Puderpinsel durch mein Gesicht tanzen ließ, schaute ich mich zum ersten Mal in Ruhe um.

Ohne je zuvor auf dem berühmten Winterball gewesen zu sein, war mir klar, dass der Duke sich in diesem Jahr selbst übertroffen hatte. Der Ballsaal war verwandelt in ein verwunschenes Märchenschloss, das im tiefsten Winterschlaf lag. Der Boden war mit einem knisternden weißen Teppich bedeckt, in den Ecken türmten sich geschickt drapierte Berge aus Tüll, und Bahnen aus weißer Seide

zauberten die Illusion, auf jedem Sims türme sich Schnee, während an den Wänden silbriger Glitzer aufstieg. Sogar auf den Konsolen und Beistelltischen lag eine weiß schimmernde Schicht und erst eine Geschmacksprobe verriet, dass es sich dabei um Puderzucker handelte. Von der Decke hingen unzählige, unterschiedlich große Schneekristalle, die sich beim näheren Hinsehen als filigrane Falt- und Schneidearbeiten aus Papier herausstellten. Überall ließen sich Skulpturen aus Eis entdecken, die mythische Wesen wie Schneeflöckchen und Väterchen Frost, Eisbachnymphen, Engelswesen und hutzelige Waldgeister zeigten. Die Damen der Gesellschaft hatten sich dem Motto angepasst und trugen viel Weiß und blasse Pastelltöne, wohingegen die Herren in ihren gedeckten Farben etwas von Fremdkörpern in dieser so zart schimmernden Welt hatten. Es lag etwas Besonderes in der Luft, ungewöhnlich fein und flirrend. Wie schade, dass ich nicht zum Feiern gekommen war, es würde bestimmt Spaß machen, sich vom Zauber des Winterballs verführen zu lassen.

Für mich stand jetzt Arbeit an. Ich würde die erste Gelegenheit nutzen, um mich abzusetzen. Die Marquise de Minuit erwartete mich schon bald. Sie hatte mir noch am gleichen Tag, als ich von Monsieur Houppette zum ersten Mal in Auguste verwandelt worden war, eine Nachricht zukommen lassen. Darin schrieb sie, dass sie aktuell zwar durch einen Auftrag gebunden sei, sie jedoch hoffe, noch rechtzeitig zum Ball zurückzukehren. Dann würde sie mich vor der Eröffnung des Tanzes treffen, damit wir uns gemeinsam auf die Suche nach dem Spiegelkabinett machen konnten. Falls sie verhindert sei, solle ich mich auf keinen Fall auf eigene Faust auf die Suche machen. Das Risiko, entdeckt zu werden, sei viel zu hoch. Nun, das war die Einschätzung der Marquise. Ich traute mir eine solche Aktion durchaus zu, schon allein aus dem Grund, weil der Winterball unsere einzige Chance war, nach dem Spiegelkabinett zu suchen. Der Duke lebte nämlich äußerst zurückgezogen und öffnete seine Türen nur für die Ballnacht.

Noch in der Kutsche hatte ich Charlotte gesagt, dass ich lediglich ein Zaungast auf dem Ball sein würde, schließlich wollte ich keine Aufmerksamkeit auf mich ziehen, indem ich neue Bekanntschaften schloss oder gar tanzte. Charlotte hatte bloß abgewunken und gesagt, dass ich mich da schon unsichtbar machen müsse. Es läge halt in meiner Natur, dass mich die Menschen interessant fänden. Nun, was die Countess mit ihrem Löckchenkranz anging, so hätte ich einiges für einen Unsichtbarkeitszauber gegeben, um mich ihrer Befragung zu entziehen. Und so wie es aussah, würde sich an meiner Pechsträhne erst einmal nichts ändern.

Ausgerechnet jetzt schlenderten die Arlingtons in unsere Richtung.

Lady Arlington war eine Erscheinung in Weißgold, offenbar inspiriert von Miss Lucies Robe in silbernem Brokat, die sie auf dem Ball der Pembrokes getragen hatte. In ihrem Haar steckten weiße Federn, die wippten, als sie am Arm ihres Gatten den Saal erkundete. Lord Arlington diente seiner Gattin als Gehhilfe, denn es hätte zu albern ausgesehen, wenn sich gleich zwei Familienmitglieder auf Stöcke hätten stützen müssen. Arthur, der mit zur Schau getragener Miesepetrigkeit hinter seinen Eltern herstolzierte, brauchte seinen Stock eigentlich nicht mehr. Nach seiner Verletzung war er zwar noch etwas steif, aber dank seines Stocks mit dem silbernen Knauf fühlte er sich wie ein echter Dandy, sodass er unmöglich auf dieses Accessoire verzichten konnte. Wenn man sich Grumpy Arthur so ansah, war es schwer vorstellbar, dass er der Bruder von Miss Lucie war. Allein, wie sie jetzt am Arm ihres ältesten Bruders George für alles und jeden einen staunenden Blick übrighatte – ein wahrer Schatz. Ich freute mich doppelt, Miss Lucie zu sehen, weil sich ihr Kleid in pastelligem Flieder mit jeder Menge Schleifchen als absoluter Treffer herausstellte.

Und Miss Lucie geriet ganz aus dem Häuschen, als sie mich sichtete.

Das Dumme war nur, dass uns niemand unsere Wiedersehensfreude anmerken durfte, weil wir uns offiziell noch gar nicht vorgestellt worden waren.

Deshalb wedelte ich wild mit der Hand, ein eindeutiges »NeinNeinNeinNeinNein« mit den Lippen formend, aber da rief Miss Lucie bereits: »Schaut mal, ihr Lieben, wer da ist!«

»Deine Freundin Charlotte und ihr Besuch aus Preußen,

wie schön«, flötete prompt Lady Arlington und stupste ihren Mann an, damit er sie zu uns bugsierte.

Lord Arlington gab sich keine Mühe, begeistert auszusehen. Trotzdem setzte er sich in Bewegung, vermutlich weil in der Nische, in die wir uns zurückgezogen hatten, ein Grüppchen Salonsessel stand.

Während die Arlingtons auf uns zuhielten, kämpfte ich mit einem Lava-Ausbruch in meinem Bauch und Beinen in Gummi-Umwandlung. Was tat Miss Lucie da Schreckliches? Wegen ihr würde meine Mission noch scheitern, bevor sie überhaupt begonnen hatte.

Inzwischen war auch Miss Lucie wieder eingefallen, dass ich für sie heute Abend eine Fremde war, um die sie eigentlich einen großen Bogen machen sollte. Doch als sie eine Kehrtwende einleiten wollte, hielt ihr Bruder George das für einen Rückfall in ihre alte Schüchternheit. »Sei ganz beruhigt, ich bleibe doch an deiner Seite, Schwesterherz«, redete er beruhigend auf sie ein. Dann schob er seine Schwester in unsere Nische, wo sich bereits der Rest der Arlingtons versammelt hatte.

»Es ist ganz wunderbar, Sie hier zu sehen, meine liebe Charlotte«, sagte Lady Arlington, die Charlotte allen Kapriolen zum Trotz die Stange hielt, weil sie ihrer Tochter eine gute Freundin war. »Lucie hatte schon befürchtet, dass Sie auf den Ball verzichten müssten wegen der Abwesenheit Ihrer Frau Mama. Aber lassen Sie mich Ihnen versichern, dass Sie ganz wunderbar aussehen in diesem weißen Spitzenkleid. Es bringt Ihre Schönheit regelrecht zum Strahlen.«

Tatsächlich sah Charlotte aus wie die Eiskönigin persönlich. Sie hatte das blonde Haar hochgesteckt und mit

Diamantnadeln gespickt, dass es aussah, als trage sie eine Krone.

Charlotte freute sich über das Kompliment. »Wie lieb von Ihnen, Lady Arlington. Das Lob gebührt allerdings einzig und allein meiner wunderbaren Zofe Zillie, die genau wie Ihre Zofe Zoe in Dunwick House gelernt hat.«

Oh, diese tollkühne Charlotte. Ich würde mich später dafür bedanken, dass ich wegen ihr vor lauter Stress eine außerkörperliche Erfahrung machte: Ein Teil von mir trat nämlich die Flucht an, während mein Körper reglos dastand, mit einem festgefrorenen Lächeln auf den Lippen. Wenigstens war ich damit nicht allein. Zillie legte ihrem panischen Gesichtsausdruck nach nicht allzu viel Wert darauf, von einer Horde Arlingtons neugierig gemustert zu werden. Als Zofe von Ehre bevorzugte sie den Hintergrund und genoss es, wenn die Blicke allein auf ihrer Herrin ruhten.

Nur ein Arlington interessierte sich nicht die Bohne für die eifrige Zillie. Lord Arlington versuchte, seine Gattin unauffällig in einem Sessel abzuladen. Vermutlich, damit er die Hände für sein Buch freibekam. So gesehen überraschte es nicht, dass Lady Arlington lieber stehen blieb. Sie fürchtete wohl sonst für den Rest des Balls nicht mehr aus dem Sessel zu kommen, weil ihr Gatte zu sehr in seine Lektüre vertieft war.

Doch halt! Es gab noch einen Arlington, der sich nicht an der Unterhaltung beteiligte. Ausgerechnet Arthur war damit beschäftigt, mir zuzublinzeln. »Und wer ist deine entzückende Freundin?«, erkundigte er sich bei Charlotte.

Charlotte nahm meine Hand, als befürchtete sie, dass ich abhauen könnte. Was ich auch vorhatte, nur leider gehorchten mir meine Füße nicht. »Das ist meine Cousine Auguste. Eigentlich ist sie mit ihrer Familie nach England gereist, um die heißen Quellen von Bath zu besuchen. Aber für den Winterball ist sie extra nach London gekommen, damit ich in Gesellschaft bin. Ist das nicht zauberhaft von ihr?«

Dann stellte sie mir die Arlingtons allen Ernstes der Reihe nach vor und ich durfte brav lächeln und so tun, als ob ich diese Menschen zum ersten Mal in meinem Leben treffen würde. Dabei litt ich Höllenqualen. Es brauchte mich nur ein Familienmitglied unter meiner Maskerade zu erkennen, dann war ich geliefert.

Aber Lady Arlington deutete nicht mit dem Finger auf mich und schrie: »Das Kleid habe ich doch für meine Tochter schneidern lassen!« Stattdessen begrüßte sie mich höflich und interessierte sich danach vor allem für Charlotte. Mit unüberhörbarer Neugierde erkundigte sie sich, wie es Charlottes hübscher Orchidee erging (was mich beinahe hysterisch auflachen ließ, weil ich an die Miniatur von William Stuart denken musste). Lord Arlington schaute bloß verdrießlich in der Gegend herum, während George mich freundlich anlächelte.

Was den ältesten Sohn der Arlingtons anbelangte, so lief ich bei ihm kaum Gefahr, enttarnt zu werden. George war meist außer Haus und wenn sich unsere Wege doch mal kreuzten, hatte ich stets den Eindruck, dass er uns Bedienstete nur anhand unserer Uniformen auseinanderhielt. George meinte es nicht böse, er war ein guter Typ, aber er war mit seinen Gedanken immer woanders. Er hatte sich ganz den Geschäften der Familie verschrieben. Allerdings hatte Elsie angedeutet, dass es da mal eine unglückliche

Liebe inklusive einer aufgelösten Verlobung gegeben habe. Es war also gut möglich, dass hinter George's Workaholic-Gehabe ein enttäuschtes Herz steckte, was in mir sofort die Romanleserin wach werden ließ. Falls ich den Winterball heil überstehen sollte, würde ich Nachforschungen anstellen. Für tragische Liebesgeschichten hatte ich eine Schwäche.

Ich überlegte gerade, ob ich mich mit Miss Lucie unauffällig für einen Plausch unter vier Augen absetzen konnte, als sich ausgerechnet der Spross der Arlingtons zu mir gesellte, der Juckreiz bei mir auslöste.

Arthur lächelte so einnehmend wie ein Haifisch. »Wenn ich das richtig verstanden habe, dann stammen Sie gar nicht aus England. Darauf wäre ich nie gekommen, solch bezaubernde Rosen, wie auch Sie eine sind, wachsen doch bekanntlich nur in unserem Land. Darf ich erfahren, woher Sie kommen, meine verehrte Auguste?«

Der nahm mich doch wohl auf den Arm.

Aber nein. Arthur, bei dem bislang jedes weibliche Wesen in einer Schublade mit dem Sticker »überflüssig« gelandet war, wanzte sich ungelogen an mich ran. Meine Verkleidung war offenbar nicht nur hervorragend, sondern übte eine unheimliche Anziehungskraft auf zertifizierte Unsympathlinge aus.

Ich rang um eine passende Reaktion auf Arthurs Gebaggere, während er mich abwartend anlächelte (er konnte tatsächlich lächeln … Damit hatte ich die Wette, die ich mit Elsie am Laufen hatte, verloren). Ob ich wohl damit durchkam, wenn ich mich wortlos umdrehte und verschwand? Nein, rief ich mich zur Ordnung, damit würdest du nur noch mehr Aufmerksamkeit auf dich ziehen. Ich traute mich aber auch nicht, etwas zu sagen, wegen meiner einprägsamen Stimme. Butler Culpepper behauptete bei jeder Gelegenheit, meine Stimme würde ihn bis in den Schlaf verfolgen, und Spitz Prickelton hielt sie für geeignet, um sie als Fernsprecher einzusetzen. Was natürlich Unsinn war, meine Stimme war nur etwas lauter als der Durchschnitt. Doch ich wollte lieber kein Risiko eingehen, dass Arthur herausfand, wem er gerade Avancen machte.

Hilflos blickte ich zu Miss Lucie.

Sofort sprang mir meine Herrin bei. »Miss Auguste kommt aus dem Königreich Preußen. Sie ist etwas schüchtern, weil ihr Englisch nicht ihren hohen Ansprüchen genügt.«

»Völlig unnötig, von einer Dame werden solche Kunstfertigkeiten doch überhaupt nicht verlangt«, sagte Arthur gönnerhaft. Damit schob er seine Schwester zur Seite, um sich mitten in meiner Komfortzone zu platzieren. Ein echter Gentleman eben.

»Aus Preußen stammt die bezaubernde Dame also, wie hochinteressant. Dieses inspirierende Land steht tatsächlich ganz oben auf meiner Reiseliste, dagegen verblassen alle anderen Destinationen.«

Das war ja wohl ein Witz. Als Zofe Zoe hatte ich mir unentwegt anhören müssen, dass Potsdam vielleicht ein Schloss habe, ansonsten jedoch nur aus Bauernhöfen bestehe. Sprich: In Arthurs Augen war meine Heimatstadt unwichtig, provinziell und unterentwickelt. In dem Moment jedoch, in dem Auguste in ihrem schönen Ballkleid vor ihm stand, war Preußen plötzlich der Hotspot schlechthin.

Und tatsächlich hielt Arthur mir aus dem Stegreif einen Lobgesang aufs preußische Königreich. Was mal wieder typisch war – statt mir ein paar interessierte Fragen zu stellen, betrieb Arthur Mansplaining vom Feinsten. Echt, der Kerl war vielleicht eine Nummer. Bei der ersten Gelegenheit würde ich mich unauffällig zurückziehen und das Haus in Augenschein nehmen, bis das Treffen mit der Marquise anstand. In der Zwischenzeit konnte Arthur mir gern ausführlich etwas über meine Heimat erzählen, auch wenn er Potsdam ständig mit Berlin verwechselte und zu glauben schien, dass man dort Niederländisch spricht. Jedenfalls sagte er immer wieder mit großer Begeisterung »heel mooi«, was meiner Urlaubserfahrung nach »sehr schön« heißt. Solange er damit nicht mich meinte, sollte mir das recht sein.

Irgendwann war ich von Arthurs Monolog so eingenebelt, dass ich nicht mehr richtig zuhörte. Stattdessen wunderte ich mich, wie die Damen der Gesellschaft es nur aushielten, wenn ihnen bei jeder Gelegenheit ein Herr erklärte, wie die Welt seiner Ansicht nach funktionierte. Für meinen Geschmack gab es jedenfalls auffällig viele Damen, die sanft lächelnd herumstanden, während ihr männliches Gegenüber sich in Fahrt redete. Auf die Dauer war das doch für beide Parteien öde. Gab es nicht auch in 1816 einen Punkt, an dem man genug hatte vom Theaterspielen und sich als der Mensch ausdrücken wollte, der man oder frau war?

Ich war so mit meinen Grübeleien beschäftigt, dass ich Arthur und die Rolle, in der ich heute Abend steckte, völlig vergessen hatte. Deshalb zuckte ich auch zusammen, als er meine Hand berührte.

»Wie damenhaft schreckhaft«, schmunzelte Arthur. »Ich wollte nur kurz überprüfen, ob da vielleicht ein Ring an Ihrem Finger zu entdecken ist. Darf ich sein Fehlen als Hinweis nehmen, dass sich noch kein Bewerber um Ihre Hand als würdig erwiesen hat?«

Mist. Wann hatte denn der Themenwechsel von Preußen zu Verlobungsringen stattgefunden? Und noch viel wichtiger: Wie kam ich aus dieser Kiste wieder raus?

Panisch schaute ich mich um, ich brauchte dringend Hilfe.

Auf Miss Lucie konnte ich im Augenblick nicht zurückgreifen, sie war nämlich vollauf mit eigenen Angelegenheiten beschäftigt. Genauer gesagt war sie kurz davor, die Nerven zu verlieren. Sir Henry war laut Flurfunk ein paar Tage verreist, vermutlich, um der Demütigung zu entgehen, keine Einladung für den am heißesten herbeigesehnten gesellschaftlichen Event erhalten zu haben. Das galt jedoch allem Anschein nach nicht für seinen Sohn Cedric, der sich keinem Geringeren als Lord Arlington näherte. Wenn ich mich nicht allzu sehr täuschte, wollte Cedric sich die offizielle Erlaubnis einholen, Miss Lucie seine Aufwartung machen zu dürfen. Prompt sah Lord Arlington so aus, als stehe sein Anzug in Flammen und er dürfe sich nichts von seinen Qualen anmerken lassen. Miss Lucie ging es nicht besser, sie verknotete vor Aufregung ihre Finger.

Von dieser Seite war in meiner Arthur-Flirt-Katastrophe keine Hilfe zu erwarten, also versuchte ich es mit Charlotte. Meine liebe Freundin schlug gerade ihren Fächer auf, um ihr Gesicht dahinter zu verbergen. Dann blinzelte sie auch schon hektisch über den Fächerrand.

Das konnte nur eins bedeuten: William Stuart war im Anmarsch.

Tatsächlich hatte sich der Ballsaal inzwischen gefüllt, aber es dauerte nur einen Augenblick, bis auch ich Charlottes Verehrer entdeckt hatte. Die anderen Gäste machten ihm nämlich Platz, als er in Gesellschaft von Prinzessin Nechbet auftrat. Wie schon bei der Matinee trug die Prinzessin ein hochgeschlossenes Mantelkleid, diesmal allerdings in Blutrot und mit Rubinen bestickt. Als würde sie damit nicht schon genug aus der überwiegend in Weiß und Pastelltönen gekleideten Damenwelt hervorstechen, trug sie entgegen der gängigen Mode ihr obsidianschwarzes Haar, das ihr bis zur Hüfte reichte, offen. Darüber lag ein goldenes Netz, das bei jeder ihrer anmutigen Bewegungen glitzerte.

Auch Arthur bemerkte das Erscheinen von Prinzessin Nechbet, allerdings war er deutlich weniger beeindruckt, sondern schnaufte abfällig. »Wie obszön, keine Dame, die etwas auf sich hält, würde darauf abzielen, Aufmerksamkeit zu erregen.«

Ein Posaunenstoß unterbrach glücklicherweise sein Gelästere.

Andere Gastgeber setzten auf ein Silberglöckchen, manche auf einen Butler mit kräftiger Stimme oder auf einen Gong. Für den Duke of Sandringham brauchte es eine Posaune, drunter machte der Mann es nicht. Im Gefolge seiner engsten Dienerschaft betrat er den Saal, ein großer Mann mit einem hohlwangigen Gesicht, in einen schwarzen Umhang gekleidet, den er mit großer Geste abwarf. Darunter kam der schneeweiße Anzug mit dem roten Halstuch zum Vorschein, den ich bereits bei seiner

Anprobe im Spiegelsplitter gesehen hatte. Selbst in der englischen High Society, die viel auf ihre Exzentrik gab, war der Duke ein Paradiesvogel. Unter lautstark bekundetem Staunen schritt der Duke auf Prinzessin Nechbet zu und verbeugte sich so tief, dass es schon fast nach einer Turnübung aussah. Vermutlich war der Duke der erste Mann des Königreichs, der Yoga praktizierte. William Stuart, der neben der Auserkorenen des Dukes stand, unterdrückte nicht zu übersehen ein Grinsen, als er das Geleit der Dame dem Gastgeber übertrug.

Ich gebe es zu: Ich war völlig fasziniert. Und auch Arthur war in Anspruch genommen vom Duke, der mit der Prinzessin durch die Gästeschar flanierte und sich bewundern ließ. Während er noch das abgefahrene Paar anstarrte, setzte ich mich klammheimlich ab.

Mit einem schnellen Schulterblick stellte ich fest, dass Miss Lucie inzwischen mit Cedric zusammenstand und sichtlich glücklich wirkte. Ihr Vater hatte demnach seine Zustimmung gegeben, dass die beiden sich unterhalten durften, was ein echter Meilenstein in ihrer Romanze war. Gerade erfreut darüber schien Lord Arlington seiner Miene nach nicht zu sein, aber seine Frau hatte sich bei ihm eingehakt und flüsterte ihm etwas ins Ohr, was ihn einen Moment später von seinem Kummer ablenkte. Von Lady Arlington konnte man sich so einiges abschauen.

Charlotte, die mit Zillie am Rand des Geschehens stand, winkte mir zu. Doch ich winkte nur kurz zurück. Ich wollte unbedingt Abstand zwischen mich und Arthur bringen, bevor er mir noch mein Tanzkärtchen entriss und überall seinen Namen eintrug.

So schwer es mir auch fiel, ich hatte anderes zu tun, als mich zu vergnügen. Es war noch ein wenig Zeit, bis ich die Marquise treffen würde, und bis dahin wollte ich mich mit dem Terrain vertraut machen. Und vielleicht Hayden finden, der mit seinem Vater ebenfalls eine Einladung erhalten hatte.

Ich tauchte ins tiefste Getümmel ein, entschuldigte mich, wenn ich auf Schleppen trat, versicherte zwei älteren Damen, dass ich keineswegs ihre Nichte Eglantine war, schob mich an plaudernden Grüppchen vorbei, um dann zu guter Letzt doch noch so unachtsam zu sein, dass ein hochgewachsener Herr mit mir zusammenstieß und den Inhalt seines Bowlenglases verschüttete.

»Bitte vielmals um Entschuldigung, Mylady«, sagte der Gentleman. »Ich hoffe, Ihr Kleid wurde durch meine Unachtsamkeit nicht in Mitleidenschaft gezogen.«

»Keineswegs«, erwiderte ich in meinem besten Upperclass-Englisch. »Die Unachtsamkeit lag ganz bei mir …« Ich schluckte. »… Lord Falcon-Smith.«

In Lord Falcon-Smiths Augen flackerte es kurz auf, vermutlich weil er angestrengt nachdachte, woher er mich kannte. Dann lächelte Haydens Vater, es gab schließlich so viele junge Damen auf dem Ball, da konnte sich ein Mann in seiner Stellung nun wirklich nicht jeden Namen merken. »Wie schön, Sie zu treffen, meine Beste«, ging er galant darüber hinweg. »Wenn auch unter diesen ungünstigen Umständen. Freuen Sie sich schon auf den Tanz? Es dürfte schon bald losgehen.«

»Ich liebe es zu tanzen«, sagte ich wahrheitsgemäß.

Lord Falcon-Smith musterte mich nachdenklich. Ich

war ihm vor einigen Wochen als die Zofe von Miss Lucie vorgestellt worden und hoffte nun inständig, dass er mich nicht wiedererkannte. Schließlich bereitete ihm sein Sohn jede Menge Kummer, weil er mit einer so überhaupt nicht standesgemäßen Zofe angebandelt hatte. Ich wollte mich sicherheitshalber schon verabschieden, als Lord Falcon-Smith mich am Handgelenk nahm.

Ich war zu erschrocken, um zu protestieren.

Glücklicherweise wollte er nur etwas überprüfen. »Auf Ihrer Tanzkarte hat sich ja noch niemand eingetragen«, sagte Lord Falcon-Smith voller Mitgefühl und zupfte an dem Kärtchen, das an einem Seidenband um mein Handgelenk hing. »Das müssen wir sofort ändern, so eine bezaubernde junge Dame verdient es, einen großartigen Ballabend zu erleben. Einen Moment bitte.« Er trat einen Schritt beiseite – und hinter ihm kam Hayden zum Vorschein, der sich gerade mit einem Herrn unterhielt. Bevor ich mich versah, sagte Lord Falcon-Smith etwas zu seinem Sohn, worüber der nur bedingt happy zu sein schien. Seinem Vater war das jedoch egal; wenn er schnipste, musste sein Sohn springen.

»Wenn ich vorstellen darf, das ist mein Sohn Hayden«, sagte Lord Falcon-Smith. »Er würde sich sehr freuen, wenn er Sie zum Tanz auffordern dürfte.«

Genau so sah Hayden auch aus. Mal im Ernst, mehr schlechte Laune ging nicht, sein Mund war bestenfalls eine schmale Linie. Verrückterweise stand ihm das sogar irgendwie.

»Noch eine junge Dame, die du mir vorstellen möchtest«, sagte er mit einem gefährlich ruhigen Ton zu seinem Vater. »Da freue ich mich aber, besonders nachdem mir gerade eine deiner Favoritinnen eine Szene gemacht hat. Miss Arabella hat mir an den Kopf geworfen, dass ich mich nicht weiter um sie bemühen müsse, Gentleman hin oder her. Sie habe im letzten WhisperWhisper-Brief gelesen, dass eine wahre Lady zu sich und ihren Neigungen steht. Deshalb habe sie beschlossen, sich ganz dem Studium ihres Pianofortes zu widmen, und könne somit auf einen Ehemann verzichten. Dann rauschte die gute Arabella mit erhobenem Haupt davon, obwohl ich ihr lediglich einen schönen Abend hatte wünschen wollen.« Endlich schenkte Hayden mir einen Blick. »Was ist denn Ihr Steckenpferd, wegen dem Sie mich dumm aussehen lassen können, Mylady?« Dann erst kapierte er, wer vor ihm stand.

Ich lächelte herzallerliebst. »Ich sammle Spiegel und Holzköpfe. Meinen Sie, Sie würden gut in meine Sammlung passen?«

Während Lord Falcon-Smith verwundert die Augenbrauen hochzog (genau wie Hayden es auch immer tat, wenn ich seiner Meinung nach etwas Unmögliches von mir gab), fand sein Sohn schlagartig sein Grinsen wieder. Und zwar eins von dieser besonderen Sorte, bei der man es nur in den Mundwinkeln entdeckt, als wäre es ein Geheimnis zwischen ihm und mir. Mein Herzschlag verwandelte sich jedenfalls in eine wilde Buschtrommel.

»Eine Lady mit ungewöhnlichen Interessen, wenn das mal nicht fesselnd ist«, sagte Hayden. »Wie war noch mal der Name?«

War ja klar, dass diese Frage kommen musste. »Auguste«, gestand ich widerwillig.

Schlagartig wurde Haydens Lächeln breiter. »Mit Holzköpfen kenne ich mich leider überhaupt nicht aus, meine ehrenwerte Augustel. Aber dafür weiß ich einiges über eine … Wie heißt noch mal das deutsche Wort? Ach ja, Nervensäge. Mit diesen Exemplaren habe ich bereits ausgiebig Erfahrung gemacht.« Das Wort Nervensäge, womit zweifelsohne ich gemeint war, sagte Hayden genüsslich in seinem französisch angehauchten Deutsch.

Lord Falcon-Smiths Augenbrauen rutschten noch höher. »Was soll das bitte schön sein, eine Nervensäge?«, erkundigte er sich.

»Das sind Damen, die ganz hervorragend tanzen können«, behauptete ich schlankweg. »Und Sie, Hayden, tanzen Sie gern?«

»Überhaupt nicht«, sagte Hayden.

»Natürlich tanzt mein Sohn, darauf bestehe ich«, hielt Lord Falcon-Smith dagegen. »Und deshalb wird er sich auch mit Freude auf Ihrem Tanzkärtchen eintragen.«

Hayden verschränkte demonstrativ die Arme vor seiner Brust.

Klasse, ein Machtkampf zwischen Vater und Sohn – und ich mittendrin. Wenn das so war, konnte ich Hayden ein wenig aufziehen, wo er doch keine Gelegenheit ausließ, mich vorzuführen, von wegen Augustel und so. »Vielleicht schaue ich mir erst einmal an, wie sich Ihr Sohn auf der Tanzfläche macht, Mylord. Es sind nämlich gewisse Gerüchte im Umlauf …«, deutete ich an.

Lord Falcon-Smith sprang sofort darauf an. »Hören Sie doch nicht auf die Gerüchte, mein Sohn tanzt wie ein junger Gott! Dafür hat der Lehrer gesorgt, den ich eigens dafür engagiert habe.«

Jetzt bloß nicht kringeln vor Lachen! »Dann weiß Ihr

Sohn also, wie man einer Lady Vergnügen bereitet?«, hakte ich nach.

»Natürlich, dafür bürge ich mit meinem ehrenwerten Namen«, warf Lord Falcon-Smith sich in die Brust. »Hayden, beweise dieser jungen Dame deine Fähigkeiten, wenn Sie bereit ist, dir den ersten Tanz zu schenken.«

»Klar«, sagte Hayden. »Ich kann mir nichts Schöneres vorstellen, als mit einer ausgemachten ›Nervensäge‹ zu tanzen. Wenn es gewünscht wird, kann ich sie auch durch die Luft wirbeln. Allerdings habe ich den Tanzlehrer dabei versehentlich fallen gelassen, das wollte ich nur erwähnt haben.«

Charmant wie immer. »Das klingt absolut verlockend, bestimmt komme ich später auf Ihr Angebot zurück. Jetzt brauche ich erst einmal ein Glas Wasser, um mich abzukühlen. Man begegnet schließlich nicht ständig jungen Göttern, die vom Olymp herabgestiegen sind, um uns gewöhnliche Damen in die Luft zu schmeißen. Wenn die Herren mich entschuldigen würden?«

Damit überließ ich Hayden seinem Vater.

Ein Blick zurück bestätigte, dass Lord Falcon-Smith ernsthaft angesäuert war. Hayden bekam das jedoch nicht mit, er war viel zu sehr damit beschäftigt, mir nachzusehen. Und, was soll ich sagen, der Ausdruck in seinen Augen sorgte dafür, dass ich wirklich dringend ein Glas Wasser brauchte. Gern auch etwas Zuckerhaltiges zum Naschen, um meine Nerven zu beruhigten.

Wieso sah der Kerl so umwerfend aus, verflixt noch mal?

Am Büfett war der Teufel los, was keine Überraschung war angesichts der Köstlichkeiten wie Erdbeeren in Schlagsahne (die hatte der Duke bestimmt von William Stuart bekommen und ihn im Gegenzug zum Ball eingeladen, was den jungen Mann auf der gesellschaftlichen Leiter ein Stück weiterbrachte). Nachdem ich meinen nervösen Magen einigermaßen beruhigt hatte und die Erdbeeren deshalb aus waren, setzte ich meinen Spionage-Blick ein.

Der Saal hatte zwei pompöse Durchgänge, durch die die Gäste ein und aus gingen, um sich in den dahinterliegenden Räumlichkeiten zu erholen, frisch zu machen oder eine Partie Karten im Rauchersalon zu zocken. Dort hatte ich mich bereits beim Eintreffen umgesehen und feststellen müssen, dass vor jeder Tür, die in die Privatbereiche führte, ein Bediensteter stand. Da würde ich schon sehr kreativ sein müssen, um am Wachpersonal vorbeizukommen. Denn das hatten vor mir bestimmt schon andere neugierige Gäste probiert. Wenn schon die für Besucher zugänglichen Räumlichkeiten des Dukes so ungewöhnlich waren, wie war es da um den Rest bestellt? Vermutlich gab es eine Schlange von Gästen, die nur zu gern herumschnüffeln wollten – und in die wollte ich mich lieber nicht einreihen. Es brauchte einen anderen Plan, und zwar rasch, sonst müsste ich der Marquise de Minuit gleich eingestehen, dass ich auf ihre Hilfe angewiesen war.

Bei den Pembrokes hatte ich die Erfahrung machen dürfen, dass hinter einem Spiegel eine Abstellkammer versteckt gewesen war. Warum sollte es hier nicht etwas Ähnliches geben? Wenn man etwa rasch mal wohin musste und sich nicht erst einen Weg durchs Entree bahnen wollte. Die Nischen waren mit Illusionskunst bemalt. Die, in der ich gestanden hatte, war einem begrünten Pavillon nachempfunden gewesen. In anderen gab es Tempel mit

Sicht auf das blaue Meer oder prall bestückte Weinkeller. Da war es leicht, eine Tür unterzubringen, die aussah wie ein Teil der Illusion. Genau da würde ich ansetzen.

Ich warf noch einen letzten wehmütigen Blick aufs Büfett, auf dem es definitiv keine einzige Erdbeere mehr gab. Stattdessen entdeckte ich dort Emy, die mit einer Leidensmiene neben ihrer Mutter stand. Nachdem Emy bei mehreren Gelegenheiten bewiesen hatte, dass man sich mit seiner Nahrungsauswahl blamieren konnte, etwa mit von Blaubeeren verfärbten Zähnen, durfte sie sich die verlockende Auswahl an Leckereien nur noch anschauen. Und frei bewegen durfte sich die arme Emy auch nicht mehr. Seit der Matinee war ihre Mutter wirklich sehr streng mit ihr und behauptete felsenfest, dass Emy niemals einen Verehrer an Land ziehen würde, wenn sie nicht endlich lernte, sich wie eine Dame zu benehmen. Dass sich nun sogar Charlotte trotz ihrer nicht ganz so rosigen familiären Situation und ihrer scharfen Zunge einen Verehrer geangelt hatte, machte es nicht besser.

Dabei hängte Emy sich voll rein. Allein wie sie jetzt reglos dastand, als sei alles an ihr eingeschlafen – absolut damenhaft. Gut, jetzt winkte sie mit beiden Händen gleichzeitig, weil sie mich sah. Aber auch Damen dürfen Gefühle haben, richtig?

Ich zögerte, weil Emys Mutter ja in Habachtstellung war und ich Sorge hatte, dass sie mir mehr als nur einen Blick schenkte. Ein wesentlicher Teil meiner Verkleidung bestand nämlich in dem üppigen Kristallschmuck, den Emy mir geliehen hatte, nachdem ich sie in meinen geplanten Auguste-Auftritt eingeweiht hatte. Wie strahlende Ministerne baumelten die Kristalle von meinen Ohren und ein passendes Collier umschmiegte meinen Hals. Zuerst war ich mir wegen Emys Leihgabe unsicher gewesen. Ich wollte es vermeiden, von ihrer Mutter vor allen Leuten als Diebin entlarvt zu werden. Aber Emy hatte mir glaubhaft versichert, dass ihre Schmuckschatulle heillos überquoll und nicht mal ihre Zofe durchstieg, was sie alles an Erbstücken besaß. Mal davon abgesehen, war es um die Sehkraft ihrer Mutter so schlecht bestellt, dass sie sich regelmäßig mit Emys Kleiderpuppe unterhielt.

Sollte ich es wagen und den Spioninnenjob aufschieben? Na klar, beschloss ich. Eine Freundin in Not ging immer vor – und Emy lief ganz eindeutig Gefahr, im Stehen einzuschlafen.

Bevor ich mich jedoch zu Emy durchschlängelte, bemerkte ich noch ein bekanntes Gesicht in meiner Nähe: Es gehörte Miss Lucies Bruder George, der mutterseelenallein dastand und sich ebenfalls zu langweilen schien. Wenn das mal kein Zeichen war.

Kurzerhand sprach ich George an: »Sie sehen aus, als würden Sie sich gerade zurechtlegen, wie Sie sich unauffällig vom Ball absetzen könnten.«

George zuckte die Schultern. »Ich bezweifle, dass es jemand bemerken würde, wenn ich mich jetzt verabschieden würde. Bei diesem ganzen gesellschaftlichen Buhei fühle ich mich ziemlich überflüssig. Außerdem wartet noch Arbeit auf mich, die nicht weniger wird, während ich mir hier die Beine in den Bauch stehe.«

Nicht jeder Mensch ist ein geborener Partygänger. Aber manche, die sich am Rand des Geschehens rumdrücken, brauchen einen Anstupser, um endlich mal Fun zu haben.

Ich hatte den Verdacht, dass Miss Lucies Bruder zu dieser Gruppe gehörte. Wenn ich schon nicht den Ball genießen durfte, dann sollte wenigstens der tapfere George Spaß haben, das würde meine gute Tat der Ballnacht werden. Und wenn es gut lief, musste Emy den Abend nicht am Rockzipfel ihrer kontrollwütigen Mutter verbringen. Mit uns Mädels durfte sie bei offiziellen Anlässen aktuell nicht rumhängen, aber Small Talk mit einem waschechten Arlington würde Lady Ashley-Cooper gewiss zu schätzen wissen.

»Bevor Sie tatsächlich einen Abgang hinlegen, möchte ich Ihnen noch jemanden vorstellen«, verkündete ich George. Dann nahm ich ihn ins Schlepptau. Bevor George auch nur den Mund aufmachen konnte, um zu fragen, was das Ganze bitte schön solle, standen wir auch schon vor Emy. Die übrigens in ein mit Rüschen verziertes Kleid in einem weichen Vanilleton gekleidet war, als wäre sie die zarteste Versuchung überhaupt. Blieb nur zu hoffen, dass George eine Schwäche für Süßes hatte.

»Schau mal, Emy, wen ich dir mitbringe: einen ernsthaft gelangweilten Gentleman«, begrüßte ich meine Freundin.

»Dafür habe ich vollstes Verständnis, ich bin eben auch fast in einen Dämmerzustand verfallen«, lachte Emy, um sich dann wieder an die Anstandsregeln zu erinnern. »Wie nett. Mit wem habe ich die Ehre?«

Bevor der stocksteif neben mir stehende George zu einer Standardbegrüßung ansetzte und damit jede Chance auf eine lockere Unterhaltung im Keim erstickte, übernahm ich die Führung. »Das ist George, der älteste Bruder von unserer lieben Miss Lucie. Und du errätst nie, was er am liebsten zum Frühstück isst! Seine Schwester hat es mir verraten – und ich kann nur sagen: urgs.«

Damit hatte ich Emy schon mal mit an Bord, sie liebte Rätsel. »Dann muss es etwas Außergewöhnliches sein, das man kaum mit nüchternem Magen aushält … Eingelegte Eier, die einen üblen Geruch verströmen … Nein? Dann etwas vom Tier, das sonst niemand freiwillig in den Mund nehmen würde, wie blanchierte Augäpfel? Auch nicht. Drei Tage alter, aufgewärmter Kohleintopf? Zwieback, der sich bereits bis zur Unkenntlichkeit in Milch aufgelöst hat?«

»Eine sehr interessante Auswahl an Dingen, die niemand von uns auf seinem Frühstückstisch sehen möchte«, gab ich zu. »Aber George mag es noch eine Nummer härter, er schwört auf erkalteten Porridge, der zu Kleister geronnen ist. Wenn man den Löffel reinsteckt, muss der Brei ein Schmatzgeräusch von sich geben.« Ich widerstand dem Bedürfnis, das Geräusch nachzumachen. Dafür hätte ich mir definitiv einen Platzverweis eingefangen. Ohnehin war jetzt das Spannendste Georges Reaktion.

Miss Lucies älterer Bruder schaute Emy an.

Dann schaute er mich an.

Dann wieder Emy.

Die Chancen standen gut, dass er sich wortlos umdrehte und die Flucht antrat, weil er uns für zwei alberne Personen hielt. Schließlich war er ein gestandener Mann von Rang.

Aber unser Rumgeflachse brachte wohl einen längst vergessenen Funken in George zum Glimmen, denn er sagte: »Als ich jünger war, habe ich den Klebefaktor des Porridges immer einem Wurftest unterzogen, indem ich einen Löffelvoll an die Wand geschmissen habe. Blieb der Klatscher nicht kleben, war der Porridge noch nicht eingedickt genug, um ihn zu essen.«

Emy lachte vor Begeisterung auf, was ihr einen strengen Blick von ihrer Mutter einbrachte. Doch als Lady Ashley-Cooper sah, dass ein männliches Wesen für den Gute-Laune-Ausbruch ihrer Tochter verantwortlich war, verzichtete sie auf die übliche Ermahnung. Ich glaubte sogar ein hoffnungsvolles Leuchten in ihren Augen zu sehen.

Zeit, noch einen draufzusetzen. »Ich kenne noch ein weiteres Geheimnis von George«, verriet ich. »Dieser absolut pompöse und einzigartige Ball entlockt ihm nur ein müdes Gähnen.«

»Das stimmt«, gab George zu. »Als Auguste mich eben ansprach, war ich gerade damit beschäftigt, die Schneeflocken aus Papier, die von der Decke hängen, zu zählen, nachdem ich mit den 153 brennenden Kerzen schon durch war.«

»Und verraten Sie mir, warum Sie nicht von dem Ball begeistert sind wie alle anderen?«, fragte Emy, der es erfreulich leichtfiel, sich auf eine Unterhaltung mit George einzulassen.

»Mit dem Ball ist alles bestens, er ist vorbildlich organisiert, das Personal weiß, was zu tun ist, und die Gäste scheinen so ausgewählt worden zu sein, dass sie vollauf damit beschäftigt sind, sich gegenseitig zu beeindrucken und hinter dem Rücken der anderen zu tratschen.« George tat so, als müsste er angestrengt nachdenken. »Wenn ich raten müsste, würde ich darauf tippen, dass die Tanzfläche gleich beim ersten Stück des Orchesters gestürmt wird und man bis in die frühen Morgenstunden tanzt.«

Mit dieser schnöden Antwort wollte Emy sich nicht abspeisen lassen. »Aber wenn doch alles auf eine rauschende

Ballnacht hindeutet, warum sind Sie dann mit Schneeflockenzählen beschäftigt?«

George zuckte die Schultern. »Wahrscheinlich, weil ich selbst langweilig bin.«

Emy gab ein verzücktes Quieken von sich. »Das ist ja wunderbar, ich bin nämlich das Gegenteil von langweilig, ich bin laut meiner Mutter völlig außer Rand und Band.« Als ihr klar wurde, was sie da redete, flackerte kurz Panik in ihren Augen auf. »Damit meint sie, dass ich etwas zu lebendig bin. Auf eine sehr damenhafte Weise natürlich, gepaart mit besten Manieren und allem, was ein Gentleman von einer Dame meines Standes erwarten darf.«

Auf Georges Stirn zeichnete sich eine steile Falte ab. »Gehört das Erzählen von geschmacklosen Witzen zu der Grundausstattung einer vorbildlichen Dame wie Ihnen?«

In Emy brach ein Kampf aus zwischen ihrer angeborenen Ehrlichkeit und ihrer guten Erziehung. »Gelegentlich«, gab sie zu.

»Gibt es auch eine Neigung zu laufen, anstatt vornehm dahinzuschreiten?«

»Ich arbeite daran.«

»Und wie reagieren Sie, wenn Ihr Lieblingsgericht serviert wird?«

Emy ließ den Kopf hängen. »Mit wildem Gejohle.«

Es tat mir in der Seele weh, dass dieses so wunderbare und lebendige Mädchen seine Schultern hängen ließ. Da halfen auch tausend WhisperWhisper-Briefe nichts, wenn einem ständig eingebläut wurde, sich wie eine perfekte Kopie einer idealisierten Lady zu benehmen. War das ernsthaft das, worauf George Wert legte? Ich wusste es nicht. Vielleicht erforschte er das selbst noch, so nachdenklich wie er dreinblickte. Himmel, bislang hatte ich von George nur mitbekommen, dass er ein aufrichtiger Kerl mit dem Herz am rechten Fleck war, der sich für seine Familie einsetzte und das Personal vorbildlich behandelte. Es würde doch wohl kein Fehler gewesen sein, ihn Emy vorzustellen?

»Eine letzte Frage«, sagte George. Emy und ich zogen gleichzeitig die Luft ein. »Darf ich Sie um den ersten Tanz bitten, Miss Emy? Und vielleicht auch gleich um den zweiten?«

Danke, Bauchgefühl! Es war richtig gewesen, die beiden einander vorzustellen.

Neben mir machte Emy einen Hopser, nur einen winzig kleinen, dann hielt sie George ihr Tanzkärtchen hin.

Ich nahm es als Zeichen, dass meine Mission damit abgeschlossen war, und zog mich unauffällig zurück. George und Emy würden eindeutig eine fantastische Ballnacht miteinander verbringen. Ehrlich, ich fühlte mich wie eine gute Fee. Alle meine drei Freundinnen hatten Verehrer, von denen sie sich nur zu gern den Hof machen ließen. Mehr konnte eine Zofe von Ehre sich nicht wünschen.

Whisper-Entwurf zum Thema Tanzvergnügen

Meine liebe Freundin,

heute schreibe ich Dir ein wenig in Eile, denn – ach! – das große Tanzvergnügen steht an. Und ich muss gestehen, dass keiner meiner üblichen Tricks und Kniffe mehr Wirkung zeigt. Aber wie soll man auch die Contenance bewahren, wenn man auf einen Tanz mit einem gewissen Gentleman hofft, jedoch nicht sicher ist, ob er einen überhaupt jemals auffordern wird? Weil er so ein hartnäckiger Tanzverweigerer ist. Und ein Ballmuffel. Und …

Arghh, wie soll ich über die Sorge um den richtigen Tanzpartner schreiben, wenn ich dabei ständig nur an Hayden denken muss!!!

14

Tanzvergnügen

Wenn man Gast auf einem rauschenden Ball ist, ist es ein wenig, als würde man einen Zirkus besuchen: Man lässt sich nur allzu gern auf den Zauber der Manege ein. Man erfreut sich am Duft der frischen Holzspäne am Boden und ignoriert den Frittengestank. Die Zeltkuppel scheint viel größer, als sie es in Wahrheit ist, und man übersieht, dass der Frack des Zirkusdirektors geflickt ist. Auf dem Winterball war alles vom Feinsten und bis ins Detail perfekt organisiert, aber trotzdem liefen Bedienstete mit Tabletts voll dreckigem Geschirr durch die Gegend oder mussten ganz fix einen Wischmopp zücken, weil jemand seinen Punsch vergossen hatte. Das blendete man genauso aus, wie den bereits angesäuselten Baron Cornfield, der sich in Schlangenlinien fortbewegte, einfach, weil es nicht ins Bild passte. Als Ballgast wollte man Prunk und Glamour, aufregende Gespräche und faszinierende Begegnungen, aber bitte nichts Alltägliches. Dazu gehörten auch die vielen unauffälligen Türen auf der Rückseite des Saals, hinter denen sich Lagerräume und Verschläge mit Putzsachen befanden. Und, darauf ruhte meine Hoffnung, ein Gang, über den man die Privatgemächer des Dukes erreichen konnte.

Ich bahnte mir bereits einen Weg durch die Gesellschaft, als ich von meinem Ziel abgelenkt wurde. Von einer Sekunde zur anderen verschwendete ich keinen Gedanken mehr an meine Aufgabe, sondern wechselte wie ferngesteuert die Richtung. Mich so aus dem Takt zu bringen, schaffte nur einer: Hayden. Ob es mir nun passte oder nicht, der junge Lord Falcon-Smith hatte auf mich die gleiche Wirkung wie ein Magnet auf Eisenspäne.

Allem Anschein nach war es Hayden gelungen, seinem verkupplungswütigen Vater zu entkommen. Während wir aufeinander zuliefen, hielt ich mir vor Augen, dass wir heute als Zeitreisende unterwegs waren und alles andere warten musste. Was echt hart war. Schließlich hatte ich mir vorgenommen herauszufinden, wie es war, ihn zu küssen. Falls er sich überhaupt von mir küssen ließ … Wenn ich jemals gehofft hatte, dass mein Gefühlsleben weniger verwirrend sein würde, sobald ich mir meine Schwäche für Hayden eingestanden hatte, so stellte sich das gerade als fetter Irrtum heraus. Es war nur alles noch viel bis sehr viel verwirrender geworden.

»Na, traut dein Vater dir zu, auch allein Bekanntschaften zu machen? Oder wie kommt es, dass du dich ohne Aufsicht frei im Ballsaal bewegen darfst?«, neckte ich Hayden zum Auftakt. Was wir jetzt brauchten, war die gute alte Normalität zwischen uns.

Hayden verzog das Gesicht. »Ich befürchte, mein Vater hat mich als unmöglichen Fall aufgegeben, zumindest was das Tanzen anbelangt. Als ich sagte, ich wolle mich ein wenig umschauen, hatte er zumindest nichts dagegen.«

»Und wonach wolltest du dich umschauen?«, fragte ich.

»Nach dir natürlich.«

»Es dauert aber noch ein wenig, bis wir uns mit der

Marquise treffen. Kurz vor der Eröffnung des Tanzes sollen wir nicht mit ihr rechnen, hatte sie geschrieben.«

Hayden kratzte sich im Nacken. »An die Marquise hatte ich gar nicht gedacht, ich wollte dich einfach nur gern sehen.«

Okay, dieser Kurswechsel kam unvorbereitet. »Mich? Einfach nur so?«

»Ich bin auch ganz überrascht«, sagte Hayden. »Aber du brauchst dir keine Sorgen zu machen, dass mich jede Sekunde ohne deine zauberhafte Gesellschaft in ein schwarzes Loch wirft, nur weil du mit Abstand die unterhaltsamste Person auf diesem Ball bist.«

»Vorhin war ich noch eine Nervensäge«, erinnerte ich ihn.

So leicht brachte ich Hayden nicht aus dem Takt. »Das schließt sich nicht aus«, erklärte er lässig. »Du bist eben eine Frau voller Gegensätze, du kannst total anstrengend sein, und trotzdem bin ich mit niemandem so gern zusammen, wie mit dir.« Während ich große Augen machte, ging auch Hayden auf, was er da sagte. »Könntest du mich bitte unterbrechen, sonst redet mein Mund von allein weiter. Du weißt doch, dass ich alles Mögliche ausplaudere, wenn ich aufgeregt bin. Und irgendwie bin ich gerade aufgeregt. Also, Zoe, dein Einsatz bitte.«

Ich schüttelte stumm den Kopf. Der sonst so coole und überlegen wirkende Hayden war aufgeregt – meinetwegen. Was auch immer sich da gerade einen Weg bahnte, ich wollte es hören.

Für einen Augenblick sah es so aus, als würde Hayden mit aller Willenskraft die Worte zurückdrängen. Mir selbst wurde dabei ganz eng in der Kehle und ich berührte meinen Hals, wodurch das Collier das Licht reflektierte und Hayden für eine Sekunde blendete. Trotzdem wendete er nicht den Blick ab. Ohnehin war der Abstand zwischen uns wie durch Zauberhand kleiner geworden, während der Rest der Gesellschaft plötzlich ganz weit weg zu sein schien.

»Tut mir leid, wenn ich dich anstarre. Ich versuche schon die ganze Zeit, es nicht zu tun.« Haydens Ton war jetzt ernster und ein wenig suchend. »Als wir bei Monsieur Houppette waren, habe ich mich darüber geärgert, dass du dich für den Ball verkleidet hast. Mir ist schon klar, warum du es tust, trotzdem gefällt es mir nicht, dass du so ganz anders aussiehst. Und gleichzeitig bist du für mich verrückterweise die Schönste in einem Saal voller hinreißender Ladys.« Er stockte. »Habe ich das eben wirklich laut gesagt?«

»War das jetzt ein Kompliment?«, fragte ich zurück.

Hayden lächelte entschuldigend. »Leider kein besonders gutes, ich übe noch. Vielleicht hätte mein Vater mir anstelle eines Tanzlehrers jemanden besorgen sollen, der mir die Kunst der Galanterie erklärt. Ich komme mir vor wie ein Idiot.«

Ich nahm meinen Mut zusammen. »Wenn überhaupt, dann sind wir beide Idioten. Ich mag nämlich die Art, wie du mir den Hof machst. Nun ja, den Teil, wo du mir erst mal an den Kopf wirfst, was dir nicht passt, nur so bedingt. Aber alles andere …« Hilflos hob ich die Hände.

Doch Hayden verstand mich auch so. »Das macht wohl die besondere Stimmung mit all dem Schnee und Glitzer, da muss man einfach romantisch werden. Und wo ich damit schon mal angefangen habe, kann ich auch gleich zugeben, dass ich echt Glück habe, mit dir zusammen in der Vergangenheit gelandet zu sein. In der Gegenwart wären wir uns vermutlich nie über den Weg gelaufen und die Vorstellung gefällt mir überhaupt nicht. Ich möchte nämlich mit dir zusammen sein.« Ganz behutsam nahm er meine Hand in seine.

»Ich bin auch sehr gern mit dir zusammen.« Jetzt war es endlich raus, wobei es ein wenig schade war, dass ich meinen Worten auf dem Ball leider keine Taten folgen lassen und Hayden küssen durfte. Aber es war auch so wunderschön, vor ihm zu stehen und nicht verstecken zu müssen, dass ich mich bei seinem Anblick fühlte, als würde ich erneut durch einen magischen Spiegel gebeamt. »Jetzt kann ich ja endlich zugeben, dass ich immer ganz neidisch bin, wenn du Prickelton kraulst.«

Hayden lachte, dann reichte er mir seinen Arm. »Wir sollten uns in Bewegung setzen. Wenn ich mich nicht täusche, werden wir beobachtet. Vermutlich sehen wir gerade beide ziemlich von der Rolle aus für zwei Gäste, die sich über die Dekoration und den drohenden Schneefall heute Nacht unterhalten.«

Mir reichte ein Seitenblick, um zwei ungeniert glotzende Herrschaften auszumachen sowie ein Debütantinnen-Trio, das mich giftig anstarrte. Offenbar hatte Miss Lucie recht, dass Hayden als heißester Junggeselle der Saison galt. Nicht, dass ich mich seinetwegen noch würde duellieren müssen.

Schnell hakte ich mich bei ihm ein, damit wir durch den Saal flanieren konnten, aber sogar das fühlte sich nach Haydens Kompliment anders an. Wir waren schon öfter so vertraulich nebeneinanderher gegangen, jedoch meist, weil wir etwas vortäuschten. Dann waren wir Spaziergänger im Park oder ein Liebespaar auf Higher Castle. Es war stets darum gegangen zu verbergen, wer wir wirklich waren. Auch jetzt steckte ich in einer Verkleidung, aber es stand mir frei, ob ich seinen Arm annehmen wollte oder nicht. Und – ganz im Vertrauen – ich wollte.

»Gleich soll der Tanz eröffnet werden, sie räumen bereits die Fläche dafür frei«, sagte Hayden. »Ich würde vorschlagen, wir begeben uns ins dichteste Gedränge, da fallen wir am wenigsten auf. Dann können wir uns auch nach der Marquise umsehen.«

»Gute Idee, wir müssen uns sowieso langsam mal absprechen, wie wir wegen des Spiegelkabinetts vorgehen wollen. Das Anwesen des Dukes ist riesig und uns steht nur diese eine Nacht zur Verfügung, um zu finden, woran die Marquise bislang gescheitert ist.«

»Was unsere Suche anbelangt, habe ich gute Neuigkeiten. Vorhin hatte ich Gelegenheit, ein paar Worte mit William Stuart zu wechseln. Seine angebetete Charlotte musste nämlich ein paar alte Bekannte ihrer Familie begrüßen.« Hayden grinste. »Die beiden sind keine Turteltauben, sondern mehr wie Hund und Katze. Aber wehe, sie werden für einen Augenblick getrennt, dann machen sie sofort lange Gesichter. Jedenfalls war William zu Besuch beim Duke, weil sie geschäftliche Dinge zu besprechen hatten, sodass er mir einiges über das Anwesen erzählen konnte. Da wir ja beide Architektur-Fans sind, ist ihm meine Fragerei auch gar nicht seltsam vorgekommen.«

»Sehr gut, wenn du eine Übersicht hast, dann muss ich nicht in jedes Zimmer platzen und den verirrten Gast spielen.«

»Du wolltest ernsthaft die Zimmer einzeln abklappern?« Auf Haydens Stirn zeichnete sich eine steile Falte ab, die wohl bedeutete, dass er meinen Plan nur so semi-toll fand. »Dieses Anwesen hat allein siebzehn Schlafzimmer, hast du ungefähr eine Vorstellung ...« Weiter kam er nicht, weil er zu sehr damit beschäftigt war, ein Ganzkörperzucken zu unterdrücken.

»Was ist los?«

»Ich habe den Skarabäus mitgebracht und jetzt kitzelt mich das Krabbelvieh.« Hayden griff in seinen Gehrock, doch es war zu spät. Der goldene Skarabäus kroch aus seiner Tasche und flog davon, ehe wir auch nur die Hand nach ihm ausstrecken konnten. Zielstrebig surrte der goldene Käfer in die Höhe und verschwand im Meer der Schneeflocken, die von der Decke baumelten.

»Merde«, schimpfte Hayden.

»Los, wir müssen die Spur des Skarabäus aufnehmen«, japste ich, bereit, mein Kleid zu raffen und auf den nächsten Tisch zu springen.

Doch Hayden hielt mich zurück. »Ganz ruhig, wir haben bereits genug Aufmerksamkeit erregt.« Er deutete auf einen Pulk Damen, deren Töchter bestimmt gerade unterwegs waren, um die Herren auf sich aufmerksam zu machen. »Da hat doch eben etwas golden aufgeblitzt. Hat der junge Herr etwa einen Verlobungsring gezückt?«, flüsterte eine von ihnen so laut, dass es unmöglich zu überhören war.

»Mist! Egal, wie wir es anstellen, wir erregen Aufmerksamkeit«, stellte ich genervt fest.

»Da sieht aber jemand gar nicht glücklich aus«, schnurrte eine Männerstimme, die mir nur allzu vertraut war. »Hayden, du solltest dich schämen, unserem Gast aus Preußen so eine dröge Gesellschaft zu sein. Wie gut, dass ich mich eingefunden habe, bevor Miss Auguste noch den Glauben an uns englische Gentlemen verliert. Ich bin bereit, ab hier zu übernehmen.«

Auch das noch. Arthur, der Don Juan aus der Amateurliga, hatte mich gefunden und lächelte mich so brünftig an, dass nur noch eine Rose zwischen seinen Zähnen fehlte.

»Meine angebetete Auguste, hat mein Freund Hayden Sie etwa gelangweilt? Er ist ein guter Bursche, aber er weiß leider so gar nicht, womit man eine Dame von Welt beglückt. Sie müssen wissen, er ist zur Hälfte Franzose.« Er blinzelte Hayden zu. »Nimm es mir nicht übel, Kumpel.«

Alles, wozu Hayden sich herabließ, war ein Echt-jetzt?-Blick zu seinem Eher-nicht-so-Kumpel. Dann schob er sich zwischen Arthur und mich. »Wir waren gerade im Gespräch, mein Bester. Wenn du uns also entschuldigen würdest?«

»Ich habe mich wohl nicht klar ausgedrückt«, monierte Arthur. »Du hattest deine Chance bei der Lady. Nun übernimmt meine Wenigkeit. Wenn *du* uns also entschuldigen würdest?«

Schwups, stand Arthur schon wieder vor mir. Trotz seines immer noch steifen Beins war er erstaunlich beweglich. »Jetzt ist es höchste Zeit für Amüsement, vertrauen Sie sich mir nur an, Auguste.« Er nahm meine Hand, die ich ihm nicht entreißen konnte, ohne einen Mini-Skandal hervorzurufen. Ich warf Hayden einen Hilfe suchenden Blick zu, doch er zuckte ratlos mit den Schultern. Er konnte die lästige Klette ja kaum von mir losreißen.

»Meine Verehrteste«, säuselte Arthur. »Mit Ihrer liebreizenden und so zarten Art, die Ihre edle Herkunft verrät, hatten Sie mich vom ersten Augenblick an in Ihren Bann gezogen. Ihr vornehmes Schweigen und Ihre weibliche Zurückhaltung lassen den Mann in mir erwachen, der ein wahrer Ritter für eine schutzbedürftige Dame sein will. Wären wir vorhin nicht getrennt worden, so hätte ich Sie, meinem Herz gehorchend, längst gefragt, ob Sie mir den ersten Tanz des Abends zu schenken bereit wären.«

»O bitte«, stöhnte Hayden. »Das ist doch wohl nicht dein Ernst.«

Arthur bleckte die Zähne. »Selbstverständlich ist es das, du bist ja nur eifersüchtig, weil ich jetzt am Zug bin. Außerdem ist Miss Auguste nur viel zu höflich, um dich abzuweisen. Bei deinem offensichtlichen Charme reicht es bekanntlich nur für offenherzige Tänzerinnen.«

Anstatt sich in seiner Ehre gekränkt zu fühlen, schüttelte Hayden bloß entnervt den Kopf. »Mann, nicht die Geschichte mit der Tänzerin schon wieder. Du musst es mir nicht heimzahlen, indem du Miss Auguste umwirbst.«

»Pah«, winkte Arthur ab. »Wen interessieren schon diese ollen Kamellen! Ich folge hier ausschließlich dem Ruf meines Herzens – und das begehrt nach dieser erlesenen Dame. Wenn du die Güte hättest beiseitezutreten, damit ich mich in Miss Augustes Tanzkärtchen eintragen kann? Der Duke eröffnet jede Sekunde offiziell den Ball mit dieser Prinzessin aus dem Hinterland, die noch nicht mal weiß, was ein anständiges Kleid ist. Danach wird die Tanzfläche für die Gesellschaft freigegeben und ich habe vor, Miss Auguste übers Parkett schweben zu lassen.«

Während des Schlagabtauschs zwischen den beiden Herren wurde ich immer wütender. Arthur tickte wohl nicht richtig, der behandelte mich wie einen Gegenstand! Eine Trophäe, die er Hayden bei ihrem Hahnenkampf abnehmen wollte. Sollte ich mein Schweigen brechen und dieser Knackwurst sagen, dass weder ich noch irgendein anderes weibliches Wesen auf diesem Ball ein Interesse an seiner Aufmerksamkeit hatte? Echt, es gab definitiv keine Frau, die Lust auf so einen aufgeblasenen Schaumschläger hatte, der es toll fand, wenn seine Gesprächspartnerin kein Wort rausbrachte. Dann konnte er sie nämlich gnadenlos vollschwafeln und sich zum Helden der Stunde aufschwingen, indem er aus ihr ein kleines Hascherl machte. Wer hatte sich dieses bekloppte Spiel eigentlich ausgedacht, bei dem die Dame entweder zu lächeln oder verschämt zu Boden zu starren hatte, während die Herren sich nach Lust und Laune aufspielten?

In meiner Kehle brodelte es, ich hielt es kaum aus, den Mund zu halten. Aber das Risiko war zu hoch, dass Arthur mich wegen meiner Stimme erkannte, also wich ich nur ein Stück zurück, was er jedoch prompt falsch deutete.

»So zauberhaft schüchtern«, amüsierte sich Arthur. »Ich verspreche Ihnen, Auguste, bei mir sind Sie in den besten Händen, das wird die Ballnacht Ihres Lebens. Sie werden meine Arme nie wieder verlassen wollen, noch bevor das erste Musikstück zu Ende geht. Bei mir gibt es die Schmelz-Garantie.«

Igitt. Ein flirtender Arthur war ja noch viel unerträglicher als der Arthur, der mich als Zofe regelmäßig runterputzte, weil er Angestellte für Menschen zweiter Klasse hielt.

»Du bemühst dich umsonst«, sagte Hayden. »Auf Miss Augustes Karte ist kein Platz für dich.«

Der Möchtegern-Rosenkavalier winkte nur ab. »Unsinn, da hat sich bestimmt noch niemand eingetragen, weil Miss Auguste noch nicht offiziell in die Gesellschaft eingeführt worden ist. Du, mein Guter, bist jedenfalls keine Konkurrenz«, frotzelte er. »Zumal du ja berühmt dafür bist, jeden Tanz zu verweigern, sogar um den Preis,

dass dein hochverehrter Herr Vater immer ungehaltener wird. Vermutlich hast du zwei linke Füße, was nur fair wäre, wo die Natur doch sonst schon so gut zu dir war. Darum darf Miss Auguste sich glücklich schätzen, dass ich sie vor deinen Künsten bewahre.« Damit wollte Arthur sich mein Tanzkärtchen greifen.

Nur bekam er es nicht zu fassen.

Denn Hayden fing seine Hand ab – und hielt sie fest, selbst als Arthur versuchte, sich aus seinem Griff zu befreien. »Ich meinte es ernst, als ich sagte, dass die Dame keinen Tanz für dich erübrigen kann, Arthur«, sagte er in so einem ruhigen Ton, dass ich eine Gänsehaut bekam.

»Und warum nicht?«, fragte Arthur jammernd.

»Ja, warum nicht?«, vergaß ich mein Schweigen.

Hayden sah mich an, dann lächelte er. »Weil du mit mir tanzen wirst. Falls du das möchtest.«

»Unbedingt«, sagte ich sofort.

»Großartig, darauf hatte ich gehofft.« Damit gab er den völlig überfordert aussehenden Arthur frei und umfasste sanft meinen Oberarm, um mich in Richtung Tanzfläche zu führen. Dort versammelten sich bereits die ersten Paare und warteten nur noch den Applaus für den Gastgeber mit seiner Tanzpartnerin ab, bevor auch sie endlich loslegen konnten.

»Das ist ein Ablenkungsmanöver, richtig?«, fragte ich. »Wir müssen jetzt nämlich zur Marquise.«

Hayden bahnte uns einen Weg durch die Menge.

»Falls du es noch nicht bemerkt hast, wir sind Arthur erfolgreich losgeworden«, gab ich Entwarnung.

Doch das schien Hayden nicht zu kümmern, er führte mich auf die Tanzfläche, die sich gerade zu füllen begann.

Okay, dann setzten wir unseren Weg also fort. Ich rechnete fest damit, dass wir die Tanzfläche einmal durchkreuzen und auf der anderen Seite wieder verlassen würden, um in die Privatgemächer des Gastgebers zu entschwinden, von denen William Hayden berichtet hatte. Stattdessen blieb Hayden mitten auf der Tanzfläche stehen und schaute mich abwartend an.

Ich versuchte aus seiner Reaktion schlau zu werden. »Du tanzt nicht, du hasst es und bist so schlecht darin, dass du vor deinem Lehrer durch die Hintertür geflohen bist. Also verrat mir bitte, was das hier werden soll.«

»Es wird genau das, wonach es aussieht«, sagte Hayden. Dann deutete er eine Verbeugung an. »Zoe, ich frage dich noch einmal: Schenkst du mir diesen Tanz?«

»Damit wir wie ein ganz normales Paar wirken und niemand uns als Spione entlarvt?«

Hayden lächelte nicht, sondern erwiderte ruhig meinen Blick. »Nein, weil ich nichts lieber tun möchte, als jetzt mit dir zu tanzen. Erweist du mir die Ehre?«

Endlich machte es Klick. In diesem Moment war ich einfach ein Mädchen, das um einen Tanz gebeten wurde. Auf dem Winterball. Und zwar nicht von irgendwem, sondern von dem einzigen jungen Gentleman, von dem sie insgeheim auf eine solche Einladung gehofft hat.

»Ich tanze sehr gern mit dir«, sagte ich. »Und zwar mehr als nur einen Tanz.« Dann nahm ich seine Hand und wir gingen in Aufstellung.

Das Orchester stimmte an und die ersten Töne eines Eröffnungswalzers erklangen. Hayden legte seinen Arm um meinen Rücken, dann machten wir auch schon die ersten Schritte, als hätten wir schon unzählige Male miteinander getanzt. Wir ließen uns von der Musik durch den Saal voller weißem Glitzer und Kerzenschein tragen. Ich merkte kaum, wie meine Füße den Boden berührten, es war mehr, als würde ich schweben. Und doch spürte ich mich nur allzu deutlich in Haydens Armen, erwiderte seinen Blick, sein Lächeln. Es war plötzlich so leicht, mit ihm zusammen zu sein und es einfach nur zu genießen. Wir hatten nur Augen füreinander. So sehr, dass ich nichts davon mitbekam, was auf der gut gefüllten Tanzfläche passierte. Die Paare, die sich um uns drehten, waren nur Schemen, die Musik erklang wie aus weiter Ferne. Es war fast so, als gäbe es jetzt, da ich zu meinen Gefühlen stand, nur noch Platz für Hayden. Wie lange so ein Walzer auch dauern mochte, für mich fühlte es sich mit dem ersten Takt an, als seien Hayden und ich in einen Raum außerhalb der Zeit getreten.

Als ich das nächste Mal wieder meine Füße auf dem Boden spürte, hatte sich etwas verändert. Auch Hayden sah aus, als würde er aus einem Traum erwachen und sich wundern, was los war. Wir drehten uns zwar weiterhin im Dreivierteltakt, mussten aber feststellen, dass die Musik längst verklungen war und die Paare bereits eine neue Aufstellung einnahmen. Nicht, ohne uns schmunzelnd zu mustern, weil wir uns immer noch in den Armen hielten.

Und das vor aller Augen.

Nicht weit von mir entfernt stand Miss Lucie mit Cedric und winkte mir sichtlich verdattert zu. Ganz im Gegensatz zu Emy, die sich mit einem ungewohnt ausgelassen wirkenden George gerade für den nächsten Tanz in Stellung brachte und mir über beide Backen zugrinste. Nur meine liebe Charlotte und ihr Verehrer William Stuart bekamen nichts davon mit, sie hatten es nicht einmal bis auf die Tanzfläche geschafft, sondern lieferten sich am Rand einen heißblütigen Schlagabtausch. Vermutlich hatten sie das Thema Miniatur-Orchidee noch nicht ausgiebig genug bearbeitet, um zum vergnüglichen Teil des Abends überzugehen.

»Beim nächsten Tanz sollten wir versuchen, mehr im Hier und Jetzt zu bleiben – oder zumindest mitzubekommen, wann das Musikstück vorbei ist.« Hayden lächelte mich an, dann gab er mir einen Handkuss. »Bereit für die nächste Runde?«

Mir lag das Ja schon auf den Lippen, als ich am Rand der Tanzfläche eine in Schwarz gekleidete Gestalt entdeckte, die schneeweißen Locken zu einer Hochfrisur aufgetürmt und das Gesicht hinter einem schwarzen Spitzenschleier verborgen. »So gern ich Ja sagen würde – ich befürchte, das werden wir verschieben müssen. Die Marquise ist eingetroffen und wartet auf uns«, sagte ich stattdessen.

Kurz dachte ich, Hayden würde einen seiner französischen Flüche murren, aber stattdessen lächelte er ergeben. »Die Nacht ist noch jung, wir können sicherlich später noch tanzen, wenn wir unsere Pflicht erledigt haben.«

Ich zog eine Augenbraue hoch. »So gefügig?«

»Wenn mich nicht alles täuscht, ist als Nächstes eine Quadrille angesagt, die bei mir unter Ringelreihen fällt. Es fällt mir deshalb nicht ganz so schwer, mich in Geduld zu üben.« Damit führte er mich von der Tanzfläche zur Marquise, die uns bereits erwartete.

Einen Kommentar konnte ich mir allerdings nicht verkneifen. »Eure Lordschaft kann ja doch tanzen, und zwar sogar richtig gut.«

»Vielleicht kommt es bei mir ja auf die Motivation an.« Hayden blinzelte mir zu.

Während ich wie ein seliges Honigkuchenpferd strahlte, bedeutete uns eine wenig begeistert wirkende Marquise, ihr zu folgen. Abseits des Trubels ließ sie ihren weißen Fächer zuschnappen. Ich brauchte ihr Gesicht nicht zu sehen, um zu wissen, dass die Lady gereizt war.

»Haltet ihr einen gemeinsamen Tanz wirklich für eine gute Idee? Der ganze Saal hat euch zugesehen, wie ihr beide im Walzertakt miteinander verschmolzen seid. Es hat nicht viel gefehlt und die Dekoration hätte Feuer gefangen. Wir hatten hier die perfekten Bedingungen, um unter dem Radar zu fliegen, weil alle wegen des Dukes und seiner Begleitung Prinzessin Nechbet ganz aus dem Häuschen gewesen sind. Eine fremdländische Prinzessin und ein englischer Adeliger mit abenteuerlichem Ruf sind die beste Ablenkung, die man sich wünschen kann. Und dann tritt der junge Lord Falcon-Smith, der die Herzen der Damenwelt höherschlagen lässt, mit einer Unbekannten auf und vollführt etwas, das man bestenfalls als Tanz über den rosaroten Wolken bezeichnen kann.«

Ja, die Marquise war eindeutig verärgert.

Hayden blieb trotzdem gelassen. »Der Winterball hat

seine ganz eigene Anziehungskraft. Sehen Sie, jetzt, da wir abseits stehen, beachtet uns niemand mehr. Die Gäste wollen was erleben und es wird ihnen mehr als genug geboten, die brauchen uns gar nicht für ihr Entertainment.«

Womit er recht hatte. In diesem Augenblick galt die allgemeine Aufmerksamkeit zwei Damen, die wegen einer Doppelbuchung auf den gleichen Tanzpartner bestanden. Sie zerrten an ihm herum, als müssten sie nur heftig genug reißen, damit es »Plopp« machte und der Gentleman in zweifacher Ausführung vor ihnen stand.

Räuspernd wendete ich den Blick von dem Spektakel ab. »Warum sind Sie so spät dran? Ich habe auf Sie gewartet.«

»Ich wurde von einem Informanten aufgehalten«, sagte die Marquise. »Aber es hat sich gelohnt, ich kenne jetzt einen Weg, der uns unbemerkt in den Privattrakt des Dukes bringt.«

»Was schlagen Sie also vor?«, erkundigte ich mich.

»Wir beide machen jetzt einen Abstecher in die Bibliothek, wo nach einer kurzen Zeit überraschend der junge Lord Falcon-Smith zu uns stoßen wird.«

»Verstehe«, sagte Hayden. »Dann schlendere ich jetzt ein wenig umher und treffe die Damen gleich in der Bibliothek.« Mit sichtlichem Widerwillen gab er meinen Arm frei und verschwand unter den Gästen.

Ich blickte Hayden hinterher, bis bei mir durchsickerte, dass die Marquise mich beobachtete. »Hören Sie, mir ist schon klar, dass Hayden und ich ziemlich leichtsinnig waren«, entschuldigte ich mich. »Aber man kann nicht immer vernünftig sein.«

»Schon gar nicht, wenn man verliebt ist, nicht wahr?« Die Marquise lachte leise, als ich vor Verlegenheit rot anlief. »Wirklich, Zoe, ich verstehe euch nur zu gut, ich war schließlich auch mal in eurem Alter und erinnere mich lebhaft daran, wie überwältigend Gefühle sein können. Die erste Liebe ist, als würde sich eine neue Welt auftun – und genauso ist es ja auch. Außerdem gebt ihr wirklich ein wunderschönes Paar ab. Es war hinreißend, euch beim Tanzen zuzuschauen. Aber die heutige Nacht ist vielleicht unsere größte Chance, Antworten auf viele Fragen zu finden, um die ich schon so lange kämpfe. Und wie du weißt, läuft mir die Zeit davon. Ich konnte heute für den Ball nicht einmal mehr auf Maurice' Schminkkünste zurückgreifen, so durchschimmernd ist mein Gesicht inzwischen. Falls der Duke einen Spiegelsplitter besitzt, müssen wir ihn finden.«

Der restliche Sternenstaub, der nach meinem Tanz mit Hayden noch an mir gehaftet hatte, war schlagartig wie weggewischt. Die Nacht war noch jung, hatte Hayden gesagt – und wir würden sie dafür nutzen, das Geheimnis des Mondscheinspiegels zu lüften.

Geistige Notiz von Zoe

- Megaherzklopfen
- Megaabenteuer
- Ende des Weges?

15

Im Reich des Dukes

Normalerweise flippe ich bei Bibliotheken zuverlässig aus, vor allem, wenn es sich um private Büchersammlungen handelt, deren Regale die meterhohen Wände füllen. Die Arlingtons verfügten über ein solches Zauberreich, in das ich mich bei jeder Gelegenheit heimlich schlich, um für ein paar Minuten meine Pflichten zu vergessen. Dann versteckte ich mich mit einem Buch in der Hand hinter einem der schweren Samtvorhänge und trat Fernreisen an, durchlitt Abenteuer oder staunte darüber, was man 1816 so alles an monströsem Getier unter der Meeresoberfläche vermutete.

Auch in der Bibliothek des Dukes herrschten paradiesische Zustände für Leseratten. Sie war in einem herrschaftlichen Raum untergebracht, in dem es nach mit Orangenöl gepflegten Holzregalen roch. Dicke Teppiche dämpften jeden Schritt und es gab so viele Bücher, dass sie sich sogar auf Beistelltischen und in den Ecken stapelten. Nur leider hatte ich keine Zeit, auch nur ein einziges Buch in die Hand zu nehmen, obwohl sich außer mir und der Marquise niemand in der Bibliothek aufhielt. Dass der durchschnittliche Ballbesucher während einer solchen Festlichkeit kein Interesse an einer gepflegten Lektüre hatte, war keine Überraschung. Aber zumindest mit Lord Arlington hätte ich hier gerechnet.

»Sehr gut, wir sind unter uns«, sagte die Marquise, nachdem sie jeden der schweren Vorhänge auf knutschende Liebespärchen überprüft hatte. Dann trat sie vor ein Buchregal – und zwar vor das vermutlich einzige, für dessen Inhalt ich mich überhaupt nicht interessierte.

Ich zog eins der unhandlichen Exemplare heraus und rümpfte die Nase. »Der Duke muss wirklich ein Exzentriker sein. Wer sonst sammelt über Jahre hinweg die Beobachtungen des hiesigen Ornithologen-Vereins? Hier, der 7. April 1789: ›Ein Amselpaar an der Futterstelle 7 gesichtet sowie ein Rotkehlchen.‹ Gut möglich, dass künftige Vogelforscher einmal dankbar für diese Sammlung sein werden. Aber ich persönlich würde sie eher auf dem Dachboden einmotten.«

»Du musst die Perspektive wechseln«, wies mich die Marquise an. »Wenn du in diesem Raum etwas verbergen möchtest, was würde sich da besser anbieten, als massenweise Berichte von Vogelbeobachtern?«

Mein Puls beschleunigte direkt auf Tempo rasend schnell. »Sie meinen, hinter diesen Büchern liegt das Spiegelkabinett verborgen?«

»Das leider nicht, aber etwas, das uns heute Nacht gute Dienste erweisen wird.« Die Marquise nahm einen Piepmatz-Band aus dem Regal und griff in die entstandene Lücke. Ein leises Knacken erklang, dann schob sie das Regal samt seinen vielen Büchern ein Stück zur Seite. »Ein Meisterwerk der Ingenieurskunst. Die Menschen waren schon immer sehr ideenreich, wenn es darum ging, sich unbeobachtet aus dem Staub machen zu können. ›Mein Schatz‹«, sagte sie mit verstellter Stimme. »›Ich ziehe mich in die Bibliothek zurück und bitte, für die nächste Stunde nicht gestört zu werden.‹ Und von dort macht der Hausherr dann dank seines Geheimgangs einen kleinen Abstecher in ein abgelegenes Gästezimmer, wo ihn schon ein Dienstmädchen zu einem Tête-à-tête erwartet.«

Ich wollte mich gerade schwer beeindruckt zeigen, als ich zusammenzuckte. »Da kommt jemand, ich höre Schritte.«

Keine Sekunde später kam auch schon Hayden um die Ecke gerannt. »Ist das ein Geheimgang, durch den wir verschwinden können? Dann nichts wie rein da, ich werde nämlich verfolgt.«

Ohne ein weiteres Wort zu verschwenden, schlüpfte die Marquise durch den entstandenen Spalt und ich folgte ihr mit Hayden, der das Regal hastig hinter sich zuschob. Wir standen in absoluter Dunkelheit, bis die Marquise ein Streichholz anriss. Im Schein des Hölzchens entdeckte sie eine Öllampe an einem Haken an der Wand, die sie anzündete.

»Schon viel besser«, seufzte ich und hatte sofort Haydens Zeigefinger auf meinen Lippen.

»Still«, flüsterte er.

Dann begriff ich auch schon, warum.

»Aber ich bin mir ganz sicher, dass Hayden in die Bibliothek gegangen ist, meine beste Persephone«, ertönte eine Frauenstimme, die mir bekannt vorkam. »Ein prächtiger Kerl wie er kann sich doch nicht einfach in Luft aufgelöst haben.«

»Und wenn er sich vor dir versteckt, Cassiopeia?«

»Natürlich tut er das, schließlich pflegt der junge Lord einen seltsamen Humor. Hören Sie, Hayden? Sie können jetzt aus Ihrem Versteck hervorkommen – oder wir werden Sie finden, Sie verrückter Bursche. Ich habe Ihnen versprochen, dass ich mich nicht mehr so leicht hinters Licht führen lasse. Sie möchten mit mir spielen? Einverstanden, spielen wir. Ich werde Ihnen so viel Freude bereiten, dass Sie die Dame, mit der Sie den Eröffnungstanz bestritten haben, vollkommen vergessen werden.«

Ich versuchte ein Kichern zu unterdrücken, was mir nur leidlich gelang und mir Stupser von dem prächtigen Kerl einbrachte.

Die Marquise nahm unterdessen lautlos die Lampe vom Haken und erkundete den Gang. Wir folgten ihr auf Zehenspitzen, während sich vor dem Buchregal eine junge Frau darüber empörte, dass der von ihr gesuchte Traummann nicht hinter einem Vorhang auf sie wartete.

»Was ist denn das für eine abgefahrene Nummer?«, fragte ich Hayden, der dicht hinter mir herging.

»Das ist die ehrenwerte Cassiopeia auf Gattensuche. Du bist dieser raffinierten Person bei dem Picknick begegnet, wo Prickelton so freundlich war, uns auf ihre Absichten hinzuweisen. Eigentlich dachte ich, ich hätte sie damals erfolgreich vergrault, aber heute hat sie erneut zum Angriff geblasen. Als ich durch den Saal spazierte, hat sie mich zusammen mit einer Freundin abgefangen und mir erklärt, dass sie mir mein Benehmen auf dem Picknick nicht mehr übel nehme. Sie habe von meinem eigentümlichen Humor erfahren, und würde mir deshalb verzeihen, dass ich ihr unter anderem Nacktbaden unterstellt habe. Als Dankeschön könne ich mich deshalb gleich auf ihr Tanzkärtchen eintragen.«

»Dann hast du also erneut das Tanzbein geschwungen?«, erkundigte ich mich.

Hayden blickte finster drein. »Ich habe lautstark meine Freude an dieser Chance bekundet und dann versichert, dass ich später darauf zurückkommen würde. Dann habe ich die Flucht angetreten. Cassiopeia hatte so etwas Entschlossenes im Blick, als sei ich eine Beute, die ihr nicht noch mal entwischen würde. Die Ehe als ein Geschäft zu betrachten, macht diese ganzen Adeligen völlig verrückt. Und ich dachte immer, wenn etwas schräg ist, dann unsere Zeit mit Tinder und Co. Da hatte ich aber auch noch keinen verkupplungswütigen Vater und ehrgeizige junge Damen auf der Pirsch erlebt.«

Der Gang war sehr schmal und roch nach abgestandener Luft. Bereits nach einigen Metern endete er an einer steilen Treppe, die wir mühsam erklommen. Oben war kaum genug Platz für uns drei vor einer kleinen Tür. Die Marquise lauschte ausgiebig, ob sich dahinter vielleicht etwas regte. Dann erst betätigte sie einen Hebel, der die Tür zur Seite gleiten ließ. Wir schauten durch eine Öffnung in der Wand, die sonst von einem Gemälde verdeckt wurde. Vor uns lag ein Flur, von dem mehrere Türen abgingen. Den luxuriösen Seidentapeten, den frivolen Gemälden und den allesamt unbekleideten Skulpturen beider Geschlechter nach zu urteilen, befanden wir uns in den Privatgemächern des Dukes.

»Wie gesagt ist der Duke ein Mann mit vielen Interessen – und ausreichend Räumlichkeiten, um für jedes Bedürfnis seiner schillernden Persönlichkeit ein eigenes Zimmer einrichten zu lassen«, erklärte die Marquise. »Allerdings habe ich diese Etage schon bei anderen Gelegenheiten durchsucht und nichts gefunden. Wir werden unser Glück demnach im Gäste- und Bedienstetentrakt versuchen müssen. Ich würde vorschlagen, dass wir uns aufteilen.« Bevor wir diesen Vorschlag diskutieren konnten, hörten wir einen Mann lachen.

»Das ist eindeutig der Duke, seine krachende Lache ist unverkennbar«, flüsterte die Marquise. Im letzten Augenblick zog sie das Gemälde wieder vor die Öffnung. Dann erklang auch schon das Klappern der Stöckelschuhe des Dukes.

»Meine verehrte Prinzessin Nechbet«, raunte er. »Dies ist nun mein Reich, in dem ich mich ausleben darf als die Person, die ich in Wahrheit bin: ein Tausendsassa mit vielen Gesichtern und Leidenschaften. Ich kann gar nicht genug betonen, wie erfreut ich bin, in Ihnen eine verwandte Seele getroffen zu haben. Die meisten Menschen sind ja so langweilig, es reicht ihnen völlig aus, ein kleines Leben zu führen. Aber Sie und ich, wir tragen nicht nur viele verschiedene Persönlichkeiten in uns, wir leben sie auch aus. Die Kunst des Spiels ist erst wirklich schön, wenn man sie mit jemandem teilen kann.«

Warum überraschte mich das jetzt nicht, dass ausgerechnet die beiden sich vom Fest geschlichen hatten? Der Duke und die Prinzessin hatten schon beim Eröffnungstanz wie ein Paar aus einem Paralleluniversum gewirkt. Ich gönnte den beiden jedes Vergnügen, solange sie es nicht in einem Geheimgang ausleben wollten, in dem wir zufälligerweise steckten.

»Was Sie mir über Ihr Diamantenzimmer, in dem Sie Ihren Facettenreichtum feiern, verraten haben, hat mich zutiefst berührt. Spiegel, die so raffiniert gestellt sind, dass man sich ins Unendliche gespiegelt findet. Was für eine faszinierende Idee«, erklärte Nechbet.

»Und ich verspreche Ihnen, Sie werden nicht enttäuscht sein von dem intimsten meiner Räume. Aber zuerst möchte ich Ihnen noch mein Theaterzimmer zeigen, in dem ich meine Sammlung an Verkleidungen beherberge. Ich würde dafür sterben, Sie in einem Kimono zu sehen. Oder würden Sie eine Samurai-Ausrüstung bevorzugen? Ach, es ist so aufregend, jemandem meine Schätze vorzuführen, der sie wahrhaft zu würdigen weiß.«

Während sich die Stimmen des Dukes und seiner neuen Spielgefährtin entfernten, schaffte ich es kaum, so lange zu warten, bis ich ungefährdet sprechen konnte.

»Das Diamantenzimmer muss das Spiegelkabinett sein«, brach es aus mir heraus. »Dann befindet es sich doch in einem seiner Privatgemächer und wir sind genau richtig. Was ist das intimste Gemach eines Menschen? Sein Schlafzimmer!«

»Von wegen, da gehen die Bediensteten ständig ein und aus«, gab Hayden zu bedenken. »Vertrau mir, ich spreche aus Erfahrung. Als Adeliger bist du in deinem Schlafzimmer so gut wie nie allein, irgendwer hat dort immer was zu tun und betrachtet dich lediglich als Stolperfalle.«

»Ich tippe auf den modernen Badesalon, für den der Duke laut meinen Quellen jüngst umfangreiche Umbauarbeiten hat vornehmen lassen«, sagte die Marquise. »Er müsste von seinem Ankleideraum abgehen, in den man durch das Rote Schlafzimmer gelangt. Dort empfängt er nur sehr vertrauten Besuch. Ich konnte mich damals nur unter hohem Zeitdruck umschauen, der Duke ist als Gastgeber sehr einnehmend.«

»Das passt zu den Informationen, die ich von William über das Anwesen erhalten habe«, stimmte Hayden zu.

»Wir sollten die Türen dort hinten ausprobieren, ich wette …« Er hielt inne, als hinter uns plötzlich Stimmen erklangen.

»Heureka! Sieh nur, Persephone, was ich entdeckt habe. Ein Geheimgang! Ich wusste doch, dass der liebe Hayden nicht einfach durchs Bibliotheksfenster getürmt ist, dafür ist er viel zu raffiniert.«

Cassiopeia hatte ihre Jagd offensichtlich noch nicht abgeblasen.

Hayden stöhnte auf. »Wie hat sie den Mechanismus entdecken können?«

»Das ist meine Schuld. Ich hatte keine Gelegenheit, das Buch, hinter dem sich der verborgene Öffnungsmechanismus befindet, zurückzustellen«, sagte die Marquise. »Hayden, du wirst zurückgehen und deine Verehrerin ablenken müssen, während Zoe und ich die Suche fortsetzen. Dir bleibt nichts anderes übrig, wenn wir nicht auffliegen wollen.«

»Ich weiß«, sagte Hayden. Dann beugte er sich vor und gab mir einen Kuss. Und dieses Mal fragte ich mich nicht, ob das nur nett gemeint war, ich das missverstand oder gerade tagträumte. Stattdessen erwiderte ich den Kuss, auch wenn er nur einen kurzen Moment währte. »Ich bin so schnell wieder bei dir, wie es nur geht«, flüsterte er.

»Versprochen?«

»Versprochen.«

Damit stieg Hayden die steile Treppe hinab, während die Marquise das Gemälde erneut beiseiteschob, damit wir durch die Öffnung hinausklettern konnten.

Der Flur war leer.

Wo auch immer der Duke und die Prinzessin sich gerade in ihrem Verkleidungsrausch befanden, es war nichts von ihnen zu hören. Wie die Mäuschen tippelten die Marquise und ich auf die Tür zu, hinter der das Rote Schlafzimmer lag.

Und es war rot. Komplett. Und zwar blutrot. Mit einem kreisrunden Bett, über dem ein genauso großer wie runder Spiegel prangte. Und das war es dann auch schon. Okay … ich wollte lieber nicht wissen, was die Marquise getan hatte, damit der Hausherr ihr seinen persönlichen Spielplatz der Lüste zeigte. Gleichzeitig strich ich den Berufswunsch Meisterspionin von meiner Liste.

Die Marquise verschwendete jedenfalls keine Zeit damit, in Erinnerungen zu schwelgen, sondern deutete auf eine Tür. »Dort geht es zum Ankleideraum.«

Und schwups, standen wir auch schon mitten in der größten Sammlung an abgefahrenen Kostümen überhaupt. Elton John wäre bei so viel Glitzer und Pomp erblasst.

Ich zupfte vorsichtig an einem Jagdkostüm, das allerdings aus dunkelgrünem Crêpe de Chine bestand und zu dem auch ein spitzes Hütchen gehörte. »Das ist doch ein Robin-Hood-Kostüm, wenn ich mich nicht irre. So etwas trägt der Duke zum Tee?«

Die Marquise zuckte die Schultern. »Je nach Tagesverfassung. Und jetzt vergiss den Tand. Wir müssen uns im angrenzenden Badesalon umschauen. Wenn das Spiegelkabinett nicht von dort abgeht, dann weiß ich auch nicht.«

Der Badesalon war ein ganz in weißem Marmor gehaltener Raum. In die Wände waren längliche auf antik getrimmte Spiegel eingelassen, deren Glas entsprechend angelaufen war. Die polierte Kupferwanne war ein halber Swimmingpool und die Zofe in mir wollte sofort wissen, woher das warme Wasser für das Riesenteil stammte. Der Badesalon war ganz nach meinem Geschmack, es duftete nach lauter wundervollen Dingen. Doch es blieb leider keine Zeit, um mich durch das Sortiment an Badesalzen und -ölen zu schnuppern. Früher oder später würde hier vermutlich auch der Duke mit seinem Gast auftauchen, damit sie sich in ihren Kostümen im Kabinett bewundern konnten. Nur leider verlief die Suche danach nicht ganz so easy.

»Hier gibt es rundum Spiegel, der Duke scheint echt ein Faible dafür zu haben, sich in allen Lebenslagen betrachten zu können«, sagte ich.

Die Marquise tastete bereits die Marmorwände ab. »Wahrscheinlich dient einer der Spiegel als Geheimtür. Wir müssen nur den Hebel finden. Beeil dich, Zoe. So wie ich den Duke kenne, wird er nicht allzu lang mit der Prinzessin Verkleiden spielen.«

Unter Druck lief ich bekanntlich zu Höchstleistungen auf. Ich verengte die Augen zu Schlitzen. Diese Spiegel sahen durchaus hübsch aus, aber man sah sich kaum in ihrer Oberfläche, so angelaufen waren sie. Klar, die Spiegel vergrößerten den Raum und verteilten ganz wunderbar das Licht. Trotzdem passte es nicht so richtig zum Duke, dass er auf die Dauerpräsenz seines Spiegelbilds verzichtete. Das Glas der Spiegel war sogar so stark behandelt, dass ich die Marquise hinter mir kaum erkennen konnte. Verwundert streckte ich meine Hand nach der gläsernen Oberfläche aus – und zog sie sofort wieder zurück, als ich keineswegs auf einen festen kühlen Widerstand stieß.

»Zumindest dieser Spiegel hier ist eine optische Täuschung«, sagte ich. »Es handelt sich nicht um Glas, sondern um eine Art Folie, die sich beiseiteschieben lässt. Dahinter befindet sich offenbar der Durchgang, nach dem wir suchen.«

»Eine japanische Schiebetür mit Folienbeschichtung«, staunte die Marquise. »Da hätte ich ja lange nach einem Hebel suchen können.«

Wir hielten beide den Atem an, als wir den verborgenen Raum betraten. Wo gerade noch absolute Dunkelheit geherrscht hatte, brach sich jetzt das Licht unserer Laterne in unzähligen Spiegeln. Das Spiegelkabinett war ein Oktagon, ein achteckiger Raum ganz aus Spiegelglas. Das galt sogar für den Boden. Aus allen Richtungen kamen uns unsere Spiegelbilder entgegen und es wurden immer mehr und mehr, je weiter wir in das Kabinett gingen.

»Das macht mich völlig kirre«, verkündete ich. »Hier drin gibt es eindeutig zu viele Zoes, das kann nicht gesund sein.«

Die Marquise schob ihren schwarzen Spitzenschleier in ihre aufgetürmten Locken. Auch ihr stand vor Staunen der Mund offen, was unzählige Male gespiegelt wurde. Mir versetzte es einen Stich, sie so zu sehen. Denn unter der Schicht Puder, die sie sicherheitshalber aufgetragen hatte, schimmerte nicht länger weißes Porzellan, sondern milchiges Glas. Das Gesicht der Marquise begann durchsichtig zu werden und sogar ihre bis vor Kurzem noch so lebendigen grünen Augen waren bereits am Verblassen. Es war, als würde das Leben wie eine Farbe aus ihr entweichen und zurück blieb nur ein leeres Gefäß. Dieser Zeitreisenden lief die Zeit davon, wenn nicht bald etwas geschah.

Ich blendete das Spektakel der unzähligen Zoes aus und

konzentrierte mich. Irgendwo in diesem Kunstwerk aus verschachtelten Spiegeln war ein Splitter aus Mondschein eingearbeitet. Durch ihn war ich in der Lage gewesen, aus meiner Zofenkammer einen Blick in das Kabinett des Dukes zu werfen. Allerdings ließ sich wegen des ungewöhnlichen Raumschnitts nicht sagen, von wo aus ich einen Einblick erhalten hatte. Alles, was ich wusste, war, dass der Splitter groß sein musste, größer als das Bruchstück, das im Spiegel von Lady Arlington eingearbeitet gewesen war. Damals war er unter meiner Berührung zum Leben erwacht. Vielleicht würde ja auch dieser Splitter reagieren, wenn ich ihn berührte.

Entschlossen trat ich an die erstbeste Wand und legte meine Hand auf. Die Stelle blieb kühl und glatt. Also legte ich meine Hand ein Stück weiter ab und wartete auf eine Reaktion. Doch nichts geschah. Ich machte weiter, Stück für Stück. Wenn sich ein Bruchstück des Mondscheinspiegels in diesem Zimmer befand, dann würde ich es entdecken.

Die Marquise beobachtete mich eine Weile, dann streifte sie ihre schwarzen Samthandschuhe ab. »Bislang hat zwar noch keiner der Splitter auf meine Berührung reagiert, aber ich kann hier ja nicht nur rumstehen.«

Verlegen wendete ich meinen Blick ab. Zwar hatte ich ihre gläsernen Hände schon einmal gesehen, aber die Sache überforderte mich. Sie waren so gut wie durchsichtig und eigentlich nur noch erkennbar, weil sich das Licht auf ihnen brach. Als wäre nicht mehr als eine Erinnerung an die Frau übrig, die das Mondlicht in diese Zeit verschlagen hatte. In mir wollte sich die Hoffnung ausbreiten, dass die Magie, die uns so unnachahmlich in die Vergangenheit eingefügt hatte, keinen ihrer Reisenden vergessen würde. Dass wir – Partikel für Partikel – in unsere Zeit zurückkehrten. Aber als nun die Glashände der Marquise fast unsichtbar über die Spiegel glitten, fühlte sich das nach Selbstbetrug an. Früher oder später lief unser Gastbesuch in der Vergangenheit ab. Und wenn ich nicht wollte, dass der Frau neben mir genau das widerfuhr, dann sollte ich mich besser auf meine Aufgabe besinnen.

Das Spiegelkabinett hatte zwar eine überschaubare Größe, doch jede Hand, die ich setzte, brauchte meine volle Konzentration, damit mir ja nichts entging. Deshalb war ich so vertieft in meine Arbeit, dass ich zusammenfuhr, als die Marquise mich an der Schulter berührte.

»Hast du das eben auch gehört? Das waren doch Schritte. Nur ganz leise, als würde derjenige nicht bemerkt werden wollen«, wisperte sie.

Ich lauschte angestrengt, doch das Einzige, das meine gespitzten Ohren einfingen, war unser Atmen und Musik aus weiter Ferne. »Vielleicht hat Hayden seine Verehrerin abgeschüttelt und ist nun auf der Suche nach uns«, mutmaßte ich.

Die Marquise raffte ihre Röcke. »Mach du weiter, ich werde nachsehen.«

Schon kurz darauf ertönten wieder ihre federleichten Schritte und zu meiner Enttäuschung kein Stiefelklappern, das auf Hayden hingedeutet hätte. »Dann haben Sie sich verhört?«, fragte ich, drehte mich um – und erstarrte.

In rasantem Tempo vervielfältigte sich im Spiegelkabinett das Bild der Marquise mit vor Entsetzen weit aufgerissenen Augen. An ihrem Hals blitzte eine goldene Nadel auf.

»Prinzessin Nechbet«, stöhnte ich.

Die Prinzessin nickte mir zu, vollauf damit beschäftigt, die Marquise mit der zweifelsohne sehr spitzen Nadel in Schach zu halten. »Sehr erfreut, dich zu sehen. Unter welchem Namen darf ich dich heute Abend ansprechen?«, erkundigte sich der Ehrengast des Dukes. »Im Palmenhaus hast du dich mir als Zofe vorgestellt. Heute Abend trittst du, wenn die Gerüchte stimmen, als Auguste aus Preußen auf, die dem jungen Lord Falcon-Smith vor sämtlichen Anwesenden den Kopf verdreht. Du wirst es mir also nachsehen, wenn ich verwirrt bin.«

»Genau wie ich«, sagte ich. »Oder irre ich mich, dass Sie der Marquise die Kehle aufzuschlitzen drohen?«

Prinzessin Nechbet blieb gelassen. »Sonst würde diese gewiefte Person es wohl kaum hinnehmen, dass ich sie als meine Gefangene betrachte. Obwohl … wenn ich es bedenke, schmiedet die berüchtigte Marquise gewiss längst einen Plan, wie sie sich mir entwinden kann. Ich sollte lieber kein Risiko eingehen.« Eine Sekunde später zeichnete sich ein feiner Schnitt quer über den Hals der Marquise ab, die in einer Mischung aus Wut und Verzweiflung meinen Blick erwiderte, bevor sie leblos zu Boden sank.

»Sie haben sie umgebracht!« Ich stürzte vor, doch Nechbet deutete mit der dolchlangen Nadel auf mich. Wenn ich nicht durchbohrt werden wollte, blieb ich besser auf Abstand.

»An meiner Nadel klebt ein sehr starkes Betäubungsmittel, deine werte Freundin hält lediglich ein Schläfchen. Genau wie der Duke inmitten seiner lächerlichen Verkleidungen«, klärte mich Nechbet auf. »Wir können unser Gespräch also ganz in Ruhe fortsetzen. Wenn du nun die Güte hättest, mir zu verraten, mit wem ich es tatsächlich zu tun habe?«

Wütend ballte ich die Hände zu Fäusten.

»Schweigen. Nun, das war zu erwarten. Dann beantworte ich mir die Frage einfach selbst.« Nechbet griff in den Ärmel ihres Mantelkleides. Auf ihrer Hand lag der goldene Skarabäus.

Das erklärte einiges.

»Dann haben Sie der Marquise dieses ungewöhnliche Schmuckstück zukommen lassen. Der Skarabäus wollte zu Ihnen zurück. Deshalb ist er zu William Stuart geflogen, bei dem Sie zu Gast sind. Und heute hat er einen erneuten Versuch unternommen, als er auf dem Ball Ihre Nähe wahrnahm.« Wie von Zauberhand fügten sich die Puzzleteile zusammen. »Dann kennen Sie nicht nur Honoré Bauchau, sondern er arbeitet sogar für Sie. Damit kann ich Ihre Frage nur zurückgeben: Wer sind Sie in Wirklichkeit?«

Nechbet hob ihre schwarzen Brauen mit gespieltem Erstaunen an. »Hast du das denn noch nicht erraten?«

»Sie sind die Hohepriesterin aus dem Tempel des Totengottes Osiris, durch die Jahrtausende gereist mit dem Auftrag, das Geheimnis der Zeit zu stehlen.«

»Das stimmt. Ehrlich gesagt bin ich enttäuscht, dass du erst jetzt darauf gekommen bist. Dabei sind wir zwei uns nicht unähnlich: Wir wissen beide meisterlich zu verbergen, wer wir in Wahrheit sind.« Nechbet fasste an ihr Auge und einen Moment später balancierte sie eine braun gefärbte Glaslinse auf ihrem Zeigefinger, während sie mich aus einem leblos grauen Auge anstarrte. »Farbige Linsen, eine wunderbare Erfindung, nicht wahr? Es ist erstaunlich, was in manchen Londoner Geschäften alles an Kunsthandwerk angeboten wird. Aber das weißt du natürlich selbst. Und nun bist du dran. Woher stammt die geheimnisvolle Lady mit den verschiedenen Namen, über die sich die Londoner Gesellschaft den Kopf zerbricht? Mein kleiner Freund hier wird es mir bestimmt verraten.«

Nechbet führte den Skarabäus vor ihre Lippen und flüsterte ihm etwas zu. Der goldene Käfer begann zu vibrieren, dann ertönte Haydens Stimme wie ein fernes Hallen.

Allein dieser WhisperWhisper-Kettenbrief, den Zoe losgetreten hat, mischt jetzt schon die feine Gesellschaft auf. Wer weiß, wohin dieser Eingriff führt, vielleicht startet die Frauenbewegung deshalb Jahrzehnte früher durch und die Geschichtsbücher dürfen neu geschrieben werden.

»Das klingt doch ganz so, als würde da jemand die Zukunft kennen.« Nechbet erwartete nicht wirklich eine Antwort von mir. Stattdessen stupste sie den Käfer an, damit er noch mehr ausplaudern konnte.

Doch der Skarabäus zitterte nur, dann blieb er still auf Nechbets Handteller liegen.

Die Stirn der Hohepriesterin legte sich in Falten. »Oh nein, mein goldener Freund hat sich völlig verausgabt. Die ganze Fliegerei war zu viel für ihn.«

»Wie schade für den kleinen Verräter«, murmelte ich.

»Glücklicherweise hat er mir bereits mehr von dem Gespräch mitgeteilt, das im Salon der Marquise geführt wurde. Dank ihm weiß ich nun, dass du über die verblüffende Gabe verfügst, Stücke des Mondscheinspiegels durch die Berührung deiner Hände zu erwecken. Das wird mir die Suche nach dem Splitterstück des Dukes enorm erleichtern. Mit deiner Hilfe dürften wir rasch fündig werden.«

»Wohl kaum«, sagte ich. »Ich habe keineswegs vor, Ihnen zuzuarbeiten. Besonders nicht, nachdem Sie der Marquise so übel mitgespielt haben.«

»Du magst diese unverfrorene Person also.« Nechbet betrachtete die reglose Glashand der Marquise. »Ich frage mich, ob die Hand wohl zersplittern würde, wenn ich drauftrete.« Sie hob drohend ihren Fuß.

»Schon gut«, lenkte ich ein. Im Zweifelsfall stand uns ja immer noch der Splitter zur Verfügung, der gut versteckt in meiner Kammer lag. Sollte die Hohepriesterin halt ihren eigenen haben, wenn sie mit so harten Bandagen kämpfte.

Widerwillig nahm ich meine Arbeit wieder auf, im Stillen darauf hoffend, dass Hayden möglichst bald seine lästige Verehrerin abwimmeln konnte und mir zu Hilfe kam. Ich hatte zwar einige Tricks auf Lager, aber Nechbet machte nicht den Eindruck, als ob sie sich von mir aus dem Weg schubsen lassen würde. Dass sie eine gewiefte Spionin wie die Marquise hatte überwältigen können, dämpfte mein Selbstvertrauen empfindlich. Alles, was ich jetzt tun musste, war auf Zeit zu spielen. Nur leider erwachte genau in diesem Augenblick das Spiegelglas unter meiner linken Hand zum Leben.

Mist.

Ich zog die Hand weg, um sie rasch auf eine andere Stelle zu legen. Doch es war zu spät. Wie auf ein geheimes Signal hin erloschen sämtliche Spiegelbilder des Kabinetts und zurück blieb ein silbriger, achteckiger Raum, in dem nur an einer Stelle das Licht reflektiert wurde.

Begeistert klatschte Nechbet in die Hände. »Sehr schön, du hast das Bruchstück gefunden.«

»Was nicht viel nützt, solange es ins Glas eingearbeitet ist«, gab ich zu bedenken.

»Lass das mal meine Sorge sein.« Nechbet löste eine Kette von ihrem Hals, an der ein kugelrunder Anhänger hing. Zuerst dachte ich, es sei eine überdimensionale Perle, doch dann begriff ich, dass es ein Mini-Vollmond war. Sie betätigte einen unsichtbaren Verschluss und der Mond öffnete sich in seiner Mitte. Kühles, silbriges Licht schoss hervor, traf auf die Spiegel des Kabinetts und brach sich tausendfach.

Geblendet wich ich zurück.

Nechbet war nicht so empfindlich. Sie griff in das sich verflüssigende Spiegelglas und zog das Bruchstück hervor. Es sah aus wie eine Halbmondsichel und war so lang wie ein Unterarm, mehr eine Klinge als ein Splitter.

»Nun haben Sie, was Sie wollen. Nehmen Sie es und machen Sie, dass Sie wegkommen.« Ohne die Hohepriesterin weiter zu beachten, kniete ich mich neben der Marquise auf den blanken Boden. Vorsichtig zog ich ihren Oberkörper auf meinen Schoß. Sie war verdächtig leicht und kühl. Sogar aus der Wunde an ihrem Hals war nicht ein Tropfen Blut gedrungen. Von Sekunde zu Sekunde ähnelte sie mehr einer Erinnerung als einer Frau aus Fleisch und Blut. Auch wenn ich den Gedanken nicht zulassen wollte, war mir klar, dass es schwierig werden würde, die Marquise noch rechtzeitig in ihre Zeit zurückzuschicken. Ohne den Splitter des Dukes und das Wissen der Hohepriesterin sah es schlecht aus.

Scheinbar konnte man mir meine Gedanken vom Gesicht ablesen. »Wie mir scheint, ist die Marquise in einem bemitleidenswerten Zustand«, sagte Nechbet. »Nach der Dosis Betäubungsmittel hätte sie schon wieder zu sich kommen müssen. Allem Anschein nach läuft ihre Zeit in rasantem Tempo ab. Du wirst mir helfen müssen, sie von hier fortzubringen.«

»Einen Teufel werde ich tun.« Wut und Hilflosigkeit ballten sich zu einer kalten Faust in meinem Bauch zusammen. »Sie haben das Bruchstück, das Sie wollten. Mehr ist für Sie nicht drin.«

»Du glaubst doch nicht ernsthaft, dass ich dich mit deinem ganzen Wissen und Können zurücklasse.« Trotz der bedrückenden Situation lachte Nechbet, als sei alles nur ein großer Witz. »Eins ist mir dank dir klar geworden: Ich brauche zwei große Splitter des Mondscheinspiegels, damit genug Magie gebunden werden kann. Und ich brauche dich, Zoe.« Nechbet sah mich an. »Wenn man die Zeit und damit die Magie des Mondes kontrollieren will, anstatt den Zauber einfach nur wirken zu lassen, braucht man nämlich weitaus mehr als nur den Mondschein. Man braucht etwas, das aus der Vergangenheit stammt, und etwas aus der Zukunft. Zwei Anker im Wirbel der Zeit. Du bist der Anker aus der Zukunft, ich der aus der Vergangenheit. Mit dir an meiner Seite werde ich den Mondscheinzauber meinem Willen unterwerfen.«

»Das dürfte sich allerdings schwierig gestalten«, sagte ich. »Wie Sie selbst erwähnten, hält das Betäubungsmittel nicht ewig vor. Der Duke wird also schon bald Alarm schlagen. Und falls er nicht dazu imstande ist, wird mein Freund uns finden, der weiß, wo das Spiegelkabinett liegt. Wenn Sie also nicht vorhaben, mich über Ihre Schulter zu schmeißen und rauszutragen, sieht es schlecht aus. Ich werde nämlich hier sitzen bleiben und mich um die Marquise kümmern.« Tatsächlich regte sich die Marquise in meinen Armen, wenn auch nur, um gequält zu stöhnen.

Nechbet wirkte nicht sonderlich beeindruckt von meiner Ansprache. »Wenn dir so viel an der Marquise liegt, dann solltest du mir unbedingt folgen. Erwähnte ich schon, dass dem Betäubungsmittel ein Gift beigemischt ist, das ohne das passende Gegenmittel nach einigen Stunden zum Tod führt? Eine Absicherung, falls es einmal Schwierigkeiten geben sollte. Jetzt frage ich dich, Zoe: Gibt es Schwierigkeiten?«

»Sie drohen mir, dass die Marquise stirbt, wenn ich Sie nicht begleite?«

»Deine Freundin stirbt so oder so, die Zeit frisst sie auf, wie du siehst. Falls sie die Augen noch einmal aufschlägt, was glaubst du, wie viel Farbe noch in ihnen vorhanden sein wird?« Nechbet nickte zufrieden. »Jetzt beginnst du zu verstehen. Du hast keine andere Wahl, als meinen Wünschen Folge zu leisten.«

Das sah ich anders. »Wenn ich Sie begleite und es uns gelingt, den Mondscheinzauber zu entfachen, müssen Sie mir versprechen, dass wir ihn als Erstes dafür nutzen werden, die Marquise in ihre Zeit zurückzuschicken.«

»Darüber ließe sich verhandeln. Aber nur, wenn du sofort zustimmst und mir hilfst, die Marquise nach draußen zu bringen. Vom Schlafzimmer aus führt eine Treppe hinab in den Garten. Hinter der Mauer wartet meine Kutsche auf uns.«

»Aber das können Sie doch alles unmöglich vorhergesehen haben«, sagte ich ungläubig.

Nechbet verdrehte die Augen. »Das habe ich auch nicht, ich war nur fest entschlossen, den Ball heute mit dem Spiegelsplitter zu verlassen, und habe entsprechend vorgesorgt. Dass mir der Skarabäus ausgerechnet auf diesem Fest die entscheidenden Informationen liefern würde, war ein Geschenk des Schicksals, das ich nur allzu gern angenommen habe. Und nun ist es an dir, zu entscheiden, ob du deinen Weg gemeinsam mit mir fortsetzt – und das Leben deiner Freundin rettest. Oder in diesem Kabinett zurückbleibst, allerdings nicht ohne zuvor Bekanntschaft mit meiner Nadel gemacht zu haben, was ich wirklich sehr bedauern würde.«

Ich erwiderte herausfordernd den Blick der Hohepriesterin. »Die Drohung braucht es nicht, ich gehe mit Ihnen. Ich werde die Marquise nicht ihrem Schicksal überlassen, solange noch Hoffnung besteht.«

Damit half ich der stöhnenden Marquise, sich so weit aufzurichten, dass Nechbet und ich sie zu beiden Seiten stützen konnten. Als wir das Rote Schlafzimmer betraten, erzitterte die Zimmertür unter einem Rumsen. Offenbar versuchte jemand, sie mit Gewalt zu öffnen, was jedoch schwierig werden durfte, denn unter der Türklinke stand ein Stuhl verkeilt.

»Dein Verehrer scheint von der hartnäckigen Sorte zu sein, vermutlich würde er mit ein wenig mehr Zeit sogar diese massive Tür kleinkriegen«, schmunzelte Nechbet. »Ist es nicht erstaunlich, wozu ein verliebter Mann nach einem innigen Tanz imstande ist?«

Ich ignorierte sie. Ich war ohnehin vollauf damit beschäftigt, die Marquise aufrecht zu halten.

Nechbet riss die Balkontür auf und eisige Nachtluft

wehte uns entgegen. Mit ihr trieben Schneeflocken herein. Es hatte also tatsächlich zu schneien angefangen, genau wie der Duke es vorausgesehen hatte. Als wir ins Freie traten, starrte ich ungläubig auf die steile Steintreppe, die in den Garten führte. »Wir werden es niemals schaffen, die Marquise dort runterzutragen. Eher brechen wir uns alle drei das Genick.«

»Bitte, wir sind doch keine Lastesel.« Nechbet öffnete erneut den Vollmondanhänger an ihrer Halskette und er schickte einen Silberstrahl in den Nachthimmel. Kurz darauf leuchtete ein zweiter Strahl im Dunkel des Gartens auf.

»Ihr Gehilfe«, vermutete ich, als ein Schemen zur Treppe huschte.

Nechbet lächelte nur.

»Zoe! Wo willst du hin?«, ertönte unvermittelt Haydens Ruf.

Offenbar hatte Hayden, nachdem er die Schlafzimmertür verbarrikadiert vorgefunden hatte, sich einen Weg durch das Nachbarzimmer gesucht und lehnte sich nun aus dem Fenster. Der Wind riss an seinem Haar, während er mich entsetzt anstarrte. Zwischen ihm und mir lagen nur wenige Meter und doch war ich für ihn unerreichbar, denn der Balkon war von seinem Fenster zu weit entfernt, um herüberzuspringen.

»Es tut mir leid«, rief ich. »Ich habe keine andere Wahl, als mitzugehen, wenn die Marquise leben soll.«

»Verstehe. Aber du gehst nicht ohne mich.« Damit kletterte Hayden aus dem Fenster. Dieser Verrückte wollte ernsthaft über den schmalen, von Schnee bedeckten Ziersims zu uns rüberbalancieren!

Mir wurde allein bei dem Gedanken schlecht. »Tu das bitte nicht, du stürzt viele Meter in die Tiefe.«

»Dann lass ich das mit dem Abstürzen und komme ohne Umwege zu dir.«

Selbst in einer so verzweifelten Situation machte der Kerl noch Sprüche.

»Sie bemühen sich umsonst, Lord Falcon-Smith«, rief Nechbet. »Wenn Sie auf dem Balkon ankommen, werden wir schon längst fort sein.«

Tatsächlich trat Nechbets Gehilfe in diesem Moment neben uns. Es war Honoré Bauchau, der selbst in der Dunkelheit seine blaue Spiegelglasbrille trug.

»Warum überrascht mich das nicht?«, sagte ich.

Bauchau nickte mir zu, dann nahm er die kraftlose Marquise auf seiner Arme und stieg mit ihr die Treppe hinab. Nechbet schickte sich an, ihm zu folgen, doch ich blieb stehen. Hayden hatte sich auf den Sims vorgewagt und suchte an der schneefeuchten Hauswand nach Halt. Vor meinem geistigen Auge sah ich ihn bereits abstürzen.

»Bitte dreh um«, flehte ich.

»Auf keinen Fall.«

»Gib ihm einen Grund zurückzukehren«, zischte Nechbet in mein Ohr. »Sag deinem Liebsten, dass du jetzt gehst – und dann tu es. Sonst wird dieser sture Bursche sich das Genick brechen, der Sims ist zu schmal und der Wettergott gegen ihn.«

Mir blieb nichts anderes übrig, als zu tun, was die Hohepriesterin vorschlug. »Hayden, ich muss jetzt gehen. Unten wartet bereits eine Kutsche. Also kehr ins Haus zurück und warte auf ein Zeichen von mir. Wenn du wirklich etwas für mich empfindest, dann mach das bitte, damit ich nicht vor Angst um dich sterben muss.«

Damit drehte ich mich um und lief die Treppe hinab, so schnell mich meine Füße trugen. Ich glaubte noch seine Stimme zu hören, die nach mir rief. Aber vielleicht bildete ich mir das auch nur ein. Bitte, flehte ich innerlich, bitte lass mich meinen Weg gehen. Die Erinnerung an Haydens Berührungen während des Walzers griff nach mir, versuchte, mich zum Bleiben zu bewegen. Doch ich lief weiter, einen Schritt vor den anderen setzend. Als im Schneetreiben die Kutsche vor mir auftauchte, in deren Kabine Bauchau die Marquise legte, wagte ich einen Blick zurück. Auf der Treppe sah ich den Schatten eines hochgewachsenen Mannes. Erleichtert seufzte ich auf, während ich Hayden gleichzeitig für seine Sturheit verfluchte – als ich plötzlich etwas Kühles an meiner Kehle spürte. So fühlte sich also die goldene Nadel der Hohepriesterin an.

»Wir waren uns handelseinig«, sagte Nechbet. »Steig in die Kutsche, dein Geliebter wird so oder so zu spät hier sein, um dir noch zu Hilfe eilen zu können.«

Ich schob die Nadel mit der Hand beiseite. »Sie brauchen mich nicht zu bedrohen, ich werde die Marquise in diesem Zustand nicht allein zurücklassen. Aber eins verspreche ich Ihnen, Nechbet: Sie werden es noch bereuen, dass Sie mir diesen Handel aufgezwungen haben.« Damit stieg ich in die Kutsche und fuhr einer Zukunft entgegen, von der ich mir zum ersten Mal nicht sicher war, ob ich sie erleben wollte.

Leseprobe

#London Whisper Band 3

von Aniela Ley

Mein lieber Hayden,

wenn Du diese Zeilen liest, dann ist es mir tatsächlich gelungen, den Brief hier rauszuschmuggeln. Zu gern würde ich Dir verraten, von wo aus ich an Dich schreibe – doch ich weiß es nicht. Vermutlich wurde ich auf ein Landgut verschleppt. Aus dem kleinen Fenster der Kammer, in die man mich gesperrt hat, sind jedenfalls meilenweit nur Wald und Wiesen zu sehen. Selbst wenn ich der Hohepriesterin entkommen sollte, wüsste ich nicht, wohin ich fliehen könnte. Obwohl ... ich würde natürlich zu Dir fliehen. Auch, weil wir beide endlich wieder in unsere Zeit zurückkehren müssen. *hüstel*

Eigentlich sollte ich mir Gedanken darüber machen, wie ich Nechbet die Stirn bieten kann, nachdem sie mich zu ihrer Gefangenen gemacht hat. Hier gehen seltsame Dinge vor sich und es dauert nicht mehr lang, bis sie mich zwingen wird, den Mondscheinzauber zu beschwören und mit ihr noch weiter zurück in die Vergangenheit zu reisen. Und dann trennen uns Jahrtausende voneinander!

Hayden, wie geht es nun weiter? Kannst Du mich finden, bevor Nechbet ihren Willen bekommt? Denn wenn nicht, werde ich Dich nie wiedersehen.

Deine Dir von Herzen zugetane Zoe
(Hätte auch nicht gedacht, dass ich das mal schreiben würde ...
Hilfe, ich muss dringend zurück in meine Zeit!)

Von Aniela Ley sind außerdem bei dtv lieferbar:

Lia Sturmgold – Die Macht der Kristalle (Band 1)
Lia Sturmgold – Das Geheimnis der Meereselfe (Band 2)
Lia Sturmgold – Unsichtbarer Elfenzauber (Band 3)
Lia Sturmgold – Im Reich der Schnee-Elfen (E-Book)
Lia Sturmgold und die Zwillingsinsel (E-Book)
#London Whisper – Als Zofe ist man selten online